고국의 아름다운 골짜기를

침략자의 파괴로부터 지키려 목숨 바친

골드윈 랩, 로버트 브룩스, 몰리 샤이어의

영전에 이 책을 바칩니다.*

---

* 제1차 세계대전에서 희생된 몽고메리와 그 가족의 벗들.

최순영
연세대학교 영어영문학과·국어국문학과 졸업. 옮긴 책으로 데이비드 그레이버 《가능성들》(공역), 이철수 판화집 《네가 그 봄꽃 소식 해라》, Prime Dharma Master Kyongsan 《The Shore of Freedom》, 《The Path to Awaken to and Cultivate the Mind》, 메리 E. 윌킨스 프리먼 《뉴잉글랜드 수녀》 등이 있다.

## 앤7
# 무지개 골짜기의 앤

| | |
|---|---|
| 지은이 | 루시 모드 몽고메리 |
| 옮긴이 | 최순영 |
| 디자인 | 홍동원 김도형 |
| 발행일 | 1판 1쇄 2025. 6. 1 |
| 펴낸이 | 고윤주 |
| 펴낸곳 | 동서문화사 |
| 창업 | 1956. 12. 12. 등록 16-3799 |
| 주소 | 서울 중구 마른내로 144 동서빌딩 3층 |
| 홈페이지 | www.dongsuhbook.com |
| 전화 | 546-0331~2 팩스 545-0331 |
| ISBN | 978-89-497-1978-8 04840 |
| | 978-89-497-1971-9(전8권) |

이 책은 저작권법에 의해 보호를 받는 저작물이므로 무단전재와 무단복제를 금합니다.
잘못된 책은 구입하신 서점에서 바꿔 드립니다. 책값은 뒤표지에 있습니다.

앤
# ANNE
7
*Rainbow Valley*
## 무지개 골짜기의 앤
루시 모드 몽고메리/최순영 옮김

청춘의 생각은 길고도
긴 생각이다.

―롱펠로*

---

*미국 시인 헨리 워즈워스 롱펠로(1807~1882)의 시 〈나의 잃어버린 청춘〉에서 따옴.

## 차례

귀향 … 13
마을의 소문 … 19
잉글사이드 아이들 … 35
목사관 아이들 … 45
지붕 밑의 영혼 … 59
메리, 목사관에 머물다 … 79
물고기 사건 … 87
미스 코닐리아, 나서다 … 98
우나, 나서다 … 110
대청소 … 125
무서운 발견 … 135
해명과 도전 … 142

언덕 위의 집…154
앨릭 데이비스 부인의 방문…168
여러 소문…181
앙갚음…193
승리, 또 승리…211
메리 밴스, 흉한 소식을 전하다…226
오, 가엾은 애덤이여…234
페이스, 벗을 사귀다…240
차마 할 수 없는 말…248
세인트 조지는 알고 있다…261
바른 생활 모임…270
충동적 자선…287

맨발과 양말…297

발상의 전환…308

성가 음악회…318

금식일…324

무시무시한 이야기…331

돌담 위의 유령…337

칼의 속죄…344

두 고집쟁이…351

매질보다 더한 벌…361

우나, 언덕 위의 집을 방문하다…369

오라, 피리 부는 사나이여!…378

# 무지개 골짜기의 앤

# 귀향

하늘이 풋사과색을 띠던 산뜻한 5월의 어느 저녁 무렵이었다. 살짝 어두운 해안 사이에 들어앉은 포윈즈 항구의 수면에는 황금빛 서녘 하늘에 떠 있는 몇 조각 구름이 비치고 있었다. 설레는 봄인데도 시름에 젖은 바다는 모래톱에 와 닿을 때마다 서글픈 신음 소리를 내고 있었지만, 쾌활한 익살꾸러기 같은 바람은 황톳길을 따라가며 신나게 노래하고 있었.

편안하고 나이 지긋한 주부의 모습으로 미스 코닐리아가 그 길을 따라서 글렌세인트메리 쪽으로 걸어가고 있었다. 그녀는 어엿한 마셜 엘리엇 부인이었고, 엘리엇 부인이 된 지 이미 13년이나 되었지만, 아직 엘리엇 부인보다 미스 코닐리아라고 불리는 경우가 더 많았다. 옛 친구들에겐 그 익숙한 이름이 더 소중했기 때문이었다.

오직 한 사람 예외가 있었다. 잉글사이드에 살고 있는, 블라이드 집안의 충성스러운 가정부 수전 베이커였다. 머리가 희끗희끗한 까다로운 여성인 수전은 기회만 있으면 꼬박꼬박 그녀를 '마셜 엘리엇 부인'이라고 불렀다. 날이 바짝 서 있는 그 말투에는 마치 이런 뜻이 숨겨져 있는 것 같았다.

"부인이 되는 게 소원이었으니까 소원대로 넌더리날 만큼 부인이라고 불러주죠."

미스 코닐리아는 유럽에서 막 돌아온 블라이드 의사 부부를 만나러 잉글사이드로 가는 길이었다. 부부는 지난 2월 런던에서 열린 유명한 의학 학회에 참석하기 위해 출국해서 석 달 동안 집을 비웠던 것이다. 미스 코닐리아는 그동안 글렌 마을에서 일어났던 갖가지 사건, 특히 이번에 목사관에 새로 온 가족에 대해 이야기하고 싶어 좀이 쑤셨다.

'정말 대단한 가족이야.'

미스 코닐리아는 유쾌하게 걸으면서도 그들 생각을 하면서 몇 번이나 고개를 절레절레 흔들었다.

수전 베이커와 그 옛날 모습이 여전한 앤 셜리의 눈에 미스 코닐리아의 모습이 들어왔다. 수전과 앤은 잉글사이드의 넓은 베란다에 앉아 차츰차츰 달라져 가는 해름의 햇살과, 황혼에 물든 단풍나무들 틈에서 졸린 듯 재잘거리는 지빠귀들, 잔디밭을 에워싼 오래되고 그윽한 붉은 벽돌담 앞에서 바람에 하늘하늘 춤추는 수선화를 즐기고 있었다.

앤은 두 손으로 무릎을 감싸고 베란다 계단에 고즈넉이 앉아 있었다. 어슴푸레 깃드는 어슬녘의 빛에 감싸인 앤의 모습은 도저히 아이를 여럿 낳은 어머니로 보이지 않았다. 항구 거리를 내려다보고 있는, 잿빛과 초록빛이 섞인 아름다운 눈에는 여전히 소녀 시절의 꿈꾸는 듯한 표정과 생기 넘치는 반짝거림이 어려 있었다.

앤의 뒤에 걸린 해먹 속에는 잉글사이드의 6살배기 막내이자 통통한 귀염둥이인 릴라 블라이드가 누워 있었다. 그녀는 곱슬곱슬한 빨강머리에 눈은 담갈색인데, 자느라 눈을 꼭 감을 때마다 찡긋하면서 생기는 귀여운 주름이 얼굴에 어김없이 생겨 있었다.

잉글사이드 가족 인명사전에서 '갈색 도련님'으로 불리는 셜리는 수전에게 안겨 고이 잠들어 있었다. 그는 머리카락도 눈도 피부도 모두 갈색이고, 뺨만 발그레한 장밋빛이었다. 수전은 셜리를 유달리 애지중지하였다. 셜리를 낳고 나서 앤이 오랫동안 건강이 좋지 않았던 터라 수전이 셜리를 '엄마처럼' 정성껏 길러왔다. 그러다 보니 수전은 다른 잉글사이드 아이들도 물론 사랑했지만 셜리에게는 더더욱 각별했다. 블라이드 선생도 만일 수전이 없었다면 셜리는 살지 못했을 것이라고 말할 정도였다.

수전은 입버릇처럼 말하곤 했다.

"사모님이 셜리를 낳았지만, 나도 가슴으로 그 아이를 낳은 것이나 마찬가지예요. 그러니 셜리는 사모님 자식이지만, 내 자식이나 다름없기도 해요."

셜리는 다쳐서 혹이 나도 수전에게 호– 해달라고 달려갔고, 잠들 때에도 수전의 자장가를 들어야만 잠이 들었으며, 심한 장난으로 호되게 매를 맞을 상황이어도 수전에게로 쪼르르 달아났다. 수전은 아이들의 영혼에 도움이 된다고 생각할 때면 다른 아이들에게는 모두 매를 든 적이 있었지만 셜리에게만큼은 결코 손을 대지 않았으며, 심지어 엄마조차도 못 하게 했다.

언젠가 블라이드 선생이 셜리의 엉덩이를 한 대 때리는 것을 본 수전은 불같이 화를 내며 말했다.

"그 양반은 천사에게도 손찌검을 할 사람이에요, 사모님."

그 일로 단단히 화가 났던 수전은 몇 주 동안 블라이드 선생에게 파이를 만들어주지 않았다.

블라이드 의사 부부가 집을 비운 동안, 다른 아이들은 모두 애번리에 맡겨졌지만 셜리만은 수전을 따라가 수전의 오라버니네 집에서 지냈다. 그 기간 동안 수전은 셜리를 온전히 독차지하며 행복한 석 달을 보냈다. 그렇긴 하지만 수전도 이처럼 또다시 잉글사이드에 돌아와 모든 아이들에게 둘러싸여 지내게 된 것이 아주 기뻤다.

잉글사이드야말로 수전에게 온 세상이나 다름없었으며, 여기서 그녀는 모든 권한을 떨치며 다스릴 수 있었다. 앤조차 수전이 결정한 일에 이러쿵저러쿵 토를 다는 일이 거의 없었다. 그린게이블즈에 있는 린드 부인은 이 점을 매우 불만스럽게 여겼다. 포윈즈의 앤네 집을 찾아올 때마다 수전이 이렇듯 멋대로 하게 놔두었다가는 언젠가 반드시 후회할 날이 있을 거라고 앤에게 말하곤 했다.

수전이 말했다.

"저기 코닐리아 브라이언트가 항구 거리로 걸어서 올라오고 있네요, 사모님. 아마도 지난 석 달 치 소문을 죄다 풀어놓고 싶어서 오는가 봐요."

"꼭 그래 주면 좋겠는걸요. 나는 지금 글렌세인트메리 마을의 소문에 몹시 굶주려 있어요. 우리가 없는 동안 일어났던 일을 미스 코닐리아가 죄다 말해주면 좋겠어요. 하나도 빠뜨리지 않고 전부요. 누가 태어났고, 누가 결혼했고, 누가 만취해서 사고를 쳤는지, 또 누가 죽고, 누가 싸웠고, 누가 이사를 가고 이사를 왔는지, 누구 집에서 소를 잃었고, 누구한테 애인이 생겼는지 등등. 이렇게 집에 돌아와 그리운 글렌 마을 사람들과 함께 있게 되어 정말 기뻐요. 다들 어떻게 지냈는지 빨리 듣고 싶네요. 런던에서 웨스트민스터 성당을 거닐고 있을 때에도 문득 밀리선트 드루가 두 명의 신랑 후보자 가운데 과연 누구와 결혼하게 되었을까, 하는 생각을 했다니까요. 나는 남들의 연애사에 얽힌 뜬소문을 너무 좋아하나 봐요."

"어머나, 그야 품격 있는 여성이라면 누구나 새로운 소식을 전해 듣고 싶은 법이죠, 사모님. 나도 이 밀리선트 드루 사건에는 특별히 흥미를 가지고 있답니다. 나는 연인이라면 두 명은커녕 한 명도 가져본 적 없지만, 이제 그런 일은 아무렇지도 않아요. 노처녀라는 처지도, 익숙해지면 별로 마음이 아프다거나 힘들지 않으니까요. 밀리선트의 머리카락이 제 눈에는 꼭 빗자루로 쓸어넘긴 것 같던데, 남자들이란 그런 건 그다지 신경을 안 쓰나 봐요."

"남자들 눈에는 밀리선트의 예쁘고 상큼하고 사람을 놀리는 듯한 조그만 얼굴밖에 보이지 않는 거예요, 수전."

"정말 그런가 봐요, 사모님. 성경 말씀에 '고운 것도 거짓되고, 아름다운 것도 헛되다'[1]고 했지만 하느님이 저에게도 아름다운 외모를 허락해주셨다면, 그 말씀이 맞는지 한번쯤 스스로 확인해 보았어도 괜찮았겠다고 생각해요. 천당에 가서 천사가 되면 모두 아름다워지기야 할 테지만, 그때 미인이 된들 무슨 소용이 있겠어요? 아, 소문이라니 생각났는데요…… 지난주에 항구 윗마을에 사는 해리슨 밀러 씨 부인이 목을 매어 자살하려 했다더군요!"

"어머나, 수전!"

"진정하세요, 사모님. 성공은 못 했으니까요. 하지만 자살을 시도했다고 해서 그녀를 탓할 수도 없어요. 남편이 지독한 사람이거든요. 그래도 자기가 목을 맨 것은 바보 같은 일이었다고 생각해요. 남편이 다른 여자와 결혼할 수 있는 길을 자기 손으로 열어주는 거잖아요.

내가 밀러 부인이었다면, 사모님, 차라리 남편 속을 끓여 도리어 남편이 목을 매게 만들죠. 어떤 경우든 제 손으로 목숨을 끊는 사람을 감쌀 생각은 없지만요, 사모님."

앤이 참다못해 물었다.

"그런데 해리슨 밀러 씨는 대체 왜 그러는 거래요? 늘 사람들을 도저히 못 견딜 지경까지 몰아가잖아요."

---

[1] 《구약성서》〈잠언〉 31장 30절.

"글쎄요, 종교 때문이라고 말하는 사람들도 있고 또 똥고집 때문이라고 하는 사람들도 있어요. 아이고, 이런 속된 말을 써서 죄송해요, 사모님.

아무튼 해리슨 씨의 경우는 어느 쪽이라고 다들 딱 잘라 말을 못 해요. 어떤 날은 자기가 지옥에서 영원한 벌을 받을 운명을 이미 타고났다면서 무턱대고 아무한테나 버럭하거나 덤벼드는가 하면, 또 어떤 날은 다 필요 없다면서 술을 진탕 퍼마시고 고주망태가 되기도 하고 그러거든요. 내가 보기에는 머리가 어떻게 된 것 같아요. 밀러 집안에는 예전부터 정신이 온전한 사람이 하나도 없었거든요. 해리슨 씨 할아버지도 정신이 나갔었는데, 거대한 검은 거미 떼에 둘러싸여 있다는 망상에 시달렸대요. 거미들이 자기 몸 위를 마구 기어다니기도 하고 자기 주변에 둥둥 떠다닌다고도 말했어요.

제발 나는 미치는 일만은 없었으면 좋겠다고 생각해요, 사모님. 그런 일이 있을 거라고 결코 생각하지 않지만요. 우리 베이커 집안에는 그런 기질이 없으니까요. 그렇지만 제가 미치는 것이 전지전능하신 하느님이 결정하신 뜻이라면, 적어도 거대한 검은 거미 떼의 망상만은 아니었으면 해요. 나는 거미라면 질색이거든요.

그리고 밀러 부인이 동정을 받을 만한 사람인지 어떤지 난 잘 모르겠어요. 리처드 테일러에게 복수하려고 해리슨과 결혼했다고 말하는 사람들도 있거든요. 정말 그랬다면, 결혼하는 이유로서는 정말 해괴한 것 아닌가요? 하기야 내가 결혼과 관련된 일에 대해 뭐라고 이야기할 주제는 못 되지만요, 사모님.

아, 코닐리아 브라이언트가 대문 앞까지 왔네요. 그럼, 전 이 귀여운 갈색 도련님을 침대에 눕히고 뜨갯거리를 좀 가지고 올게요."

# 마을의 소문

"다른 아이들은 다 어디 갔어요?"

재회의 인사를 마친 미스 코닐리아가 물었다. 같은 인사였지만 미스 코닐리아는 다정하면서 공손했고, 앤은 열광적으로 반가워했으며, 수전은 다소 점잔을 뺐다.

앤이 대답했다.

"셜리는 방에서 자고 있고, 젬과 월터와 쌍둥이는 그리웠던 '무지개 골짜기'에 가 있어요. 그 아이들은 오늘 오후에 집에 돌아왔는데 저녁 식사가 끝날 때까지 도저히 기다릴 수 없다면서 곧장 쏜살같이 달려갔어요. 거기가 이 세상 그 어느 곳보다도 좋은가 봐요. 단풍나무숲도 그만큼 좋아하진 않아요."

수전은 까다로운 얼굴로 말했다.

"좋아할 수야 있지만 정도가 지나치지 않은가 싶어요. 언젠가 젬이 자기는 죽으면 천국보다도 '무지개 골짜기'에 가고 싶다고 말하던데, 그건 아무래도 적절치 못한 말이었어요."

미스 코닐리아가 말했다.

"다들 애번리에서 퍽 즐겁게 지내고 왔을 테죠?"

"그럼요. 마릴라가 아이들 응석을 어찌나 다 받아주는지. 특히 젬에 대해서라면, 그 아이가 어떤 짓궂은 장난을 해도 마릴라는 잘못이라고 생각하지를 않는다니까요."

"미스 커스버트도 이제 연세가 많이 드셨겠군요."

미스 코닐리아는 말하면서 뜨갯감을 꺼냈다. 수전에게 지지 않기 위해서였다. 미스 코닐리아는 손을 움직이는 여자가 손을 놀리는 여자보다 언제나 더 낫다고 믿는 사람이었다.

앤은 한숨을 쉬면서 말했다.

"벌써 85살이에요. 이제는 머리도 하얗게 쎘어요. 그런데 희한하게도 시력만은 환갑 때보다도 더 좋아진 거 있죠."

"그렇군요. 어쨌든 앤이랑 식구들이 돌아와서 정말 기뻐요. 없는 동안 퍽 쓸쓸했어요. 물론 글렌 마을에 아무 일도 없었던 건 아니에요. 정말 교회 일로 올봄만큼 시끄러운 적은 없었을 거예요. 가까스로 목사님이 결정되었잖아요, 앤."

"그 목사님은 존 녹스 메러디스라는 분이에요, 사모님."

수전은 미스 코닐리아만 새로운 소식을 전하는 특권을 누리게 할 수는 없다고 벼르고 있었던 터라 냉큼 끼어들어서 말했다.

흥미가 생긴 앤이 물었다.

"훌륭한 분인가요?"

그러자 미스 코닐리아는 한숨을 쉬고 수전은 끙 하고 신음했다.

미스 코닐리아가 말했다.

"목사로서만 본다면 좋은 분이지요. 매우 훌륭한 목사예요. 아는 것도 많고, 신앙심도 철저한 분이고. 그런데 앤, 그분은 상식이 전혀 없어요!"

"그런데 어쩌다 그분으로 결정됐죠?"

"아마 그분의 설교 실력만은 글렌세인트메리 교회가 생긴 이래 단연 가장 훌륭할 거예요."

미스 코닐리아는 이야기의 방향을 좀 바꿔 말하기 시작했다.

"그동안 어느 도시의 교회에서도 그분을 모셔가지 않은 건 사람이 늘 멍하고 나사가 하나 빠진 것 같기 때문일 거예요. 그분이 면접을 보러 와서 시범적으로 했던 설교는 흠잡을 데 없이 훌륭했어요. 다들 진짜 열광했다니까요. 게다가 그분의 외모도 한몫했죠."

자기가 또다시 끼어들어야 할 순간이라고 생각한 수전이 또 말을 보탰다.

"아주아주 미남이에요, 사모님! 이러니저러니 해도 나는 이왕이면 잘생긴 목사님의 설교를 듣는 게 좋더라고요."

미스 코닐리아가 말했다.

"더구나 사람들은 얼른 결정을 하지 않으면 안 된다고 조급증이 난 상태였거든요. 특히 후보자 가운데 만장일치로 좋다고 한 사람은 메러디스 목사가 처음이었어요. 다른 후보자들에 대해서는 꼭 반대하는 사람이 한 명은 있었거든요.

폴섬 목사로 하자는 의견도 있었어요. 그 사람도 설교를 꽤 잘했거든요. 그런데 사람들이 그의 외모를 썩 마음에 들어하지 않았어요. 너무 까무잡잡하고 미끈하다고요."

수전이 말했다.

"꼭 커다란 검은 수고양이 같았어요, 사모님. 일요일마다 그런 사람이 설교단에 선다는 것은 난 절대로 용납할 수 없어요."

미스 코닐리아가 말을 이었다.

"그다음에 오신 분은 로저스 목사였는데, 사람이 좀 꿔다 놓은 보릿자루 같다고 해야 하나…… 딱히 나쁠 것도 없었지만 좋지도 않았지요. 그런데 로저스 목사가 아무리 사도 베드로나 사도 바울처럼 설교했더라도 어차피 소용없었을 거예요. 그날 케일럽 램지 노인이 키우던 양 한 마리가 난데없이 교회 안으로 들어와서 로저스 목사가 성경 구절을 말하려던 바로 그때 큰 소리로 매 하고 울어버렸거든요. 모두가 웃음이 터져버렸고 그분은 이미 그 순간부터 가망이 없었다고 봐야죠.

그런가 하면 스튜어트 목사를 모시자는 의견도 있었지요. 학식이 매우 깊은 분이었으니까요. 《신약성서》를 5개 국어로 읽을 수 있을 정도라니까요."

수전이 또 끼어들었다.

"하지만 많이 배웠다고 해서 천당에 가는 문제에 대해 다른 사람보다 확신이 있는 것 같지는 않았어요."

미스 코닐리아가 수전을 무시하며 말했다.

"대부분 사람들은 설교할 때 그분의 말투를 그리 마음에 들어 하지 않았어요! 뭐랄까, 좀 으르렁거린다고 해야 하나. 그리고 아넷 목사는 설교가 엉망진창이었던 데다가, 하필이면 설교에 인용하는 성경 구절도 제일 안 좋은 '메로스를 저주하라.'[1]를 뽑은 거예요."

수전이 말했다.

"말이 막힐 때마다 성경을 '쾅' 내리치면서 '메로스를 저주하라.'라고 매섭게 소리쳤어요. 누군지 모르지만, 애꿎은 그 메로스라는 사람만 그날 어지간히도 저주를 받았죠, 사모님."

미스 코닐리아가 자못 심각한 태도로 말했다.

---

1) 《구약성서》〈사사기〉 5장 23절.

"담임 목사가 되려고 시범적으로 설교를 할 때는 성경 구절도 잘 선택해야 한다고 생각해요. 피어슨 목사가 그때 성경 구절을 잘 택했더라면 이번에 우리 목사로 결정됐을지도 몰라요. 그런데 '내가 산(hill)을 향하여 눈을 들리라.'[2]라고 한 순간 그분은 끝나버렸죠. 사람들이 모두 저도 모르게 히죽거리며 웃었거든요. 항구 곳에 사는 '힐(Hill)' 집안의 두 딸들이 지난 15년 동안 글렌에 독신 목사만 왔다 하면 유혹하려 했던 사실을 다들 잘 알고 있었기 때문이죠. 그 밖에 뉴먼 목사는 식구가 너무 많았어요."

수전이 말했다.

"뉴먼 목사님은 우리 형부인 제임스 클로 집에 머물렀어요. 아이들이 몇이나 되느냐고 내가 물어봤더니, 남자아이가 아홉이고 그 아이들 각자에게 여자 형제가 하나 있다고 하는 거예요. '18명이요? 정말 대단한 가족이네요!'라고 했더니 그분이 계속 크게 웃어대는데, 지금도 영문을 모르겠어요, 사모님. 어쨌든 아이들이 18명이면 어떤 목사관에 가더라도 너무 많은 편이죠?"

미스 코닐리아가 내심 한심스럽게 여기는 마음을 억누른 듯한 태도로 설명했다.

"뉴먼 목사의 아이들은 열 명이었어요, 수전. 그런데 행동거지가 올바른 아이 10명이라면, 목사관이든 우리 교회 신자들 입장에서든 지금 목사관에 살고 있는 아이들 4명보다 더 나쁠 일도 아니겠지요. 그렇다고 해서 그 애들이 악동들이라는 뜻은 전혀 아니에요. 나도 그 애들을 귀여워하고 모두들 좋아하기는 해요. 안 좋아하기 힘든 아이들이에요.

다만 곁에 붙어 있으면서 예의와 옳고 그름을 잘 가르쳐주는 사람만 있으면

---

[2] 《구약성서》〈시편〉 121편 1절.

아주 착한 아이들이 될 거예요. 학교에서는 모범생이라고 선생님이 말하는 것을 보면 충분히 그런 자질이 있는 아이들이에요. 하지만 집에만 가면 고삐 풀린 망아지가 되니 문제인 거죠."

"메러디스 부인이 아이들을 돌보지 않으시나요?"

앤이 물었다.

"부인이 안 계세요. 문제의 원인이 바로 그거예요. 메러디스 목사는 지금 홀아비예요. 부인은 4년 전에 돌아가셨대요. 만일 그걸 미리 알았다면 우리 담임 목사로 모시지 않았을 거라 생각해요. 홀아비 목사는 애초에 독신인 경우보다 교회 입장에서는 더 문제가 많으니까요.

메러디스 목사가 아이들 이야기를 하길래 우리는 당연히 아이들 어머니도 있으리라 생각했던 거예요. 그런데 막상 메러디스 목사 가족이 이사를 왔는데, 애들을 돌볼 사람이 마사 이모님이라는 노파뿐이잖겠어요. 듣자 하니 메러디스 목사 어머니의 사촌인데, 까딱하면 구빈원에 들어갈 처지가 되어서 메러디스 목사가 모시고 산대요. 나이는 75살이고, 눈도 반쯤 멀고 귀도 잘 안 들리는 데다 성질도 엔간히 까다로워야죠."

"게다가 음식 솜씨도 형편없대요, 사모님."

미스 코닐리아가 거들었다.

"목사관 살림을 맡아서 하는 데 그보다 부적당한 사람은 없을 거예요! 그런데도 메러디스 목사는 마사 이모님의 마음이 상할 거라면서 절대로 다른 가정부를 두려 하지 않아요.

앤, 정말이지 지금의 목사관 모습은 차마 눈 뜨고 볼 수 없을 정도예요. 곳곳이 먼지투성이고 무슨 물건이든 제자리에 놓여 있는 법이 없어요. 새 목사님 가족이 들어온다고 우리가 페인트칠도 새로 하고 벽지도 다시 바르고 해서 얼마나 깨끗하게 해놓았는데 말이죠."

"아이들이 넷이라고 했죠?"

앤은 벌써 그 아이들에게 모성애를 느끼기 시작했다.

"맞아요. 그리고 연년생들이에요. 맏아들 제럴드는 12살이고, 다들 제리라고 부르는데 아주 똑똑한 아이예요. 그 바로 밑인 페이스가 11살인데, 굉장한 말괄량이이지만 생긴 건 인형처럼 예쁘죠."

수전이 엄숙하게 말했다.

"언뜻 보기에는 천사 같은데, 보통 심한 말썽쟁이가 아니에요, 사모님. 지난주 밤에 하루 목사관에 갔는데 마침 제임스 밀리슨 부인이 와 있었어요. 계란 12개들이 한 줄이랑 양철통에 든 우유를 가지고요. 통이 아주 작긴 했지만요, 사모님.

페이스가 그걸 받아서 지하실로 내려가다가 거의 다 내려왔는데 계단에 발이 걸려 넘어져서 우유랑 계란을 들고 맨 밑바닥까지 굴렀어요. 어떻게 됐는지 짐작되죠, 사모님.

그런데도 그 아이는 웃으면서 올라오더니 '내가 지금 페이스인지, 커스터드 파이인지 나도 모르겠어요!'라고 하는 거예요. 이 말을 들은 제임스 밀리슨 부인은 화가 머리끝까지 나서, 저 모양으로 낭비되는 걸 보느니 다시는 목사관에 무얼 갖다주러 오지 않겠다고 펄펄 뛰었지요."

미스 코닐리아가 콧방귀를 뀌었다.

"마리아 밀리슨이 손해 봐가면서 목사관에 뭘 들고 갔을 리가 없어요. 그날 밤도 호기심을 채우기 위한 구실로 그걸 가지고 간 게 틀림없어요. 하지만 페이스는 늘 저지레를 치고 다니기는 해요. 무척 덤벙거리고 충동적이거든요."

앤이 자신있게 말했다.

"딱 저인데요. 난 그 페이스라는 아이를 좋아하게 될 것 같아요."

수전이 인정했다.

"아주 씩씩한 아이예요. 그리고 전 씩씩한 아이가 좋더라고요, 사모님."

미스 코닐리아도 시인했다.

"어딘지 모르게 마음이 가는 아이예요. 언제나 웃고 있어서, 그 얼굴을 보면 상대방도 어느새 웃음을 짓게 되지요. 그 아이는 교회에서도 통 얌전한 얼굴로 있지를 못해요.

그 아래 우나는 10살 난 여자아이인데 예쁘지는 않아도, 아주 상냥하고 귀염성 있어요. 막내 토머스 칼라일은 9살이고, 다들 칼이라고 부르죠. 두꺼비며 딱정벌레, 개구리 따위를 잡아서 집 안으로 들고 들어오는 데 각별한 재주가 있어요."

수전이 말했다.

"그렇다면 그랜트 부인이 목사관을 찾아갔을 때 응접실 의자 위에 있던 죽은 쥐도 그 애가 갖다놓은 것이겠군요. 부인이 너무나 놀라 발작이라도 일으키는 줄 알았어요. 무리도 아니죠. 목사관 응접실은 죽은 쥐가 와 있을 데가 아니니까요.

그렇지만 쥐를 거기에 놓아둔 것은 어쩌면 고양이였는지도 몰라요. 그 집 고양이는 마치 악마 같은 녀석이라니까요, 사모님. 목사관 고양이란 속은 어떻든 겉보기만이라도 품위를 갖추고 있어야 한다고 나는 생각해요. 한데 그런 난봉꾼 같은 몰골의 짐승은 본 적이 없어요.

심지어 거의 날마다 해 질 무렵이면 목사관 지붕마루를 어슬렁거리며 꼬리를 흔든답니다. 아무리 고양이라도 정말 적절치 않아요."

"그뿐인가요. 그 아이들은 '단 한 번도' 말쑥한 옷차림을 한 적이 없어요."

미스 코닐리아는 한숨을 쉬고는 덧붙였다.

"그리고 눈이 녹은 뒤로는 맨발로 학교에 가요, 앤. 목사관 아이들의 몸가짐으로는 전혀 올바르지 못하죠. 더욱이 감리교파 목사의 어린 딸은 언제나 단추 달린 단정한 장화를 신고 다니는데 말이에요. 그리고 무엇보다 그 아이들이 제발 감리교회 묘지에서는 그만 좀 놀았으면 좋겠어요."

앤이 말했다.

"묘지가 목사관에 그렇게 가까이 붙어 있으니 가서 놀고 싶을 만해요. 묘지에서 놀면 정말 재밌겠다고 어렸을 때 나도 늘 생각했었으니까요."

충직한 수전이 앤을 지키려고 나섰다.

"설마, 사모님이 그랬을 리가 없어요. 상식이 있고 행동거지가 반듯하신 분인데요."

앤이 물었다.

"그보다도 어째서 그 목사관을 묘지 바로 옆에 지었을까요? 목사관 잔디밭은 아주 좁아서 애들이 묘지 말고는 놀 데가 없잖아요?"

미스 코닐리아도 솔직히 인정했다.

"확실히 그건 실수였어요. 하지만 그곳 땅이 워낙 싸게 나왔었거든요. 그리고 이제까지 어느 목사님 아이들도 거기 들어가서 놀려고 한 일이 없었어요. 메러디스 목사님이 애들을 그렇게 하는 대로 내버려두면 안 되는데 말이에요.

그분은 집에 있으면 책에만 파묻혀 있어요. 이것저것 읽고 또 읽거나, 아니면 얼빠진 사람처럼 생각에 잠겨 서재 안을 왔다 갔다 해요. 그래도 아직까지는 일요일에 교회에 오는 것만은 잊지 않았는데, 기도 모임은 벌써 두 번이나 잊어버려서 장로가 목사관까지 모시러 갔었어요.

아, 패니 쿠퍼의 결혼식도 깜빡했었네요. 목사관에 전화를 걸었더니 글쎄,

집에서 입고 있던 차림 그대로, 신발도 실내용 슬리퍼를 신은 채로 허둥지둥 달려왔지 뭐예요. 하지만 감리교파 사람들이 그토록 비웃지만 않았다면 이렇게 두고두고 신경이 쓰이지는 않았겠죠.

그래도 딱 한 가지, 마음을 푹 놓아도 되는 점이 있어요. 메러디스 목사님의 설교만큼은 아무도 흠을 잡을 수 없다는 거예요. 메러디스 목사님은 설교단에만 서면 정신이 맑아져요. 감리교 목사는 전혀 설교를 할 줄 모르거든요. 뭐, 그렇다는 소문이 있어요. 다행히 나는 들어본 적이 없지만요."

미스 코닐리아는 결혼한 뒤로 남성을 경멸하는 버릇은 좀 덜해진 듯했지만, 감리교파를 무시하는 마음에는 조금의 너그러움도 끼어들지 않았다.

수전은 능청스레 미소 지으며 물었다.

"저, 마셜 엘리엇 부인, 듣자니까 감리교파와 장로교파를 하나로 합친다는 이야기가 있던데요."

미스 코닐리아가 날카롭게 대꾸했다.

"그래요? 내 눈에 흙이 들어가기 전에는 나는 그 꼴은 못 보겠는데요. 나는 감리교파와는 그 어떤 일로도 엮이고 싶지 않거든요.

메러디스 목사님도 그 교파 사람들은 멀리하는 편이 좋다는 것을 알게 될 거예요. 메러디스 목사는 정말이지 그 사람들과 지나치게 허물없이 지내고 있어요. 괜히 제이컵 드루의 은혼식 만찬에 참석해서 망신만 당했잖아요."

"무슨 일이 있었는데요?"

"드루 부인이 메러디스 목사님에게 거위를 잘라주었으면 좋겠다는 부탁을 했어요. 제이컵 드루는 거위를 잘라본 일도 없고 제대로 자를 줄도 모르거든요. 그래서 메러디스 목사님이 힘껏 자르기 시작했는데, 그러다 거위가 접시에서 미끄러져서 그만 옆에 앉아 있던 리스 부인 무릎 위에 떨어지고 말았대요.

메러디스 목사님은 또 멍하게 '리스 부인, 그 거위를 좀 돌려주시겠어요?'라고 했고요. 리스 부인이 얌전히 돌려주긴 했지만, 틀림없이 화가 났을 거예요. 새로 만든 실크 드레스를 입고 있었다고 하니까요. 게다가 리스 부인은 감리교파이니, 엎친 데 덮친 격 아니겠어요."

그때 수전이 끼어들었다.

"리스 부인이 장로교파가 아니어서 오히려 다행이지 않았을까요. 장로교파였다면 당장 교회에 안 나왔겠죠. 우리 교회는 더 이상 신자가 줄어들면 안 되는데 그랬으면 큰일이죠. 리스 부인은 너무 젠체해서 어차피 자기 교회에서도 그리 인기가 없어요. 그래서 솔직히 감리교파 사람들도 리스 부인 옷이 망가진 것을 은근히 좋아했을걸요!"

미스 코닐리아가 딱딱하게 말했다.

"내가 말하고 싶은 건, 메러디스 목사님이 웃음거리가 될 짓을 했다는 것이고, 나로서는 우리 교회 목사님이 감리교파에게 우습게 보이는 것이 몹시 불쾌해요. 메레디스 목사님에게 부인이 있었으면 이런 일은 없었겠죠."

수전이 고집스럽게 말했다.

"목사님에게 부인이 12명이 있었다 한들 드루 부인이 은혼식 만찬에 어울리지도 않게 질긴 거위 고기를 내놓는 거야 무슨 수로 막았겠어요."

미스 코닐리아가 말했다.

"소문에 그건 남편이 시켰다는 말도 있어요. 제이컵 드루는 사람은 거만하고 인색한 데다 자기 뜻대로 해야만 직성이 풀리는 남자니까요."

수전은 짜증스럽다는 듯 고개를 획 젖히며 말했다.

"더구나 그 부부는 서로 미워한다면서요. 결혼해서 함께 살아가기로 한 두 사람이 그러는 건 올바르지 않은 일 아닌가요. 물론 나는 그런 문제에 대해서는 전혀 경험이 없지만요.

 어쨌거나 나는 나쁜 일은 무조건 남자 탓으로 돌리는 데는 반대예요. 드루 부인도 인색하기야 남편 못지않죠. 드루 부인이 살면서 다른 사람들하고 나눠 먹겠다고 뭘 내놓은 건 버터 한 단지밖에 없었는데, 심지어 그것도 쥐가 빠졌던 크림으로 만든 버터였답니다. 그걸 교회 모임에 들고 왔었죠. 쥐가 빠졌었다는 것도 사람들은 나중에야 알게 되었고요!"

 미스 코닐리아가 말했다.

 "그나마 다행인 건 아직까지 메러디스 목사님 가족 때문에 기분이 상한 사람들은 모두 감리교파뿐이라는 점이에요. 제리가 2주일 전 밤에 감리교파의 기도 모임에 가서 윌리엄 마시 노인 옆자리에 앉았는데, 마시 노인이 일어서서 평소처럼 심하게 으르렁거리는 투로 간증을 했답니다. 윌리엄이 간증을 끝내고 앉자마자, 제리가 작은 소리로 '기분이 좀 나아지셨나요?'라고 물었대요. 제리는 공감을 표하겠다고 말한 것인데, 마시 씨는 건방지다며 불같이 화를 냈다더군요. 물론 제리가 감리교파 기도 모임에 간 것부터가 잘못이죠. 그런데 지금 우리 교회 목사관 아이들은 그런 식으로 가고 싶으면 어디나 간다니까요."

 수전이 말했다.

 "그 애들이 항구 어귀에 사는 앨릭 데이비스 부인의 심기만은 건드리지 않았으면 좋겠군요. 그 부인은 아주 성마르긴 하지만, 형편이 넉넉해서 목사님 급료를 거의 도맡아서 내다시피 하고 있으니까요. 그런데 언젠가 데이비스 부인이 메러디스 목사네 아이들처럼 버릇없는 아이들은 이제까지 본 적이 없다고 말하는 걸 들었거든요."

 앤이 단정하듯 말했다.

 "두 분의 이야기를 들을수록, 점점 더 메러디스 목사님 가족은 요셉을 아는 사람들의 일족이라는 확신이 생기는군요!"

미스 코닐리아도 인정했다.

"이러니저러니 해도 결국 그렇긴 해요. 그래서 상쇄가 되는 거죠. 아무튼 이미 우리 교회 목사님이 되어버린 이상 우리도 최선을 다해 메러디스 목사님 편이 되어야 하고, 다들 힘을 합해 감리교파의 비난으로부터 그 가족을 지켜주는 수밖에 없죠.

자, 이만 가야겠네요. 마셜이 오늘은 항구 윗마을에 갔는데, 곧 돌아와서 저녁밥 달라고 할 테니까요. 남자들이 다 그렇죠, 뭐. 다른 아이들을 보지 못하고 가야 해서 아쉽네요. 의사 선생님은 어디 가셨죠?"

"항구 어귀에요. 집에 돌아온 지 사흘밖에 안 됐는데, 자기 침대에서 잔 것이 세 시간, 집에서 식사한 것이 고작 두 번밖에 안 돼요."

"몸이 안 좋았던 사람들이 지난 6주 동안 블라이드 선생이 돌아오기를 고대하고 있었으니까요. 그리고 그들을 탓할 수도 없어요. 항구 윗마을에 사는 의사가 로브리지 장의사 딸과 결혼했을 때 다들 수상쩍게 생각했지요. 별로 좋아 보이지 않잖아요.

되도록 빨리 블라이드 선생과 함께 와서 이번 여행에 대한 이야기를 들려줘요. 즐거운 시간 보냈겠죠?"

앤이 고개를 끄덕이며 동의했다.

"네, 정말 좋았어요. 오랫동안 품어온 꿈을 마침내 이루었으니까요. 구세계인 유럽은 참으로 아름답고 훌륭했어요. 하지만 역시 우리 고향이 참 좋다는 생각을 하며 돌아왔어요. 캐나다는 이 세상에서 가장 좋은 나라예요, 미스 코닐리아."

미스 코닐리아는 덤덤하게 말했다.

"그 사실을 모르는 사람이 누가 있나요."

"게다가 그리운 프린스에드워드섬은 캐나다에서 가장 멋진 지방이고, 포윈즈는 그 섬에서도 가장 훌륭한 곳이지요."

앤이 웃으면서 저녁노을에 물든 아름다운 골짜기며 항구며 만을 우러러보듯 바라보며 반가운 마음에 그곳들을 향해 손을 흔들었다.

"유럽에서도 이보다 더 아름다운 곳은 보지 못했어요. 미스 코닐리아, 정말 벌써 가시려고요? 아이들이 뵙지 못했다고 서운해할 텐데요."

"그 귀여운 얼굴을 보여주러 어서들 와달라고 아이들에게 말해주세요. 도넛 항아리는 언제나 가득 차 있다고도요."

"아, 아까 밥 먹으면서, 느닷없이 찾아갈 계획을 세우고 있더라고요. 곧 방문드릴 거예요. 하지만 지금은 학교에 다시 적응해야 해서 바로는 못 갈지도 몰라요. 그리고 쌍둥이들은 음악 교습을 받기로 했어요."

미스 코닐리아가 걱정스럽게 물었다.

"설마, 감리교파 목사 부인한테 받는 건 아니겠죠?"

"아니에요. 로즈메리 웨스트한테서요. 엊저녁에 만나서 결정했어요. 아주 예쁜 아가씨더군요!"

"젊음을 잘 유지하고 있는 편이지요. 옛날만큼 젊지는 않지만."

"아주 매력 있는 분이더라고요. 사실 이제까지는 거의 친분이 없었어요. 그분은 집도 워낙 후미진 곳에 있는 데다, 교회에서가 아니면 거의 본 적도 없는 것 같아요."

"로즈메리 웨스트는 사람들이 잘 이해하지 못면서도, 항상 좋아들 했어요."

미스 코닐리아는 저도 모르게 로즈메리가 매력적이라는 찬사를 보내고 있었다.

"엘런이, 말하자면, 로즈메리를 옴짝달싹 못 하게 했다고들 하죠. 하지만 엘런이 폭군처럼 굴었다고는 해도 여러모로 로즈메리가 하고 싶은 대로 하도록 응석을 받아주기도 했어요. 로즈메리는 마틴 크로포드라는 젊은이와 약혼했었어요. 그런데 마틴이 탄 배가 마들렌제도에서 난파당해 그 배에 타고 있던 선원이 전원 익사했지요. 그때 로즈메리는 겨우 17살이었어요. 그렇지만 그 일이 있은 뒤 그녀는 전과 딴판이 되었죠.

어머니가 돌아가신 뒤 로즈메리와 엘런은 바깥출입도 거의 안 하고 조용히 지내왔어요. 로브리지에 있는 자기네 교회에도 잘 나가지 않았고, 장로교파 교회에 자주 나가는 것은 엘런이 탐탁지 않아 한다나 봐요. 그래도 감리교파 교회에는 '절대로' 가지 않는답니다. 그것만큼은 내가 엘런에 대해 옹호해줄 수 있는 점이에요.

웨스트 집안은 옛날부터 열렬한 감독교회 신자였지요. 두 사람 모두 돈이 꽤 있어요. 로즈메리가 딱히 음악 교습을 할 필요는 없어요. 그냥 자기가 하고 싶어서 할 뿐이죠. 레슬리하고는 먼 친척이 돼요. 포드네는 올여름에 포윈즈로 오나요?"

"아니요, 가족이 모두 일본에 가서 1년 동안 거기에 있는다나 봐요. 오언의 새 소설은 일본을 배경으로 쓰려고 한대요. 우리가 사랑하는 '꿈의 집'을 떠난 뒤로 여름에 그곳이 비게 된 건 이번이 처음이에요."

미스 코닐리아가 불만스럽게 말했다.

"오언 포드는 이교도들이 사는 일본 같은 나라에 굳이 자기 아내와 아무 죄 없는 아이들까지 끌고 가야 한대요? 그러지 않더라도 캐나다에서도 충분히 글감을 찾을 수 있을 텐데 말이에요. 그가 이제껏 썼던 작품 가운데 가장 걸작은 《짐 선장의 인생록》인데 그 작품의 소재는 바로 이곳 포윈즈에서 얻은 거잖아요."

"그 소재의 대부분은 짐 선장님이 준 것이었죠. 그리고 따지고 보면 짐 선장님 역시 온 세계를 돌아다니며 그 소재를 얻었고요. 어쨌든 전 오언의 작품은 하나같이 매우 재미있다고 생각해요."

"소설치고는 나쁘지 않죠. 오언의 작품은 빠짐없이 모두 읽고 있지만, 앤, 나는 소설을 읽는 것은 늘 시간 낭비라는 생각이 들어요. 이번 일본행에 대해서는 오언에게 꼭 편지를 보내서 나의 의견을 밝혀야겠어요. 아니, 케네스와 퍼시스를 이교도로 만들 작정이래요?"

이같이 대답하기 어려운 질문을 던지고 미스 코닐리아는 가버렸다. 수전도 릴라를 침대에다 재우려고 데려갔다.

앤은 별이 하나둘 뜨기 시작한 초저녁 하늘 아래 베란다 층계에 앉아 옛날과 다름없이 꿈속에 빠져 있었다. 그리고 오늘로써 백 번째로 포윈즈 항구의 달돋이의 아름다움에 새삼스레 취해 마냥 행복해졌다.

### 잉글사이드 아이들

낮이면 블라이드네 아이들은 잉글사이드와 글렌세인트메리 연못 사이에 있는 나뭇잎 우거진 단풍나무숲에서 즐겁게 놀았지만, 저녁나절에 왁자지껄 놀 곳으로는 단풍나무숲 뒤의 작은 골짜기보다 더 좋은 데가 없었다. 그 골짜기는 아이들에게는 옛날이야기에 나오는 요정 나라였다. 어느 여름 오후 한바탕 천둥과 소나기가 지나간 뒤 아이들이 잉글사이드 다락방에서 안개 낀 바깥 풍경을 내다보았을 때, 사랑하는 그곳에 황홀한 무지개가 걸려 있는 것을 보았다. 무지개의 한쪽 끝은 골짜기의 낮은 곳으로 흘러들어가는 연못의 한 귀퉁이에 잠긴 듯이 보였다.

"저기를 '무지개 골짜기'라고 부르자."

월터가 기쁜 얼굴로 말했고, 그 뒤부터 그곳은 '무지개 골짜기'가 되었다.

'무지개 골짜기' 밖에서는 까불며 소란스럽게 불던 바람도 이곳에서는 언제나 부드럽게 불고 지나갔다. 이끼 낀 전나무 뿌리 위 여기저기에 요정들의 작은 오솔길이 구불구불 이어져 있었다. 꽃 필 무렵이면 온 골짜기를 하얀 안개처럼 감싸는 산벚나무가 거무스름한 전나무 사이에 섞여 곳곳에 흩어져 있었다. 호박색 물이 흐르는 작은 시내가 글렌 마을에서부터 흘러와 그 골짜기를 지나갔다.

마을의 집들로부터는 적당히 떨어져 있었으며, 다만 골짜기 위쪽 끝에 '베일리 저택'이라는 다 허물어져 가는 작은 빈집만이 하나 있었다. 여러 해 동안 사람이 살지 않았고, 풀이 무성한 돌담이 둘레를 빙 둘러싸고 있었다. 오래된 뜰에는 지금도 꽃 피는 계절이 되면 제비꽃이며 데이지며 하얀 수선화가 흐드러지게 피는 것을 잉글사이드 아이들은 보곤 했다. 그 밖의 계절에는 뜰은 마구 자란 캐러웨이로 뒤덮여 여름밤이면 달빛을 받아 은빛 바다에서 이는 물결과 부서지는 물거품처럼 하얗게 일렁였다.

남쪽에는 못이 있고, 그 너머 아득히 먼 곳에 보랏빛 숲이 빽빽하게 우거져 있다. 높은 언덕 한 군데에만 낡은 잿빛 농가 한 채가 덩그러니 서서 글렌 마을과 항구를 내려다보고 있었다. 마을에서 가까우면서도 '무지개 골짜기'에는 뭔가 깊은 산속 숲처럼 사람 손을 타지 않은 듯한 울창함과 쓸쓸함이 감돌았다. 바로 그런 점이 잉글사이드 아이들의 마음에 드는 것이기도 했다.

골짜기 안에는 아이들만의 은신처처럼, 숨어 있는 빈터들도 곳곳에 많았고, 그 가운데 가장 널찍한 곳은 아이들이 특히 좋아하는 놀이터였다. 아이들은 그날 저녁에도 거기에 모여 있었다. 거기에는 어린 가문비나무 숲이 있고, 그 한가운데 풀이 우거진 작은 빈터가 펼쳐지며 시냇물의 기슭과 이어져 있었다. 시냇가에 은빛 자작나무 한 그루가 서 있었다. 아직 어리고 곧게 뻗어 자라는 이 나무에 월터는 '흰옷 입은 숙녀'라고 이름을 붙였다.

'연인 나무'도 이 빈터에 있었다. 그것은 가까이 붙어 서 있던 각각 한 그루의 가문비나무와 단풍나무의 나뭇가지가 서로 얽혀서 자라는 것을 보고 월터가 붙인 이름이었다. 젬이 마을의 대장장이에게서 받았던 헌 썰매용 방울 하나를 이 '연인 나무'에 매달아 두어서 산들바람이 불어올 때마다 요정이 스쳐갈 때 나는 소리처럼 찰랑찰랑 울렸다.

낸이 말했다.
"돌아오니까 정말 좋다! 역시 애번리의 어떤 곳보다도 '무지개 골짜기'가 가장 멋져."

그렇지만 아이들은 애번리를 아주 좋아했다. 그린게이블즈에 가는 것은 언제나 엄청난 즐거움이었다. 마릴라 할머니도 레이철 린드 할머니도 무척 잘해주었다. 린드 할머니는 나이가 많은데도 틈만 나면 흰 무명실로 무늬를 넣은 침대보를 떴다. 앤의 딸들이 '떠나야' 할 때를 대비해서였다. 애번리에는 같이 놀 재미있는 친구들도 있었다. 데이비 '아저씨'네 아이들이랑 다이애나 '아주머니'네 아이들이었다.

잉글사이드 아이들은 어머니가 옛날 그린게이블즈에서 지내며 소녀 시절에 참으로 사랑했던 장소들을 빠짐없이 알고 있었다. 들장미의 계절이 되면 울타리가 완전히 연분홍빛이 되는 기다란 '연인의 오솔길'이며, 버드나무와 포플러가 있는 언제나 깔끔한 뒤뜰, 옛날과 다름없이 맑고 아름다운 '드리아스(나무 요정)의 샘'이라든가 '반짝이는 윤슬의 호수', 그리고 '윌로미어(버드나무 호수)'까지.

쌍둥이들은 어머니가 옛날에 썼던 방을 차지했고, 밤이 되어 두 아이가 모두 잠들었다 싶으면 마릴라 할머니가 들어와 흡족한 표정으로 두 아이를 들여다보았다. 그러나 누가 뭐라고 해도 마릴라 할머니가 가장 귀여워하는 건 젬이라는 것을 누구나 알고 있었다.

그 젬은 지금 못에서 갓 잡아올린 조그만 송어를 굽느라 정신이 없었다. 붉은 돌을 둥그렇게 둘러놓고, 그 속에 불을 피운 것이 그가 뚝딱 준비한 스토브였다. 조리 도구라고는 두들겨서 납작하게 편 깡통과 이가 죄 빠지고 하나만 겨우 남은 포크밖에 없다. 그것만 가지고도 아주 훌륭한 음식이 이제까지 만들어졌다.

젬만이 '꿈의 집'의 아이였으며, 다른 아이들은 모두 잉글사이드에서 태어났다. 젬은 어머니와 똑같이 곱슬거리는 빨강머리에 눈은 아버지를 닮아 담갈색이었다. 날렵한 코는 어머니에게서 물려받았고, 꼭 다문 장난스러운 입매는 아버지를 빼닮았다. 그리고 온 집안에서 수전이 만족할 만한 잘생긴 귀를 가진 사람은 젬뿐이었다.

젬은 그런 수전에게 지금 골이 잔뜩 나 있었다. 수전이 아직까지도 자기를 '꼬마 젬'이라고 불렀기 때문이다. 13살이나 된 그는 분개했다. 어머니는 훨씬 더 분별이 있는데 말이다.

8살 된 생일 때였다. 젬이 화가 나서 외쳤다.

"난 이제 '꼬마'가 아니에요, 엄마. 나는 '엄청' 크단 말이에요."

어머니는 한숨짓다가 웃고는 또 한숨지었다. 그 뒤로는 두 번 다시 젬을 '꼬마 젬'이라고 부르지 않았다—적어도 젬이 듣는 곳에서는 결코 하지 않았다.

그는 언제나 착실하고 믿음직스러운 소년으로, 약속을 절대로 깨뜨린 일이 없었다. 말수가 그리 많은 편이 아니고, 선생님들은 그를 대단히 영민한 아이로 여기지는 않았지만, 성실하고 모든 분야를 두루두루 잘하는 학생이었다. 그는 무슨 일이든 그대로 받아들이려 하지 않고 정말인지 어떤지 스스로 알아보기를 좋아했다.

언젠가 수전이 이렇게 말한 적 있었다.

"서리가 앉은 문 쇠고리에 혀를 대면 껍질이 홀랑 벗겨지고 만단다."

젬은 정말 그런지 시험해보기 위해 곧바로 해 보았다. 그 결과 수전의 말이 틀림없는 사실임을 알았다. 대신 그 대가로, 아린 혀 때문에 며칠을 고생했다.

그러나 젬은 과학적 지식을 위해서라면 아무리 호된 꼴을 당하더라도 불평

하지 않았다. 끊임없이 실험하고 관찰해서 여러 가지 사실을 알게 되었고, 동생들은 자기들의 작은 세계에 대한 젬의 방대한 지식을 매우 대단하다고 여기고 있었다.

젬은 언제나 가장 잘 익은 딸기가 맨 먼저 열리는 곳이 어디고, 흰제비꽃이 겨울잠에서 맨 먼저 수줍게 깨어나는 곳이 어디며, 단풍나무 숲속 지빠귀 둥지에 파란 알이 몇 개 있는지 알고 있었다. 데이지 꽃잎으로 운세를 점치거나 붉은 토끼풀의 꽃에서 꿀을 쪽 빨아먹는 법을 알았으며, 연못 기슭에 자라난 풀뿌리 가운데 먹을 수 있는 것을 찾아서 캐낼 수도 있었다. 그 때문에 수전은 아이들이 독이 든 것을 먹고 큰일이 나지 않을까 늘 노심초사했다. 젬은 어떻게 하면 가문비나무의 지의류가 촘촘히 자란 옹두리 속에서 말간 호박색 덩어리를 이룬 가장 맛있는 나뭇진을 찾을 수 있는지도 알고 있었다. 항구 곶 언저리 너도밤나무 숲속에서 열매가 가장 알차게 열리는 곳은 어딘지, 그리고 송어는 시냇물 어디에서 가장 잘 잡히는지도 훤히 알고 있었다. 또 포윈즈 가까이 사는 들새며 동물이라면 어떤 것이라도 울음소리를 흉내 낼 수 있었고, 봄부터 가을에 걸쳐 어떤 꽃이 어디에 피는지도 모두 알고 있었다.

월터 블라이드는 '흰옷 입은 숙녀'라는 별명을 가진 자작나무 아래 앉아 있었다. 옆에 시집 한 권이 놓여 있었지만 읽는 중은 아니었다. 그는 눈을 크게 뜨고 에메랄드빛 안개에 둘러싸인 듯한 못가의 버드나무를 바라보았다가, 바람이 몰고 온 작은 은빛 양 떼 같은 구름이 '무지개 골짜기' 위에 두둥실 떠 있는 것을 올려다보았다가 했다. 그의 커다란 눈은 황홀한 기쁨으로 반짝이고 있었다. 월터의 눈빛은 뭔가 불가사의했다. 마치 땅 밑에 잠들어 있는 수 세대 전 선조들의 기쁨과 슬픔과 웃음과 신의와 열망이 그의 짙은 잿빛 두 눈의 심연 속에서 내다보고 있는 듯했다.

겉으로 보면 월터는 아무도 닮지 않아 '튀는 아이'였다. 알고 있는 한 어떤 친척과도 닮지 않았다. 그는 잉글사이드 아이들 가운데 가장 외모가 출중했고, 곱슬거리지 않는 검은 머리카락과 단정한 이목구비를 가지고 있었다. 그러나 어머니의 생생한 상상력과 아름다움에 대한 열정을 고스란히 이어받았다. 겨울의 서리, 봄의 손짓, 여름의 꿈, 가을의 매력—이 모든 것들이 월터에게는 깊은 의미를 지니고 있었다.

학교에서 젬은 대장감이었지만 월터는 그리 중요한 존재가 못 되었다. 그 까닭은 그는 결코 여느 남자아이들처럼 싸우는 일이 없었으며 체육 활동에도 좀처럼 끼지 않고, 누구의 방해도 받지 않는 한구석에서 혼자 책, 특히 시집을 즐겨 읽었기 때문이었다. 그 때문에 사내 녀석들은 월터를 '계집애' 같다거나 젖비린내 난다며 놀려대기 일쑤였다.

월터는 시인을 좋아했다. 처음 글을 읽을 줄 알게 된 그 순간부터 이미 시집에 열중했다. 이들 시인이 연주하는 음악—불멸의 음악—은 그의 자라나는 영혼의 씨실과 날실을 이루었다. 월터는 자신도 언젠가 시인이 되고 싶다는 열망을 품고 있었다. 그것은 이루어질 수 없는 일이 아니었다. 폴 아저씨—잉글사이드 아이들이 친밀함의 표현으로 그렇게 부르는 분—이 월터의 동경의 대상이었다. 폴 아저씨는 옛날에 애번리 초등학교에 다녔던 어머니의 제자였는데 지금은 신비의 땅이나 다름없는 '미국'에 살면서 그의 시가 어디를 가나 읽히고 있었다.

그러나 글렌 마을 남자아이들은 월터가 이런 꿈을 가지고 있는 줄 몰랐으며, 비록 알았다 하더라도 그리 대단한 감명을 받지는 못했을 것이다. 다만 월터는 완력은 형편없음에도, '책에 나온 말을 막힘없이 이야기한다'는 능력으로 인해, 아이들은 마지못해 그에게 경의를 나타내고 있었다. 글렌세인트메리

학교에서 월터만큼 말을 잘하는 아이는 없었다.

한 소년은 그가 '목사님처럼 말을 술술 잘한다'고 했다. 이 때문에 만일 주먹다짐을 싫어하거나 무서워하는 것을 들킨 여느 남자아이라면 괴롭힘의 대상이 되었을 텐데도 월터만은 예외여서 아무도 건드리지 않았다.

10살이 된 잉글사이드의 쌍둥이는 쌍둥이의 전통을 깨뜨리고 조금도 닮지 않았다. 이름이 '앤'이지만 다들 '낸'이라고 부르는 아이는 벨벳 같은 밤색 눈과 비단 같은 밤색 머리카락을 가진 아주 예쁜 여자아이였다. 쾌활하면서도 우아한 소녀였는데, 어떤 선생님은 낸이 블라이드(Blythe)라는 성에 걸맞게 성격도 쾌활하다(blithe)고 말했다. 낸의 어머니는 낸이 티 없이 맑은 뽀얀 피부를 가지고 있다는 점에 크게 만족했다.

블라이드 부인은 퍽 즐겁게 이런 말을 종종 하곤 했다.

"핑크색 옷을 입을 수 있는 딸이 하나는 있어서 아주 기쁘단다."

흔히 '다이'라고 불리는 다이애나 블라이드는 어머니를 꼭 닮아서, 해 질 무렵이면 묘한 광채를 띠는, 잿빛 섞인 초록색 눈동자와 빨강머리를 가지고 있었다. 아버지가 다이를 특별히 애지중지하는 이유도 아마 그 때문이었을 것이다.

다이와 월터는 유달리 사이가 좋았다. 월터는 자기가 쓴 시를 다이에게만 읽어주곤 했다. 월터가 어떤 점에서 스콧 경[1]의 〈마미언〉과 무척이나 비슷한 서사시를 아무도 모르게 열심히 쓰고 있다는 사실을 아는 사람은 다이 혼자뿐이었다. 다이는 월터가 말해준 비밀을 낸에게조차 말하지 않았으며, 자신의 비밀 또한 월터에게만 남김없이 이야기했다.

낸은 기품 있는 코를 킁킁거리며 말했다.

---

[1] 스코틀랜드 시인이자 소설가, 역사가인 월터 스콧(1771~1832).

"그 생선구이는 언제쯤 다 되는 거야, 젬? 냄새를 맡고 있으니 배가 못 견디게 고파져."

"거의 다 됐어."

젬은 능숙한 솜씨로 생선을 한번 뒤집었다.

"애들아, 빵과 접시를 꺼내서 차려놔. 월터, 이제 눈 좀 떠."

월터는 꿈꾸듯 말했다.

"오늘 저녁은 공기가 어쩌면 이토록 빛이 날까."

그는 결코 송어구이를 무시할 생각은 아니었지만, 그에게 있어서는 언제나 육체의 양식보다 영혼의 양식이 먼저였다.

"오늘은 꽃의 천사가 꽃을 부르며 온 세상을 훨훨 날아다니고 있어. 내게는 저 숲 옆 언덕 위를 날고 있는 천사의 파란 날개가 보여."

낸이 말했다.

"내가 이제까지 본 천사의 날개는 모두 하얬던걸."

"꽃의 천사의 날개는 그렇지 않아. 엷고 희미한 파란빛인 것이 마치 골짜기에 낀 실안개 같아. 아, 나도 날 수 있었으면. 얼마나 멋진 기분일까."

다이가 말했다.

"꿈에서는 이따금 날잖아."

월터가 말했다.

"나는 정확히 말해 내가 날고 있다고 할 수 있는 꿈을 아직 한 번도 꾼 적이 없어. 대신 땅에서 솟아올라 울타리나 나무들 위로 떠다니는 꿈은 곧잘 꾸지만. 그럴 때면 정말 기분 좋아. 그때마다 생각해. '지금까지는 줄곧 꿈이었지만 이번에야말로 꿈이 아니다, 이건 '정말'이다.' 하고. 그러다 결국 꿈에서 깨고 마는데, 그때 기분은 정말 가슴이 무너지는 것 같아."

젬이 명령했다.

"얼른 좀 해, 낸."

낸은 연회용 널빤지를 꺼냈다. 여기에 다른 곳에선 꿈도 꿀 수 없는 진수성찬을 차려놓고 숱하게 '무지개 골짜기'의 연회를 벌였으므로, 그야말로 그 이름에 걸맞은 널빤지였다. 그것을 두 개의 큼직한 이끼 낀 돌로 받치기만 하면 바로 식탁으로 바뀌었다. 식탁보는 신문지였고 수전이 내버린 이 나간 접시와 손잡이 없는 찻잔이 아이들만의 연회를 위한 식기였다.

낸은 가문비나무 밑동에 감춰둔 양철통에서 빵과 소금을 꺼냈다. 시냇물은 수정 같은 맑은 물을 아이들에게 주었다. 거기에다 맑은 공기와 아이들의 넘치는 식욕이 보태져 소스 역할을 하면서, 모든 요리를 더 맛있게 만들어 주었다. '무지개 골짜기'에 앉아서, 황금빛과 짙은 자수정빛 황혼에 잠긴 채 봄이 한창 무르익은 숲속의 발삼 전나무와 식물들의 향기에 젖고, 창백한 별 같은 산딸기꽃에 둘러싸여, 솨 불어오는 바람 소리와 나뭇가지가 흔들릴 때마다 찰랑찰랑 울리는 방울 소리를 들으며 구운 송어와 딱딱한 빵을 먹는 이 순간, 이 세상의 어느 권력자라도 잉글사이드의 아이들을 부러워하지 않을 수 없었다.

젬이 납작하게 편 깡통 위에서 지글거리며 익어가는 송어를 식탁에 올리자 낸이 말했다.

"다들 자리에 앉아. 오늘 식전 감사 기도는 젬 오빠가 할 차례야."

젬이 항변했다.

"난 송어구이 만든 걸로 오늘 내 몫은 다했어."

젬은 기도하는 것을 싫어했다.

"월터에게 하라고 해, 기도하는 거 좋아하니까. 하지만 짧게 해, 월트. 나 배고파 죽겠으니까."

그러나 짧게든 길게든 그 순간 월터는 기도를 할 수가 없었다. 때마침 기도를 가로막는 일이 일어났기 때문이다.

다이가 대뜸 물었다.

"목사관 언덕에서 내려오는 게 누굴까?"

# 목사관 아이들

소문처럼 마사 이모님은 살림에 몹시 서투른 가정주부였다. 존 녹스 메러디스 목사 또한 멍하고 자기 생각에 자주 빠져 있는 사람이었다.

그러나 글렌세인트메리 목사관은 그 정돈 안 된 무질서함에도 불구하고, 뭔가 부정하기 어려운 소박하고 편안한 느낌이 있었다. 까다로운 글렌 마을의 주부들까지도 저도 모르게 그 느낌에 젖어들며 차츰차츰 부드러워진 눈으로 목사관을 바라보았다.

어쩌면 그런 매력은 목사관이나 그곳을 둘러싼 환경이 우연히 빚어낸 결과인지도 모른다. 회색 판자를 둘러친 바깥벽을 담쟁이덩굴이 온통 뒤덮고 있고, 그 주위를 흔히 볼 수 있는 아카시아 나무와 길르앗 유향이 오랜 친구처럼 사방으로 가지를 뻗어 둘러싸고 있으며, 앞쪽 창문으로는 항구와 모래 언덕의 아름다운 경치를 볼 수 있었다.

그렇지만 이런 모습들은 메러디스 목사의 전임자가 있을 때도 똑같았고, 그때 목사관은 글렌 마을에서 가장 단정하고 깔끔하면서 가장 따분한 집이었다. 그곳이 지금의 분위기를 갖게 된 것은 새로 입주한 주인의 개성 덕택임이 분명하다. 현재의 목사관은 웃음소리와 연대감이 감싸고 있었다. 목사관의 문은 언제나 활짝 열려 있었으며, 집 안팎의 세계가 사이좋게 손을 마주 잡고 있었다.

글렌세인트메리 목사관을 지배하는 단 하나의 법률은 '사랑'이었다.

교회의 신도들은 메러디스 목사가 자기 아이들을 너무 응석받이로 키운다고 말했다. 확실히 그랬을 수 있다. 일단 그는 아이들을 나무라고 야단칠 마음이 없었다. 메러디스 목사는 아이들이 저지른 유달리 눈에 띄는 잘못에 맞닥뜨릴 때마다 한숨을 내쉬며 혼잣말을 했다.

"이 아이들에게는 엄마가 없으니까."

그러나 메러디스 목사는 아이들이 하는 짓의 절반도 알지 못했다. 그는 한마디로 몽상가였다. 그의 서재 창문은 감리교회 묘지 쪽을 향해 있었지만, 그는 자신이 영혼의 불멸성에 대한 깊은 생각에 잠겨 방 안을 왔다 갔다 하는 동안에, 제리와 칼이 감리교인들이 영면을 취하는 평평한 묘석 위에서 팔짝팔짝 개구리뜀을 뛰며 재미있어 어쩔 줄 몰라 하는 것을 조금도 깨닫지 못했다.

이따금 메러디스 목사는 아내가 살아 있었던 때만큼 아이들이 육체적으로든 정신적으로든 보살핌을 받지 못한다는 것을 예리하게 느끼는 일이 있었다. 또한 집안살림이나 식사에 대해서도 아내 시실리아가 있었을 때와 마사 이모님이 모든 살림을 도맡아하는 지금은 아주 다르다는 것을 무의식중에 늘 느끼고 있었다.

그러나 그 밖의 시간 동안 그는 책과 관념의 세계 속에서 살고 있었다. 그러므로 옷은 좀처럼 솔질이 되어 있지 않았고, 또한 마을 주부들이 그의 상아처럼 파리하고 단정한 얼굴이며 가느다란 손 등으로 미루어 언제나 식사를 충분히 못 하는 거라고 수군대는 동안에도 그는 조금도 불행하지 않았다.

만일 이 세상에서 즐거운 묘지가 있다고 한다면, 글렌세인트메리의 감리교회에 딸린 옛날 묘지야말로 그러했다. 감리교회의 다른 한쪽에 생긴 새로운 묘지는 잘 정돈되고 점잖은 음침한 장소였다. 그러나 이 옛날 묘지는 오랫동안 대자연의 다정하고 자애로운 손에 맡겨져 있는 동안 아주 기분 좋은 곳이 되어 있었다.

묘지의 세 면은 돌담으로 둘러싸여 있었다. 돌이 쌓인 위에 잔디가 자라고 있었고 거기에 이제는 거의 망가지다시피 한 잿빛 철재 울타리가 얹혀 있었다. 돌담 바깥에는 한 줄로 늘어선 키 큰 전나무가 향기를 풍기는 굵은 나뭇가지를 뻗고 있었다. 이 돌담은 글렌 마을의 첫 이주자들이 만든 것으로, 세월이 지남에 따라 점점 더 아름다워졌다. 갈라진 돌 틈 사이로 이끼며 풀이 자랐고, 이른 봄에는 밑바닥 쪽에 보랏빛 제비꽃이 가득 피었으며 가을에는 구석구석에 과꽃이며 미역취가 보기 좋게 피었다. 작은 풀고사리가 돌 틈에 사이좋게 무리 지어 자랐고 여기저기 키 큰 고사리도 무성했다.

묘지 동쪽에는 울타리도 돌담도 없었다. 여기에서는 드문드문해진 묘석들이 점점 묘지 쪽으로 가까워지는 어린 전나무 묘목들 속으로 흩어져가는 듯했다가 그 바깥쪽의 우거진 숲으로 이어져 있었다. 주위는 언제나 하프 소리 같은 파도의 노래며 오래된 잿빛 나무들의 음악으로 가득했고, 봄날 아침이면 두 교회를 둘러싼 느릅나무 숲속에서 새들은 죽음이 아닌 삶의 노래를 합창했다. 메러디스 집안 아이들은 이 옛날 묘지를 좋아했다. 담쟁이덩굴이며 가문비나무며 박하가 푹 꺼진 무덤 위에 가득히 펼쳐져 있었다. 전나무숲 앞의 모래땅 한쪽에는 블루베리 덤불이 무성하게 자라고 있었다.

초기 이주자들의 넓적한 타원형의 붉은 사암 묘석에서부터, 맞잡은 두 손과 수양버들이 새겨져 있는 그다음 시대의 것, 그리고 드높이 세운 '기념비'라든가, 유골 항아리에 흘러내리는 천을 덮은 듯한 석조 구조물로 꾸며진 최근의 '기괴한' 유행에 이르기까지 여기에는 3대에 걸친 사람들의 여러 가지 묘비가 서 있었다.

그 가운데 가장 크면서 보기 흉한 것은 앨릭 데이비스라는 사람의 무덤이었다. 그는 감리교파였다가 대대로 장로교파인 더글러스 집안의 아내를 만나 장로교로 개종해 평생 장로교인으로 살았다. 그러나 그가 죽었을 때 아내는 차마 그를 항구 윗마을 장로교파 묘지에 혼자서만 외롭게 잠들도록 할 수가 없어서 그의 친척들이 모두 묻혀 있는 감리교파 묘지에 묻었다. 그리하여 앨릭 데이비스는 죽어서 다시금 본래의 자기 교파로 돌아올 수 있었으며, 그의 아내는 다른 어떤 감리교 신도도 엄두를 못 낼 만큼 큰돈을 들여 묘비를 세우고 스스로 위안을 삼았다.

메러디스네 아이들은 영문도 모른 채 이 무덤을 싫어했지만 그 둘레에 있는 키 큰 풀이 우거진 벤치처럼 평평하고 오래된 무덤들은 좋아했다. 일단 앉기가 무척 편했다. 지금도 그들은 그런 무덤 가운데 하나에 다 함께 앉아 있었다.

개구리뜀에 싫증난 제리는 주즈하프[1]를 불고 있었고, 칼은 신기한 딱정벌레를 사랑스러운 듯 살펴보고 있었다. 우나는 인형옷을 만들고 있었고, 페이스는 햇볕에 그을린 가느다란 손을 등 뒤로 빼서 바닥을 짚어 몸을 기대고 맨발인 다리를 제리의 연주 소리에 맞추어 신나게 건들건들 흔들고 있었다.

제리는 아버지에게서 물려받은 검은 머리카락과 크고 검은 눈을 하고 있었으나, 그 눈은 아버지처럼 꿈꾸는 눈빛이 아니라 날카롭게 반짝였다.

그 바로 아랫인 페이스는 마치 장미꽃이 그러하듯, 아름다움에 얽매이지 않았지만 아름다움이 절로 뿜어져 나왔다. 눈도 곱슬머리도 황갈색이었으며 뺨은 발그레했다. 페이스는 너무 잘 웃어 아버지의 교회 신도들이 불만스럽게 생각할 정도였다. 몇 명의 남편을 앞세우고 비탄의 세월을 보내고 있는 노년의 테

---

[1] 편자 모양의 금속 테에 철사를 친 것으로, 이 사이에 물고 손으로 울리는 간단한 발현(撥絃)·체명(體鳴)악기.

일러 부인에게 충격을 준 일도 있었다. 교회 입구에서 이 노부인에게 건방지게 말했기 때문이었다.

"이 세상은 눈물의 골짜기가 '아니에요', 테일러 부인. 웃음이 넘치는 곳인 걸요."

꿈꾸는 듯한 우나는 그리 잘 웃는 성격이 아니었다. 땋아 늘어뜨린 곧고 검은 머리카락은 한 가닥도 흐트러져 있지 않았으며, 아몬드 모양의 짙푸른 눈에는 뭔가 그리움과 슬픔이 담겨 있었다. 저도 모르게 입이 벌어져 작고 가지런한 흰 이가 들여다 보이곤 했고, 이따금 깊은 생각에 잠긴 듯한 수줍은 미소가 그 작은 얼굴에 떠올랐다. 우나는 페이스보다 세상의 시선에 민감해서 자신들의 생활방식이 뭔가 비뚤어져 있음을 느껴 불편한 마음이 들었다. 그러나 어찌하면 바로잡을 수 있는지를 몰랐다. 이따금 먼지떨이로 가구의 먼지를 떨어보기도 했지만, 먼지떨이가 한 번도 같은 자리에 놓여 있는 적이 없었으므로 그것을 찾아내는 것 또한 일이었다. 또 옷솔을 찾을 수 있으면 우나는 토요일에 언제나 아버지의 가장 좋은 양복에 솔질을 했다. 한번은 떨어진 단추를 굵은 흰 실로 바느질해서 달기도 했는데, 그다음 날 메러디스 목사가 교회에 가자 모든 부인들의 눈이 그 단추로 쏠려 여성후원회는 그 뒤 몇 주일 동안이나 그 이야기로 떠들썩했다.

칼은 어머니로부터 물려받은 두려움 없이 솔직한, 맑고 짙은 파란 눈을 하고 있었다. 머리카락도 어머니처럼 금발에 가까운 갈색이었다. 칼은 작은 벌레들의 비밀을 알고 있었고, 벌이며 딱정벌레에게 동료애마저 느꼈다. 그의 둘레에는 어떤 기분 나쁜 생물이 숨어 있을지 몰라 우나는 선뜻 그의 곁에 앉으려 하지 않았다. 제리도 언젠가 칼이 작은 가터뱀을 침대 속에 데리고 들어와 같이 잔 이후로, 그와 같은 침대에서 자는 것만큼은 거부했다. 그래서 칼은 어릴 때 쓰던 작은 침대에서 혼자 잤는데, 그것은 팔다리를 죽 펼 수 없을 만큼 작았다. 그 침대에 기묘한 동물 친구들을 늘 데리고 들어왔다. 이 침대를 정돈할 때만큼은 마사 이모님의 눈이 잘 보이지 않는 것이 그나마 다행스러운 일이었다.

모두 사랑스럽고 어여쁜 아이들이었다. 시실리아 메러디스는 아이들을 남겨 놓고 떠날 수밖에 없다는 사실을 알았을 때 틀림없이 가슴이 미어졌을 것이다.

페이스가 쾌활하게 물었다.

"만일 감리교파라면 어디에 묻어달라고 하고 싶어?"

이것이 실마리가 되어 이런저런 재미있는 의견이 나왔다.

제리가 말했다.

"선택할 여지가 그다지 없어. 이미 자리가 꽉 찼는걸. 나라면 길에 가까이 붙어있는 저 구석이 좋겠어. 그러면 소나 말이 지나가는 소리나 사람들이 하는 이야기가 잘 들릴 거 아냐."

우나가 말했다.

"나는 자작나무 밑 저 작은 빈터가 마음에 들어. 새들이 저 자작나무를 좋아해서 아침이면 저기서 시끌벅적하게 노래하거든."

페이스가 말했다.

"나라면 저기 아이들이 많이 묻힌 포터 집안의 묘지로 하겠어. 나는 친구가 여럿 있는 게 좋으니까. 칼, 너는 어디로 할래?"

"나는 땅에 묻히기 싫어. 그렇지만 꼭 묻혀야 한다면 개미집이 좋겠어. 개미는 '엄청' 재미있으니까."

찬사 일색인 오래된 비문들을 읽던 우나가 말했다.

"여기에 묻힌 사람들은 모두 정말 좋은 사람뿐이야. 이 묘지 안에는 나쁜 사람은 하나도 없는 것 같아. 감리교파가 장로교파보다 착한가 봐."

칼이 말했다.

"아마 감리교파에서는 나쁜 사람은 고양이 묻듯이 묻는 거 아닐까. 그런 사람들은 묘지까지 옮겨다 주지도 않겠지."

페이스가 얼굴을 찌푸리며 나무랐다.

"바보 같은 소리. 여기에 묻힌 사람들이 다른 사람들보다 착한 게 아니야, 우나. 원래 누군가가 죽으면 그 사람의 좋은 점만 말해야 한대. 그렇지 않으면 그 사람이 귀신이 되어 도로 나타나서 계속 쫓아다닌다고 마사 할머니가 말했어.

아버지에게 그게 정말이냐고 물어봤더니 아버지는 내 너머를 가만히 보면서 중얼중얼 말했어.

'정말이냐고? 진실이냔 말이지? 진실이란 뭘까? 진실이란 무엇이냔 말이다, 응? 이 조롱하는 빌라도[2]여.' 그래서 나는 마사 할머니 말이 정말이라고 결론 지었어."

제리가 물었다.

"앨릭 데이비스 씨 묘비 맨 위에 있는 유골항아리에 내가 돌을 던지면 난 데이비스 씨 귀신에게 시달릴까?"

페이스가 키득대며 말했다.

"아마 데이비스 부인한테 시달리겠지. 그분은 꼭 고양이가 쥐를 노리듯 교회에서 우리를 감시하고 있으니까.

지난주 일요일 내가 그분의 남자 조카에게 웃기는 표정을 지었더니 그 애도

---

2) 본디오 빌라도. 기원후 26~36년까지 유대 지역을 다스린 로마의 총독. 《신약성서》 〈요한복음〉 18장 38절에서 유대인들에게 '진리가 무엇이오?'라는 똑같은 질문을 하고 그리스도의 무죄를 알면서도 그리스도를 십자가에 매달도록 유대인에게 내줌.

나한테 웃기는 표정을 지어 보였거든. 그때 데이비스 부인이 눈을 부릅뜨고 노려보는 얼굴을 다들 봤어야 하는데. 분명 밖으로 나와서 그 애 따귀를 때렸을 거야.

마셜 엘리엇 부인이 데이비스 부인을 화나게 하는 일을 결코 해서는 안 된댔어. 그 말만 안 들었더라면 난 그 데이비스 부인한테도 웃기는 표정을 지어 보였을 텐데, 참은 거라고."

제리가 말했다.

"언젠가 젬 블라이드가 데이비스 부인에게 혀를 날름 내밀었다고 해서 그 부인은 두 번 다시 젬네 아버지한테 진료를 보러 가지 않는대. 남편이 돌아가시게 되었을 때도 그랬대. 블라이드네 아이들은 어떤 애들일까?"

페이스가 말했다.

"나는 그 애들의 생김새가 마음에 들더라. '특히' 젬의 얼굴이 마음에 들었어."

목사관 아이들은 그날 오후 블라이드 선생 댁 아이들이 역에 도착했을 때 마침 그곳에 있었다.

제리가 말했다.

"월터는 학교 애들이 샌님 같다고 하던걸."

그러나 우나가 반대했다.

"그렇지 않을 거야."

우나는 월터를 매우 잘생겼다고 생각하고 있었다.

"아무튼 그 애는 시를 쓴단 말이야. 작년에도 시를 써서 선생님한테 상을 받았대. 버티 셰익스피어 드루가 나한테 말해줬어. 버티 어머니는 이름으로 봐서는 버티야말로 상을 받아야 한다고 생각했대. 그런데 버티는 이름이 뭐가 됐든 자기는 시 같은 건 도저히 쓸 수 없댔어."

페이스가 골똘히 생각에 잠기면서 말했다.

"그 아이들이 학교에 오게 되면 우리랑도 만나게 되겠지. 그 집 여자아이들이 좋은 아이들이면 좋겠어. 이 동네 여자아이들은 좋은 아이들도 답답하고 따분해. 그런데 블라이드 선생님네 쌍둥이는 재미있어 보이더라. 나는 쌍둥이들은 다 똑같이 생긴 줄로만 알았는데 그렇지 않던걸. 난 빨강머리 아이가 제일 재미있을 것 같아."

희미하게 한숨을 내쉬며 우나가 말했다.

"나는 그 아이들 어머니 인상이 좋았어."

우나는 어머니가 있는 아이들은 무조건 부러워했다. 우나의 어머니는 우나가 겨우 6살 때 돌아가셨다. 그래도 우나는 아침나절에 엄마와 장난치며 뛰놀고 해 질 무렵에 엄마 품에 꼭 안겨있던 일이며, 엄마의 다정한 눈길과 상냥한 목소리, 더없이 맑고 밝은 웃음 같은 귀중한 추억을 보석처럼 가슴에 오롯이 간직해 두었다.

제리가 말했다.

"사람들이 그러던데, 그 어머니는 어딘가 다른 사람들하고 많이 다르대."

페이스가 말했다.

"엘리엇 부인 말로는, 그건 그 아줌마가 정말로 어른이 되지 않았기 때문이래."

칼이 말했다.

"하지만 엘리엇 부인보다 키가 더 크던데."

"그래, 맞아. 하지만 마음속이 그렇다는 말을 하는 거야. 엘리엇 부인의 말은 블라이드 부인이 마음은 소녀 시절 그대로 멈춰 있다는 뜻이야."

"어, 이게 무슨 냄새지?"

페이스의 말을 끊으며 칼이 코를 킁킁거렸다.

다들 그 냄새를 맡았다. 더없이 맛있는 냄새가 목사관 아래 나무가 빽빽한 작은 골짜기 쪽에서 차분한 저녁 공기를 타고 올라왔다.

제리가 말했다.

"냄새 때문에 배고파졌어."

우나는 처량하게 말했다.

"저녁에는 빵하고 당밀뿐이었고, 점심도 식은 '디토'뿐이었잖아."

마사 이모님은 매주 초에 큼직한 양고기를 푹 삶아놓은 다음, 식었거나 양 기름이 끼었거나 아랑곳없이, 그 고기가 없어질 때까지 똑같은 음식을 질리도록 날마다 식탁에 내놓았다. 페이스가 문득 어떤 영감이 떠올라 '마찬가지'라는 뜻의 '디토'라는 이름을 생각해냈고 목사관 아이들 사이에서 이 음식은 언제나 디토라는 이름으로 통했다.

제리가 말했다.

"저 냄새가 어디서 나는지 가보자."

모두 발딱 일어나 강아지 떼처럼 장난치며 잔디밭을 가로지르고 나무 울타리를 타 넘어 점점 더 강해지는 냄새에 이끌려 경사진 언덕을 곧장 힘차게 달려 내려갔다. 몇 분 뒤 그들은 가쁜 숨을 몰아쉬며 '무지개 골짜기' 깊숙한 은신처에 닿았다. 그곳에서는 블라이드네 아이들이 바야흐로 식전 감사 기도를 드리려던 참이었다.

목사관 아이들은 부끄러워하며 멈칫했다. 우나는 이처럼 경솔하게 들이닥치지 않았더라면 좋았을 뻔했다며 마음속으로 후회했다. 그러나 다이 블라이드는 언제나 상황 파악이나 대응이 재빠른 아이였다. 그녀는 친밀하게 미소 지으며 얼른 한걸음 앞으로 나섰다.

그러고는 먼저 말을 건넸다.

"누군지 알겠다. 목사관 아이들이지?"

페이스는 고개를 끄덕이며 뺨에 보조개가 옴폭 파이도록 미소를 지었다.

"우리는 너희들이 송어 굽는 냄새를 맡고 뭔지 궁금해서 와봤어."

다이가 말했다.

"이리 와서 앉아서 같이 먹자."

제리가 두드려 편 깡통 쪽을 보며 배고픈 얼굴로 말했다.

"하지만 너희들이 먹을 것밖에 없는 거 아냐?"

젬이 권했다.

"아주 많아. 한 사람이 세 토막씩이나 먹을 수 있어. 자, 어서 앉아."

그 이상 사양할 필요는 없었다. 아이들은 모두 이끼 낀 바위에 걸터앉았다. 향연은 즐겁게 오래도록 이어졌다. 만일 낸과 다이가 페이스와 우나는 이미 알고 있는 그 사실―바로 칼의 겉옷 주머니 속에 작은 생쥐 두 마리가 들어 있는 것―을 알았더라면 놀라서 기절하고 말았을 것이다. 그러나 낸과 다이는 그 사실을 몰랐으므로 평온했다.

다 함께 모여 웃고 떠들며 식사하는 것 이상으로 사람들을 가까워지게 만드는 일은 없을 것이다. 마지막 송어가 사라졌을 때 목사관 아이들과 잉글사이드 아이들은 어느새 굳게 맺어진 친구이자 한편이 되었다. 그들은 말하지 않아도 서로의 속마음을 알 수 있는 이들이었으며 언제까지나 그럴 것이다. 요셉을 아는 사람들은 서로를 알아보는 법이었다.

그들은 자신들이 이제까지 살아오며 경험한 여러 가지 일들을 털어놓았다. 목사관 아이들은 애번리와 그린게이블즈, '무지개 골짜기'의 전통, 젬이 태어난 항구 옆 조그만 집에 대한 이야기를 들었다. 잉글사이드 아이들은 메러디스 목사 집안이 글렌 마을로 오기 전에 살았던 메이워터 고장의 일이며 우나의 소중한 외눈박이 인형에 대한 것, 페이스가 귀여워하고 있는 수탉 이야기 등을 들었다.

페이스가 수탉을 귀여워하는 것이 비웃음거리가 되는 일이 많아서 그녀는 곧잘 분통을 터뜨리곤 했다. 그런데 블라이드네 아이들은 아무렇지도 않게 받아들였으므로 페이스는 그 아이들이 마음에 들었다.

페이스가 말했다.

"애덤처럼 잘생긴 수탉은 개나 고양이만큼 귀여운 반려동물이라고 '나는' 생각해. 만일 애덤이 카나리아였다면 그 누구도 뭐라 안 했겠지. 게다가 애덤은 아주 작고 귀여운 병아리 때부터 내가 길렀거든. 전에 살던 메이워터의 존슨 부인이 주셨어. 애덤의 형제자매들은 족제비가 죽였어. 존슨 부인의 남편분 이름을 따서 애덤이라고 이름을 붙였지. 나는 인형이나 고양이에겐 정이 잘 가지 않아. 고양이는 너무 엉큼한 것 같고 인형은 이미 죽은 거잖아."

언덕 위의 집을 가리키며 제리가 물었다.

"저기 저 집에는 누가 살아?"

낸이 얼른 대답했다.

"두 명의 미스 웨스트—미스 로즈메리와 언니인 미스 엘런이 살아. 다이랑 나는 올여름에 미스 로즈메리에게 음악 교습을 받기로 했어."

우나는 순간 운 좋은 쌍둥이를 쳐다보았다. 부러움이나 시샘이라 말하기에는 좀 더 부드러운 동경이 어린 표정이었다. 아 나도 음악 교습을 받을 수 있다면! 그것이야말로 우나의 인생에 비밀스레 감추어둔 꿈 가운데 하나였다. 그러나 그 마음을 알아채주는 사람은 아무도 없었다.

"미스 로즈메리는 아주 마음씨가 곱고 언제나 예쁜 옷을 입고 있어."

다이가 말하면서 정말로 부러운 듯이 덧붙였다.

"머리는 마치 갓 만들어낸 당밀과자 같은 빛깔이야."

어머니가 어렸을 때 느낀 것과 마찬가지로 다이도 자신의 빨강머리를 선선히 받아들이기 힘들었다.

낸이 말했다.

"나는 미스 엘런도 좋아. 교회에서 만나면 늘 사탕을 주시거든. 하지만 다이는 미스 엘런이 무섭대."

"눈썹이 너무 까맣고 목소리가 엄청나게 낮단 말이야. 케네스 포드도 어렸을 때는 미스 엘런을 무서워했어.

어머니가 그랬는데, 포드 부인이 케네스를 처음으로 교회에 데려간 날 미스 엘런이 마침 뒤에 앉아 있었대. 그런데 케네스가 미스 엘런을 보고 느닷없이 울음을 터뜨리더니 아무리 해도 안 그쳐서 끝내 밖으로 데리고 나가야 했대."

"포드 부인은 누구지?"

우나는 궁금하다는 표정을 지었다.

"포드 씨네는 여기에 안 살아. 여름에만 와. 그런데 올여름에는 안 온대. 우리 엄마, 아빠가 오래전에 살았던 저기 아래 항구 기슭에 있는 집에서 지내곤 해. 퍼시스 포드를 만나면 좋을 텐데. 정말 그림처럼 예뻐."

그때 페이스가 끼어들었다.

"포드 부인에 대해서는 들어봤어. 버티 셰익스피어 드루가 말해줬어. 죽은 사람하고 14년 동안이나 결혼했었는데 그 사람이 다시 살아났다던데."

낸이 말했다.

"얼토당토않은 말이야. 전혀 틀려. 버티 셰익스피어는 무슨 이야기든 똑바로 알고 있는 법이 없다니까. 내가 다 알고 있으니까 나중에 언제 이야기해줄게."

지금은 안 돼. 꽤 긴 이야기인데, 우린 이만 돌아가야 해서. 이렇게 날씨가 축축해지는 저녁때에 밖에 너무 오래 있으면 엄마가 걱정하시거든."

 목사관 아이들은 습기 찬 날씨에 밖에 있거나 말거나 아무도 마음 써주는 사람이 없었다. 마사 이모님은 벌써 잠자리에 들었고 목사님인 아버지는 영혼의 불멸성을 추구하는 데 골몰하느라 언젠가는 소멸될 운명의 육체에 대해서는 생각할 겨를이 없었다. 그러나 목사관 아이들도 앞으로 펼쳐질 즐거운 미래를 마음속에 그리면서 목사관으로 돌아왔다.

 우나가 말했다.

 "'무지개 골짜기'가 묘지보다 훨씬 멋져. 나는 블라이드네 아이들이 정말로 좋아. 도저히 좋아할 수 없는 사람이 이토록 많은 이 세상에서 좋아할 수 있는 사람을 만나는 건 '정말' 고마운 일이야. 아버지가 지난주 일요일 설교에서 모든 사람을 다 사랑해야 한다고 했지만 그건 무리야. 특히 앨릭 데이비스 부인 같은 사람을 대체 어떻게 사랑할 수 있겠어."

 페이스가 대수롭지 않다는 듯한 목소리로 말했다.

 "아버지는 교회 설교니까 그렇게 말씀하신 거야. 정말로 그렇게 할 수 있다고 생각할 만큼 아버지는 분별없지 않아."

 다른 블라이드네 아이들도 젬만 빼고 모두 잉글사이드로 올라갔다. 젬은 혼자 빠져나와 '무지개 골짜기'의 먼 끄트머리로 갔다. 거기에는 산사나무꽃이 활짝 피어 있었다. 그 꽃이 피어 있는 내내 젬은 어머니에게 꽃다발을 꺾어가지고 돌아가는 일을 결코 잊지 않았다.

# 지붕 밑의 영혼

"정말이지 무슨 일이 일어날 것만 같은 기분이 드는 날이야."

수정처럼 맑게 갠 공기와 푸르른 언덕의 매력에 홀린 듯 페이스가 말했다. 흘러넘치는 즐거움에 겨워 제 몸을 감싸안고 페이스는 벤치처럼 길쭉한 헤저키아 폴록의 묘석 위에서 춤을 추고 있었다. 페이스가 한쪽 발로 묘석에 올라서서 깡충깡충 뛰면서 다른 한쪽 다리와 두 팔을 허공에 뻗고 있던 그 순간, 때마침 마차를 타고 지나가다 그 모습을 본 두 명의 노처녀는 기겁을 했다.

한 노처녀가 신음하듯 말했다.

"저 아이가 바로…… 우리 교회 목사의 딸이라니요."

맞은편에 앉아 있는 노처녀도 한숨을 쉬며 말했다.

"홀아비 손에 크는 여자아이에게 뭘 바라겠어요."

그러고는 두 사람 다 머리를 설레설레 가로저었다.

토요일 아침 일찍부터 메러디스네 아이들은 쉬는 날이라는 기쁨을 가득 안고 이슬 젖은 바깥세상으로 나아갔다. 그들은 휴일이면 아무것도 할 일이 없었다. 블라이드네 낸이나 다이조차도 토요일 아침에는 집안일을 도왔지만, 목사관 딸들은 마음만 내키면 해가 막 뜬 이른 아침부터 밤이슬 내리기 시작하는 저녁나절까지 멋대로 돌아다녀도 괜찮았다. 페이스는 이런 생활에 조금의 거리낌도 없었지만 우나는 마음속으로 은근히 부끄럽게 여겼다. 할 줄 아는 게 아무것도 없었기 때문이다. 같은 학년인 여자아이들은 모두 요리며 바느질이며 뜨개질을 할 줄 알았건만 전혀 못 하는 것은 자기들뿐이었다.

제리는 다 함께 탐험하러 가자고 제의했다. 그래서 아이들은 어슬렁어슬렁 전나무 숲속으로 들어갔다. 가는 도중에 칼도 함께 데려갔다. 칼은 이슬에 젖은 풀숲에 무릎을 꿇은 채 납작 엎드려서 개미들을 관찰하고 있었던 것이다. 그리고 전나무숲을 빠져나와 흰 유령 같은 민들레가 가득한 테일러 씨네 목장으로 나갔다.

목장 끄트머리에는 기울어가는 낡은 헛간이 있는데, 그곳은 테일러 씨가 이따금 남은 마른풀 다발을 넣어둘 뿐 그 밖에는 쓰이지 않았다. 메러디스네 아이들은 줄줄이 헛간으로 들어와서 잠시 동안 아래층을 서성거렸다.

별안간 우나가 속삭였다.

"방금 저 소리 뭐야?"

그들은 모두 귀를 기울였다. 위층 건초 다락에서 희미하지만 분명 바스락대는 소리가 났다. 아이들은 휘둥그레진 눈으로 서로의 얼굴을 쳐다보았다.

페이스가 소곤거렸다.

"위에 뭔가 있어."

제리가 결연히 말했다.

"내가 올라가서 보고 올게."

우나는 그의 팔을 붙잡고 부탁했다.

"아니, 가지 마."

"아니야, 갈래."

페이스가 말했다.

"그럼 우리 다 같이 가자."

네 아이는 차례차례 흔들거리는 사다리를 딛고 천천히 올라갔다. 제리와 페이스는 눈 하나 깜박하지 않았지만, 우나는 무서움에 벌벌 떨었고 칼은 위에서 박쥐가 나올지도 모른다고 어렴풋이 생각했다. 그는 밝은 낮에 박쥐를 꼭 한번 보고 싶었다.

사다리를 다 올라갔을 때 아이들은 바스락 소리의 원인을 보고 잠시 놀라 누구도 입을 열지 못했다.

작은 마른풀 둥지에 한 소녀가 막 잠에서 깨어난 듯 웅크리고 누워 있었다. 소녀는 메러디스네 아이들을 보자 비틀비틀 일어섰다. 뒤의 거미줄투성이 창문으로 밝은 햇빛이 비쳐들며 아이들은 여위고 햇볕에 그을린 소녀의 파리한 얼굴을 보았다. 소녀는 긴 아마색 머리를 둘로 갈라 땋아서 늘어뜨렸으며, 눈이 매우 색달랐는데—'흰 눈'이라고 목사관 아이들은 생각했다—그 눈으로 목사관 아이들을 바라보았다. 색이 무척 옅은 하늘색이어서 거의 희게 보였는데, 홍채 가장자리에 가느다란 검은색 고리가 둘러 있어 더욱 그래 보였다. 반쯤은 싸움을 거는 것 같기도, 반쯤은 동정을 구하는 것 같기도 한 눈빛이 어려 있었다. 소녀는 맨발에 맨머리였다. 이미 천이 빛바래고 너덜너덜해진 격자무늬 원피스를 걸치고 있었는데, 몸에 비해 너무 짧고 꽉 끼어 보였다. 나이는 그 수척한 작은 얼굴만 보면 몇 살인지 분간하기 어려웠지만, 키로 미루어 12살쯤 된 듯했다.

제리가 물었다.

"너는 누구야?"

소녀는 달아날 길이라도 찾듯 사방을 두리번거렸으나 방법이 없다는 절망감으로 몸을 바르르 떨며 체념하고 말했다.

"나는 메리 밴스야."

제리가 또 물었다.

"어디서 왔어?"

메리는 대답 대신 갑자기 마른풀 위에 허물어지듯 주저앉더니 와락 울음을 터뜨렸다.

페이스는 얼른 소녀에게로 뛰어가 곁에 앉아서는 그 들썩거리는 여윈 어깨에 손을 얹으며 제리에게 명령했다.

"성가신 질문 좀 그만해, 오빠."

그리고 떠돌이 아이를 끌어안으며 말했다.

"울지 마. 그냥 뭐가 문제인지만 말해줘. 우리는 네 친구야."

메리는 흐느끼면서 말했다.

"나, 나는 배가 너무 고파 죽겠어. 목요일 아침부터 아무것도 못 먹었어. 저기 시냇물에서 물만 조금 마셨을 뿐이야."

목사관 아이들은 이 무서운 사실에 놀라 서로 얼굴을 마주 보았다.

페이스가 깜짝 놀라 벌떡 일어나며 말했다.

"얼른 목사관으로 가자. 뭐든 먼저 먹고 나서 이야기하자."

메리는 몸을 옹송그렸다.

"아, 안 돼. 너희들 아빠, 엄마가 뭐라고 하겠어? 그리고 무엇보다 나를 돌려보내려 할 거야."

"우리에겐 어머니가 안 계셔. 아버지는 네가 있다고 해서 상관하지도 않을 거야. 마사 할머니도 마찬가지고. 자, 어서 가자."

페이스는 안달이 나서 발을 동동 굴렀다. 이 기묘한 여자아이는 설마 목사관 문턱까지 와서 굶어 죽을 작정인 것일까?

마침내 메리는 승낙했다. 그러나 무척 허약해져 있어 사다리를 내려오기조차 힘들었다. 다들 가까스로 그녀를 부축하여 내려오게 한 뒤 들판을 넘어 목사관 부엌으로 데려갔다.

마사 이모님은 토요일마다 근근이 해내는 일주일치 요리를 하느라 바빠서 메리에게 눈길도 보내지 않았다. 페이스와 우나는 식료품 저장실 안을 뒤져 얼마쯤의 '디토'와 빵, 버터, 우유, 그리고 수상쩍은 파이를 가져왔다.

메리는 맛이 있고 없고를 가릴 겨를도 없이 게걸스럽게 먹기 시작했다. 그동안 목사관 아이들은 둘레에 서서 말없이 그녀를 지켜보고 있었다. 제리는 메리의 입매가 귀엽고 이가 아주 희고 가지런하다는 것을 알아챘다. 페이스는 메리가 지금 입은 빛바랜 누더기 말고는 몸에 아무것도 걸치고 있지 않음이 분명하다는 사실을 깨닫고 속으로 진저리 쳤다. 우나는 오직 애처롭게 여기는 마음으로 먹먹해졌고 칼은 재미있고 신기하다는 듯 바라보았다. 그리고 목사관 아이들 모두는 저마다 호기심에 차 있었다.

메리가 먹고 싶을 만큼 실컷 먹은 것을 보고 페이스가 말했다.

"자, 묘지로 가자. 너에 대해 모조리 얘기해줘."

메리는 기꺼이 받아들였다. 음식을 먹은 덕분에 천성적인 쾌활함을 되찾아 본래부터 말수가 적은 편이 아닌 그녀의 혀가 풀렸다.

메레디스네 아이들에게 둘러싸여, 왕좌에 앉은 여왕처럼 폴록의 묘석에 앉은 메리는 다짐을 받았다.

"내가 이야기를 해주면, 너희들 아빠나 그 누구에게도 말하지 않겠다고 약속할 수 있겠어?"

목사관 아이들은 메리의 맞은편에 한 줄로 죽 앉았다.

"응, 말하지 않아."

"맹세할 수 있어?"

"맹세해."

"그럼, 좋아. 사실 말이야, 난 도망쳐 나왔어. 나는 항구 윗마을의 와일리 부인 댁에 있었어. 너네는 와일리 부인을 아니?"

"아니."

"모르는 게 나아. 너무나 끔찍한 사람이니까. 난 와일리 부인이라면 몸서리가 나. 나를 죽도록 부려먹으면서도 먹을 것이라고는 내 배가 절반도 채워지지 않을 만큼밖에 안 줬어. 게다가 거의 날마다 나를 두들겨 팼어. 여기 좀 봐."

메리는 너덜너덜한 옷소매를 걷어올려 거의 생살이 나올 만큼 벗겨진, 앙상한 두 팔과 두 손을 내밀었다. 여기저기 멍이 들어 시커메져 있었다.

순간 아이들은 몸서리를 쳤다. 페이스는 분노로 얼굴이 새빨개졌고 우나의 파란 눈에는 눈물이 가득 고였다.

그러나 메리는 태연한 얼굴로 말했다.

"수요일 밤에도 몽둥이로 맞았어. 소가 우유통을 걷어찬 것이 내 탓이라는 거야! 빌어먹을 그 늙은 소가 우유통을 걷어찰 줄 내가 어떻게 알았겠냐고."

듣고 있던 아이들은 통쾌한 전율에 휩싸였다. 그들은 이런 점잖지 못한 말을 쓰는 일은 감히 꿈에도 생각지 못했지만, 다른 누군가―더욱이 여자아이―가 그런 말을 쓰는 것을 들으니 오히려 짜릿했다. 이 메리 밴스라는 아이는 재미있는 여자아이가 틀림없었다.

페이스가 말했다.

"네가 도망칠 만했네."

"아, 나는 매 좀 맞았다고 해서 달아난 게 아냐. 매 맞는 거야 날마다 있는 일인걸. 그깟 빌어먹을 매질쯤은 이제 익숙해.

그래서가 아니야. 나는 1주일 전부터 달아날 생각이었어. 와일리 부인이 농장을 남에게 빌려주고 로브리지로 옮겨가게 돼서 나를 샬럿타운에 있는 사촌언니한테 줘버리기로 했기 때문이야.

나도 '그것만은' 참을 수 없었거든. 그 사촌은 와일리 부인보다 더 지독한 사람이야. 지난여름에 한 달 동안 그 집에 가 있었는데, 그 여자 집에서 살 바에는 차라리 악마랑 사는 편이 낫다고 생각했어."

두 번째 전율. 하지만 우나는 믿어지지 않는 듯했다.

"그래서 나는 그 집으로 보내지기 전에 달아나야겠다고 마음먹었지. 올봄에 존 크로퍼드 부인네 감자를 심어주고 받은 70센트가 있었어. 와일리 부인은 그걸 모르거든. 마침 그때 사촌네에 가서 집을 비웠었으니까.

나는 이 글렌 마을까지 몰래 도망쳐서 여기서부터 샬럿타운까지 가는 기차표를 산 다음 거기서 뭐든 일거리를 찾을 생각이었어. 말해두겠는데, 나는 무슨 일이든 닥치는 대로 하는 일꾼이야. 내 몸뚱이에는 게으름 같은 것은 한 알갱이도 들어 있지 않아.

목요일 아침에 와일리 부인이 아직 자고 있을 때 몰래 빠져나와서 글렌 마을까지 6마일(약 9.6킬로미터)이나 걸어왔어. 그렇게 해서 역까지 와서 보니까 내 돈이 없어졌잖아. 어떻게 없어졌는지, 어디서 잃어버렸는지 도무지 모르겠어. 아무튼 없어져버렸어.

나는 어떻게 할까 고민했지. 만일 그 와일리 마귀할멈에게로 돌아가면 내 생가죽을 벗겨버리고 말 테니까. 그래서 아까 그 헐어빠진 헛간에 숨어 있었던 거야."

제리가 물었다.

"그럼, 이제부터 어떻게 할 생각이야?"

"몰라. 돌아가서 매타작을 당하는 수밖에 없겠지. 지금은 배가 든든해졌으니까 어떻게든 버텨낼 수 있을 거야."

 말로는 강한 척해 보였지만 메리의 눈에는 허세 뒤에 감춰진 두려움이 어려 있었다.

 갑자기 우나가 앉아 있던 묘석에서 미끄러져 내려와 메리 곁으로 다가가더니 메리를 감싸안았다.

"절대로 돌아가면 안 돼. 그냥 우리 집에 같이 있자."

"하지만 와일리 부인이 나를 찾아낼 거야. 지금쯤 벌써 내 뒤를 쫓고 있을걸. 나를 찾아낼 때까지만 여기서 버텨보지, 뭐. 너네만 괜찮다고 하면 말이야. 토낄 생각을 하다니 내가 빌어먹을 멍청이였어. 와일리 부인은 족제비 한 마리라도 지구 끝까지 쫓아가서 잡아올 사람이야. 하지만 그 집에서는 정말 살아도 사는 게 아니었어."

 메리는 말하면서 목소리가 바르르 떨렸다. 그러나 그녀는 약한 모습을 보이는 게 부끄러웠다.

 그녀는 분하다는 듯 설명을 덧붙였다.

"지난 4년 동안 난 개보다도 더 비참하게 살았거든."

"그렇다면 와일리 부인 댁에 4년이나 있었구나?"

"응. 내가 8살이었을 때 부인이 호프타운에 있는 고아원에서 나를 데려왔어."

 페이스가 외쳤다.

"거긴 블라이드 부인이 계셨던 곳이야."

"나는 고아원에 2년 있었어. 6살 때 들어갔었지. 우리 엄마는 목을 맸고 아버지는 목을 그어서 죽었어."

 제리가 말했다.

"맙소사! 왜 그랬는데?"

"술."

메리의 대답은 무심하면서도 짤막했다.

"친척은 아무도 없니?"

"내가 아는 한 아무도 없어. 어디 있기는 있을 텐데 말이야. 내 이름은 다섯 명의 친척 이름을 따서 지었거든. 내 정식 이름은 메리 마사 루실라 무어 볼 밴스야. 이보다 긴 이름 들어본 적 있어? 할아버지는 부자였대. 아마 너네 할아버지보다 훨씬 부자였을걸. 하지만 아빠가 술로 다 말아먹었고 엄마는 엄마대로 펑펑 써댔대. 아빠, 엄마도 걸핏하면 나를 때렸어. 정말이지 하도 많이 맞았더니 나중에는 매 맞는 게 좋은 것 같더라니까."

메리는 고개를 홱 젖혔다. 너무 맞았다고 하니 목사관 아이들이 자기를 동정하고 있다는 사실을 알아차렸고, 그녀는 남의 동정을 받는 것을 좋아하지 않았다. 그녀는 부러움의 대상이 되고 싶었다. 그리하여 쾌활하게 주위를 둘러보았다. 그녀에게서 굶주림에 지쳐 흐리멍덩했던 모습이 사라지고 났더니 이제 그녀의 눈은 빛나고 있었다. 이 세상 물정 모르는 아이들에게 내가 어떤 사람인지 보여줘야지.

메리는 당당하게 말했다.

"나는 넌더리 날 만큼 병을 앓았어. 나처럼 온갖 병을 앓고도 살아 있는 애는 흔치 않을걸. 성홍열에 홍역에 홍사창에 볼거리에 백일해에 폐렴까지 앓았으니까."

우나가 물었다.

"죽을병에 걸린 적도 있었니?"

메리는 애매하게 대답했다.

"모르겠어."

 제리가 비웃었다.

"걸린 적 없을 게 뻔하지. 죽을병에 걸렸다면 이미 죽었을 테니까."

"그야 뭐, 나는 정말로 죽은 일은 없어. 하지만 하마터면 죽을 뻔한 적은 한 번 있어. 모두 죽은 줄 알고 날 묻을 준비를 하는데 내가 되살아났었지."

 제리가 갑자기 호기심에 불타 물었다.

"반쯤 죽는다는 건 어떤 기분이야?"

"아무렇지도 않아. 나는 내가 그 지경이라는 걸 병에 걸린 지 며칠이 돼서야 알았어. 폐렴에 걸렸을 때였는데, 와일리 부인은 의사를 부르지 않았어. 집에서 부리는 여자아이에게 그런 돈을 쓸 필요가 있겠느냐는 거였지. 착한 크리스티나 매컬리스터 할머니가 찜질약으로 날 간호해주셨지. 그 할머니 덕분에 살았어. 하지만 이따금 그때 차라리 죽어서 모든 일이 끝나버렸으면 좋았을걸 싶어지는 적이 있었어. 그랬다면 더 편해졌을 테니까."

 페이스는 좀 의심스러운 얼굴로 말했다.

"네가 만일 천국에 갔다면 그랬겠지."

 메리는 당황한 듯했다.

"그럼, 거기 말고 갈 곳이 어디가 또 있다는 거야?"

"그야 지옥이 있잖아."

 우나는 이 말이 시사하는 충격을 줄이기 위해 소리 죽여 말하고는 메리의 어깨를 꼭 안았다.

"지옥? 그게 어딘데?"

 제리가 말했다.

"악마가 사는 곳이야. 악마에 대해 들어본 적은 있겠지? 너도 아까 악마에 대해 말했었잖아?"

"아, 그랬지. 하지만 나는 악마가 사는 곳이 있는지는 몰랐어. 그냥 여기저기 어슬렁거리고 다니는 줄 알았어. 와일리 씨가 살아 있을 때 지옥이란 말을 했었어. 사람들에게 툭하면 거기에나 가버리라고 말했거든. 난 지옥이 와일리 씨가 태어난 뉴브런즈윅 어디인가 보다 그랬지!"

"지옥이란 아주 무서운 곳이야. 나쁜 사람들은 죽으면 거기 가서 언제까지나 언제까지나 뜨거운 불 속에서 태워져."

페이스는 이렇게 무시무시한 이야기를 할 때면 느끼는 극적인 기쁨을 은근히 즐기며 이야기했다.

메리는 믿어지지 않는지 다그쳐 물었다.

"누가 그렇게 말했는데?"

"성경에 씌어 있어. 메이워터의 아이작 크로더스 씨가 주일학교에서도 말했고. 그분은 교회 장로님이고 아주 중요한 분이라 지옥에 대해 잘 알아. 하지만 메리, 걱정할 것 없어. 네가 착한 사람이라면 천국에 갈 거야. 나쁜 사람이라면 어차피 지옥에 가는 게 더 나을 거고."

메리가 단호하게 말했다.

"난 무조건 안 가. 내가 아무리 나쁜 짓을 했더라도 불에 영원히 태워지는 건 절대 싫어. 그게 어떤 건지 난 잘 알거든. 일하다가 실수로 뜨거운 부젓가락을 잡은 적이 있단 말이야. 그럼, 착한 사람이 되려면 어떻게 해야 돼?"

우나가 대답했다.

"교회와 주일학교에 가고, 성경을 읽고, 밤마다 기도드리고, 전도를 위해 헌금도 해야 해."

"할 게 되게 많구나. 그 밖에 또 있어?"

"하느님께 네가 지은 죄를 용서해 달라고 간절히 진심으로 빌어야 해."

"하지만 나는 죄를 지……지은 일이 없어. 그런데 대체 죄라는 게 뭐지?"

"오, 메리, 너도 죄지은 적이 있을 거야. 누구나 그래. 이제까지 한 번도 거짓말한 적 없니?"

메리가 선뜻 대답했다.

"산더미만큼 많지."

우나는 엄숙하게 말했다.

"그건 무서운 죄야."

메리가 말했다.

"그럼 너는 내가 이따금 거짓말 좀 했다고 해서 고작 그런 이유로 지옥에 갈 거라는 말이야? 하지만 나는 그렇게 해야만 했었는데? 만일 거짓말하지 않았다면 와일리 씨한테 맞아서 내 온몸의 뼈가 산산이 부러질 뻔한 적도 있었어. 거짓말한 덕분에 매질을 피해서 살아남은 적이 몇 번이나 있었다고."

우나는 한숨을 쉬었다. 너무 까다로운 문제여서 우나로선 섣불리 판단할 수 없었다. 심하게 매 맞는 것을 떠올리면서 우나는 부르르 몸을 떨었다. 그런 경우라면 자기도 거짓말했을 게 틀림없다. 그녀는 메리의 못이 박인 작은 손을 꼬옥 쥐었다.

페이스가 물었다.

"너는 옷이 그것밖에 없니?"

천성이 쾌활한 그녀는 불쾌한 주제는 오래 생각하고 싶지 않았다.

메리는 얼굴이 빨개지며 외쳤다.

"내가 이 옷을 입고 온 건 이게 아무 값어치가 없기 때문이야. 와일리 부인이 사준 옷이 있지만 나는 그 사람한테 아무것도 신세 지고 싶지 않았어. 그리고 나는 정직해. 도망칠 거면서, 조금이나마 값어치가 있는 그 사람 물건을 가져오면 절대로 안 된다고 생각했어.

나는 이 다음에 어른이 되면 파란 새팅(새틴) 옷을 살 거야. 너희들 옷도 그리 말쑥하지는 않은데. 난 목사님 아이들은 늘 훌륭한 옷차림을 하고 있을 줄 알았는데."

메리는 욱하는 성미가 있고 또 어떤 점에서는 예민한 것이 분명했다. 그러나 뭔가 기묘하고도 야성적인 매력이 있어서 아이들을 모두 사로잡아버렸다. 그날 오후 목사관 아이들은 메리를 '무지개 골짜기'로 함께 데려가서 블라이드네 아이들에게 '항구 윗마을에서 놀러 온 친구'라고 소개했다. 블라이드네 아이들은 군말 없이 메리를 친구로 받아들였다. 어쩌면 그때는 메리의 차림이 다른 사람 앞에 나서도 부끄럽지 않을 만큼은 정돈이 되어 있어서인지도 모른다. 점심 식사가 끝난 뒤—마사 할머니는 몇 마디쯤 웅얼거리다 말고, 아버지는 일요일에 할 설교 내용만 생각하느라 반쯤 비몽사몽한 상태인 틈을 타—페이스가 잘 설득하여 메리에게 자기 옷과 다른 속옷가지도 몇 가지 입혔다. 머리까지 단정하게 땋았더니 위생 검사를 무사히 통과할 정도는 되었던 것이다.

놀이친구로서 메리는 합격이었다. 재미있는 새로운 놀이도 몇 가지나 알고 있었고 말도 재미있게 잘했기 때문이다. 사실 낸과 다이는 메리의 말씨에 대해 고개를 좀 갸웃거렸다. 어머니는 뭐라고 할지 모르지만 까다로운 수전이 뭐라고 할지는 짐작할 수 있었다. 하지만 아무튼 목사관에 놀러 온 손님이니까 괜찮을 거라 여기고 넘어갔다.

잘 시간이 되자 메리를 어디서 재워야 하는지가 문제가 되었다.

페이스가 곤혹스러워하며 우나에게 말했다.

"손님방에서 자라고 할 수도 없고."

메리가 기분이 상했다는 듯 퉁명스레 말했다.

"내 머리에 이 같은 거 없어."

페이스가 상황을 설명했다.

"아, 그런 뜻이 아니야. 손님방에 문제가 생겼기 때문이야. 쥐가 깃털이불을 쏠아서 큰 구멍을 내서 아예 집을 지었어. 지난주에 샬럿타운에서 오신 피셔 목사님이 그 방에 주무시러 들어갔을 때까지도 우리는 미처 그 사실을 몰랐었어. 하지만 피셔 목사님은 금방 알았지. 그래서 아버지가 침대를 양보하고 서재에 있는 안락의자에서 주무실 수밖에 없었어.

그러고 나서도 마사 할머니는 시간이 없어서 아직 그 손님방 침대의 이불을 수선하지 못했어. 그러니까 거기선 아무도 잘 수가 없어. 머리가 아무리 깨끗하다고 해도 말이야. 게다가 우리 방은 너무 작고, 침대도 작아서 함께 잘 수 없어."

메리가 달관한 듯 말했다.

"이불만 빌려준다면 아까 그 헛간의 마른풀에서 충분히 잘 수 있어. 어젯밤에 좀 춥더라고. 하지만 그 점만 빼면 다른 건 괜찮았어. 내가 원래 자던 데는 더 안 좋았는데, 뭐."

우나가 말했다.

"아니야, 아니야! 그건 안 돼! 이렇게 하면 어떨까, 페이스. 지붕 밑 다락방에 간이침대가 있잖아. 그 위에 낡은 매트리스도 있고. 예전에 계시던 목사님이 쓰다가 놔두고 간 거. 손님방에 있는 이불을 가져오고 그 침대에서 메리를 자게 하자. 다락방에서 자는 것도 괜찮지, 메리? 언니랑 내가 자는 방 바로 위야."

"어디든지 괜찮아. 제대로 된 방에서 자본 일이 없는걸. 와일리 부인 집에서는 부엌 위 다락방에서 잤는데, 그 방은 여름에는 비가 새고 겨울엔 눈발이 날려 들어왔어. 내 침대라는 것도 볏짚을 마룻바닥에 깔아놓은 게 전부였고. 난 어디서 자든 절대 군소리 안 해."

목사관의 다락방은 폭이 좁고 긴 편이었다. 천장도 낮고 어두컴컴했으며, 박공지붕의 한쪽 끝에 면해 있었다. 여기에 얌전한 헴스티치로 가장자리를 마무리한 침대시트를 깔고 자수로 장식한 이불을 덮어 메리의 잠자리가 마련되었다. 이것은 사실 생전에 시실리아 메러디스가 손님방에 쓰려고 정성껏 만든 침구로 마사 이모님의 엉터리 세탁에도 잘 견뎌 가까스로 남아 있는 것이었다.

잘 자라는 인사가 오가고 목사관은 이내 조용해졌다.

우나가 바야흐로 잠들려 했을 때였다. 바로 위의 방에서 무슨 소리가 들려서 그녀는 벌떡 일어났다.

"들어 봐, 페이스. 메리가 울고 있어."

우나가 속삭였으나 페이스는 대답하지 않았다. 이미 깊이 잠들어 있었기 때문이다. 우나는 살그머니 침대를 빠져나와 흰 잠옷 차림으로 복도에 나와 다락방 층계를 올라갔다. 마루가 삐걱거리는 통에 그녀가 오는 걸 모를 수가 없었으나 우나가 구석으로 갔을 때 달빛이 비치는 방은 조용했고 간이침대는 가운데가 혹처럼 불룩 솟아 있을 뿐이었다.

우나가 속삭였다.

"메리."

대답이 없었다. 우나는 침대 곁으로 살그머니 다가가 이불을 잡아당겼다.

"메리, 울고 있는 거 알아. 다 들렸어. 쓸쓸하니?"

메리는 갑자기 얼굴을 내밀었으나 아무 말 하지 않았다.

우나는 떨면서 말했다.

"나 네 옆으로 좀 들어갈게. 추워."

방 안의 공기는 싸늘했다. 작은 다락방 창문이 활짝 열려있어 북해안의 살을 에는 듯한 밤바람이 불어들고 있었다.

메리가 안쪽으로 몸을 움직여서 우나는 그 옆으로 파고들어 갔다.

"자, 이제는 외롭지 않을 거야. 첫날 밤인데 너를 여기에 혼자 두는 게 아니었어."

메리가 코를 훌쩍이며 말했다.

"나 외로웠던 거 아니야."

"그럼, 어째서 울었는데?"

"아, 여기 혼자 있게 되니까 그냥 여러 가지 일들이 생각나서 그랬어. 와일리 부인 집으로 돌아가야 한다는 생각도 나고…… 돌아가면 도망쳤다고 매 맞을 일…… 그리고…… 그리고 거짓말한 것 때문에 지옥에 가는 일 같은 게 생각났거든. 모든 일이 더럭 걱정이 되더라."

"어머나, 메리!"

마음이 여린 우나는 몹시 안타까웠다.

"그게 나쁜 일인 줄 몰랐을 때 한 거짓말 때문에 하느님께서 너를 지옥에 보내시지는 않으리라 생각해. 그렇게 하시지 않을 거야. 하느님은 정말 친절하고 좋은 분인걸. 물론 너도 이제는 나쁜 일이라는 걸 알았으니까 앞으로는 거짓말하면 안 되지만."

"만일 내가 거짓말마저 할 수 없다면 나는 어떻게 될까?"

메리는 또다시 흐느껴 울었다.

"너는 몰라. 너는 내가 사는 게 어떤지 조금도 몰라. 네게는 집이 있고 친절한 아버지도 계시니까—물론 정신이 여기에 절반밖에 안 와 계신 것 같기는 해도 말이야. 그래도 아무튼 너네를 때리지는 않으시잖아. 게다가 먹을 것도 충분히 있고…… 비록 너네 친척 할머니라는 그분은 요리라는 것을 '전혀' 할 줄 모르기는 하지만 말이야.

어쨌든 살면서 뭔가를 정말로 배불리 먹은 것은 오늘이 처음이야. 이제까지 어디에 가나 내내 매를 맞았어. 고아원에 있었던 2년만 빼고. 거기선 적어도 매는 안 맞았지. 원장님이 무서운 얼굴로 노려보거나 잡아먹을 듯이 버럭버럭 소리는 질러댔지만, 나쁘지 않았어. 세상에 와일리 부인같이 무서운 사람은 없어. 진짜야, 거기로 다시 돌아간다고 생각만 해도 소름이 끼쳐."

"돌아가지 않아도 될지 몰라. 다 같이 무슨 방법을 생각해낼 수 있지 않을까? 와일리 부인네로 돌아가지 않아도 되도록 둘이 하느님께 부탁드리자. 너도 기도를 드리겠지?"

메리는 심드렁하게 말했다.

"그래, 드리고 있어. 언제나 잠자리에 들기 전에 〈잠들기 전에〉라는 옛 시를 외워. 하지만 특별히 뭔가를 부탁드려야겠다고 생각한 일은 없었어. 이 세상에는 아무도 내 걱정을 해주는 사람이 없으니까 하느님도 마찬가지라고 여겼어. 하느님은 네 일에는 좀 더 마음을 써주실지도 모르지. 넌 목사님 딸이니까."

"하느님께서는 네게도 똑같이 마음 써주시리라 생각해. 진심이야. 네가 누구의 아이인가 하는 것은 아무 상관 없어. 그냥 부탁하기만 하면 돼. 나도 할게."

"그래, 좋아. 크게 효과는 없겠지만 해 봐서 나쁠 것도 없으니까. 만일 네가 나만큼 와일리 부인을 잘 알았다면 아무리 하느님이라도 그런 여자가 하는 일에는 끼어들고 싶어하지 않으리라는 것을 알 거야.

아무튼 이제 그 일로 더는 울지 않을 거야. 어젯밤에 잤던, 쥐가 돌아다니던 그 헐어 빠진 헛간에 비하면 오늘 밤 여기는 저택이나 다름없어. 저 포윈즈의 등대 불빛을 좀 봐. 진짜 아름답지?"

우나가 말했다.

"우리 집에서 저 불빛이 보이는 창문은 이것뿐이야. 나는 저걸 보면 기분이 아주 좋아."

"진짜? 나도 그런데. 와일리네 다락에서 저 불빛이 보였지. 저것이 나에게 하나뿐인 위안이었어. 매를 맞고 쓰러져서 못 견딜 것 같을 때 저 불빛을 바라보며 잠깐 아픔을 잊곤 했었지.

배가 저기에서 머나먼 곳으로 떠난다고 상상하면서, 나도 그 가운데 한 배에 올라타 멀고 먼 나라로—아무 인연도 없는 곳으로—떠나버렸으면, 하고 바라곤 했었어. 겨울밤, 등댓불이 없을 때는 무척 쓸쓸했었지.

우나, 그런데 너네는 나같이 알지도 못하는 아이에게 어째서 이렇게 잘해주는 거지?"

"그렇게 하는 게 옳은 일이니까. 우리는 누구에게나 친절히 대해야만 한다고 성경에 쓰여 있어."

"그래? 하지만 사람들은 거의 그런 데 그리 신경 쓰지 않는가 봐. 이제까지 내게 따뜻하게 대해준 사람은 기억에 없어. 정말이야.

우나, 벽에 비친 저 그림자 예쁘다. 꼭 작은 새가 떼 지어 춤추는 것 같아. 나는 너희들이랑 블라이드네 남자아이들이랑 다이는 모두 좋은데, 낸만은 싫어. 되게 잘난 척해."

우나는 열심히 부인했다.

"어머나, 메리, 낸은 조금도 잘난 척하지 않아."

"아니, 그렇지 않아. 그렇게 머리를 꼿꼿이 들고 있는 사람은 잘난 체하는 거야. 나는 걔 싫어."

"우리는 모두 낸을 좋아해."

메리가 시샘하여 말했다.

"그럼, 나보다도 좋아해?"

당황한 우나는 더듬거렸다.

"글쎄, 메리, 우리는 낸을 벌써 몇 주 전부터 알고 지냈어. 너를 안 지는 아직 몇 시간밖에 안 됐잖아?"

"그래서 나보다 그 애가 좋다는 거지? 알았어! 얼마든지 좋아해. 난 관심 없어. 나는 네가 좋아해 주지 않아도 괜찮아."

메리는 벌컥 화를 내고 쿵 소리를 내며 벽 쪽으로 돌아누웠다.

우나는 다정하게 그 고집스러운 등을 쓰다듬었다.

"메리, 그런 말 하지 마. 나는 너를 아주 좋아해. 네가 그렇게 화내면 속상해."

대답이 없었다. 이내 우나가 흐느끼는 소리가 들렸다. 메리는 곧바로 우나 쪽으로 돌아누우면서 우나를 힘껏 끌어안았다.

"울지 마. 내가 한 말은 신경 쓰지 마. 이토록 친절히 대해주는데 그따위 말이나 하고 내가 정말 나빴어. 난 악마 같은 애야! 그런 말을 하다니 생가죽을 벗긴다 해도 할 말이 없을 정도야. 나 같은 건 싫어하는 게 당연해. 흠씬 매를 맞아도 싸.

자, 이제 울지 마. 울음을 그치지 않으면 나는 이대로 항구로 가서 물에 빠져 죽을 테야."

우나는 이 무서운 협박에 놀라서 억지로 눈물을 꾹 참았다. 메리는 손님방 베갯잇의 프릴 장식으로 우나의 눈물을 닦아주었다. 용서한 사람과 용서받은 사람은 평화를 되찾고 바싹 붙어서 누웠다. 두 소녀는 달빛이 비치는 벽 위에 담쟁이덩굴 이파리의 그림자가 어른거리는 것을 바라보다가 곧 새근새근 잠들었다.

아래층 서재에서는 존 메러디스 목사가 황홀한 얼굴로 눈을 형형히 빛내며 방 안을 왔다 갔다 하고 있었다. 다음 날 아침에 할 설교에 대한 구상을 정리하는 중이었다. 이 넓고 냉담한 세계 속에서 어둠과 무지에 발이 걸려 넘어지고, 공포에 쫓기며, 자기를 둘러싼 크나큰 시련에 맞서 불공평한 싸움을 하기란 어른에게조차 너무도 버겁다. 바로 그런 싸움에 내던져진 어리고 의지할 곳 없는 영혼이 바로 그 순간 자기 집 지붕 밑에 깃들여 있는 것을 그는 전혀 알지 못했다.

## 메리, 목사관에 머물다

다음 날 목사관 아이들은 메리 밴스를 교회에 데려갔다. 처음에 메리는 좀처럼 따라가려 하지 않았다.

우나가 물었다.

"너 항구 윗마을에 살 때 교회에 간 적 없니?"

"갔지. 와일리 부인은 교회 같은 건 생각지도 않고 살았지만 나는 일요일에 일 안 해도 될 때는 꼭 갔어. 마음 놓고 앉아 있을 수 있는 곳이 있다는 게 정말로 고마웠거든. 하지만 교회에 이런 누더기를 입고 갈 수는 없잖아."

페이스가 두 번째로 좋은 나들이옷을 빌려주면서 이 문제는 곧 풀렸다.

"빛깔이 좀 바래고 단추가 두 개 떨어졌지만 그런대로 괜찮을 거야."

"단추는 내가 얼른 달면 돼."

우나가 놀라며 반대했다.

"일요일에 그런 일을 하면 안 돼."

"괜찮아. 좋은 날일수록 좋은 일을 하면 더욱 좋지. 바늘과 실을 가져다줘. 찜찜하면 너는 눈 살짝 돌리고 있어."

메리는 페이스가 학교에 갈 때 신는 부츠와, 시실리아 메러디스가 썼던 헌 검정 벨벳 모자로 옷차림을 갖추고 교회에 갔다.

교회에서 메리는 특별히 눈길을 끌 만한 행동을 하지 않았다. 목사관 아이들을 따라온 초라한 소녀는 누구일까 고개를 갸웃한 사람도 몇몇 있었지만, 그 이상은 아무도 신경 쓰지 않았다. 설교도 예의 바르게 들었고 목청을 돋구어 찬송가도 열심히 불렀다. 목소리는 맑고 또렷했고 음감도 좋았다.

메리는 쾌활하게 찬송가를 불렀다.

"예수님이 흘리신 피로 제비꽃[1]이 깨끗이 씻기리니."

목사 가족석 바로 앞자리에 앉아 있던 지미 밀그레이브 부인이 느닷없이 홱 돌아보며 메리를 머리끝부터 발끝까지 쭉 훑어보았다. 메리가 단순한 장난기로 밀그레이브 부인에게 혀를 날름 내민 바람에 우나는 소스라치게 놀랐다.

교회에서 돌아온 뒤 메리가 당당히 말했다.

"가만히 있을 수 없었어. 어째서 나를 그렇게 아래위로 노려보는 건데? 무례하잖아! 메롱 하기를 잘했다고 생각하는데. 할 수만 있으면 혀를 좀 더 쑥 내밀고 싶던걸. 항구 윗마을에 사는 롭 매컬리스터가 교회에 있던데, 와일리 부인에게 일러바치지 않을까?"

와일리 부인은 나타나지 않았고 며칠이 지나자 아이들은 그녀가 나타날까 봐 걱정하는 일조차 잊어버렸다. 메리는 목사관에 자리를 잡았다. 하지만 학교에 가는 것만은 싫다고 했다.

"싫어. 학교에서 배울 건 이미 다 배웠어. 와일리 부인네에 온 뒤로 4년 내내 학교에 갔으니 이제 됐어. 숙제를 해오지 않았다고 날마다 야단맞는 거 이젠 지긋지긋해. 내가 숙제할 시간이 어디 있냐고."

페이스가 메리의 마음을 바꿔보려고 말했다.

---

[1] 영국의 신학자·찬송가 작곡가인 찰스 웨슬리(1707~1788)의 찬송가 〈내게 소용된 그분의 피〉의 한 구절로, vilest(바일리스트, 가장 타락한 자)를 violets(바이올렛츠, 제비꽃)과 혼동했음.

"우리 선생님은 야단 안 쳐. 아주 좋은 분이야."

"어쨌든 나는 안 가. 읽고 쓸 줄 알고 산수도 분수 계산까지 할 수 있으니까. 그만큼 할 줄 알면 내게는 충분해. 너희들이나 갔다 와. 나는 집에 있을래. 뭔가 훔쳐서 달아나지 않을까 하는 걱정 같은 건 안 해도 돼. 나는 정말로 정직하니까."

메리는 다른 아이들이 학교에 가 있는 동안 청소를 시작했다. 2, 3일 지나자 목사관은 몰라보리만큼 달라졌다. 바닥을 깨끗이 쓸고 가구에는 먼지 하나 없게 말끔히 닦았으며 모든 물건이 제자리에 놓였다. 손님방의 쥐가 쏠아 구멍이 생긴 이불잇을 기웠고, 떨어진 단추를 달았으며, 해진 옷은 헝겊을 대어 예쁘게 기워놓았다. 심지어 서재에까지 비와 쓰레받기를 들고 쳐들어가 메러디스 씨에게 청소하는 동안 밖에 나가 있으라고 명령했다.

그러나 마사 할머니가 딱 한 군데만은 메리가 결코 손대지 못하도록 했다. 메리가 온갖 수단을 다 써서 꾀어보았으나, 귀먹고 눈도 반쯤 멀고 어리석기까지 한 마사 할머니일지라도 부엌살림만은 결단코 자기 손안에서 놓으려 하지 않았다.

메리는 화가 나서 아이들에게 말했다.

"정말이지 마사 할머니가 내게 요리를 하도록 해주기만 하면 너희들에게 제대로 된 음식을 좀 먹여줄 수 있을 텐데. '디토'며 멍울진 오트밀, 맹맹한 우유와 영영 이별할 수 있다고. 대체 그 할머니는 우유에서 걸러낸 크림은 죄다 어떻게 하는 걸까."

페이스가 한숨을 쉬며 말했다.

"고양이한테 줘. 저 고양이는 할머니 고양이거든."

메리는 가시 돋친 말을 했다.

"내가 고양이처럼 저 할머니를 앞발로 확 할퀴어주고 싶네. 나는 고양이 같은 건 딱 질색이야. 고양이는 악마랑 한패가 틀림없어. 눈을 보면 알지.

뭐, 마사 할머니가 안 된다면 안 되는 거니까. 하지만 모처럼 좋은 음식이 못 쓰게 되는 걸 보니 화가 치밀어."

학교가 끝나면 그들은 언제나 '무지개 골짜기'로 갔다. 메리는 묘지에서 노는 것은 싫다고 했다. 유령이 무섭다는 것이었다.

젬 블라이드가 말했다.

"유령 같은 건 없어."

"진짜 그럴까?"

"넌 본 적 있어?"

메리는 서슴지 않고 대답했다.

"수백 번 봤어."

칼이 물었다.

"어떻게 생겼는데?"

메리는 술술 대답했다.

"아주 무시무시하게 생겼어. 해골같이 앙상한 손과 머리를 하고 새하얀 옷을 입고 있어."

우나가 물었다.

"그래서 어떻게 했어?"

"뒤도 안 돌아보고 줄행랑쳤지."

메리는 월터의 눈과 마주치자 얼굴을 붉혔다. 그녀는 월터에게 경외감을 느꼈다. 그녀는 월터의 눈을 보면 왠지 움츠러든다고 목사관 아이들에게 말하곤 했다.

"그 눈을 보면 내가 이제까지 한 거짓말이 남김없이 다 생각나. 그리고 거짓말하지 않았더라면 좋았을걸 하고 후회가 들어."

메리는 젬을 제일 마음에 들어했다. 젬이 메리를 잉글사이드의 다락에 데려가 짐 보이드 선장이 젬에게 남겨준 진기한 물품들을 보여주었을 때 그녀는 매우 기쁘고 우쭐해졌다. 메리가 칼이 키우고 있는 딱정벌레며 개미 등에 흥미를 보였으므로 칼도 그녀에게 완전히 마음을 열었다.

메리가 여자아이들보다 남자아이들과 마음이 잘 맞는 것은 확실했다. 그녀는 블라이드 남매들을 만난 지 이틀째 되는 날 이미 낸 블라이드와 심하게 말다툼을 했다.

메리는 무시하듯 낸에게 말했다.

"너네 어머니는 마녀야. 머리카락이 빨간 여자는 마녀란 말이야."

그 뒤 수탉 문제로 페이스와 충돌했다. 메리는 수탉 꼬리가 너무 짧다고 말했다. 화가 치민 페이스는 수탉 꼬리가 길고 짧은 것은 하느님이 정하시는 거라고 반박하였고, 이 일로 두 아이는 꼬박 하루 동안 서로 말하지 않았다.

그러나 메리는 우나가 애지중지하는, 머리털 없고 눈도 하나뿐인 인형에 대해서는 마음을 상하지 않게 말조심을 했다. 그런데 우나가 아끼는 또 다른 보물인, 천사가 어린 아기를 가슴에 안고 천국으로 올라가는 그림을 보여주었을 때는 무의식적으로 유령처럼 보인다고 말해버렸다. 충격을 받은 우나는 가만히 자기 방에 들어가 훌쩍훌쩍 울었다. 메리는 우나를 먼저 찾아가서 잘못했다고 말하고 부둥켜안으면서 용서해 달라고 애원했다.

그러나 누구든지 메리와 싸움을 오래 이어갈 수는 없었다. 뒤끝이 오래가고 어머니를 마녀라고 모욕한 일을 결코 용서할 수 없는 낸도 그 점은 마찬가지였다. 메리는 명랑하고 활달했다. 그리고 누구보다 재미있게 온몸이 오싹해지는 유령 이야기를 해주었다. 확실히 '무지개 골짜기'의 교령회(交靈會)[2]는 메리가 온 뒤로 전보다 훨씬 활기가 넘쳤다. 그녀는 주즈하프를 연주하는 법을 배워 곧 제리보다 더 잘하게 되었다.

메리는 기회만 있으면 자화자찬했다.

"내가 하려고만 마음먹으면 뭐든 못하는 일이 없다니까."

베일리 저택의 뜰에 잔뜩 자라는 꿩의비름의 통통한 잎사귀를 주머니처럼 만드는 방법도, 묘지 돌담 구석에 있는 '시큼한 풀'을 입에 넣고 쪽 빨면 맛있는 것도 아이들은 메리에게 배웠다. 게다가 메리는 가늘고 기다란 손가락을 자유자재로 움직여 벽에 누구도 흉내 낼 수 없는 화려한 그림자놀이를 선보였다. '무지개 골짜기'에 다 함께 나뭇진을 그러모으러 갈 때면 메리가 언제나 가장 큰 덩어리를 발견해서 뻐기곤 했다.

아이들은 메리가 미울 때도, 좋을 때도 있었다. 그러나 그녀가 재미있는 점에는 변함이 없어서 모두들 얌전히 메리가 멋대로 굴도록 내버려두었다. 보름쯤 지났을 무렵 아이들은 메리가 언제나 자기들과 함께 있어왔다고 느끼게 되었다.

메리가 말했다.

"와일리 부인이 나를 찾겠다고 쫓아오지 않다니, 세상 이상한 일이야. 도무지 이유를 모르겠어."

우나가 말했다.

"아마 너 때문에 골치 썩이지 않기로 했는지도 몰라. 그렇다면 너는 여기에서 계속 지내면 돼."

---

[2] 산 사람들이 죽은 이의 혼령과 소통을 시도하는 모임.

메리의 얼굴이 어두워졌다.

"마사 할머니와 내가 함께 살기에는 집이 너무 좁아. 먹을 게 충분히 있다는 것은 좋아. 그런 건 어떤 기분일까 하고 생각한 일이 아주 많았으니 말이야. 그런데 나는 요리에 대해 좀 까다로워. 게다가 와일리 부인도 언제 들이닥칠지 몰라. 나를 두들겨 패려고 단단히 벼르고 있을 거야.

낮에는 그런 생각을 그다지 하지 않지만, 밤만 되면 다락방에 누워서 그 생각이 꼬리를 물고 자꾸 떠올라. 차라리 부인이 빨리 와서 붙잡아 가버리는 편이 낫겠다고까지 생각한다니까. 매 맞을지 모른다고 자나 깨나 겁먹고 있는 것보다 한번 시원하게 맞고 끝나는 편이 편할지도 몰라. 너희들은 매 맞아 본 적 있니?"

페이스는 맹렬히 부정했다.

"있을 리 있겠니? 아버지는 절대로 그런 짓은 하지 않아."

메리는 우월감과 부러움이 반씩 섞인 투로 한숨을 내쉬며 말했다.

"그럼, 너네는 살아 있다는 기분도 모르는 거야. 내가 어떤 고생을 해왔는지 너희들은 몰라. 블라이드 씨네 아이들도 맞은 일은 없겠지?"

"그럼, 당연히 없었겠지. 어렸을 때 손바닥으로 엉덩이는 한두 번 맞은 것 같지만."

"손바닥으로 엉덩이 맞는 건 아무것도 아니야. 우리 부모님이 그렇게 했다면 난 쓰다듬어준다고 여겼을걸. 아무튼 공평한 세상은 아니야. 난 내가 맞아도 싼 만큼만 나를 때리는 건 상관 안 해. 하지만 나는 '빌어먹을' 매질을 너무 많이 당했어."

우나가 나무랐다.

"그런 말 하면 안 돼, 메리. 쓰지 않기로 약속했잖아!"

메리가 대답했다.

"관둬. 내가 하고 싶으면 말할 수 있는 다른 말들도 얼마든지 있어. 네가 만약 그걸 안다면, '빌어먹을'쯤으로 그렇게 소란 떨지 않을걸. 아무튼 여기 온 뒤로 거짓말하지 않은 건 너도 잘 알고 있잖아."

"그럼 직접 보았다는 그 유령 이야기는 다 뭐야?"

페이스가 묻자 메리는 얼굴이 빨개졌다.

메리는 항의하듯이 말했다.

"그건 다르지. 너희들이 사실로 받아들이지 않을 걸 알고 있었고 또 사실이라고 믿게 할 생각도 없었으니까. 게다가 항구 윗마을 묘지를 지날 때 정말로 이상한 것을 본 일이 있단 말야.

유령이었는지 아니면 샌디 크로퍼드네에서 키우는 늙어빠진 흰말이었는지 모르지만, 엄청 기분 나쁘게 보였어. 난 아무도 못 따라올 만큼 후다닥 도망쳐 왔지."

# 물고기 사건

릴라 블라이드는 의기양양하게—어쩌면 조금은 새침하게—글렌 마을의 큰길을 지나 목사관이 있는 언덕을 올라갔다. 손에는 수전이 잉글사이드의 양지바른 밭에서 정성 들여 키워 처음으로 딴 달콤한 딸기가 담겨 있는 작은 바구니를 소중히 들고 있었다.

수전은 릴라에게 이 바구니를 마사 할머니나 메러디스 목사님 말고는 아무에게도 건네서는 안 된다고 단단히 일렀다. 릴라는 그토록 중요한 심부름을 맡은 것이 대단히 뿌듯해 수전이 시킨 일을 토씨 하나 틀리지 않고 그대로 따르려고 마음먹고 있었다.

수전은 릴라에게 풀을 빳빳이 먹인 수놓은 흰 원피스를 입히고 파란 허리끈을 매주고 비즈가 달린 구두를 신겨주었다. 길고 붉은 곱슬머리는 반들반들하고 풍성했으며, 수전은 목사관에 경의를 나타내는 뜻에서 가장 좋은 모자를 씌워주었다. 다소 화려한 모자였는데, 어머니인 앤의 취향보다는 수전의 감각이 더 강하게 드러난 물건이었다. 어쨌든 릴라의 마음은 실크, 레이스, 꽃으로 꾸민 그 화려함에 만족감으로 한껏 부풀어 올랐다. 모자가 몹시 자랑스러웠던 릴라는 목사관 언덕을 으스대며 올라갔다. 뽐내는 모습 때문인지 또는 모자 때문인지 아니면 그 양쪽 다 때문인지, 목사관 잔디밭 앞 대문에 올라앉아 문을 앞뒤로 건들거리고 있던 메리의 신경을 거슬렀다. 더욱이 메리의 기분이 마침 좀 좋지 않은 상태였다. 메리가 감자 껍질을 까겠다고 했는데, 마사 할머니가 안 된다며 부엌에서 쫓아냈기 때문이었다.

"할머니는 또 껍질이 군데군데 붙어 있는 감자를, 덜 삶은 채로 내오려는 거죠! 아아, 빨리 할머니 장례식에 갔으면 소원이 없겠네요."

메리가 냅다 소리를 지르고 부엌에서 나오면서 무시무시한 기세로 문을 쾅 닫아서 귀가 어두운 마사 할머니 귀에까지도 그 소리가 들렸다. 심지어 서재에 있던 메러디스 목사도 순간 집이 흔들리는 것을 느끼고는 지진이 아닌가 하고 잠시 멍하니 생각했으나 곧 설교 내용을 다시 궁리하기 시작했다.

메리는 대문에서 내려와 말쑥한 차림새의 잉글사이드 아가씨 앞에 우뚝 섰다.

"뭘 가져왔어?"

메리가 바구니를 대뜸 뺏으려 했다.

릴라는 뺏기지 않으려고 하면서 혀짤배기소리로 대답했다.

"이거 메러디뜨 목따님에게 드리는 거야."

"나한테 줘. '내가' 메러디스 목사님에게 전해줄 테니까."

릴라는 주장했다.

"싫어. 뚜던이 그랬는걸. 아무에게도 두면 안 된다, 꼭 메러디뜨 목따님이나 마따 할머니에게만 드려야 한다고 했쩌."

메리는 언짢은 얼굴로 릴라를 노려보았다.

"너는 네가 대단한 인물이나 되는 줄 알지? 인형처럼 잔뜩 꾸미고 말이야. 나 좀 봐. 내 옷은 너덜너덜한 누더기야. 그래도 나는 아무렇지도 않아. 나는 인형같이 하고 있을 바엔 차라리 누더기를 걸치겠다. 집에 돌아가서 유리상자에도 넣어달라고 해. 날 봐, 날 봐, 날 보라고."
 어쩔 줄 몰라하는 릴라 앞에서 메리는 빙글빙글 거칠게 춤을 추기 시작하더니 누더기 치맛자락을 펄럭이며 고래고래 소리쳤다.
"날 봐, 날 봐"
 가엾은 릴라는 그만 머리가 어질어질해지고 말았다. 그래도 가만가만 메리에게서 멀어져 대문 안으로 들어가려 하자 메리가 또다시 릴라에게 덤벼들었다.
 메리는 얼굴을 무섭게 찌푸리며 명령했다.
"그 바구니 이리 달라니까."
 '얼굴 찌푸리기'는 메리가 최고였다. 기묘하게 빛나는 흰 눈을 번득이기만 해도 기괴하고 섬뜩한 인상을 주는 무시무시한 효과를 낼 수가 있었다.
 릴라는 무서웠지만 결코 물러나지 않았다.
"싫어. 디나가게 해도, 메리 밴뜨."
 메리는 잠시 릴라를 놀려대던 것을 멈추고 주변을 둘러보았다. 대문을 열고 들어서면 바로 앞에 생선 말리는 작은 시렁이 있고 큼직한 대구가 여섯 마리쯤 널려 있었다. 메러디스 목사의 교회 신자 한 사람이 얼마 전에 가져왔는데, 아마도 목사의 월급 일부를 부담하기로 했으나 지불을 할 형편이 못 되어 그 대신 가지고 온 듯하다. 메러디스 씨는 감사하다고 말하고 나서 생선에 대해서는 곧 까맣게 잊어버렸다. 때마침 바지런한 메리가 생선 말리는 시렁을 만들고 잘 말리지 않았다면 금방 썩었을지도 모른다.
 메리는 순간 악마 같은 영감이 떠올랐다. 메리는 시렁 쪽으로 달려가 그 가운데 가장 크고 납작한 것으로 거의 자기 키만 한 물고기를 집어 들었다.
"우워!"

무서운 외침과 함께 메리는 그 불쾌한 물건을 머리 위로 번쩍 쳐들어 겁먹은 릴라에게 냅다 던지기라도 할 듯이 덤벼들었다. 릴라의 용기는 흔적도 없이 사라져버렸다. 마른 대구 같은 것으로 공격받는다는 것은 듣도 보도 못한 일이었다. 릴라는 빽 외마디 비명을 지르며 바구니를 떨어뜨리고 달아나기 시작했다. 수전이 목사님을 위해 그토록 정성들여 골라 담은 맛있고 새빨간 딸기는 먼지투성이 언덕길을 붉은 폭포처럼 데굴데굴 굴러떨어져 쫓고 쫓기는 이들의 발밑에 무참히 짓밟혀버렸다.

그러나 바구니도 그 속에 담긴 물건도 더 이상 메리의 안중에 없었다. 그 순간 메리에게는 다만 릴라에게 그 아이 평생 가장 무서운 꼴을 보여준다는 기쁨만 있을 뿐이었다. 예쁜 옷 좀 입었다고 내 앞에서 거드름을 피우다니 제대로 한번 골탕 먹여줘야지.

릴라는 언덕을 뛰어 내려가 큰길을 내달렸다. 너무도 무서워 다리에 날개라도 돋은 듯 빨리 달렸으므로 가까스로 메리에게 잡히지 않았다. 메리는 뛰다가도 중간중간 큰 소리로 웃어대느라 생각만큼 속력은 빠르지 않았지만, 그래도 대구를 휘휘 내두르며 이따금 소름이 오싹 끼치는 무시무시한 '우워!' 소리를 지르면서 쫓아갔다.

두 아이가 글렌 마을의 큰길을 뛰어가자 온 마을 사람들이 문으로 달려나와 이 광경을 구경했다. 메리는 자기가 엄청난 소동을 일으키고 있다는 것을 느끼고 의기양양해졌다. 겁에 질리고 숨이 차서 정신이 하나도 없는 와중에 릴라에게는 이제 더 이상 뛸 수 없다는 깨달음이 엄습했다. 이대로 대구를 휘두르는 이 무시무시한 여자아이에게 이내 붙잡힐 듯했다. 그 순간 가엾은 릴라는 엎어지면서 큰길 끝의 흙탕 속에 빠져버렸다. 그와 동시에 미스 코닐리아가 카터 플래그네 가게에서 나왔다.

미스 코닐리아는 한눈에 그 자리에서 어떤 상황이 벌어진 줄 알아차렸다. 메리 또한 마찬가지였다. 그녀는 엄청난 기세로 질주하던 걸음을 딱 멈추더니 미스 코닐리아가 미처 입을 열기 전에 확 돌아서서 오던 때와 같은 기세로 내쳐 달아났다. 미스 코닐리아는 무서운 표정으로 입술을 꽉 물었으나 메리를 뒤쫓을 수는 없다는 것을 알았기에, 엉망진창인 모습으로 흐느끼고 있는 릴라를 안아 일으켜 집으로 데려갔다.

릴라는 몹시 낙심했다. 옷이며 구두며 모자가 모두 못쓰게 되어버린 데다 6살 소녀의 자존심이 형편없이 구겨지고 말았기 때문이었다.

미스 코닐리아로부터 메리 밴스가 한 짓을 들은 수전은 분을 삭이지 못해 얼굴이 새하얗게 질렸다.

"그 말괄량이 계집애가…… 그 천방지축 말괄량이가 감히!"

수전은 릴라를 씻기고 달래주기 위해 데려갔다.

미스 코닐리아가 결심한 듯이 말했다.

"더는 이대로 두고 볼 수 없어요, 앤. 무슨 수를 써야만 해요. 목사관에 머무르는 그 아이는 대체 누구죠? 어디서 왔죠?"

앤이 대답했다.

"항구 윗마을에서 목사관에 손님으로 와 있다고만 들었어요."

말은 안 했지만 앤은 대구를 휘두르며 두 소녀가 쫓고 쫓기는 추격전을 벌인 이 사건을 재미있어하고 있었다. 그리고 릴라에게 허영심이 좀 있으니 한번쯤 따끔한 맛을 보여주는 것도 나쁘지만은 않다고 속으로 생각했다.

"항구 윗마을 사람 가운데 우리 교회에 오는 집이라면 내가 다 알고 있는데, 저 말괄량이는 어느 집 아이도 아니에요. 평소에는 늘 누더기나 다름없는 옷을 입고 있고, 교회에 갈 때는 페이스의 헌 옷을 입더군요. 뭔가 밝혀지지 않은 내막이 있어요. 아무도 알아볼 생각을 안 하니, 내가 꼭 알아내야겠어요.

얼마 전에 워런 미드의 가문비나무숲에서 한바탕 소란이 일어났었는데, 그 사건도 이 말괄량이가 뒤에서 조종한 게 틀림없어요. 워런의 어머니가 너무 놀라 발작을 일으켰다는 말 들었지요?"

"아뇨! 길버트가 불려가 진찰을 한 건 알지만 무엇 때문인지는 못 들었어요."

"그 사람은 심장이 약해요. 그런데 지난주에 베란다에 혼자 있는데 '살인이야!', '살려줘!'라는 비명이 숲속에서 들리더래요. 그 목소리가 너무 무서워서 워런 어머니한테 심장마비가 왔다는 거예요.

워런도 헛간에서 일을 하다 그 소리를 듣고 숲으로 달려가 본 모양이에요. 그랬더니 그곳에 목사관 아이들이 있더래요. 쓰러진 나무에 올라앉아 '살인이야!' 하고 목청껏 소리를 지르고 있었다지 뭐예요. 워런을 보니 인디언 매복작전 놀이를 하는 중이었는데 다른 사람한테 들릴 줄은 생각 못 했다고 하더래요. 워런이 집에 돌아와보니 어머니가 정신을 잃고 베란다에 쓰러져 있었고요."

수전이 돌아와 코웃음 치며 말했다.

"정신을 잃지는 않았을걸요, 마셜 엘리엇 부인. 내가 장담해요. 어밀리아 워런이 심장이 약하다는 소리는 벌써 40년째 듣고 있으니까요. 20살 때부터 그랬어요. 그냥 소란을 떨며 의사를 부르는 게 그녀의 즐거움이니까, 무슨 핑계만 있으면 그러는 거예요."

앤도 맞장구를 쳤다.

"길버트도 미드 부인의 심장마비를 그리 심각하게 여기지 않는 눈치였어요."

미스 코닐리아가 말했다.

"그거야 그럴지도 모르지요. 하지만 그 일이 사람들 입방아에 오르내렸고,

더군다나 미드 집안이 감리교도라 더 난처한 문제죠.

 그 아이들은 대체 어떻게 될까요? 나는 가끔 밤에 그 아이들 일을 생각하면 잠이 안 올 때가 있어요, 앤. 대체 제대로 뭘 먹기는 할까요? 알다시피 아버지는 몽상가라서 자신에게 위가 있다는 것조차도 잊어버리는 것 같지, 게다가 그 마사 이모님이라는 사람은 게으른 데다 제대로 할 줄 아는 요리가 없거든요. 아이들은 몰려다니면서 제멋대로 놀기만 하는데, 곧 학교가 방학이니 더 심해질 게 뻔해요."

"그 아이들은 아주 즐겁게 지내는 것 같던걸요."

 앤은 이따금 아이들에게 전해 듣는 '무지개 골짜기'의 소동에 대한 소식이 떠올라 웃었다.

"게다가 모두 씩씩하고 정직하고 우애도 깊고 착해요."

"그 말은 맞아요, 앤. 고자질쟁이에 거짓말쟁이였던, 예전 목사님 댁의 두 아이가 저지르고 다닌 말썽에 비하면, 나도 메러디스 목사님 아이들의 장난은 웃어넘길 수 있는 정도라고 생각해요."

 수전이 말했다.

"어쨌든 사모님, 그 아이들은 모두 착한 편이에요. 인간의 원죄를 타고났으니 그 아이들도 선천적인 결점은 어느 정도 있지만, 오히려 도움이 될지도 몰라요. 애들이 마냥 순하기만 해도 잘못될지 모르니까요. 다만 묘지에서 노는 것만은 아직도 절대로 용납할 수 없다고 생각해요."

 앤이 아이들을 감싸면서 말했다.

"그래도 거기서는 아주 얌전하게 놀아요. 다른 곳에서 하듯이 뛰어다니거나 큰 소리로 떠들지는 않아요. 가끔 '무지개 골짜기'에서 들려오는 울부짖는 소리하고 비교해봐요! 더구나 그 소리에는 우리 집 아이들도 한몫하는 것 같아요.

엊저녁에도 전쟁놀이를 했다는데, 진짜 대포가 없으니까 고함을 쳐서 그 소리를 흉내 낼 수밖에 없었다고 젬이 그러더군요. 남자아이들은 군인을 동경하는 시기가 있는데, 젬이 지금 딱 그 시기를 거치고 있어요."

미스 코닐리아가 말했다.

"젬은 결코 군인이 될 일이 없을 테니 얼마나 다행이에요. 나는 이 나라 젊은 이들이 저 남아프리카의 분쟁에 참가하는 데 결코 찬성할 수 없었어요. 어쨌든 그 전쟁은 이제 끝이 났고, 두 번 다시 그런 일이 생기는 일은 없을 거예요. 세상은 점차 합리적으로 변하는 것 같아요. 그리고 메러디스 목사님 집 말인데, 여러 번 말했지만 다시 한번 말하자면, 메러디스 목사님에게 부인이 있으면 모든 문제가 해결될 거예요."

수전이 말했다.

"메러디스 목사님이 지난주에 커크 씨 집에 두 번 들렀다고 들었어요."

미스 코닐리아가 곰곰 생각하면서 말했다.

"나는 보통의 경우에는 목사가 자기 교회 신자와 결혼하는 건 찬성하지 않아요. 그렇게 되면 목사의 평판이 떨어지는 것이 일반적이거든요. 하지만 이번 경우는 별문제가 없다고 봐요. 모두들 엘리자베스 커크를 좋아하고, 지금은 저 아이들의 계모가 되겠다고 나서는 사람이 달리 없으니까요. 힐 집안 딸들조차 망설이잖아요. 그렇지 않았으면 진작에 메러디스 목사님을 붙잡으려고 덫을 놓고 있었을 거거든요.

메러디스 목사님만 마음이 있으면 엘리자베스는 좋은 부인이 될 거예요. 다만 문제는 용모가 예쁘지 못한 것인데, 목사님은 멍해 보여도 미인을 좋아하는 것 같아요. 남자가 다 그렇지만, 그럴 때 보면 목사님도 그다지 별세계에 살고 있는 사람 같지 않아요."

수전이 어두운 표정으로 말했다.

"엘리자베스 커크는 매우 좋은 사람이지만, 소문에 의하면 그 어머니는 너무 인색해서 그 집 손님방에서 잔 사람은 거의 얼어 죽을 뻔할 정도였다더군요. 만일 나에게 목사님의 결혼에 대해 의견을 묻는다면, 목사님 부인으로는 항구 윗마을에 사는 엘리자베스의 사촌인 세라가 좋다고 생각해요."

미스 코닐리아는 마치 수전이 목사의 신부로 아프리카의 호텐토트족을 추천하기라도 한 것처럼 화들짝 놀라 말했다.

"하지만 세라 커크는 감리교파잖아요."

수전이 되받아쳤다.

"그야 메러디스 목사님이랑 결혼하면 장로교로 개종하겠지요."

하지만 미스 코닐리아는 머리를 흔들었다. 미스 코닐리아에게는 한 번 감리교파는 영원한 감리교파인 것이다.

미스 코닐리아가 분명하게 말했다.

"세라 커크는 절대 안 돼요. 에멀라인 드루도 마찬가지구요. 드루 집안에서는 어떤 방법으로든 메러디스 목사님과 결혼시키려 애쓰고 있지만요. 불쌍한 에멀라인을 거의 목사님 눈에 띄는 곳마다 들이밀고 있더라니까요. 그런데도 메러디스 목사님은 전혀 모르는 눈치예요."

수전이 말했다.

"에멀라인 드루는 눈치가 전혀 없는 여자예요. 여름밤에 침대에다 탕파를 넣어주고는 그 대접을 받은 사람이 고마워하지 않는다고 속상해할 그런 사람이거든요, 사모님. 더구나 그 어머니는 집안살림 못하는 걸로 동네에서 유명해요. 그 행주 이야기를 들어보셨나요? 어느 날 그 어머니가 행주가 없어졌다고 했다가 다음 날 찾았대요. 그런데 그걸 어디서 발견했느냐 하면, 밥을 먹는데 식탁에 올라온 속을 채운 구운 거위의 뱃속에서 나오더래요. 이런 여자가 목사님의 장모가 될 수 있다고 생각하세요? 결코 아니라고 봐요.

하지만 이웃에 대한 험담보다는 젬의 바지를 수선하는 게 더 쓸모있는 일이겠네요. 어젯밤에 '무지개 골짜기'에서 놀다가 많이 찢어졌거든요."

앤이 물었다.

"월터는 어디 있어요, 수전?"

"사모님, 월터 때문에 큰일이에요. 다락방에서 연습장에 무언가 글을 쓰고 있어요. 학교 선생님 말씀으로는, 이번 학기에 월터가 산수를 잘 못 따라간다고 하더라고요.

그런데 그 이유라면 제가 잘 알죠. 산수 공부를 해야 할 시간에 쓰잘머리 없는 시를 끼적이고 있으니까요. 아무래도 그 애는 시인이 될 것 같아 걱정이에요, 사모님."

"월터는 이미 시인이에요, 수전."

"대단히 침착하시군요, 사모님. 견뎌낼 수 있는 힘이 있다면 그러시는 게 최선이겠죠. 우리 집안 아저씨 가운데 시인이 있었는데, 마지막에는 부랑자가 됐어요. 우리 집안에서는 그 아저씨를 매우 부끄럽게 여기고 있거든요."

앤이 웃으며 물었다.

"수전은 시인을 대단치 않게 생각하나 보군요?"

수전은 참으로 놀라는 듯했다.

"아니, 안 그런 사람이 어디 있겠어요, 사모님?"

"밀턴과 셰익스피어는 어때요? 그리고 성경 속 시인들은요?"

"밀턴은 부인과 사이가 나빴다더군요. 그리고 셰익스피어는 품행이 그다지 좋지 않았다잖아요.

성경이라면—물론 그 먼 옛날에는 지금과 생각하는 바가 달랐겠지만—그렇더라도 나는 원래부터 다윗왕[1]은 별로 좋게 여겨지지 않았어요.

시 같은 걸 써서 잘됐다는 사람을 지금까지 본 적이 없어요. 부디 월터가 철이 들면서 시 쓰기 같은 건 싫증을 내면 좋겠어요. 만일 영 나아지는 기미가 없다면…… 대구의 간유(肝油)라도 좀 먹여보면 어떨까요, 사모님?"

---

1) 밧세바라는 유부녀를 사랑함.

## 미스 코닐리아, 나서다

 미스 코닐리아는 다음 날 목사관으로 찾아가 메리에게 여러 가지 일을 따져 물었다. 메리는 나이는 많지 않았지만 퍽 분별 있고 영민한 아이였다. 그래서 미스 코닐리아에게 자신의 처지를, 불평이나 허세를 모두 빼고, 있는 그대로 이야기했다. 미스 코닐리아는 생각했던 것보다 좋은 인상을 받았지만, 한번 단단히 야단을 치는 것이 어른으로서 자기가 할 도리라고 생각했다.
 그녀는 엄하게 나무랐다.
 "그래, 너는 이렇게 너에게 과분한 친절을 베푸는 이 댁 식구들의 은혜를 어제처럼 이 가족의 어린 친구를 모욕하고 골탕 먹이는 것으로 갚아도 된다고 생각하니?"
 메리는 선뜻 인정했다.
 "아니요, 내가 아주 돼먹지 못했어요. 어제 뭐에 씌었었는지 모르겠어요. 그 망할 대구라는 녀석이 너무도 잘 집히는 곳에 있었어요. 그럴대도 내가 잘못했어요. 어젯밤에도 이불 속에 들어가 그 생각을 하면서 울었어요. 정말이에요. 우나에게 물어보면 아실 거예요.
 나는 내가 한 짓이 너무 부끄러워서 우나에게 우는 까닭을 말하지 않았는데, 그것 때문에 아무것도 모르는 우나도 울어버렸어요. 누군가 내 기분을 언

짧게 하지 않았나 걱정이 돼서요. 당치도 않죠. 나 같은 애한테 언짢을까 봐 걱정까지 해야 할 중요한 기분 따위가 뭐가 있다고요.

그렇지만 어째서 와일리 부인이 나를 찾으러 오지 않을까 하는 것은 걱정이에요. 그 부인답지 않거든요."

미스 코닐리아도 그것은 이상한 일이다 싶었으나 메리에게는 다만 더 이상 목사님 댁 대구에 멋대로 손을 대서는 안 된다고 한 번 더 날카롭게 야단을 치고 잉글사이드로 보고하러 갔다.

"만일 그 아이 말이 사실이라면 이 일을 한번 조사해봐야겠어요. 와일리 부인에 대해서 좀 들은 적이 있어요. 마셜이 항구 윗마을에 살았던 무렵 와일리 부인을 제법 잘 알았거든요.

지난여름에 마셜이 와일리 부인과 부인이 맡아 기르는 아이에 대해 뭔가 이야기했었어요. 그게 바로 이 메리라는 애였겠죠. 듣기에는 먹을 것도 입을 것도 변변치 않게 주면서 죽도록 부려먹었대요.

저, 앤도 알다시피 나는 이제까지 항구 윗마을 사람들하고는 엮이지도 않고 그 사람들 일에 상관도 하지 않기로 하며 살았어요. 하지만 내일 마셜을 항구 윗마을로 보내 이 일에 대해 제대로 알아보고 오도록 할 작정이에요. '그런 다음에' 나는 목사님에게 이야기해볼 생각이에요.

메러디스 목사님 아이들은 메리가 테일러 씨네 헛간에서 굶어 죽어가고 있을 때 데려왔어요. 우리가 배불리 먹고 따뜻한 잠자리에서 잠들어 있을 때 그 아이는 혼자 헛간에서 주린 배를 움켜쥐고 추위에 떨고 있었던 거예요."

앤은 자기의 소중한 아가들 중 하나가 추위와 배고픔과 외로움에 시달릴 상황을 떠올려보며 말했다.

"어린애가 딱하기도 해라. 만일 그 애를 정말 그토록 학대했다면 절대로 그 집으로 돌려보내서는 안 돼요, 미스 코닐리아. '나도' 옛날에 그와 아주 비슷한 형편에 처했던 고아였으니까요."

미스 코닐리아가 말했다.

"호프타운 고아원 사람들과도 의논해봐야겠어요. 아무튼 목사관에는 그대로 둘 수 없어요. 그 순진한 아이들이 그 애한테 무엇을 배울지 알 수 없어요. 그 애는 욕도 한다더라고요.

그나저나 그 애가 거기서 2주일 동안이나 있었는데도 메러디스 목사님은 아무것도 모르다니 대체 어찌 된 일일까요? 그런 사람은 가족을 거느릴 자격이 없어요. 차라리 수도원에라도 들어가는 게 나아요, 앤."

이틀 뒤 저녁 무렵, 미스 코닐리아가 다시 잉글사이드로 찾아왔다.

"세상에, 별일이 다 있네요! 와일리 부인은 이 메리라는 아이가 뛰쳐나간 바로 그날 아침 침대에 죽어 있는 채로 발견되었대요. 벌써 몇 해 전부터 심장이 나빠 언제 어떻게 될지 모른다고 의사 선생님이 주의를 주었었대요. 집안의 일꾼은 휴가를 받았고, 집에 아무도 없어서 이웃에 사는 사람이 이튿날 발견했다더군요.

사람들은 메리가 보이지 않는 것을 알아차렸지만 와일리 부인이 말했던 대로 부인의 사촌에게 보낸 모양이라고 생각했대요. 그런데 그 사촌이 장례식에 오지 않아서 메리가 그곳에 가지 않았다는 것을 아무도 몰랐던 거죠.

와일리 부인이 메리를 어떻게 다루었는지 여러 사람에게 듣고 마셜은 피가 부글부글 끓더래요. 아이를 학대하는 이야기를 들으면 마셜은 격분하는 편이거든요. 그 아이가 조그만 잘못이나 실수를 저질러도 가차 없이 혹독하게 매질을 했대요. 고아원 책임자에게 편지하는 게 좋겠다고 말한 사람도 몇 있었지만, 사람이란 원래 모두가 해야 할 일은 남의 일로 미루는 법이잖아요. 그래서 결국 말만 나왔다가 아무도 손을 안 쓰고 그대로 내버려둔 거죠."

수전이 치를 떨며 말했다.

"와일리 부인이 죽었다는 사실이 아쉽군요. 죽지 않았다면 지금이라도 항구 윗마을로 달려가 욕이라도 퍼부어주고 싶은데 말이죠. 아이를 굶기고 매질을 하다니! 이게 말이나 되나요, 사모님? 버릇을 가르치기 위해 손바닥으로 엉덩이 한 대 때리는 것쯤은 모르지만, 그 이상은 안 될 일이죠.

그럼, 이 불쌍한 아이는 앞으로 어떻게 되는 거죠, 마셜 엘리엇 부인?"

미스 코닐리아가 말했다.

"아마 호프타운으로 돌려보내야 하지 않을까요. 이 근방에는 고아원 아이가 필요한 집은 이미 다들 집에 한 명쯤 데리고 있으니까요. 내일 메러디스 목사님을 만나 이 문제에 대한 내 의견을 이야기해볼 생각이에요."

미스 코닐리아가 돌아간 뒤 수전이 말했다.

"사모님, 자기 말마따나 코닐리아 브라이언트는 반드시 목사님과 담판 지을 거예요. 하기로 마음만 먹었다 하면 교회 뾰족탑에 지붕을 씌우는 일이라도 할걸요. 그렇지만 아무리 코닐리아 브라이언트라도 어떻게 목사님한테까지 마치 여느 사람에게 잔소리하듯 말을 할까요. 정말 어이가 없네요."

미스 코닐리아가 돌아가자 해먹에서 학과 공부를 하던 낸 블라이드는 일어나서 살그머니 '무지개 골짜기'로 갔다. 다른 아이들은 이미 거기에 모여 있었다. 젬과 제리는 글렌 마을 대장간에서 빌려 온 낡은 편자로 고리 던지기를 하고 있었다. 그리고 칼은 양지바른 작은 언덕에서 꿈틀꿈틀 기어가는 개미를 들여다보고 있었다. 양치류 위에 배를 깔고 엎드린 월터는 다이와 메리와 페이스와 우나에게 책을 읽어주고 있었다. '사제왕 요한'이며 '떠돌이 유대인', '아론의 기적의 지팡이'[1]며 '꼬리 달린 남자', 바위를 깨고 황금 보물이 묻힌 곳까지 길을 만들어주는 벌레 '샤미르'[2]며 '행운의 섬'[3], 그리고 백조 아가씨 같은 황홀한 이야기들이 담긴 멋진 전설집이었다.

그러나 빌헬름 텔과 겔러트[4]가 실제로 있었던 인물과 개가 아니라는 사실을 알고 월터는 충격을 받았다. 하토 주교 이야기는 그날 밤 월터를 잠 못 이루게 했다. 그러나 월터가 가장 좋아하는 것은 '하멜른의 피리 부는 사나이'와 '성배(聖杯) 이야기'였다. 그가 오싹오싹 몸을 떨며 책을 읽는 동안 '연인 나무'의 방울이 여름바람에 딸랑딸랑 울리고 서늘한 저녁 그림자가 골짜기를 서서히 덮었다.

월터가 책을 덮자 메리가 감탄하며 말했다.

"그래, 재미있는 거짓말들이구나."

다이는 분개했다.

"어머나, 거짓말이 아니야."

메리는 믿어지지 않는 듯 물었다.

"설마 진짜 있었던 이야기라는 건 아니겠지?"

"그야 그렇지만. 네가 들려준 유령 이야기 같은 거야. 진짜 이야기는 아니지만, 너도 우리가 그 이야기를 믿을 거라고는 생각하지 않았잖아? 그러니까 꼭 거짓말이라고는 할 수 없는 거지."

"그렇다고는 해도 그 기적의 지팡이 이야기는 거짓말이 아냐. 항구 윗마을의

---

1) 이스라엘 민족의 출애굽에 앞서 이집트에 재앙이 닥쳤을 때, 하느님께서 모세와 그의 형 아론에게 기적적인 능력을 부여해주었다고 하는 지팡이. 《구약성서》〈출애굽기〉 7장 9~12절과 《구약성서》〈민수기〉 17장 참고.
2) 솔로몬왕이 신에게 바치는 거대한 성전을 지을 때 대리석과 금속을 자르고 다듬는 데 사용했다는 전설 속 벌레 또는 물질.
3) 이른바 신대륙 탐험 시대 이전, 중세 유럽인들이 대서양에 존재한다고 믿었던 낙원 섬.
4) 영국 전설에 나오는 충직한 사냥개.

제이크 크로퍼드 할아버지가 그런 지팡이를 가지고 있어. 모두들 우물을 팔 때면 꼭 크로퍼드 할아버지한테 그 지팡이를 가지고 좋은 자리를 찾아달라고 부탁한대. 그리고 나는 '떠돌이 유대인'을 만난 적이 있어."

우나는 숨이 멎을 듯 놀랐다.

"어머나, 메리!"

"만났어. 진짜란 말이야. 와일리네 집에 지난가을에 찾아왔던 어떤 남자가 그 어떤 훌륭한 사람이라 해도 믿을 만큼 아주 나이가 많아 보이는 사람이었어.

와일리 부인이 삼나무 기둥이 오래가겠느냐고 물었더니 '오래가겠느냐고요? 암 그렇고말고요. 천 년은 가지요. 나는 분명 알고 있소. 두 번이나 시험해 보았으니까요.'라고 말했어. 그 사람이 2천 살이라면, 이야기 속에 나오는 '떠돌이 유대인'이 아니고 누구겠어?"

페이스가 딱 잘라 말했다.

"하지만 떠돌이 유대인이 와일리 부인 같은 사람하고 어울렸을 리 없어."

다이가 말했다.

"나는 하멜른의 피리 부는 사나이 이야기가 좋아. 우리 엄마도 좋아해. 다리를 절어서 다른 아이들과 함께 산속으로 갈 수 없었던 아이가 정말 가여워. 너무 낙담했을 거야. 평생토록 다른 아이들이 얼마나 멋진 광경을 보았을까 궁금해하면서 다른 아이들과 함께 갔으면 좋았을걸 하고 생각했을 거야."

우나가 조용히 말했다.

"하지만 그 애 어머니는 안심했을 거야! 그전까지는 자기 아이가 다리를 저는 것을 가엾게 생각하면서 그것 때문에 울었는지도 모르지만, 그 뒤부터는 두 번 다시 불쌍하게 생각하지 않았을걸. 그 덕택으로 아들을 잃지 않게 되었으니까."

월터가 하늘 저 멀리로 눈길을 던지며 꿈꾸듯 말했다.

"언젠가는 하멜른의 피리 부는 사나이가 즐겁고 아름답게 피리를 불면서 저 언덕을 넘어 '무지개 골짜기'로 내려올 거야. 그러면 나는 그를 따라갈 테야. 바닷가를 지나, 바닷속까지 그를 따라가겠지. 모두들 여기에 남겨두고.

나는 따라가고 싶어서 가는 건 아니야. 젬이라면 가고 싶겠지, 굉장한 큰 모험일 테니까. 하지만 나는 아니야. 나는 음악이 나를 부르고 부르고 또 불러서 끝내 따라가지 않을 수 없게 되어 따라가고 마는 거야."

월터가 일으킨 상상의 불꽃을 뒤쫓던 다이는 아득히 멀리 희미하게 보이는 골짜기 끝에 그 이상한 피리 부는 사람의 뒷모습이 보이기라도 하는 듯, 들떠서 외쳤다.

"우리 다 같이 가자."

월터가 말했다.

"아냐, 너희들은 여기에 앉아서 기다려야 해."

그의 크고 반짝이는 눈에 이상한 매력이 넘치고 있었다.

"너희들은 우리가 다시 돌아오기를 기다리고 있어. 그렇지만 우리는 돌아오지 않을지도 몰라. 피리 부는 사나이가 피리 부는 동안은 내내 돌아올 수 없으니까. 피리를 불면서 우리를 온 세계에 다 데리고 돌아다닐지도 몰라.

그래도 너희들은 여전히 여기에 앉아서 기다려…… 꼼짝 않고 기다리는 거야."

메리가 몸을 떨었다.

"오, 그만 좀 해. 그런 표정 하지 마, 월터 블라이드. 소름 끼쳐! 날 큰 소리로 울게 만들 셈이야? 그 무서운 피리 부는 사나이가 멀어져 간 뒤, 너희 남자아이들이 떠나가버리고 우리 여자아이들만 여기에 잠자코 앉아서 기다리는 모습이 눈에 보이는 것 같잖아.

왜 그런지는 모르지만 네가 입을 벌려 이야기를 시작하면 나는—잘 우는 편도 아닌데—언제나 울어버리고 싶어져."

월터는 의기양양하게 미소 지었다. 그는 이렇게 함께 어울리는 아이들에게 자기 힘을 떨치기를 좋아했다. 그들의 감정을 가지고 놀거나 두려움을 불러일으키고 오싹해져 떨게 만들었다. 그것은 그의 극적인 본능을 만족시켰다.

그러나 월터의 우쭐하는 마음 밑바닥에는 뭔지 까닭 모를 으스스한 공포가 깔려 있었다. 그에게는 하멜른의 피리 부는 사나이가 이 세상에 정말로 있는 것 같은 느낌이 들었고, 별이 빛나는 '무지개 골짜기'의 황혼 속에 앞날을 감추고 있는 베일이 한순간 살짝 걷히며 그에게 다가올 미래를 어슴푸레하게 보여 준 듯 여겨졌던 것이다.

그러나 칼이 와서 개미 왕국의 사건을 보고하여 모두들 현실 세계로 되돌아왔다.

메리가 큰 소리로 말했다.

"개미는 끝내주게 재미있는 생물이야!"

어쩐지 기분 나쁜 피리 부는 사나이의 속박에서 벗어날 수 있어 메리는 마음이 놓였다.

"토요일 점심때부터 계속 칼하고 같이 묘지에 있는 개미집을 관찰했어! 나는 벌레들에게도 그렇게 많은 일이 일어나는 줄은 생각도 못 했어.

개미들은 걸핏하면 싸우려 들더라. 어떤 녀석들은 아무 이유도 없이—어쨌든 내 눈에는 그렇게 보였어—곧바로 싸우기 시작했어. 그런가 하면 겁쟁이도 있어서, 겁을 집어먹고 몸을 잔뜩 부풀려 공처럼 만들어서 다른 개미가 때리는 대로 그냥 맞고만 있는 녀석도 있었어. 아무리 덤벼도 싸우려 하지 않더라고. 또 게을러서 일하지 않으려는 개미도 있었어. 맥없이 늘어져만 있는 놈을 봤어.

자기 짝이 죽은 게 너무 슬퍼서 죽어버린 녀석도 있었어. 일도 하지 않고, 먹지도 않고, 그대로 죽어버렸어. 진짜야! 맹세해! 하느……을땅 별땅.”

충격으로 모두들 조용해졌다. 메리가 원래 하려던 말이 ‘하늘땅 별땅’이 아니라, 하느님의 이름을 함부로 입에 올리는 말이라는 것을 알고 있었다. 페이스와 다이는 서로 눈짓을 주고받았는데, 미스 코닐리아가 보았다면 마음에 들어했을 것이다. 월터와 칼은 거북한 듯했고, 우나는 입술을 파르르 떨었다.

메리도 거북한 듯 머뭇거리며 말했다.

“미처 생각하기도 전에 입에서 불쑥 튀어나왔어! 맹세해. 그렇지만 반은 삼켰어. 항구의 이쪽 편에 살고 있는 여러분들은 꽤 까다로운 것 같아. 너네가 와일리 씨 부부가 싸울 때 하는 말을 들어봤어야 하는데.”

페이스가 새치름하게 말했다.

“숙녀는 그런 말을 쓰면 안 돼!”

우나가 조그맣게 말했다.

“좋지 않아!”

메리가 덧붙여 말했다.

“난, 숙녀가 못 돼! 나 같은 사람이 숙녀가 될 일이 뭐가 있겠어? 하지만 가능한 한 앞으로는 그런 말 쓰지 않을게. 약속해!”

우나가 말했다.

“게다가 함부로 하느님 이름을 입에 올리면 하느님께서 네 기도를 들어주시지 않아, 메리.”

믿음이 부족한 메리가 말했다.

"어차피 바라는 대로 들어주실 거라고 기대도 안 해. 지난 1주일 동안 와일리 부인 일을 어떻게 잘 해결해달라고 하느님께 기도했는데, 하느님은 아무것도 안 하셨어. 난 포기할 거야!"

이때 낸이 숨을 헐떡이며 뛰어왔다.

"오, 메리, 너한테 알려줄 소식이 있어. 엘리엇 부인이 항구 윗마을에 다녀왔는데, 거기서 어떤 이야기를 들었는 줄 알아? 세상에, 와일리 부인이 죽었대. 네가 달아난 다음 날 아침에 침대 속에 죽어 있었대. 그러니까 넌 이제 다시는 그 집에 돌아가지 않아도 돼."

"죽었다고?"

메리는 멍하니 앉아 있다가 이윽고 몸을 벌벌 떨었다.

그러고는 애원하듯 우나에게 외쳤다.

"우나, 설마 내 기도가 이 일과 무슨 관계가 있는 걸까? 만일 그렇다면 나는 이제 살아 있는 한 다시는 기도하지 않을 테야. 어쩌지…… 와일리 부인이 귀신이 돼서 나한테 달라붙을지도 몰라."

우나가 위로했다.

"아냐, 아냐, 메리. 그 일은 네 기도하고 아무 상관 없어. 왜냐하면 부인은 네가 기도를 시작하기 훨씬 전에 죽었잖아?"

"아 참, 그렇지."

그제야 메리는 마음을 놓았다.

"하지만 난 정말 가슴이 뜨끔했어. 나는 기도로 누구를 죽게 했다고 생각하고 싶지 않단 말이야! 기도드릴 때는 그런 일은 꿈에도 생각지 못했어. 와일리 부인은 도무지 죽을 것 같지 않은 사람이었거든. 엘리엇 부인이 뭔가 내 이야기를 했니?"

"아마도 너는 고아원으로 돌아가야 될 거라고 했어."

메리는 어두운 얼굴이 되었다.

"그럴 거 같았어. 그런 다음 또 어딘가에 보내지겠지…… 틀림없이 또 와일리 부인 같은 사람한테로. 하지만 난 버틸 수 있어. 나는 호락호락하지 않으니까."

목사관으로 돌아가는 길에 우나가 메리에게 속삭였다.

"난 네가 고아원에 돌아가지 않아도 되도록 기도할 거야."

메리는 딱 잘라 말했다.

"네가 하고 싶으면 해. 그렇지만 나는 이제 절대로 기도 안 해! 그 기도라는 게 두려워. 어떻게 됐는지 좀 봐. 만일 내가 기도드리기 시작한 다음에 부인이 죽었다면 내가 죽인 게 될 뻔했잖아?"

"아니야, 그럴 리 없어. 내가 좀 더 설명을 잘할 수 있으면 좋을 텐데…… 아버지라면 해주실 수 있을 거야, 네가 물어본다면. 내가 알아, 메리."

우나가 말했다.

"어림도 없어. 너희 아버지가 어떤 분인지 난 도무지 모르겠어. 대낮에 내 곁을 지나가면서도 나를 전혀 못 본다니까. 내가 건방 떨고 막 나설 처지는 아니지만, 그렇다고 발깔개는 아니라고!"

"어머나, 메리, 그건 그냥 아버지의 버릇이야. 아버지는 우리들마저도 있는지 없는지 모르실 때가 많은걸. 골똘히 생각하시느라 그런 거야. 그뿐이야. 나는 하느님께 너를 포윈즈에 계속 머물게 해달라고 기도하기로 마음먹었어. 왜냐하면 나는 네가 좋으니까, 메리."

"좋아. 하지만 기도 때문에 또 누군가가 죽었다느니 하는 말을 들을 일만 없게 해줘.

솔직히 나도 포윈즈에 있고 싶어. 여기도, 항구도, 등대도 좋으니까. 그리고 너네랑 블라이드네 아이들도 모두 좋아해. 너네는 이 세상에서 처음으로 생긴 친구들이야. 정말 헤어지기 싫어."

## 우나, 나서다

미스 코닐리아는 메러디스 목사를 만나러 갔다. 늘 얼이 빠져 있는 이 신사에게 미스 코닐리아가 전한 소식은 그를 뒤흔들어 놓았다. 미스 코닐리아는 메리 밴스 같은 떠돌이 아이가 가족 가운데 끼어들어 그의 자녀들과 어울리는데도, 아버지가 되어서 그 아이에 대해 전혀 알지도 못한 채 내버려두면서, 조사해 보려고도 하지 않은 것을 딱 꼬집어, 부모로서의 직무 유기라며 가차 없이 나무랐다.

그러고 나서 미스 코닐리아는 결론지었다.

"그렇다고 그 애가 무슨 큰 해를 끼쳤다는 말은 아니에요. 요컨대 이 메리라는 아이는 질이 나쁜 아이는 아니에요. 목사님 아이들과 블라이드네 아이들에게도 물어보았는데, 말투가 상스럽긴 해도 다른 결점은 별로 없었어요.

하지만 더부살이로 있는 아이들 가운데에는 온갖 아이들이 많죠. 메리가 나쁜 아이였다면 무슨 일이 생겼을지 생각해보세요. 짐 플래그네 집에서 일하던 아이가 그 집 아이들에게 좋지 못한 것을 가르쳐 피해가 많았다는 사실을 목사님도 아실 거예요."

메러디스 목사는 플래그네 아이들에 관한 일을 알고 있었고 이번 일에 자기가 너무 무심했다는 것에 실로 충격을 받았다.

그는 어떻게 해야 할지 몰라 쩔쩔매며 말했다.

"어떻게 하면 좋겠습니까, 엘리엇 부인? 그렇다고 가엾은 아이를 무작정 쫓아낼 수는 없습니다. 누군가 보살펴줄 사람이 반드시 있어야죠."

"물론이죠. 호프타운에 있는 고아원으로 곧바로 편지를 보내는 게 좋지 않겠어요? 회답이 올 때까지 2, 3일쯤은 여기에 더 있어도 괜찮을 거예요. 하지만 눈과 귀를 잘 열고 지켜보세요, 목사님."

미스 코닐리아가 그토록 사정없이 힐난하는 투로 목사님에게 말하는 모습을 수전이 봤다면, 충격으로 그 자리에서 쓰러져 죽었을지도 모른다. 그러나 미스 코닐리아는 자기 의무를 다했다는 흡족함에 젖어 기쁘게 목사관을 나섰다. 그날 밤 메러디스 목사는 메리에게 서재로 자기를 따라오도록 일렀다. 메리는 두려움에 덜덜 떨며 따라갔다.

그러나 그녀는 평생을 이리 치이고 저리 치이며 가련하게 살아온 짧은 삶 속에서 처음으로 뜻밖의 일을 겪었다. 자신이 잔뜩 겁을 집어먹은 채 마주 앉은 이 남자는 이제까지 본 적 없을 만큼 친절하고 다정한 사람이었다. 메리는 저도 모르게 지금까지 겪어온 고난을 남김없이 다 털어놓고, 상상조차 해 본 적 없었던 공감과 따뜻한 배려를 받았다.

서재에서 나온 메리의 얼굴이 한없이 환해지고 눈빛도 부드러워진 모습은 우나에게도 낯설 정도였다.

메리는 흐느낄 뻔한 것을 코를 훌쩍이는 것으로 얼버무렸다.

"너네 아버지는 몽상에서 깨셨을 때에는 버젓한 분이네. 좀 더 자주 깨어 있지 않는 게 안타깝다. 와일리 부인이 죽은 일은 조금도 내 탓이 아니라고 하셨어. 다만 부인의 좋은 점만을 떠올리고 나쁜 점은 생각지 말라고 하시더라. 좋은 점을 생각해내는 게 쉽지는 않지만. 집을 깨끗하게 청소한 거랑 끝내주는 버터를 만들었다는 것 말고는 옹이 박힌 주방 바닥을 문지르느라 내 팔이 닳아 없어질 뻔한 건 잊을 수가 없지. 아무튼 너네 아버지가 말씀하신 일은 이제부터 뭐가 됐든 잊지 않을 거야.”

그러나 이튿날부터 메리는 기운이 조금 없어졌다. 그녀는 고아원으로 돌아갈 일을 생각하면 할수록 싫어진다고 힘없이 우나에게 털어놓았다. 우나는 어떻게든 메리가 떠나지 않아도 될 방법이 없을까 하고 작은 머리를 쥐어짜 보았다. 그때 낸이 생각지도 못했던 구원의 손길을 내밀어주었다.

“엘리엇 부인이 메리를 맡아줄 수 있을지도 몰라. 그 집은 아주 넓어서 아저씨가 언제나 집안일을 도와줄 사람을 두라고 했거든. 메리한테는 더없이 훌륭한 집이 될 텐데. 메리가 얌전하게 굴기만 한다면 말이야.”

“아, 낸, 엘리엇 부인이 메리를 맡아줄까?”

“네가 부탁해 보면 어떨까?”

처음에 우나는 도저히 자기가 할 수 있다는 생각이 들지 않았다. 워낙 내성적인 성격인 탓에 누구에게 뭔가를 부탁한다는 것 자체가 우나에게는 견디기 어려운 고통이었다. 게다가 우나는 부산스럽고 열정적인 엘리엇 부인이 매우 두렵기도 했다. 부인을 무척 좋아하고 그 집에 놀러 가는 것은 늘 즐거웠지만 메리를 맡아달라는 부탁을 하는 건 너무 주제넘은 일이라 생각되어 소심한 우나의 영혼은 움츠러들었다.

호프타운의 고아원에서는 메리를 고아원으로 바로 돌려보내라는 회답이 왔다. 그날 밤 메리는 목사관 다락방에서 서럽게 울다 잠이 들었다. 필사적으로 용기를 낸 우나는 다음 날 저녁나절 아무도 모르게 살그머니 목사관을 빠져나와 항구의 큰길로 나섰다. '무지개 골짜기'에서 떠들썩한 웃음소리가 들려왔지만 우나가 향한 곳은 그곳이 아니었다. 얼굴이 새하얗게 질려서 오직 한마음으로 발길을 서둘렀다. 너무도 한 가지 생각에만 빠져 있어 도중에 누구를 만났는지도 기억하지 못했다. 나이 든 스탠리 플래그 부인은 자기에게 인사도 하지 않은 채 지나가는 우나의 모습에 발끈해서 그 아이는 어른이 되면 아버지 못지않게 얼빠진 사람이 될 거라고 말했다.

미스 코닐리아는 글렌 마을과 포윈즈곶의 중간쯤 되는 곳에 있는 푸른 집에 살고 있었다. 전에는 눈이 어지러울 만큼 쩡한 초록색이었으나 지금은 차분하고 보기 좋은 빛깔로 바래 있었다. 마셜 엘리엇이 집 주위에 나무를 빼곡히 심고, 가문비나무 산울타리와 장미 정원을 만들어 놓았다. 덕분에 전에는 경치가 보잘것없던 집이 훌륭하게 달라져 몰라볼 정도였다. 목사관 아이들도, 잉글사이드 아이들도 여기에 놀러 오는 것을 아주 좋아했다. 오래된 항구길은 걷기 좋았고, 그 길 끝에는 언제나 도넛이 가득 든 항아리가 기다리고 있었다.

부옇게 안개가 낀 바다는 흐렸고, 파도가 가만가만 바닷가에 철썩이고 있었다. 큰 배 세 척이 흰 바닷새처럼 항구를 미끄러져 갔다. 돛대가 높다란 범선 한 척이 해협을 통과해 항구 쪽으로 들어왔다. 포윈즈라는 세계는 은은한 색채와 희미한 음악과 신비로운 반짝임 속에 감싸여 그곳에 있는 모두가 행복해야 마땅할 터였다. 그러나 미스 코닐리아네 집 대문 앞에 다다른 우나는 아무래도 발길이 떨어지지 않았다.

미스 코닐리아는 베란다에 혼자 있었다. 우나는 엘리엇 아저씨도 집에 있기를 바랐다. 엘리엇 씨는 곰처럼 몸집이 크고 친절하며 유쾌해서 아저씨가 함께 있으면 용기가 생길 것 같았다. 우나는 미스 코닐리아가 갖다준 등받이 없는 작은 의자에 앉아 그녀가 권하는 도넛을 먹으려고 했다. 자꾸만 목에 걸리는데도 꾸역꾸역 삼킨 것은 미스 코닐리아의 기분을 상하게 하면 큰일이라고 생각했기 때문이었다. 낯빛은 파리한 데다 말없이 앉아 있는 우나의 크고 짙은 파란색 눈이 너무도 애잔해 보였기에 미스 코닐리아도 뭔가 예삿일이 아니라고 생각했다.

"왜 그러니, 아가? 무슨 걱정거리가 있는 모양이구나. 이야기해보렴."

우나는 입속에 남아 있는 마지막 도넛 한 조각을 겨우겨우 꿀꺽 삼켰다.

그러고는 애원하듯 말했다.

"엘리엇 아주머니, 제발 부탁인데, 메리 밴스를 맡아주시면 안 될까요?"

이 느닷없는 말을 들은 미스 코닐리아는 어안이 벙벙했다.

"내가? 메리 밴스를 맡으라고? 데리고 있으라는 말이니?"

"네…… 데리고…… 양녀로 삼아주세요."

일단 입을 열자 우나는 용기가 솟았다.

"오, 엘리엇 아주머니, 제발 부탁이에요. 메리는 고아원으로 돌아가고 싶어하지 않아요…… 밤마다 울다가 잠들어요. 고아원에서 또 어딘가 매정한 사람이 있는 집에 보낼 거라며 겁내고 있어요. 메리는 아주 똑똑해요. 못하는 일이 없어요. 메리를 맡으신다면 결코 후회하지 않을 거예요."

미스 코닐리아는 난처했다.

"나는 그런 일은 생각해 보지도 않았단다, 얘야."

"그럼, 한번만 생각해주시면 안 돼요?"

"사실 우리 집에는 집안일을 도와줄 사람이 필요하지 않아. 나 혼자서 충분히 해나갈 수 있으니까. 게다가 일할 사람을 둔다 하더라도 고아원 아이를 데려다가 한집에서 살게 한다는 생각은 전혀 해 보지 않았단다."

우나의 눈에서 희망의 빛이 사라지고 입술이 바르르 떨렸다. 우나는 의자에 도로 앉더니 절망에 빠진 비참한 모습으로 훌쩍훌쩍 울기 시작했다.

당황한 미스 코닐리아가 외쳤다.

"울지 마라, 얘야…… 울지 마."

어린아이를 마음 아프게 하는 것은 미스 코닐리아가 못 견디는 일이었다.

"아직 맡지 '않겠다는' 말은…… 하지 않았어. 다만 너무나도 뜻밖의 이야기여서 조금 어리벙벙한 거야. 잘 생각해보기로 하자."

"메리는 '정말' 똑똑해요."

"흠, 그렇다는 말은 들었어. 하지만 욕설을 한다는 말도 들었지. 그게 정말이니?"

우나는 더듬거렸다.

"난 욕하는 건 들어본 적 없어요, 정말이에요. 아마도 좋지 않은 말을 알고 있어서 하려면 할 수 있나 봐요."

"내 생각도 그래. 그리고 언제나 사실대로 말하겠지?"

"네, 그래요. 매 맞는 게 정말 겁날 때만 빼면요."

"그런 아이를 나더러 맡으라는 거니?"

울먹이며 우나가 말했다.

"네, '누군가가' 맡아야만 해요. '누군가는' 그 아이를 돌봐줘야 돼요, 엘리엇 아주머니."

"그래, 그 말은 맞다. 어쩌면 그렇게 하는 게 내 의무일지도 모르겠구나."

미스 코닐리아는 한숨을 쉬었다.

"아무튼 엘리엇 아저씨와 의논해 봐야 하니까 지금은 아무에게도 말하지 않도록 해라. 도넛을 하나 더 먹으렴."

우나는 도넛을 하나 더 받았다. 도넛은 아까보다 훨씬 맛있었다.

"저는 도넛을 아주 좋아하는데, 마사 할머니는 만들어주지 않아요. 그래도 잉글사이드의 미스 수전이 만들어 주셔서 가끔 '무지개 골짜기'에서 쟁반 가득히 놓고 먹어요. 도넛을 몹시 먹고 싶은데 못 먹을 때 제가 어떻게 하는지 아세요?"

"모르겠구나. 어떻게 하니?"

"돌아가신 어머니의 요리책을 꺼내 도넛 만드는 법을 읽어요…… 그리고 다른 음식의 요리법도요. 배가 고프면 언제나 그렇게 해요…… 특히 디토를 먹은 다음에는요. 그때는 프라이드치킨이랑 거위 구이 요리법도 읽어요. 어머니는 그런 맛있는 음식을 모두 만들어주셨거든요."

우나가 돌아간 뒤 미스 코닐리아는 남편을 붙잡고 분개하여 말했다.

"메러디스 목사가 재혼하지 않으면 그 집 아이들은 곧 굶어 죽겠더군요. 그런데도 재혼할 생각이 없는 모양이지만요. 그러니 뭘 어쩌겠어요? 그리고 여보, 그 메리라는 아이를 우리가 맡을까요?"

"맡지."

마셜의 대답은 짤막했다.

아내는 어이가 없었다.

"남자가 할 만한 말이로군요. '맡지.'라고요? 덮어놓고 맡으면 될 일이에요? 그 일에 관련해서 생각해야 할 문제가 산더미라고요."

"그냥 맡아요. 산더미 같은 문제는 그런 다음에 생각합시다, 코닐리아."

마침내 미스 코닐리아는 메리를 맡기로 했다. 그리고 잉글사이드 사람들에게 그 소식을 제일 먼저 알려주러 갔다.

앤이 기쁨에 넘쳐 말했다.

"정말 잘됐어요! 나는 미스 코닐리아가 그렇게 해주면 좋겠다고 마음속으로 바랐어요. 그 아이에게는 누구보다 좋은 가정이 필요해요. 나도 한때는 그 애처럼 집 없는 고아였기 때문에 잘 알아요."

미스 코닐리아는 우울한 목소리로 응수했다.

"아무래도 이 메리라는 아이는 지금도 앤하고는 다르고 앞으로도 결코 앤처럼 되지는 못할 거예요. 앤하고는 영 딴판인 아이예요. 그렇지만 이 아이 역시 구원받아야 할 불멸의 영혼이 있는 사람이니까요.

나는 어린아이용 교리문답책이랑 아이 칫솔도 준비했어요. 이미 마음을 먹은 이상, 그 아이를 위해 내 의무는 다할 생각이에요. 어떻게든 해내야죠."

메리는 이 소식을 듣고는 마음이 누그러져 만족스러움을 나타냈다.

메리가 말했다.

"생각보다는 운이 좋은걸!"

낸이 말했다.

"엘리엇 부인 집에서는 말도 행동도 신경 써서 예의 바르게 하지 않으면 안 돼."

"그래, 걱정하지 마."

메리는 얼굴을 붉혔다.

"나도 마음만 먹으면 너처럼 예의 바르게 말하고 행동할 수 있어, 낸 블라이드!"

우나가 걱정스레 말했다.

"점잖지 못한 말도 쓰면 안 돼."

"내가 그랬다가는 엘리엇 부인이 질색해서 쓰러지겠지."

메리가 그렇게 말하고 해죽 웃었다. 엉뚱한 일을 상상하며 불경스러운 재미를 느낀 그녀의 흰 눈이 빛났다.

"그렇지만 아무 걱정 하지 마, 우나! 이제부터는 시치미 뚝 떼고 얌전하게 굴 테니까. 말도 점잔 빼는 말만 할게!"

페이스가 덧붙였다.

"거짓말도 하지 말고."

메리가 외쳤다.

"채찍으로 맞을 것 같은 때에도 안 돼?"

다이가 소리쳤다.

"엘리엇 아주머니는 '절대' 널 때리는 일이 없을 거야, '절대로!'"

"정말?"

메리는 믿어지지 않는 듯했다.

"채찍으로 맞지 않는 곳이라면 나한테는 천국이나 다름없을 거야. 그럼 내가 거짓말할 일도 없어. 나도 거짓말하고 싶지 않아. 꼭 해야 할 이유가 없다면 말이야."

메리가 목사관을 떠나기 전날 아이들은 '무지개 골짜기'에서 작은 송별회를 열었다. 그날 밤 목사관 아이들은 저마다 소중히 간직하고 있던 물건을 이별의 선물로 주었다.

칼은 소중하게 간직했던 두껍질조개를, 제리는 두 번째로 좋은 주즈하프를 주었다. 페이스는 작은 솔빗을 선물로 주었다. 뒤에 거울이 달려 있어 메리가 전부터 멋있다고 생각했던 것이다.

우나는 오래된 비즈 지갑을 줄까 아니면 예쁜 '사자굴 속의 다니엘' 그림으로 할까 망설인 끝에 메리에게 좋아하는 것을 직접 고르도록 했다. 메리는 비즈 지갑이 갖고 싶었지만 우나가 무척 소중히 여기는 것임을 알았으므로 이렇게 말했다.

"다니엘을 줘. 나는 사자를 좋아하니까 그걸 갖고 싶어. 사자들이 다니엘을 잡아먹었다면 더 재미있었을 텐데, 그러지 않은 게 좀 아쉽지만."

잘 시간이 되자 메리는 우나에게 함께 자자고 꼬드겼다.

"오늘은 마지막 밤이잖아. 게다가 오늘 밤은 비가 주룩주룩 내리고 있잖니. 난 창밖의 묘지 때문에 비 오는 날 여기서 혼자 자는 게 정말 싫어. 날씨가 맑은 밤이면 괜찮은데, 이렇게 비가 내리는 밤이면 하얀 묘비 위로 퍼붓는 빗줄기밖에 안 보이고, 또 창밖에서 휘휘 부는 바람 소리가 꼭 죽은 사람들이 들어오고 싶은데 못 들어와서 우는 소리만 같아서 그래."

다락방의 작은 침대 위에서 메리 곁에 바짝 붙어 누우며 우나가 말했다.

"난 비 내리는 밤이 좋은데. 그리고 블라이드네 자매들도 비 오면 좋아해."

"저 묘지만 없다면 나도 아무렇지도 않겠지만, 여기 나 혼자 있으면 쓸쓸해서 울어버리고 말 거야. 너네하고 헤어지는 게 정말 괴롭고 싫어."

우나가 말했다.

"엘리엇 부인은 이따금 너를 '무지개 골짜기'에서 놀다 오라고 보내줄 거야. 그리고 너 거기 가서 어른들 말 잘 듣고 착한 아이가 될 거지, 메리?"

메리는 한숨을 쉬었다.

"후유, 애는 써볼게. 하지만 너네랑 달라서 나는 착한 아이가 되는 게 쉽지 않아! 밖으로 나타나는 것만 아니고 마음도 착해야 하는데…… 너처럼 말이야. 너는 나처럼 지독한 망나니 같은 핏줄들은 없잖아."

우나가 이어 말을 받았다.

"그분들에게는 나쁜 점도 있었겠지만 좋은 점도 분명 있었을 거야. 좋은 점만 받아들이고 나쁜 점은 신경 쓰지 않으면 돼."

"좋은 점은 하나도 없었던 것 같아."

메리가 어두운 표정을 짓고서 말을 이어갔다.

"전혀 못 들었어. 할아버지는 돈이 많았다고 하지만, 모두들 악당 같은 사람이었다고 하던걸. 그러니까 그냥 내 힘으로 시작해서 할 수 있는 데까지 해 봐야 될 것 같아."

"그리고 기도하면 하느님께서도 도와주실 거야, 메리."

"글쎄, 과연 그럴까."

"어머나, 메리, 우리가 너한테 여기 남아서 살 집을 주십사 기도했더니 하느님께서 들어주셨잖아."

"나로선 하느님이 그 일과 무슨 관계가 있는지 모르겠어. 왜냐하면 그 일을 엘리엇 부인 머릿속에 불어넣은 것은 너였잖아."

"하지만 부인에게 너를 맡을 '마음'이 들도록 한 것은 하느님이야. 내가 아무리 그 생각을 부인 '머릿속'에 불어넣었다 해도 하느님께서 그렇게 해주시지 않았다면 아무 소용 없었을 거야."

"그래, 그럴지도 모르지. 그런데 말이야, 우나, 난 특별히 하느님을 거부하거나 그런 건 아니야. 하느님한테도 기회를 줘볼게. 그렇지만 솔직히 하느님은 너네 아버지랑 엄청 닮은 것 같아. 여느 때는 멍해서 아무것도 보지도 듣지도 못하다가 때로는 갑자기 깨어나서 엄청 착하고 친절하고 분별 있게 대해주시니까."

우나는 소스라치게 놀라며 말했다.

"어머나, 메리, 그렇지 않아. 하느님은 아버지와 조금도 닮지 않으셨어. 내 말은…… 아버지보다 몇천 배나 훨씬 더 좋고 친절하신 분이야."

메리가 말했다.

"하느님이 너네 아버지만큼만 좋은 분이면 나한테는 충분해. 너네 아버지가 나한테 여러 가지 말씀을 해주셨을 때, 난 두 번 다시 나쁜 짓할 생각이 없어지는 느낌이 들었어."

우나가 한숨을 쉬었다.

"아버지한테 하느님 이야기를 들을 수 있으면 좋을 텐데. 아버지라면 나보다 훨씬 잘 설명할 수 있거든."

"그래. 물어볼게. 다음에 너네 아버지가 제정신이 들면 말이야."

메리가 약속했다.

"저번 날 밤에 너네 아버지가 서재에서 여러 좋은 말씀을 해주셨을 때, 와일리 부인이 죽은 게 내 기도 때문이 아니라고 확실하게 이해시켜 주셨어. 그때부터는 마음이 편해졌지만 그래도 기도를 할 때는 조심하기로 마음먹었어. 어렸을 때 배운 기도문을 암송하는 게 제일 안전하겠어.

그런데, 우나! 어쩔 수 없이 기도해야만 한다면 하느님보다 악마에게 하는 편이 낫지 않을까. 하느님은 선하니까―어쨌든 네가 그렇게 말했으니까―인간에게 해로운 일은 하지 않겠지만 내가 판단하는 한 악마는 살살 달래줄 필요가 있어. 악마에게 기도하는 게 이치에 맞을 것 같아.

'좋은 악마여! 부탁이니 제발 내가 나쁜 짓을 하게 부추기지 말아주십시오. 날 이대로 가만히 내버려 두십시오.'라고 하면 어때?"

"아냐, 절대로 안 돼, 메리. 악마에게 기도하다니 잘못된 일이야! 악마는 나쁘니까 거기에 기도해도 소용없을 거고. 괜히 더 화나게 만들어서 더 나쁜 짓을 할지도 몰라."

메리는 순순히 고집을 꺾지 않았다.

"하느님에 대한 문제는 우리 둘 다 잘 모르니까 더 이상 말해도 소용없겠어. 확실히 알 수 있을 때까지 기다려 보자. 그때까지 나 혼자서 열심히 노력할게."

"우리 어머니가 살아계시면 무엇이든지 잘 가르쳐주실 텐데."

우나는 한숨을 쉬었다.

메리가 말했다.

"그래, 너네 어머니가 살아 있었으면 좋았을 텐데. 내가 가고 나면 너네들은 어떻게 될까 싶어. 아무튼 집 안을 좀 더 잘 정리해두도록 해. 사람들이 입방아를 많이 찧어대고 있거든. 그러다 너네 아버지가 느닷없이 새 아내를 데려오는 날엔 그 사람이 너네들을 밀쳐내고 대신 사랑을 독차지할지도 몰라."

우나는 소스라치게 놀랐다. 아버지가 재혼한다는 것은 이제까지 생각해본 적도 없었다. 상상만 해도 싫고 몸이 오싹하여 우나는 가만히 있었다.

메리는 말을 이었다.

"계모란 정말 끔찍한 사람들이야. 내가 알고 있는 일을 모두 들려주면 너는 피가 얼어버릴걸. 와일리 부인네 집 건너편에 살고 있던 윌슨 씨네에 계모가 들어왔는데, 그 집 아이들을 와일리 부인이 날 때리듯이 했거든. 계모가 집에 들어오면 정말 큰일이야."

우나는 바들바들 떨면서 말했다.

"우리 집에 계모는 오지 않을 거야. 아버지는 누구하고도 결혼하지 않을 테니까."

메리는 우울한 얼굴로 말했다.

"결국은 떠밀려서 하게 될걸. 이 마을에서 아직 시집가지 못한 나이 든 여자들은 모두 네 아버지 뒤꽁무니를 쫓아다니고 있어. 그들을 이길 방법은 없어. 게다가 계모가 무엇보다도 나쁜 점은, 아버지하고 너네들 사이가 나빠지도록 이간질을 한다는 거야. 그렇기 때문에 아버지는 언제나 계모나 계모 아이들 역성만 들게 되어 있어. 계모는 아버지에게 너희들만 나쁜 아이인 것처럼 여기도록 하거든."

우나는 참지 못하고 울음을 터뜨렸다.

"메리, 그런 말 하지 말지 그랬어. 너무너무 슬퍼져버렸어."

메리도 좀 후회되는 모양이었다.

"나는 그냥 미리 경고를 해주고 싶었을 뿐이야. 물론 너네 아버지는 넋이 나가 있을 때가 많으니까 다시 결혼을 하겠다는 생각조차 안 할지도 모르지. 그래도 미리 마음의 준비를 해두는 게 낫다고 생각했어."

메리가 곤히 잠든 뒤에도 우나는 오래도록 잠을 이루지 못해 눈이 말똥말똥했다. 너무 많이 울어서 빨개진 눈이 따끔거렸다. 아, 아버지가 어떤 사람과 결혼을 하고 그래서 나, 제리, 페이스, 칼을 싫어하게 된다면 어떡하지! 우나는 견딜 수가 없다는 생각에 몸서리쳤다.

메리는 미스 코닐리아가 걱정했던 것과 같은 나쁜 씨앗을 목사관 아이들의 마음에 심지는 않았다. 그러나 좋은 뜻에서 한 말로 뜻하지 않게 마음에 생채기를 냈다. 그런 줄도 모르는 메리는 꿈도 꾸지 않고 푹 잤지만 우나는 잠을 못 이루었다. 낡은 잿빛 목사관 주변에서는 비가 내리고 사나운 바람이 울부짖고 있었다.

존 메러디스 목사는 성 아우구스티누스 전기를 읽는 데 푹 빠져 자는 것도 잊어버렸다. 그는 새벽녘이 되어서야 2천 년 묵은 어려운 문제와 씨름하며 그 책을 다 읽은 끝에 2층으로 올라갔다. 딸아이들의 방문이 열려 있어 장밋빛으로 물든 페이스의 잠들어 있는 아름다운 얼굴을 볼 수 있었다. 우나는 어디에 있을까 하고 목사는 고개를 갸웃했다. 아마도 블라이드 선생 댁에 자러 가서 그 댁 딸들과 함께 있겠지, 라고 생각했다. 가끔 있는 일이었으며 우나는 그런 방문을 즐거워하는 듯했다.

존 메러디스 목사는 이내 한숨을 내쉬었다. 우나가 어디에 있는지도 모른다는 것은 있을 수 없는 일이라고 여겼다. 아내 시실리아가 있다면 틀림없이 우나를 훨씬 잘 돌보았을 것임에 틀림없었다.

시실리아가 살아 있다면 얼마나 좋았을까! 그녀는 참으로 예쁘고 명랑했다. 메이워터 목사관에는 시실리아의 노랫소리가 아름답게 울려 퍼지곤 했었다! 그런 그녀가 갑자기 떠나면서 웃음소리도, 음악도 가져가 버리고 침묵만 남았다. 사실 그는 너무나 갑작스러워 당황스러웠던 그즈음의 슬픔에서 아직도 벗어나지 못하고 있었다. 그토록 아름답고 건강했던 시실리아가 죽으리라고는 상상조차 하지 못했었다.

재혼에 대한 생각은 한 번도 존 메러디스 목사의 머리에 진지하게 떠오른 적이 없었다. 아내를 너무도 깊이 사랑했기에 다른 여자를 좋아한다는 것은 상상조차 할 수 없었다. 곧 페이스가 성장하여 엄마의 빈자리를 채워주리라고만 막연히 생각했다. 그때까지는 자기 혼자서 최선을 다하는 수밖에 없다.

메러디스 목사는 한숨을 쉬면서 자기 방에 들어갔다. 침대는 흐트러져 있었다. 마사 이모님이 정리하는 것을 잊은 것이다. 마사 이모님이 목사님 방에 있는 물건은 일체 손대지 말라고 엄포를 놓았기 때문에 메리도 감히 정리할 엄두를 못 냈다. 하지만 메러디스 목사는 침대가 흐트러진 것은 눈치조차 채지 못했다. 잠들기 전까지 그의 머릿속을 채운 것은 성 아우구스티누스에 대한 생각뿐이었다.

## 대청소

"윽! 비가 오잖아. 난 비 오는 일요일이 정말 싫어. 일요일은 날씨가 좋아도 따분한데."

페이스는 으슬으슬해하며 침대에 일어나 앉았다.

늦잠을 잤다는 꺼림칙한 양심의 가책 속에서, 정신을 차리려 애쓰며 우나는 잠이 덜 깬 목소리로 말했다.

"우린 일요일이 따분하다는 말을 해선 안 돼."

페이스가 거침없이 말했다.

"하지만 '솔직히' 따분하잖아. 메리도 그랬어. 일요일은 너무 따분해서 제 손으로 목을 매달고 싶어질 지경이라고."

우나는 뉘우치는 듯한 투로 페이스의 뒤를 이어서 말했다.

"우리는 메리보다는 좀 더 일요일을 좋아하지 않으면 안 돼. 목사님 아이들이잖아."

"차라리 대장장이네 아이였으면 좋았을걸. 그렇다면 아무도 우리가 다른 아이들보다 착하고 좋은 아이들이어야 한다는 생각을 하지 않을 텐데."

페이스는 성내며 양말을 찾았다.

"어머나, 이 뒤꿈치에 난 구멍 좀 봐. 메리가 가기 전에 모두 꿰매줬는데 또

뚫어져버렸어.

 자, 우나, 어서 일어나. 나 혼자서는 아침 준비를 할 수 없으니까. 아, 아버지와 제리가 집에 있었으면 좋을 텐데. 아버지가 안 계시면 쓸쓸하리라고는 생각 못 했어—아버지는 집에 계시더라도 별로 볼 수 없었으니까. 그런데도 집이 텅 빈 것 같아. 난 가서 마사 할머니가 좀 어떤지 보고 올게."

 페이스가 돌아오자 우나가 물었다.

 "할머니는 좀 좋아지셨어?"

 "웬걸. 좋지 않아. 아직도 괴로워서 끙끙거리고 계셔. 블라이드 의사 선생님께 말씀드려야 할까 봐. 그런데 할머니는 필요 없대. 평생 동안 한 번도 의사한테 진찰 받아본 일이 없으시다니까 무리도 아니지. 의사란 사람들한테 독약을 먹여서 먹고사는 치들이라고. 정말 그렇게 생각해?"

 우나는 분개했다.

 "그럴 리 없지. 블라이드 선생님이 사람들한테 독약을 먹일 리 없잖아."

 "아침 먹고 나면 또 할머니의 등허리를 문질러 드려야겠어. 오늘은 플란넬을 어제처럼 뜨겁게 데우지 않도록 조심하자."

 페이스는 어제 일이 생각나서 키득키득 웃었다. 페이스와 우나는 어제 하마터면 가엾게도 마사 할머니의 등가죽을 홀랑 벗겨버릴 뻔했던 것이다. 우나는 한숨을 쉬었다. 등허리가 아플 때 찜질을 하려면, 어느 정도로 플란넬을 뜨겁게 하면 좋은지 메리라면 알 것이다. 메리는 모르는 것이 없었다. 그러나 메러디스 형제자매들은 아무것도 모른다. 이번 경우처럼 가엾은 마사 할머니가 톡톡히 대가를 치르는 쓰라린 경험 말고는 알아갈 방도도 없었다.

 월요일에 메러디스 씨는 짧은 휴가를 보내려고 노바스코샤로 제리를 데리고 떠났다. 그런데 수요일에 마사 할머니가 갑자기 병이 났다. 그것은 할머니가

'몸살'이라고 부르는 원인불명의 난치병으로, 반드시 가장 형편이 안 좋을 때 걸리곤 했다. 그럴 때면 조금만 움직여도 아파서 가만히 누운 채 꼼짝도 못 했지만, 결코 의사에게 진찰은 받으려 하지 않았다.

페이스와 우나는 음식을 만들고 할머니를 돌보았다. 요리 솜씨에 대해서는 굳이 말하지 않는 편이 좋겠다. 그러나 마사 할머니의 솜씨와 비교해서 더 못하지도 않았다. 마을 사람들 가운데는 기꺼이 도우러 와줄 부인들도 많았지만, 마사 할머니는 자신의 병이 남에게 알려지는 것을 싫어해 아무도 부르지 못하게 했다.

"내가 움직일 수 있을 때까지, 너희들끼리 해나가면서 날 도와주어야 한다."

마사 할머니는 신음했다.

"마침 존이 없어서 다행이야. 삶아서 식혀둔 고기와 빵은 얼마든지 있고, 오트밀은 너희들이 한번 스스로 만들어 보든가."

페이스와 우나가 시도해보았으나 그때까지 잘 된 적이 없었다. 첫날에는 너무 묽었고, 다음 날은 너무 딱딱해서 칼로 썰려면 썰 수 있을 정도였으며, 이틀 모두 바닥은 태우고 말았다.

페이스는 불만이 쌓여 내뱉듯 말했다.

"나는 오트밀에 질려버렸어. 결혼하면 오트밀 같은 거 쳐다보지도 않을 거야!"

우나가 물었다.

"아이들은 어떻게 하려고? 아이들에겐 오트밀을 먹여야 해. 그렇지 않으면 키가 크지 않으니까. 이건 모두가 아는 상식이야."

페이스는 완강했다.

"오트밀 없이 알아서 크든가, 아니면 그냥 땅꼬마로 살아야지, 뭐! 자, 우나,

"내가 식탁을 차리는 동안 이걸 좀 휘젓고 있어. 조금이라도 손을 놓으면 이 오트밀이 금방 타버리니까. 벌써 9시30분이야. 주일학교에 늦겠어."

우나가 말했다.

"아직 아무도 지나가지 않았어. 별로 많이 모이지 않을지도 몰라. 비가 퍼붓는 걸 좀 봐. 설교가 없으니 멀리서 아이들을 데리고 올 사람도 없을 거야."

페이스가 말했다.

"가서 칼을 불러와."

칼은 어젯밤 '무지개 골짜기' 늪지대에서 비를 맞으며 잠자리를 쫓아다니다가 후두염에 걸린 듯했다. 그는 양말도 장화도 푹 젖어서 돌아온 채로 잘 때까지 그대로 있었던 것이다. 칼이 아침을 통 못 먹자 페이스는 칼에게 도로 침대에 가서 누워 있으라고 시켰다.

그런 다음 페이스와 우나는 식탁은 나중에 치우기로 하고 우선 주일학교에 갔다. 가보니 교실에는 아무도 없었고, 11시 무렵까지 기다려도 아무도 오지 않았으므로 두 소녀는 다시 집으로 털레털레 돌아왔다.

우나가 말했다.

"감리교회 주일학교에도 아무도 오지 않은 것 같아."

페이스가 대답했다.

"그렇다면 다행이야. 비 오는 날 감리교회 사람들이 장로교회보다 주일학교에 더 많이 간다면 약오르잖아. 그렇지만 그쪽 교회에서도 오늘은 설교가 없으니까 주일학교는 오후에 시작할지도 몰라."

우나는 메리 밴스에게 배워서 꽤 솜씨 있게 설거지를 했다. 페이스는 그럭저럭 마룻바닥을 쓸고 점심 식사 준비로 감자 껍질을 까다가 손가락을 살짝 베었다.

우나가 한숨을 쉬며 말했다.

"점심에 디토 말고 다른 음식 좀 먹어봤으면 좋겠어. 난 디토에 질렸어. 블라이드네 아이들은 디토라는 게 어떤 건지 알지도 못해.

게다가 우리는 한 번도 푸딩을 먹어본 일이 없잖아. 그런데 낸의 말로는 일요일에 푸딩이 없다면 수전은 기가 막혀서 기절하고 말 거라지 뭐야. 어째서 우리는 다른 사람들하고 다른 걸까, 페이스?"

페이스는 피가 흐르는 손가락을 천으로 동여매면서 웃으며 말했다.

"난 다른 사람들하고 똑같아지고 싶지 않아. 나는 나니까. 그리고 다른 사람이랑 다른 편이 훨씬 재미있어. 제시 드루는 그 애 어머니 못지않게 집안일이야 잘하지만, 너는 그 애처럼 멍청한 사람이 되고 싶니?"

"하지만 우리 집은 깨끗하지가 않아. 메리가 말해줬는데 우리 집이 너무너무 더럽다고 소문이 났대."

페이스는 갑자기 좋은 생각이 난 듯 큰 소리로 말했다.

"우리끼리 깨끗이 청소하자. 내일 바로 하면 돼. 마침 마사 할머니가 아파서 누워 있어서 아무 방해도 받지 않을 테니까 아주 좋은 기회야. 아버지가 돌아오실 때까지 말끔히 해놓자. 쓸고 닦고 먼지 떨고 창문 닦는 일쯤은 '누구라도' 할 수 있어.

이제부터는 우리 집에 대해 이러쿵저러쿵 말하는 사람들이 없어질 거야. 그런 말을 하는 건 심술궂은 노파들뿐이라고 젬 블라이드가 그랬지만, 어떤 사람에게든 비방을 당하면 기분 나빠."

우나도 신이 나서 말했다.

"내일 날씨가 맑았으면 좋겠다. 아, 페이스, 말끔하게 깨끗해져서 우리 집도 다른 집들 같아진다면 얼마나 멋질까?"

"마사 할머니의 '몸살'이 내일도 계속되어야 할 텐데. 그렇지 않으면 우린 아무것도 할 수 없을 거야."

페이스의 깜찍한 소망대로 다음 날도 마사 할머니는 일어나지 못했다. 칼도 여전히 아파서 침대 속에 나오지 않도록 칼을 설득하는 것은 어렵지 않았다. 페이스도 우나도 칼이 얼마나 아픈지 전혀 알지 못했다. 자상한 어머니가 있었다면 당장에 의사에게 보였을 것이다. 그러나 어머니는 안 계셨고, 가엾은 칼은 목구멍이 따끔거리고 머리도 쿡쿡 쑤시는 데다, 열로 얼굴이 벌게진 채로 꾸깃꾸깃한 이불을 둘둘 감고 혼자 끙끙 앓았다. 그를 위로해주는 것이라고는 겨우 그의 누더기 잠옷 주머니에 든 작은 초록색 도마뱀 정도였다.

비가 그친 뒤 날씨가 활짝 개어 세상은 온통 여름 햇살이 가득 비치고 있었다. 대청소하기에 더없이 좋은 날씨였으므로 페이스도 우나도 기쁜 마음으로 기운차게 일하기 시작했다.

"식당과 응접실을 청소하자!"

페이스가 말했다.

"서재는 건드리면 안 되고 2층은 하든 안 하든 별로 상관이 없어. 먼저 방 안에 있는 가구를 모두 밖으로 내놔야겠어."

그래서 살림살이를 모두 밖으로 들어냈다. 가구는 베란다와 잔디밭에 쌓아놓았다. 감리교파 묘지 울타리에는 깔개가 화려하게 널렸다.

그런 다음 마룻바닥을 한바탕 쓸고, 우나가 먼지떨이로 먼지를 탈탈 떨어내고 페이스가 식당 창문을 닦았다. 그러다 페이스는 유리창 한 장을 깨뜨리고 두 장에 금이 가게 했다. 가까스로 다 닦은 창문에는 구정물이 흘러내린 자국이 고스란히 남아 있었다.

그것을 보고 우나가 말했다.

"그리 깨끗해지지 않았는걸. 엘리엇 아주머니하고 수전이 닦은 유리창은 반짝반짝하던데."

페이스가 쾌활하게 말했다.

"괜찮아. 그래도 햇빛은 잘만 들어오니까. 비누랑 물을 그만큼 썼는데, 깨끗해졌을 거야. 자, 벌써 11시야. 바닥에 흘러내린 구정물을 닦아내고 나서 밖으로 나가자. 너는 가구의 먼지를 마저 떨어. 나는 깔개를 털 테니까. 나는 묘지에 가서 털 거야. 잔디밭에 온통 먼지가 날아들면 난처하니까."

깔개를 터는 일은 매우 재미있었다. 헤저키아 폴록의 묘석 위에 서서 카펫을 펄럭펄럭 흔들어 터는 것은 참으로 신나는 일이었다.

마침 교회 장로 에이브러햄 클로 씨 부부가 큼직한 마차를 타고 그곳을 지나가다 얼굴을 매섭게 찌푸리며 페이스를 못마땅한 눈초리로 노려보았다.

엄한 목소리로 에이브러햄 장로는 말했다.

"저게 대체 무슨 꼴불견이오."

에이브러햄 장로 부인은 남편보다도 한층 더 엄하게 말했다.

"내 눈으로 본 게 아니었다면 도저히 믿을 수 없었을 거예요."

페이스는 그들에게 쾌활하게 발깔개를 흔들어 보였다. 이런 그녀의 인사에 대해 장로도 부인도 답례해주지 않았으나 페이스는 아무렇지도 않았다. 왜냐하면 14년 전 주일학교 감독으로 지명된 뒤 에이브러햄 장로는 결코 남에게 웃는 얼굴을 보이지 않는다는 평판을 익히 들어 알고 있었기 때문이다.

그러나 미니와 아델라도 손을 흔들어주지 않은 일에 대해서는 크게 분개했다. 페이스는 블라이드네 아이들 다음으로 미니와 아델라를 좋아했다. 학교에서는 이 두 아이와 가장 친한 사이였고, 페이스가 아델라의 수학공부도 늘 도와주곤 했기 때문이다.

'은혜를 이런 식으로 갚는다 이거지. 내가 아무리, 메리 밴스 말 대로라면, 요 몇 해 동안 새로 묻힌 사람도 없는 오래된 묘지에서 깔개를 털었다고 해서 친구인 나를 본 체 만 체하면서 인사도 하지 않는 건 너무하잖아.'

페이스가 화가 나서 베란다로 뛰어오자, 그곳에는 또 우나가 클로네 자매가 인사를 받아주지 않았다며 시무룩해져 있는 참이었다.

페이스가 말했다.

"그 애들 뭔가 우리에게 화난 일이 있나 봐. 아마 우리가 '무지개 골짜기'에서 블라이드네 아이들하고 자주 놀아서 샘이 났을 거야. 쳇, 학교가 시작되기만 해 보라지. 아델라가 계산식 어떻게 푸는 건지 물어보면 나도 똑같이 모른 체해줄 테니까.

자, 물건들을 도로 집 안에 들여놓자. 이젠 녹초가 되었어. 방은 대청소를 하기 전보다 그리 깨끗해진 것 같지 않아. 묘지에서 먼지를 말끔히 털고 왔는데도 말이야. 나는 대청소 같은 건 질색이야."

2시가 되어서야 지칠 대로 지친 두 소녀는 방 두 군데의 청소를 겨우 끝냈다. 그런 다음 부엌에서 맛없는 음식을 꾸역꾸역 먹고 곧장 설거지를 시작할 생각이었다. 그런데 페이스는 다이 블라이드가 빌려준 이야기책을 무심코 집어들었다가 해 질 녘까지 그대로 책 속 세계에 정신없이 빠져들고 말았다. 우나는 맛이 고약한 차 한 잔을 칼에게 가져갔으나 칼이 잠들어 있었으므로 자기도 제리의 침대에 들어가 그대로 잠들어버렸다.

한편 글렌세인트메리 마을에는 이상한 소문이 꼬리에 꼬리를 물고 퍼지면서 마을 사람들은 이 목사관의 어린아이들을 어떻게 하면 좋을지 서로 열심히 의논하고 있었다.

"이번 일은 웃어넘길 일이 아닌 것 같아요, 정말로."

미스 코닐리아는 남편에게 말하면서 한숨을 쉬었다.

"처음 들었을 때는 도저히 믿을 수 없었어요! 미란다 드루가 감리교파 주일학교가 끝난 다음 오늘 오후 우리 집에 와서 나에게 말했을 때는 웃어넘겼어요. 그런데 에이브러햄 장로 부인이 그러는데 자기와 그녀 남편이 직접 봤다는 거예요."

"뭘 봤다는 거요?"

마셜의 물음에 미스 코닐리아는 절망에 찬 목소리로 대답했다.

"메러디스 목사님의 아이들인 페이스와 우나가 오늘 아침에 주일학교를 빠지고 글쎄 '대청소를' 했대요! 에이브러햄 장로가 도서관 책을 정리한 다음 집으로 돌아가려고 교회를 나왔는데 그 아이들이 감리교파 묘지에서 깔개의 먼지를 털고 있는 모습을 보고 말았대요. 이제 감리교파 사람들에게 체면이 안 서게 됐어요. 얼마나들 입방아를 찧어대겠어요!"

이 일은 예상대로 입방아에 오르내렸다. 소문은 퍼져나감에 따라 점점 더 부풀더니 드디어 항구 윗마을 사람들 귀에 들어갔을 때에는, 목사관 아이들이 일요일에 집안 대청소에 빨래까지 했을 뿐 아니라 마지막에는 감리교파에서 주일학교를 열고 있는데도 묘지에서 피크닉을 한 것으로까지 되어 있었다.

이 엄청난 소문을 모르는 것은 오직 목사관뿐이었다. 페이스도 우나도 화요일인 줄로만 알았던 그다음 날에는 또다시 비가 왔고, 그로부터 사흘 내내 비가 내렸으므로 목사관에 오는 사람도 목사관에서 나가는 사람도 아무도 없었다. 잉글사이드에 가려고 해도 수전과 의사 선생님 말고는 모두 애번리에 가고 없었다.

페이스가 말했다.

"이제 이 빵이 마지막이야. 디토도 다 떨어졌고. 마사 할머니가 빨리 낫지 않으면 어떻게 해야 좋을지 모르겠어."

우나가 말했다.

"마을에서 빵을 조금 사 오면 돼. 그리고 메리가 말려놓은 대구도 있고. 하지만 대구를 어떻게 요리해야 하는지 모르겠어."

페이스가 웃었다.

"아, 그건 쉬워. 그냥 삶으면 돼."

두 소녀는 대구를 삶기는 했지만 미리 물에 담가놓지 않았기 때문에 짜서 도저히 먹을 수가 없었다.

그날 밤 아이들은 배를 곯았으나, 두 소녀의 고생도 이튿날로 끝났다. 해님은 다시 반짝이기 시작했고, 칼은 건강해졌으며, 마사 할머니의 '몸살' 역시 걸렸을 때와 마찬가지로 갑자기 나아버렸고, 정육점 주인이 목사관에 고기 배달을 와서 굶주림으로부터 아이들을 구해주었던 것이다.

무엇보다도 기쁜 일은 블라이드네 아이들이 돌아와서 그날 저녁때 블라이드네 아이들과 목사관 아이들과 메리 밴스가 오랜만에 '무지개 골짜기'에 모인 일이었다. '무지개 골짜기'에는 데이지가 풀밭 위에 떠다니는 이슬의 요정처럼 여기저기에 피어 있었고, '연인 나무'에 매달린 방울은 향기로운 황혼 속에서 요정의 종소리처럼 딸랑딸랑 울리고 있었다.

## 무서운 발견

"너네 드디어 한 건 제대로 저질렀더라."

'무지개 골짜기'에 오자마자 느닷없이 던진 메리의 첫마디였다.

미스 코닐리아는 잉글사이드에서 앤과 수전과 함께 괴로운 비밀회의를 열고 있었다. 메리는 이 모임이 길어지기를 바라고 있었다. 벌써 2주일이나 좋아하는 '무지개 골짜기'에서 다정한 친구들과 놀지 못했기 때문이다.

몽상에 빠진 월터를 제외한 모두가 입을 모아 물었다.

"뭘 저질렀다는 거야?"

"너희들 목사관 아이들 말이야. 정도가 심했잖아! 나 같으면 그런 짓 절대 안 해. 난 목사관에서 자라지도 않았고, 어디서든 날 제대로 키워준 일도 없이 그냥 자라났을 뿐이지만 그런 일은 안 했을걸."

페이스가 어안이 벙벙해서 물었다.

"'우리가' 뭘 어쨌다는 거야?"

"뭘 어쨌다는 거냐고? 그걸 물어봐야 알아? 소문이 아주 자자하던걸. 그 일 때문에 너네 아버지는 이곳 신도들의 믿음을 모조리 잃고 말 거야. 어떻게 해도 이 불명예를 씻어내지 못할걸. 다들 너네 아버지 탓이라고 말하니까. 물론 불공평한 일이지. 하지만 세상일은 원래 공평하지 않아. 너네들은 부끄럽게 생각해야 돼."

우나가 절망해서 다시 한번 물었다.

"우리가 무슨 짓을 저질렀는데?"

페이스는 침묵을 지켰으나 번쩍이는 눈으로 무시하듯 메리를 노려보았다.

그러자 메리가 기를 죽이듯 말했다.

"제발 시치미 떼지 마. 너네가 한 짓을 다 알고 있으니까."

젬 블라이드가 화가 나서 불쑥 끼어들었다.

"나는 몰라. 우나를 울렸다가는 내가 널 가만두지 않을 거야, 메리 밴스. 대체 무슨 말을 하는 거야?"

젬의 말에는 언제나 꼼짝 못 하는 메리는 좀 누그러진 투로 말했다.

"그래, 넌 모를 수도 있겠네. 서쪽에서 막 돌아왔으니까. 하지만 다른 사람들은 다 알고 있는 일이야."

"뭘 알고 있다는 건데?"

"페이스와 우나가 지난 일요일에 주일학교에는 가지 않고 '대청소'를 했다는 것 말이야."

페이스와 우나는 정신없이 손사래를 치며 외쳤다.

"그런 적 없어."

메리는 오만하게 두 소녀를 노려보았다.

"내가 거짓말 좀 했다고 그렇게 쥐 잡듯 해 놓고서 설마 뻔뻔하게 그런 적 없다고 말할 줄은 몰랐는걸. 그런 말 해도 아무 소용 없어. 클로 장로님과 부인이 틀림없이 너희들을 보았는걸. 어떤 사람들은 이 일로 교회가 아주 끝장이 날 거라고 혀를 차며 말하지만, 나는 그렇게 생각지 않아. 너네들은 정말 좋은 아이들이니까."

낸 블라이드가 일어나 어찌 해야 할지 몰라 우두커니 서 있는 페이스와 우나에게 어깨동무를 하면서 말했다.

"그렇고말고. 네가 테일러 씨네 헛간에서 굶어 죽을 뻔했을 때 집에 데려가 먹을 것과 옷을 준 게 이 애들이라고. 정말 좋은 아이들이지. 메리 밴스, 너 그 은혜를 아는 거 맞지?"

메리가 대꾸했다.

"난 은혜를 알아. 내가 물불 안 가리고 메러디스 목사님 역성을 드는 걸 보았다면 너도 알 거야. 이번 주만 해도 입술이 부르트도록 목사님 편을 들었는걸.

일요일에 아이들이 청소를 했다면 메러디스 목사님이 나쁜 게 아니라고 내가 얼마나 열심히 말했는데. 메러디스 목사님은 집을 비웠고, 아이들은 다 알 만큼 아는 나이니까."

우나가 항의했다.

"하지만 우리는 하지 않았어. 청소를 한 것은 '월요일'이었어. 그렇지, 페이스?"

페이스는 눈을 번뜩이며 말했다.

"물론이지. 우리는 비가 내리는데도 주일학교에 빠지지 않고 갔었어. 그랬더니 아무도 오지 않았어—에이브러햄 장로님조차도. 사람들한테 맑은 날에만 크리스천이니 뭐니 하고 잘도 설교했으면서."

메리가 말했다.

"비가 온 건 토요일이었어. 일요일은 활짝 개어 햇빛이 쨍쨍 났는걸. 나는 이가 아파 주일학교에 가지 않았지만 다른 사람들은 모두 갔다가 너희들이 여러 가지 집안 살림을 죄다 잔디밭에 내놓은 것을 보았어. 그리고 에이브러햄 장로님과 부인이 네가 묘지에서 깔개를 흔드는 것을 보았다던걸."

우나는 데이지 꽃 속에 주저앉아 울기 시작했다.

젬이 분명하게 딱 잘라 말했다.

"좋아, 이건 확실히 밝혀야만 하겠어. '누군가가' 실수한 거야. 일요일은 날씨가 좋았어, 페이스. 어째서 토요일을 일요일이라고 생각했지?"

페이스가 소리쳤다.

"목요일 밤에 기도 모임이 있었어. 그리고 금요일에는 애덤이 마사 할머니의 고양이에게 쫓겨 수프 냄비 속에 뛰어들어 점심 식사를 망쳐버렸고, 토요일에는 지하실에 뱀이 들어와 칼이 포크로 찍어서 밖으로 들고 나갔고, 일요일에는 비가 왔단 말이야. 그렇게 된 거야!"

메리가 말했다.

"기도 모임은 수요일 밤이었어. 백스터 장로님이 지도하시기로 되어 있었는데, 목요일 밤에는 사정이 있어서 못 한다는 바람에 수요일로 당겼어. 너는 하루씩 밀려서 알았던 셈이야, 페이스 메러디스. 그러니까 일요일에 일을 한 게 '맞단' 말야."

느닷없이 페이스는 큰 소리로 까르르 웃기 시작했다.

"아, 그래, 그렇게 되었구나. 진짜 웃기다."

메리가 뚱한 얼굴이 되어 말했다.

"너네 아버지에게는 그리 웃긴 일이 아닐걸."

페이스는 가벼운 마음으로 말했다.

"그저 실수였다는 걸 사람들이 알게 되면 다 괜찮아질 거야. 우리가 설명하면 돼."

"아무리 네가 얼굴이 온통 시뻘게질 만큼 설명하고 다닌다 해도 이미 늦었어. 원래 발 없는 말이 천 리 가는 법이라고. 내가 너희들보다 세상을 좀 더 알잖아. 게다가 실수였다고 해도 사람들은 대개 믿지 않을 테고."

페이스가 말했다.

"내가 이야기하면 믿어줄 거야."

메리가 말했다.

"모든 사람들에게 말하고 다닐 수는 없을 텐데. 안 돼. 너네는 너네 아버지 얼굴에 먹칠을 한 거야."

모처럼 모인 이 저녁에 우나의 기분은 이 걱정 때문에 엉망이 되어버렸지만, 페이스는 그 일로 걱정하지 않기로 했다. 게다가 페이스에게는 모든 일을 바로잡을 계획이 있었다. 그래서 지나간 일은 지나간 대로 내버려두고 현재를 마음껏 즐겼다.

젬은 낚시하러 갔고, 월터는 꿈의 세계에서 되돌아와 천국에 있는 숲속을 설명했다. 메리는 한 마디도 놓치지 않으려고 귀를 쫑긋하고 들었다. 메리는 월터를 어려워하고 두려워하기도 했지만, 그가 해주는 이야기는 매우 즐겁게 들었다. 들을 때마다 즐겁고 가슴이 설레었다. 월터는 그날 콜리지의 시집을 읽었으므로 눈으로 본 것처럼 생생하게 천국을 그릴 수 있었다.

"'구불구불 흐르는 실개천이 빛나는 정원이 있었고,
많은 향기로운 나무들이 꽃을 피웠네,
숲은 태곳적 언덕만큼 오래되었고,
양지바른 풀밭을 품고 있었네.'[1]"

메리가 참았던 한숨을 뱉으며 말했다.

"천국에 숲이 있다고는 생각 못 했어. 천국에는 길만 많은 줄 알았지. 이쪽에도 길, 저쪽에도 길."

---

[1] 영국의 시인·비평가인 새뮤얼 T. 콜리지(1772~1834)의 시 《쿠블라 칸》에서 따옴.

낸이 말했다.

"물론 숲이 있지! 우리 어머니는 숲이 없으면 살 수 없고 나도 마찬가지야! 그러니까 숲이 없다면 천국에 뭐 하러 가겠어?"

어린 몽상가가 말했다.

"도시도 있어! 훌륭하고 멋진 도시―하늘은 저녁노을 진 붉은 빛으로 물들어 있으면서, 사파이어 색깔의 탑이 높이 솟아 있고, 일곱 색깔 무지개 돔이 세워져 있어. 황금과 다이아몬드로 되어 있지…… 모든 길은 다이아몬드로 꾸며져 태양처럼 빛나고 있어. 도시의 광장에는 수정같이 맑은 물이 분수에서 솟아오르고 햇빛이 그곳에 입을 맞추고 있어. 그리고 모든 곳에 아스포델이 피어 있어. 천국에만 피는 결코 시들지 않는 꽃 말야."

흥분한 메리가 말했다.

"굉장해! 옛날에 샬럿타운에 있는 번화가를 보았을 때 엄청 근사하다고 생각했는데 천국하고 비교하면 아무것도 아니겠구나. 그런데 월터의 이야기를 듣고 있으면 모두 멋있는 곳 같지만, 좀 따분하지는 않을까?"

페이스가 태평스럽게 말했다.

"천사가 안 보는 데서 재미있게 놀 수도 있겠지."

다이가 선언했다.

"천국에는 재미있는 일만 있어!"

메리가 말했다.

"성경에는 그렇게 적혀 있지 않던데."

메리는 요즘 일요일 오후가 되면 미스 코닐리아의 감시 아래 줄곧 성서를 읽었으므로 스스로 제법 권위자인 양 여기고 있었다.

낸이 말했다.

"성경 말씀은 비유적인 거라고 어머니가 말했어."

메리가 희망이 생겼다는 듯이 반가워하며 물었다.

"그럼, 사실이 아니라는 거야?"

"아니, 꼭 그렇다는 것은 아니지만, 어쨌든 천국이란 우리가 이런 곳이었으면 좋겠다고 바라는 곳을 의미하는 거라고 생각해!"

메리가 말했다.

"나는 '무지개 골짜기' 같은 곳이라면 좋겠어. 우리들 모두가 있고, 이야기하고 놀 수도 있는 곳. 나한테는 그런 곳이면 충분해. 어쨌든 죽지 않으면 천국에 갈 수 없고, 죽었다고 해도 못 갈지 모르는데 벌써부터 걱정할 필요가 뭐가 있겠어? 지금은 젬이 잡아온 송어 몇 마리가 우리 앞에 있고, 내가 그 송어들을 구울 차례야."

목사관으로 돌아오면서 우나가 말했다.

"천국에 대해서는 우리가 월터보다 더 잘 알아야 한다고 생각해. 우리는 목사님의 아이들이니까."

페이스가 말했다.

"우리도 알 만큼 알고 있어. 다만 월터는 '상상할' 수 있는 것뿐이야. 그건 걔네 어머니한테 물려받은 거라고 엘리엇 부인이 말했어."

우나는 한숨 쉬었다.

"일요일을 착각하는 실수는 안 저질렀더라면 좋았을 텐데."

"걱정 마. 사람들이 이해할 수 있게 설명하려고 멋진 계획을 세웠으니까. 내일 저녁때까지 기다려."

## 해명과 도전

 이튿날 밤, 목사인 쿠퍼 박사가 글렌세인트메리에서 설교한다는 소식을 듣고 멀고 가까운 곳에서 많은 신도들이 모여들어 장로교회가 가득 찼다. 쿠퍼 박사는 설교를 잘하기로 평판이 나 있었다. 게다가 '도시에 갈 때는 최고의 옷차림을, 시골에는 최고의 설교를' 준비해 가야 한다는 옛 말씀에 따라 아주 학구적이고 감명 깊은 설교를 했다.
 그러나 그날 밤 집으로 돌아오는 길에 사람들의 대화 주제는 쿠퍼 박사의 설교가 아니었다. 다들 그것은 깨끗이 잊어버렸다.
 쿠퍼 씨는 모여든 사람들에게 열렬하게 호소하며 이야기를 끝내고 송골송골 맺혀 있는 이마의 땀을 닦은 다음 말했다.
 "기도합시다."
 그는 자신의 명성에 걸맞게 기도를 드렸다. 잠시 동안 물을 끼얹은 듯 조용했다.
 글렌세인트메리 장로교회에서는 설교 전에 헌금을 하는 새로운 방식 대신 지금도 여전히 설교가 끝난 다음에 헌금을 거두는 예전 방식을 따르고 있었다. 사실 감리교파가 새로운 방식을 먼저 채택한 탓에 그들을 따라한다는 일은 생각조차 할 수 없었던 미스 코닐리아와 클로 장로가 강력히 주장하여 옛날식을 고수하게 된 점도 컸다.

 그래서 헌금 그릇을 돌리는 일을 맡은 찰스 백스터와 토머스 더글러스 두 사람이 바야흐로 일어서려 하고 있었다. 오르간 연주자는 찬송가 악보를 꺼냈고, 성가대는 노래를 시작하려 목을 가다듬고 있었다. 그때 별안간 페이스 메러디스가 목사 가족석에서 일어서더니 설교단으로 올라가 아연해하는 사람들 앞에 섰다.

 미스 코닐리아는 저도 모르게 반쯤 일어섰다가 다시 앉아버렸다. 그녀의 자리는 훨씬 뒤쪽이었다. 그러니 페이스가 무슨 말을 하고 어떤 행동을 하든 그것을 말리기에는 이미 늦었다는 생각이 들었다. 자기까지 나서서 더 심한 웃음거리로 만들 필요는 없었던 것이다. 괴로운 표정으로 블라이드 의사 부인을 한번 보고 다시 감리교회의 워런 집사를 흘낏 본 미스 코닐리아는 체념하고 또다시 닥쳐올 나쁜 소문을 위한 마음의 준비를 했다.

 미스 코닐리아는 마음속으로 신음했다.

 '적어도 옷차림만이라도 좀 변변했더라면 좋았을 텐데.'

 페이스는 좋은 외출복에 잉크를 엎질러버려서 빛바랜 연분홍 헌 옷을 태연히 입고 왔던 것이다. 차마의 대각선으로 찢어진 곳을 새빨간 천을 대서 꿰매었고, 치맛단은 뜯어져 치마 가장자리만 색이 바래지 않은 또렷한 분홍색이 빙 둘러 드러나 있는 형편이었다.

 그러나 페이스는 옷은 전혀 신경 쓰고 있지 않았다. 그녀는 갑자기 긴장이 되었다. 머릿속으로 생각할 때에는 어렵지 않게 여겨졌던 일이 막상 사람들 앞에 실제로 나서고 보니 무척 어려웠던 것이다. 대체 어찌 된 일이냐는 듯 휘둥그레져 똑바로 자기를 쳐다보는 모든 사람들의 눈이 쏠리자 페이스의 용기는 어디론가 사라져버리고 말았다. 불빛은 유난히 눈부셨다. 쥐 죽은 듯 조용한 침묵은 무서울 정도였다. 이래서는 도저히 말을 꺼낼 수 없다고 페이스는 생각했다. 그러나 무슨 일이 있어도 말해야만 한다. 아버지에 대한 잘못된 평판을 바로잡아야만 한다. 다만 말이 도무지 나오지 않았다.

우나의 파리하고 조그마한 얼굴이 애원하듯 그녀 쪽을 초조하게 보고 있었다. 블라이드네 아이들도 놀란 토끼 눈을 하고 멍하니 앉아 있었다. 아래쪽 신도석에 정답게 미소 짓고 있는 로즈메리 웨스트와 흥미롭다는 표정으로 앉아 있는 언니 엘런도 보였다. 그러나 그 사람들을 보아도 아무 도움이 되지 않았다.

페이스를 위기에서 구해준 것은 버티 셰익스피어 드루였다. 신도석 맨 앞줄에 앉아 있던 그는 페이스에게 얼굴을 잔뜩 일그러뜨려 비웃는 표정을 지어보였다. 페이스는 얼른 무섭게 얼굴을 찌푸려 버티에게 보복해주었다. 그리고 버티 셰익스피어에게 놀림을 받은 노여움으로 무대 공포증을 잊어버릴 수 있었다.

그녀는 또렷한 목소리로 용감하게 말하기 시작했다.

"제가 꼭 해명하고 싶은 일이 있습니다. 엉뚱한 소문을 들으신 분들 모두에게 말씀드리고 싶기에 지금부터 이야기하려고 합니다.

여러분은 우나와 내가 지난주 일요일에 주일학교에 가지 않고 집에서 청소했다고 말씀하십니다. 맞아요, 그랬습니다. 하지만 일부러 그런 것은 아니었습니다. 우리는 요일을 헷갈렸기 때문에 그런 겁니다. 그것은 모두 백스터 장로님 때문이었습니다."

백스터 집안 좌석이 웅성거렸다.

"왜냐하면 백스터 장로님이 기도 모임 요일을 바꾸어 목요일이 아닌 수요일 저녁에 하셨습니다. 그래서 우리는 다음 날인 목요일을 금요일로 착각해버리고, 토요일을 일요일로 착각한 것입니다. 칼은 앓아누웠고, 마사 할머니도 몸이 불편하여 침대에 계셔서 두 사람 다 맞는 날을 가르쳐줄 수가 없었습니다.

우리는 토요일에 비가 쏟아지는데도 주일학교에 갔습니다. 그렇지만 아무도 오지 않았죠. 그래서 우리는 월요일에 대청소를 해서 심술쟁이 할머니들이 목사관이 더럽다고 더 이상 흉보는 말을 하지 못하게 하려던 겁니다."

온 교회가 떠들썩해지기 시작했다.

"그래서 우리는 대청소를 했습니다. 나는 감리교파 묘지에서 깔개를 털었는데, 그것은 죽은 사람에 대해 실례되는 짓을 할 마음에서가 아니라 먼지를 털기에 퍽 좋은 장소였기 때문이었습니다. 이 일로 크게 떠들어댄 것은 죽은 사람들이 아니라 산 사람들입니다.

그리고 누구라도 이 일로 우리 아버지를 나쁘게 말하는 건 잘못입니다. 왜냐하면 아버지는 집을 떠나 있어서 이 일에 대해 아무것도 모르셨으니까요. 그리고 아무튼 우리는 그날을 월요일로 생각해서 그랬습니다. 우리 아버지야말로 이 세상에서 제일 좋은 분이고, 우리는 진심으로 아버지를 사랑하고 있습니다."

페이스는 흐느끼는 것으로 그 해명을 마쳤다. 그녀는 층계를 뛰어 내려와 얼른 옆문으로 달려 나갔다. 밖에는 친밀하게 별이 반짝이는 여름밤이 페이스를 위로해주었으므로 따끔거리던 눈도 목구멍도 깨끗이 나아졌다. 페이스는 매우 행복했다. 이로써 그 끔찍했던 해명도 끝났고, 이제는 모두가 그 일이 아버지 탓이 아니었다는 것을 알게 되었으며, 게다가 페이스도 우나도 일부러 일요일에 대청소를 할 만큼 나쁜 아이들이 아니라는 사실을 알았을 것이다.

교회 안에서는 사람들이 멍하니 서로 얼굴을 마주 보고 있었지만, 토머스 더글러스만은 엄숙한 얼굴로 일어나 통로를 따라 걷기 시작했다. 자신의 의무는 분명했다. 비록 하늘이 무너질지라도 헌금은 걷어야만 했다. 그리하여 헌금은 거두어졌고, 심각한 일이 한바탕 지나간 여파로 성가대의 찬송가는 평소에 비해 형편없었다. 쿠퍼 박사는 찬미하는 말씀으로 축복 기도를 드렸지만 여느 때와 달리 열의가 없었다. 그래도 박사에게는 유머 감각이 있었기에 페이스의 행동을 재미있게 여겼다. 게다가 존 메러디스는 장로파 동료들 사이에서도 잘 알려진 인물이었다.

메러디스 목사는 다음 날 오후에 돌아왔는데, 그 전에 페이스는 글렌세인트메리 사람들의 입방아에 오르내릴 일을 또 한 건 저질렀다. 일요일 저녁의 부담감과 긴장에 대한 반동으로 월요일에 페이스는 장난기가 심하게 발동했다. 미스 코닐리아라면 '악마의 소행'이라고 단정했을 것이다. 페이스는 그 '악마'의 부추김으로 월터 블라이드를 돼지 등에 올라타게 하고, 자신도 다른 돼지 등에 올라타 글렌 마을 큰길을 달려 빠져나가는 짓을 했던 것이다.

키가 크고 홀쭉한 문제의 돼지 두 마리는 버티 셰익스피어 드루의 아버지가 기르던 것으로 2, 3주 동안 목사관 옆 길가를 어슬렁거리고 있었다. 월터는 돼지를 타고 글렌세인트메리 마을을 빠져나갈 생각이 없었는데, 페이스가 내기를 거는 데 휘말리면 어떤 일이든 하지 않을 수가 없었다. 두 사람은 언덕을 정신없이 뛰어내려 글렌 마을을 빠져나왔다. 페이스는 공포에 질린 돼지 등에 올라타 몸을 수그리며 자지러지게 웃었고 월터는 부끄러워 얼굴이 붉어졌다.

때마침 역에서 집으로 가고 있던 메러디스 목사의 곁을 두 아이는 바람처럼 지나쳤다. 목사는 여느 때에 비해 덜 멍했다. 기차 안에서 이미 미스 코닐리아를 만나 대화했기 때문인데, 그녀와 이야기를 나누면 메러디스 목사도 얼마 동안은 꿈에서 깬 상태가 되는 것이었다. 목사는 두 아이를 알아보고 이번에는 페이스를 불러서 그런 점잖지 못한 행동을 하지 말도록 단단히 일러두어야겠다고 생각했다. 그러나 집에 도착한 다음에는 싹 잊어버리고 말았다.

페이스와 월터는 기겁해서 비명을 고래고래 지르는 앨릭 데이비스 아주머니 옆을 지나갔다. 그리고 큰 소리로 웃은 다음에 한숨을 쉬는 미스 로즈메리 옆으로도 스쳐 갔다. 마침내 두 마리 돼지는 버티 셰익스피어 드루의 집 뒤뜰로 뛰어들어 두 번 다시 거기에서 나오지 못했다. 이번 일은 그만큼 돼지들에게 크게 충격을 주었다. 돼지가 뒤뜰로 뛰어들기 직전 페이스와 월터가 뛰어내린 곳에 때마침 블라이드 의사 부부가 마차를 타고 지나가고 있었다.

"과연, 이것이 당신이 우리 아들들을 키우는 교육 방법이로군."

길버트는 목소리로는 짐짓 엄한 체했지만, 얼굴은 웃고 있었다.

"그래. 내가 너무 응석을 받아주었는지도 모르겠어."

앤은 뉘우치는 듯한 말투였다.

"하지만 길버트! 그린게이블즈로 오기 전 내 어린 시절을 생각하면, 난 애들한테 도저히 엄하게 할 수가 없어. 애정과 놀이에 얼마나 목말라 있었는지 기억하거든…… 아직 어린데도 사랑은 제대로 받지 못하고 고되게 일만 하느라 놀 틈이라곤 없었으니까. 우리 집 아이들은 목사관 아이들과 함께 즐겁게 지내고 있어."

길버트가 물었다.

"돼지들이 가엾다고 생각하지 않아?"

앤은 진지한 표정으로 말하려 했으나 잘 안 되었다.

"돼지들이 정말 그 일로 고통받았다고 생각해? 그 돼지들은 아무 생각도 없었을 거야. 그 돼지들이 올여름 내내 이 동네를 엉망으로 만들어 이웃들이 다들 싫어했는데도 드루 씨 집에서는 가두어두려고 하지도 않았어. 그래도 월터에게는 잘 알아듣도록 말해볼게―말할 때 웃음을 참을 수 있으면."

그날 저녁 미스 코닐리아가 잉글사이드에 왔다. 일요일 밤에 있었던 페이스의 행동에 대해 울분을 털어놓기 위해서였다. 그런데 앤이 자기와 견해가 다른 것을 알고 내심 놀랐다.

앤은 말했다.

"교회를 가득 채운 그 많은 사람들 앞에서 그런 고백을 했을 때 페이스는 용감하면서도 안쓰러웠어요. 그 아이는 겁을 잔뜩 먹고 있었어요…… 하지만 어떤 일이 있어도 아버지의 결백을 증명하려고 용기를 낸 거라고요. 그래서 난 그 아이가 좋아요."

미스 코닐리아는 한숨을 쉬었다.

"그야 물론 그 아이가 좋은 뜻으로 나선 건 알죠. 하지만 의도야 어떠했든 엄청난 일을 저지른 셈이에요. 일요일에 대청소한 것보다도 더 말이 많아요. 그 소문이 간신히 사그라들고 있었는데, 기름을 끼얹은 셈이 됐어요.

로즈메리 웨스트도 앤하고 같은 말을 하더군요. 엊저녁 교회에서 나갈 때, 그런 행동을 한 페이스가 참 용기 있다고 여겨지면서도 한편 가엾다고 했어요. 미스 엘런은 한바탕 농담처럼 여기면서 근래에 교회에서 이만큼 재미있는 일은 없었다고 말하더군요. 아무려면, 그 두 사람에게는 상관없는 일이겠지요…… 감독파 교회 사람들이니까요.

하지만 우리들 장로교인들에겐 간단하지 않아요. 더구나 어제저녁에는 호텔에 숙박했던 손님들도 많이 참석했고 감리교인도 많았거든요. 리앤더 크로퍼드 씨 부인은 너무 마음이 불편해서 울었어요. 앨릭 데이비스 부인은 저 말괄량이 아가씨는 엉덩이를 제대로 한번 맞아야 된다고 했고요."

수전이 경멸하는 투로 말했다.

"리앤더 크로퍼드 부인이 언제 교회에서 안 울 때가 있나요. 목사님이 뭔가 감동시키는 말만 하면 우는걸요. 그런데도 교회에 일이 있어서 모금할 때 헌금자 명단에 그분 이름이 적혀 있는 적은 전혀 없답니다, 사모님. 눈물은 돈이 안 드니까요.

언젠가는 마사 이모님이 주부로서 깔끔하지 못하다고 나에게 흉을 보려고 한 일이 있었어요. 나도 물론 할 말이야 있었지요. '부인께서 케이크 반죽을 섞을 때 부엌에 있는 세탁통을 쓰고 있다는 것을 온 동네가 다 알고 있답니다, 리앤더 크로퍼드 부인!'이라고요.

하지만 나는 입을 다물었어요, 사모님. 나 스스로를 소중히 여기니까 그런 사람과의 언쟁으로 체면을 깎는 일은 하고 싶지 않았거든요. 하지만 내가 마음만 먹으면 리앤더 크로퍼드 부인에 대해서 얼마든지 더 나쁜 얘기도 할 수 있어요.

또 앨릭 데이비스 부인 말인데, 나한테 그 말을 했다면 내가 뭐라고 해줬을지 아세요? '당신이야 페이스를 때리고 싶겠지만, 데이비스 부인, 이 세상에서든 다음 세상에서든 당신이 목사님 딸에게 손을 대는 일은 결단코 없을 겁니다.'라고요."

미스 코닐리아가 새삼스럽게 한탄했다.

"가엾은 페이스가 옷차림만이라도 번듯했더라면 이렇게까지 나쁘지는 않았을 거예요. 어쨌든 설교단에 섰을 때 그 옷차림은 너무 심했어요."

수전이 말했다.

"그래도 깨끗하긴 했어요, 사모님. 그 애들은 늘 깨끗해요. 좀 주의가 산만하고 무모하긴 하지요, 사모님. 그렇지 않다고는 못해요. 하지만 귀 뒤를 닦는 것을 잊는 일은 결코 없어요!"

미스 코닐리아가 끈질기게 말했다.

"일요일이 언제인지 깜박한 건 어떡하고요! 페이스가 어른이 되면 아버지를 닮아 부주의하고 세상일에 어두운 사람이 될 거예요. 칼이 아프지 않았으면 알았을 텐데. 도대체 어디가 아픈지 모르겠어요. 묘지에서 자라고 있는 블루베리 열매라도 따 먹은 게 아닌지, 원. 행여 그걸 먹었다면 병이 생기는 것도 당연해요. 내가 감리교도라면 적어도 선조의 묘지는 깨끗하게 해놓을 거예요."

수전이 희망적으로 말했다.

"칼은 그 묘지 돌담에서 자라난 시큼한 풀을 잘못 먹은 것일 뿐이라고 나는 생각해요. 목사의 아들이 죽은 사람들의 묘에서 자라는 블루베리를 먹을 이유가 없어요. 돌담에서 자라는 것을 먹는 건 그다지 나쁠 리 없잖아요, 사모님."

미스 코닐리아가 말했다.

"어젯밤 페이스의 행동 중에서도 가장 나빴던 건 이야기를 시작하기 전에 얼굴을 찡그리며 모여 있는 교인 가운데 누군가를 매섭게 노려본 거예요. 클로 장로는 자기를 노려보았다고 말하고 있어요. 그런데 오늘은 돼지 등에 올라타서 달려가는 것을 보았다는 사람들이 있는데, 앤도 들었어요?"

"제가 봤어요. 월터도 같이 있었어요. 월터에겐 이 문제에 대해 야단을—'아주 조금'—쳤어요. 월터는 별다른 이야기는 안 했지만, 들어보니까 페이스 탓이 아니고 월터가 하자고 했다는 것 같았어요."

수전이 분개하여 나섰다.

"난 '그 말은' 절대로 믿지 않아요, 사모님! 그건 월터가 자기가 한 짓이라고 책임을 대신 뒤집어쓰려는 거예요. 아무리 월터가 시를 쓰기는 해도, 돼지를 타고 달릴 생각을 할 리 없다는 사실은 사모님도 잘 아시잖아요."

미스 코닐리아가 말했다.

"그건 페이스 메러디스의 머릿속에서 나온 게 틀림없어요! 에이머스 드루의 늙어빠진 돼지들이 받아야 할 벌을 받은 것에 대해 불쌍한 생각이 드는 건 아니에요. 그렇지만 목사 딸이 그런 행동을 하다니요!"

"'게다가' 의사 아들하고요!"

앤이 미스 코닐리아의 말투를 흉내 내면서 크게 웃었다.

"미스 코닐리아! 그 애들은 그저 어린아이들일 뿐이에요. 그리고 정말로 나쁜 짓은 아직까지 한 일이 없어요. 다만 충동적이고 생각 없이 행동할 뿐이지요. 어렸을 때 내가 그랬던 것처럼요. 앞으로 자라면서 침착하고 냉정한 어른이 될 거예요, 나처럼요."

미스 코닐리아도 웃었다.

"가끔 앤의 눈을 보면, 보일 때가 있어요. 앤은 매우 침착한 어른처럼 보이지만, 그것은 앤이 겉에다 걸친 옷 같은 것일 뿐, 사실은 아직도 어린아이처럼 엉뚱한 행동을 하고 싶어 몸이 근질근질하다는 것이요. 어쨌든 조금은 기운이 생기는군요. 왠지 몰라도 앤과 이야기를 나누고 나면 이런 효과가 있거든요.

그런데 바버라 샘슨을 만나면 그 반대예요. 모든 일이 잘못되어가고 있고 언제까지나 그러리라는 불길한 느낌을 줘요. 물론 조 샘슨 같은 남자와 평생을 같이 산다는 게 결코 즐거운 일이라고는 할 수 없겠지만요."

수전이 말했다.

"바버라는 다른 사람과 결혼할 기회가 있었는데 결국 조 샘슨과 결혼을 했다는 게 참으로 이상해요. 그분은 젊을 때 구혼자가 많았는데 말이에요. 애인이 21명인데, 그 가운데 페식 씨도 있다는 것을 나에게 자주 자랑하곤 했었지요."

"페식 씨란 누구죠?"

"그 사람은 어디나 끼지 않는 곳이 없는 활발한 사람이었어요, 사모님. 다만 애인이라고 부를 수는 없었지요. 사실은 구혼할 생각이 없었으니까요. 누구는 애인이 21명인데 나에게는 한 사람도 없었다니!

그런데 바버라는 숲속까지 들어가서 결국은 구부러진 몽둥이를 골라서 나온 경우이지요. 그래도 스콘은 바버라보다 남편이 더 맛있게 굽는다는군요. 그래서 손님이 찾아올 때는 늘 남편에게 스콘을 만들도록 한답니다."

미스 코닐리아가 말했다.

"지금 생각이 났는데 내일 손님이 찾아오기로 되어 있어서, 이만 집에 가서 빵을 구워야 해요. 메리가 빵을 반죽하는 정도는 할 수 있다고 말했고, 그 애는 분명 할 수 있을 거예요. 하지만 내가 아직 건강하게 움직일 수 있을 때 그 일을 다른 사람 손에 맡길 생각은 없어요."

앤이 물었다.

"메리는 잘 지내고 있나요?"

미스 코닐리아가 왠지 모르게 어두운 표정으로 말했다.

"결점은 아직 발견하지 못했어요. 살도 좀 붙고 깨끗하고 예의범절도 나쁘지 않아요. 다만 그 아이에겐 내가 이해할 수 없는 무언가가 있어요. 도무지 속을 알 수 없는 아이예요. 아마 천년을 계속 파고 들어가도 그 아이 마음속 밑바닥에는 닿을 수 없을걸요. 진짜 그래요.

일에 대해서 말한다면 난 아직까지 그런 아이를 본 적이 없어요. 필사적이라고 할 정도로 열심이에요. 와일리 부인이 메리를 지독하게 매질했는지는 모르지만 일을 혹독하게 시켰다는 말은 할 수 없을 것 같아요. 메리는 정말이지 타고난 일꾼이에요. 이따금 나는 메리의 다리와 혀 중에서 과연 어느 쪽이 먼저 닳아버릴까 생각할 때가 있다니까요.

요즘 내가 할 일이 너무 없어서 엉뚱한 장난거리라도 없을까 생각할 정도에요. 개학을 하면 내가 하던 일을 다시 할 수 있게 될 테니 개학을 손꼽아 기다리고 있어요. 메리는 학교에 가기 싫다고 고집부렸지만, 꼭 가야 한다고 내가 딱 잘라 말했어요. 내가 빈둥대며 놀려고 메리를 학교에 보내지 않았다는 비난을 감리교 사람들한테 듣고 싶지 않거든요."

## 언덕 위의 집

'무지개 골짜기' 아래쪽 습지 언저리, 자작나무로 둘러싸인 곳에 얼음처럼 차고 맑은 샘이 있었다. 그런 곳에 샘이 있는 것을 아는 사람은 그리 많지 않았다. 물론 이 마법의 골짜기에 대해 속속들이 알고 있는 목사관과 잉글사이드 아이들은 알고 있었다. 그들은 이따금 그 물을 마시러 갔으며, 샘은 많은 놀이에서 옛 로맨스의 원천이 되어주었다. 앤도 그 샘을 알고 있었고 사랑했다. 그린게이블즈에 있는 '드라이어스의 샘'이 떠오르게 했기 때문이다.

로즈메리 웨스트도 그 샘을 알고 있었다. 그녀의 로맨스가 생긴 곳이기도 했다. 18년 전 봄날 황혼 무렵, 그 샘 옆에서 마틴 크로퍼드라는 젊은이가 우물거리면서 열렬한 사랑을 고백했던 것이다. 그녀도 가슴속 깊이 간직했던 사랑을 작은 소리로 털어놓았다. 그리고 키스를 나누면서 수풀 속 샘터에서 장래를 약속했었다.

두 사람은 두 번 다시 그 샘터에 앉을 기회가 없었다. 그 뒤 곧 마틴은 다시 돌아올 수 없는 항해를 떠나버렸기 때문이다. 그래도 로즈메리에게 이곳은 언제까지나 청춘과 사랑의 영원한 낭만이 고이 새겨진, 신성한 추억이 깃든 장소였다. 지금도 샘 옆을 지날 때면 시간과 공간을 넘어 그 옛날 아련한 꿈과 몰래 만났다. 그 꿈속에는 오래전 겪었던 괴로움은 이제 사라지고 잊을 수 없는 달콤한 추억만이 남아 있었다.

샘은 사람 눈에 잘 띄지 않는 곳에 있었다. 거기서 10피트(약 3미터)도 안 되는 곳을 지나가면서도 거기에 샘이 있는 것을 모르는 채 지나치는 사람들이 많았다. 두 세대 전에 거대한 소나무가 샘터 바로 위로 넘어졌다. 오랜 시간이 흐른 지금은 그 나무의 삭은 줄기만 남아 있는데, 거기에 풀고사리가 무성하게 자라 샘 위에 덮인 초록 레이스 덮개가 되었다.

샘터 가까이에는 단풍나무가 한 그루 자라고 있었다. 나무줄기는 기묘할 만큼 옹이가 지고 꼬불꼬불 구부러져 땅바닥으로 조금 뻗어 나가다가 하늘 쪽으로 솟아올라 독특한 의자가 되었다. 9월이 샘터 둘레에 희미한 하늘색 과꽃 스카프를 획 둘러놓았다.

어느 날 저녁 무렵, 존 메러디스 목사는 항구 곶에 사는 신도 집 몇 군데에 사목 방문을 하러 들렀다 집으로 오는 도중 '무지개 골짜기'로 질러가는 길목 바로 옆에 있는 그 작은 샘에서 물을 마시려고 잠시 발길을 돌렸다. 2, 3일 전에 월터 블라이드가 샘터의 위치를 가르쳐주었고 단풍나무 의자에 앉아 오래도록 대화를 나누었다.

존 메러디스 목사는 내성적이고 곁을 잘 안 주는 듯 보이지만 그 안에는 소년의 영혼이 숨겨져 있었다. 글렌세인트메리 마을 사람들은 결코 믿지 못하겠지만, 어렸을 때는 잭이라는 애칭으로 불렸다. 월터와 메러디스 목사는 서로가 마음에 들어 친구처럼 허물없이 여러 가지 대화를 나누었다. 메러디스 목사는 다이조차 엿보지 못한 월터의 영혼 속에 봉인되어 있던 신성한 방으로 들어가는 비밀스러운 통로를 발견한 것이다. 이 같은 다정한 시간을 보내고 두 사람은 다시없이 가까운 친구가 되었다. 월터는 두 번 다시 목사를 두려워할 필요가 없다는 것을 알게 되었다.

그날 밤 월터는 어머니에게 말했다.

"오늘의 만남이 없었다면 난 그 어떤 목사님과도 진실로 친구가 되리라고는 전혀 생각하지 못했을 거예요."

존 메러디스는 호리호리한 하얀 손으로 물을 떠 마셨다. 그의 가느다란 손은 보기와는 달리 손아귀가 강철처럼 강해 그와 악수를 해 본 사람이라면 누구든 놀라는 경우가 많았다. 서둘러 집에 갈 생각이 없었으므로 그는 물을 마신 다음 단풍나무 의자에 털썩 앉았다. 그곳은 너무나 아름다웠다. 이집 저집 찾아다니며 착하지만 아둔한 사람들과 흥미 없는 대화를 나눈 끝이라 메러디스 목사는 정신적으로 꽤 지쳐 있었다.

달이 떠오르고 있었다. '무지개 골짜기'에서 그가 앉아 있는 자리만 바람이 불어오고 별이 파수꾼처럼 빛나고 있었다. 그리고 골짜기 위쪽 끝에서는 아이들이 즐겁게 웃고 떠드는 소리가 들려왔다.

달빛을 받아 꿈결처럼 어여쁜 과꽃, 반짝반짝 빛나는 샘물, 부드럽게 소곤대는 시냇물, 한들한들 흔들리는 우아한 풀고사리, 이 모든 것들이 어우러져 메러디스 목사 둘레에서 황홀한 마법을 부리고 있었다. 존 메러디스는 교회 신도들에 대한 걱정도, 신학적 질문도 모두 잊었다. 세월조차 어디론가 사라져버렸다. 존 메러디스는 다시 한번 젊은 신학생이 되어 있었고, 여왕 같은 시실리아의 짙은 색 머리 위에는 6월의 붉은 장미꽃이 한창 피어올라 향기로운 꽃향기를 흩뿌리고 있었다.

존 메러디스는 그 자리에 앉아 소년처럼 꿈을 꾸고 있었다. 마침 그때 로즈메리 웨스트가 마법에 걸리기 쉬운 이 위험한 장소에 발을 들여 존 메러디스가 앉아 있는 곳으로 다가왔다. 존 메러디스는 다가오는 그녀를 발견하고 자리에서 일어서 로즈메리를 보았다. 진정한 의미에서 제대로 본 것은 이번이 처음이었다.

교회에서 한두 번 만나 악수를 나눈 적은 있지만 통로를 지나다가 마주친 누구를 대할 때와 마찬가지로 멍한 상태였었고, 다른 곳에서는 로즈메리를 만난 적이 아예 없었다. 웨스트 집안은 감독교회파로 로브리지 교회에 속해 있어 그때까지 메러디스 목사가 웨스트 집안에 사목 방문을 할 일도 없었기 때문이다.

그날 밤 이전에 누군가가 로즈메리 웨스트의 얼굴 생김새를 존 메러디스에게 물었다면 전혀 떠올리지도 못했을 것이다. 하지만 로즈메리가 부드러운 달빛의 마법 아래에서 이 샘터에 나타난 뒤부터 그녀는 두 번 다시 잊을 수 없는 존재가 되었다.

로즈메리는 시실리아와 전혀 닮은 점이 없었다. 존 메러디스에게 시실리아는 아름다운 여성의 이상형과도 같은 존재였다. 시실리아는 아담하고 머리가 검고 생기가 넘쳤다. 한편 로즈메리 웨스트는 키가 크고 금발이었으며 조용했다. 그럼에도 존 메러디스는 그 순간 이렇듯 아름다운 여성은 본 적이 없다고 생각했다.

로즈메리는 모자를 쓰지 않은 맨머리였다. 윤기 있는 황금빛 머릿결—다이 블라이드는 이 따뜻한 금발을 '당밀 태피색'이라고 했다—은 단정하게 감아 올려져 있었다. 크고 푸른 눈은 늘 차분하면서 상냥함이 넘쳤고, 하얗고 넓은 이마에다 이목구비가 균형 잡힌 얼굴이었다.

로즈메리 웨스트는 '상냥한 여성'으로 알려져 있었다. 무척이나 다정하여 성장 과정에서 비롯된 당당한 우아함에도 불구하고 '거만하다'는 말을 듣는 경우가 전혀 없었다. 다른 사람의 경우라면 틀림없이 글렌세인트메리 마을에서 그 같은 평판을 얻었을 것이다.

로즈메리는 이제까지 살아온 인생에서 용기와 인내, 사랑과 용서가 무엇인지를 배웠다. 그 옛날, 애인이 탄 배가 포윈즈 항구에서 석양의 바다로 출항하는 것을 바라보았다. 그러나 그 뒤 아무리 오랫동안 기다려도 배는 항구로 돌아오지 않았다. 잠 못 이루는 밤이 이어지면서 눈에서는 소녀다움이 사라졌으나 놀랄 만큼 젊음을 유지하고 있었다. 대부분 사람들이 어린 시절에 남겨두고 온, 삶을 대할 때면 언제나 기뻐하며 놀라는 태도를 로즈메리는 늘 간직하고 있기 때문일 터이다. 그것은 로즈메리 자신을 젊어 보이게 할 뿐 아니라 그녀와 대화하는 사람들 마음속에까지도 기분 좋은 젊음의 환상을 던져주었다.

존 메러디스는 로즈메리의 아름다움에 놀라고, 로즈메리는 존 메러디스가 그곳에 있다는 사실에 놀라움을 감출 수 없었다. 로즈메리는 그 울창한 수풀 속 샘터에서 누군가를 마주치리라고는 꿈에도 생각해본 적이 없었다. 더구나 글렌세인트메리의 목사관에 사는 은둔자 메러디스 목사가 있으리라고는 생각조차 못 했다.

로즈메리는 하마터면 글렌 도서관에서 빌려서 껴안고 온 한 아름의 무거운 책을 떨어뜨릴 뻔했다. 예상치 못한 상황에 당황한 나머지 아무리 훌륭한 여성이라도 때에 따라서는 저도 모르게 나오는 사소한 거짓말이 로즈메리의 입에서 나왔다.

"저……저는 물을 마시러 왔어요."

로즈메리는 더듬거리면서 말했다. 메러디스 목사가 자못 엄숙하게 "안녕하세요, 미스 웨스트."라고 한 인사에 대한 대답이었다. 로즈메리는 스스로가 투미하게 느껴져 정신 똑바로 차리라고 자신을 잡아 흔들고 싶을 정도였다. 그러나 존 메러디스 목사는 자만심이 강한 사람이 아니었기에 로즈메리가 이같이 예상하지 못한 곳에서 클로 장로를 만났다 하더라도 틀림없이 놀랐을 거라고 생각하며 그녀의 당혹감을 이해했다. 로즈메리가 당황한 모습을 본 메러디스 목사는 오히려 마음이 편해져 평소 자신의 낯가리는 성격마저 잊었다. 게다가 누구보다 낯가림이 심한 사람도 달빛 아래에서는 때에 따라 대담해지기도 하는 법이었다.

"컵을 가져다 드리죠."

메러디스 목사는 빙긋이 웃었다. 목사는 몰랐지만 사실은 컵이 바로 옆에 있었다. 손잡이가 떨어지고 금이 간 파란색 컵을 '무지개 골짜기' 아이들이 단풍나무 밑에 감추어둔 것이다. 그러나 목사는 그 사실을 알지 못했으므로 자작나무 한 그루에 다가가서 하얀 껍질을 조금 벗겨내어 능숙한 솜씨로 원뿔 모양 컵을 만든 다음 샘물을 가득 담아 로즈메리에게 건네주었다.

로즈메리는 컵을 받아 한 방울도 남기지 않고 마셨다. 거짓말을 한 자기 스스로를 벌주기 위해서였다. 솔직히 말해서 그녀는 전혀 목이 마르지 않았다. 그럴 때 큰 컵에 가득 담긴 물을 남김없이 마신다는 것은 꽤나 괴로운 일일 수 있었다.

그러나 그때 목사가 떠준 물을 단숨에 마신 기억은 로즈메리에게 즐거운 추억으로 남았다. 몇 년이 지나 생각했을 때, 그 추억은 신성하게 느껴지기까지 하였다. 아마도 로즈메리가 빈 컵을 돌려준 다음 목사가 한 행동 때문일 것이다. 메러디스 목사는 다시 한번 몸을 굽혀 컵에 물을 가득 채워 자신도 그것을 마셨다. 로즈메리의 입술이 닿은 곳에 목사가 그의 입술을 댄 것은 순전히 우연이었고 그 사실을 로즈메리도 알고 있었다. 그런 줄 알면서도 그 일이 그녀에게는 신비하고도 설레는 느낌을 갖게 하였다. 두 사람이 같은 컵으로 물을 마신 것이다. 로즈메리에게 어렴풋한 기억이 다시금 떠올랐다. 두 사람이 같은 컵으로 물을 마시면 그다음부터 두 사람은 행운이든 불운이든 관계없이 내세에서 어떤 형태로든 맺어지게 된다고 나이 많은 친척 아주머니가 말씀하신 일이 있었다.

존 메러디스 목사는 컵을 손에 쥐고 머뭇거리고 있었다. 어떻게 해야 할지 몰랐기 때문이다. 버리는 게 가장 합리적인 일이었겠지만, 목사는 왠지 그러고 싶지 않았다.

로즈메리가 먼저 손을 내밀면서 말했다.

"그거 저한테 주시겠어요? 참 멋지게 잘 만드셨네요. 자작나무 껍질로 이렇게 컵을 잘 만들 수 있는 사람은 어디에도 없을 거예요. 아주 옛날 어렸을 때 오빠가 만들어준 일은 있었지만요…… 세상을 떠나기 전에요."

메러디스 목사는 미소 지으며 말했다.

"나도 어렸을 때 배운 것이에요. 여름에 야영을 갔을 때 나이 든 사냥꾼이 가르쳐주었어요. 책을 이리 주세요, 미스 웨스트. 제가 들어드리겠습니다."

깜짝 놀란 로즈메리는 또다시 무겁지 않다고 거짓말했다. 그렇지만 목사는 그녀의 손에서 요령껏 책을 받아 들고 나란히 그곳을 걸어 나갔다. 로즈메리가 '무지개 골짜기'의 샘터에 와서 마틴 크로퍼드를 떠올리지 않은 것은 이때가 처음이었다. 마음속에서 이루어지던 옛 애인과의 비밀 만남도 이로써 끝이 난 것이다.

가느다란 샛길이 습지 둘레를 한 바퀴 휘돌아 나무가 울창한 기다란 언덕길로 이어져 있었다. 로즈메리는 그 언덕 위에 살고 있었다. 울창한 나무들 너머로 평평한 여름 들판 위에 달빛이 쏟아지고 있는 것이 보였다. 그러나 샛길은 좁다란 데다 짙은 나무 그림자가 드리워져 어두웠다. 숲은 밤이 되면 낮처럼 인간을 다정스레 대하지 않는다. 자기들끼리 뭉쳐서 인간을 밀어내는 것이다. 바스락거리거나 소곤거리면서 은밀히 계략을 짠다. 인간에게 손을 뻗을 때도 이제까지와는 달리 주저주저하면서 쌀쌀맞게 내미는 손길일 뿐이다. 그래서 어두워진 다음 숲속을 지나가는 사람들은 의식하지 못하는 가운데 저도 모르게 바짝 붙어서 걸으면서 몸과 마음으로 동맹을 맺어 주위를 둘러싸고 있는 정체를 알 수 없는 적군과 맞서기 마련이다.

한 걸음 걸을 때마다 로즈메리의 드레스가 존 메러디스의 옷자락에 스쳤다. 평소에는 멍한 메러디스 목사이고, 비록 스스로가 낭만적인 시절은 이미 지나갔다고 여겨왔을지라도, 여전히 젊은 남성인 그가 밤하늘과 오솔길과 동행이라는 세 가지가 합쳐지며 만들어내는 오묘한 매력에 무감각할 수는 없었다.

인생은 이제 끝나버렸다는 식의 사고는 믿을 게 못 된다. 삶의 이야기가 다 끝났다고 생각하는 순간에 운명이 짓궂은 장난을 치며 책장을 넘겨 예상치 못한 새로운 장이 시작되는 경우도 있는 것이다. 로즈메리도 메러디스 목사도, 자기들 마음은 철저하게 지난 시간 속에 묻혀 영원히 돌이킬 수 없다고 생각해왔다. 그런데 지금 두 사람은 어깨를 나란히 하고 언덕길을 오르는 것이 모처럼 즐겁게 느껴졌다.

로즈메리는 글렌 마을의 목사가 소문처럼 내성적이지도 않고 말주변이 없는 편도 아니라고 생각했다. 메러디스 목사는 어려워하지 않고 아무 거리낌 없이 마음 편하게 대화하는 듯했다. 만일 그때 메러디스 목사의 말을 글렌 마을의 주부들이 들었다면 분명히 놀랐을 것이다. 그러나 글렌 마을 주부들이 하는 이야기란 항간의 소문 아니면 계란값 같은 것뿐이었는데 존 메러디스 목사는 그런 주제에는 그리 흥미가 없었다.

그는 로즈메리에게 책과 음악, 바깥세상의 일과 자기의 과거에 대해 이야기했다. 이에 대하여 로즈메리가 충분히 이해하고 대답한다는 것을 그는 알 수 있었다. 그러다 메러디스 목사는 자신이 흥미를 느끼면서도 아직 읽지 못한 책을 로즈메리가 갖고 있다는 사실도 알게 되었다. 로즈메리는 기꺼이 책을 빌려 주겠다고 말했고, 언덕 위 낡은 저택에 이르러 메러디스 목사는 책을 빌리기 위해 안으로 들어갔다.

집은 고풍스러운 잿빛 건물로 담쟁이덩굴에 뒤덮여 있었고 그 덩굴잎 사이사이에서 다정하게 깜박이는 불빛이 거실로부터 새어 나왔다. 그 저택에서는 글렌 마을이 훤히 내려다보이고 마을 앞에 달빛을 받아 은빛으로 빛나고 있는 항구와 그 앞쪽의 모래 언덕, 나직이 신음하는 바다도 보였다.

메러디스 목사와 로즈메리는 뜰로 걸어 들어갔다. 뜰에는 장미가 피어 있지 않을 때조차 늘 장미 향기가 감돌고 있는 듯했다. 대문 옆에는 하얀 백합꽃이 피어 있고 넓은 길 양편에는 과꽃이 길섶에 띠를 이루며 피어 있었다. 집 뒤쪽 언덕 기슭에는 전나무가 드문드문 늘어서 있었다.

존 메러디스가 말했다.

"이 집 문 앞에 서면 온 세상이 자기 것처럼 느껴지겠군요! 뭐라고 표현할 수 없는 경치입니다. 근사한 전망이네요! 난 저 아래 글렌 마을에서 숨이 막힐 듯한 느낌을 받는 경우가 종종 있습니다. 여기서라면 마음껏 숨 쉴 수 있겠군요."

로즈메리가 웃었다.

"오늘 밤은 온화하네요. 바람이 불 때는 여기도 숨 쉬기가 어려워요. 여기는 사방에서 바람이 불어오거든요. 여기야말로 항구가 아닌 포윈즈[1]라고 불러야 할 곳이에요."

메러디스 목사가 말했다.

"나는 바람을 좋아합니다. 바람이 불지 않는 날은 마치 '죽은' 날 같습니다.

---

1) 동서남북 네 방향에서 바람이 불어오는 곳.

바람이 불어야 정신이 들죠."

메러디스 목사는 뭔가를 깨달은 듯 웃고는 말을 이어갔다.

"바람이 없는 조용한 날은 멍하니 나도 모르게 몽상에 빠집니다. 제 명성은 물론 이미 익히 들으셨겠지요, 미스 웨스트. 다음에 만날 때, 제가 모른 체하더라도 예의가 없다고 생각하지 마십시오. 다만 멍한 상태에 있는 거라고 너그럽게 이해해주세요. 그러고 나서 저한테 말을 걸어주십시오."

집 안으로 들어가자 엘런 웨스트가 거실에 앉아 있었다. 엘런은 읽고 있던 책 위에 안경을 벗어서 놓고 놀라움과 다른 감정이 섞인 듯한 눈길로 두 사람을 지그시 바라보았다. 그러면서도 붙임성 있게 메러디스 목사와 악수를 하고 인사했다. 로즈메리가 책을 찾으러 간 동안 목사는 앉아서 엘런과 이야기를 나누었다.

엘런 웨스트는 로즈메리보다 10살 위였는데, 서로 닮은 데가 없어 자매라고 보기 어려울 정도였다. 엘런은 머리도, 숱 많은 눈썹도 색깔이 짙은 편이고, 체격이 컸으며, 눈은 북풍이 불고 있을 때의 세인트로렌스만의 물빛처럼 말가면서 잿빛을 띤 파란색이었다. 가까이하기 어려운 엄숙한 표정을 하고 있지만 사실 성격은 매우 명랑하고 쾌활했으며, 웃음소리도 컸고, 낮고 풍부하면서 기분 좋은 목소리는 약간 남자 목소리 같은 느낌도 있었다.

전에 로즈메리에게 말한 일이 있었지만, 엘런은 이 글렌의 장로교회 목사와 대화를 나누고 싶다고 생각하고 있었다. 그래야만 하는 상황에 몰리면 그가 과연 여자와도 말을 할 수 있는지 한번 보고 싶었기 때문이다. 그리고 마침 기회가 왔다. 그래서 엘런은 세계정치에 대한 주제를 그에게 던져보았다. 엘런은 굉장한 독서가였고 최근에는 현재 독일의 카이저(황제)에 대한 책을 탐독 중이었으므로 그에 대해 어떻게 생각하는지 의견을 물었다.

"위험한 남자입니다."

이것이 목사의 짧은 대답이었다.

"나도 그렇게 생각해요!"

엘런은 고개를 격하게 끄덕였다.

"그 남자는 전쟁을 일으키고 말 거예요. 내가 장담해요, 메러디스 목사님. 그러고 싶어 안달이 나 있으니까요. 세계에 불을 지르려 하고 있어요."

메러디스 목사는 말했다.

"그가 뚜렷한 명분 없이 큰 전쟁을 일으키려는 의도라는 말씀이라면 그러한 시대는 이미 끝났다고 생각합니다."

엘런이 큰 목소리로 말했다.

"천만의 말씀이에요. 끝나지 않았어요. 남자와 국가가 바보짓을 하고 주먹을 휘두르는 시대는 결코 끝나지 않아요. 천년왕국[2]은 그리 쉽게 오지 않아요, 메러디스 목사님. 그 점에 대해서는 목사님이 나보다 더 잘 아실 거예요. 그리고 장담컨대, 이 카이저는 곧 큰일을 낼 거예요."

엘런은 무릎 위에 놓인 책을 가운뎃손가락으로 힘껏 두드렸다.

"일찌감치 싹을 잘라버리지 않으면 아주 큰 문제를 일으킬 거예요. 아마 우리들이 살아 있는 동안에 그것을 보게 될걸요. 당신도 나도 살아서 그 꼴을 보게 될 거예요, 메러디스 목사님. 문제는 아직 싹일 때 누가 그것을 잘라내느냐 하는 것이지요. 영국이 해야 하는데, 하지 못할 거예요. 그럼 누가 해야 된다고 생각하세요, 메러디스 목사님?"

메러디스 목사는 이에 대해 선뜻 대답하지 못했으나 두 사람은 그대로 독일

---

2) 《신약성서》 〈요한 묵시록〉 20장 1~7절에 기재된 평화로운 왕국.

이라는 국가의 군국주의에 대한 논의를 시작했다. 토론은 로즈메리가 책을 찾아온 뒤에도 오랫동안 이어졌다. 로즈메리는 말없이 엘런 뒤에 놓인 흔들의자에 앉아 깊은 생각에 잠긴 듯한 모습으로 몸집이 큰 검은 고양이를 쓰다듬고 있었다. 존 메러디스는 엘런과 함께 유럽의 큰 전쟁을 탐색하고 있었으나 그 사이에도 엘런보다 로즈메리의 얼굴을 바라보는 경우가 훨씬 많았다. 엘런도 그것을 눈치챘다.

문가에서 목사를 배웅하고 로즈메리가 되돌아오자 엘런이 일어서서 무슨 꼬투리를 잡았다는 듯 그녀를 보며 말했다.

"로즈메리 웨스트, 그 남자는 너한테 청혼해올 거야."

로즈메리는 몸을 떨었다. 주먹으로 얻어맞은 느낌이었다. 그 한 방이 즐거웠던 저녁에 피어났던 꽃을 모두 떨어뜨렸다. 그러나 로즈메리는 자신이 입은 타격을 엘런에게 보여주고 싶지 않았다.

"언니는 무슨 그런 말도 안 되는 소리를."

로즈메리는 말하면서 애써 웃었다.

"언니는 수풀만 보이면 반드시 내 연인이 그 속에 숨어 있다고 생각한다니까요. 목사님이 오늘 밤 돌아가신 부인에 대해 얼마나 많은 이야기를 했게요. 그분이 어떤 사람이었는지, 얼마나 소중했고 돌아가신 뒤 자신의 인생이 얼마나 공허해졌는지 말씀했어요."

"그게 그 사람이 여자에게 다가가는 방법인지도 모르지. 남자란 갖가지 방법을 다 쓴다고들 하니까. 어쨌든 약속은 잊지 않았겠지, 로즈메리?"

로즈메리는 좀 피곤한 듯한 태도로 말했다.

"이제 나에겐 그 약속을 잊는 것도 기억하는 것도 부질없는 일이에요. '언니야말로' 내가 이미 노처녀라는 걸 까맣게 잊은 모양이군요. 언니에게야 내가 동생이니까 아직도 젊고 꽃답고 사랑에 빠질 위험이 있다고 보이겠죠. 메러디스 목사님은 친구가 필요했을 뿐이에요—솔직히 그것조차도 의심스럽지만. 우리 두 사람 정도는 목사관에 닿기도 전에 잊을 거예요."

"네가 그 사람과 친구가 되는 데 대해선 전혀 반대하지 않아."

엘런은 한발 물러났다.

"하지만 우정에서 더 발전하지 않도록 해. 홀아비들이란 안심할 수 없는 존재라는 게 내 생각이야. 우정을 낭만적인 것으로만 생각하지 않거든. 우정은 핑계일 뿐 다른 꿍꿍이셈이 있지.

그런데 다른 사람들은 어째서 이 장로교파 목사가 내성적이라고 하지? 전혀 내성적이지 않던데. 좀 멍하기는 하지만. 사람이 얼마나 멍한지 네 뒤를 따라 거실을 나가면서 나한테 인사하는 것조차 잊어버렸던걸. 머리는 상당히 명석하더라. 이 주변에서는 논리적인 남자들을 거의 찾아보기 어려운데. 오늘 밤은 즐거운 시간을 보냈어. 가끔 만나서 이야기하는 건 나쁘지 않을 것 같아. 하지만 농지거리나 연애 놀음은 안 돼, 로즈메리. 내 말 명심해."

로즈메리는 남자와 점잖지 못하게 농지거리하며 연애 놀음에 빠지지 말라는 엘런의 충고에 너무 익숙해 있었다. 18세 이상 80세 미만의 결혼 가능한 남성과 단 5분만 대화해도 금방 큰일이라도 난 것처럼 굴었다. 로즈메리는 주의를 받아도 늘 웃어넘겼다. 솔직히 말해서 우습고 터무니없게 여겨졌기 때문이다. 그런데 이번만큼은 우습게 느껴지지 않고, 신경에 조금 거슬렸다. 무엇이 농지거리며 연애 놀음이라는 건가.

"그런 어처구니없는 소리 하지 말아요, 언니."

로즈메리는 여느 때와 달리 쌀쌀맞게 말하고 등불을 손에 들고는 잘 자라는 인사도 없이 2층으로 올라가버렸다.

엘런은 미심쩍다는 표정으로 머리를 흔들면서 검은 고양이에게 말을 걸었다.
"저 아이는 무엇 때문에 저렇게 화가 났니, 세인트 조지? 도둑이 제 발 저리다더니, 그런 거 아니겠니. 어쨌든 그 애는 약속했어, 세인트 조지…… 분명히 약속했지. 그리고 우리 웨스트 집안사람들은 반드시 약속을 지키거든. 그러니 그 목사가 쫓아다닌다고 해도 문제없단다, 세인트 조지. 나하고 틀림없이 약속했으니 난 걱정 안 해."

2층에서 로즈메리는 자기 방 창가에 앉아 오랫동안 달빛이 쏟아지는 뜰과 멀리서 빛나는 그 너머의 항구를 바라보고 있었다. 왠지 마음이 뒤숭숭하여 가라앉지 않았다. 낡아버린 오랜 꿈에 갑자기 싫증을 느꼈다.

뜰에는 마지막까지 남아 있던 한 송이 붉은 장미의 꽃잎이 갑자기 불어닥친 바람 때문에 사방으로 흩어졌다. 여름은 갔다. 어느덧 가을이었다.

## 앨릭 데이비스 부인의 방문

존 메러디스 목사는 천천히 집 쪽으로 걸어갔다. 처음에는 얼마쯤 로즈메리에 대해 생각하고 있었지만, '무지개 골짜기'에 닿을 무렵에는 그녀는 까맣게 잊고 엘런이 제기한 독일 신학의 문제에 대해 골몰하고 있었다. '무지개 골짜기'를 지나가는 줄도 몰랐다. 이 골짜기의 매력도 독일 신학의 매력에는 미칠 수 없었다.

목사관에 닿자 곧장 서재로 들어가 두꺼운 책을 꺼낸 다음, 자기의 견해가 옳았는지 엘런의 의견이 옳았는지 조사하기 시작했다. 메러디스 목사는 독일 신학의 미궁 속에 들어가 새벽녘까지 빠져나오지 못했다. 그러다 새로운 이론의 샛길로 빠져 그다음 주 내내 경찰견처럼 그 길을 탐색하며 세상에서 일어나는 일뿐 아니라 교회 일도 가족도 완전히 잊고 말았다. 그는 밤낮없이 독서에 빠져들었다. 우나가 찾으러 와 방에서 끌고 나가지 않으면 식사하는 것조차 잊었다. 로즈메리며 엘런에 대한 일도 전혀 머릿속에 없었다.

메러디스 목사는 항구 윗마을에 살고 있는 마셜 노부인이 병으로 위독하여 방문해달라는 편지를 받았으나, 뜯지도 않고 책상 위에 내버려두어 먼지만 쌓였다. 마셜 부인은 다행히 건강을 되찾았지만 목사를 결코 용서할 수 없다고 했다.

젊은 남녀가 결혼하기 위해 목사관에 찾아왔다. 메러디스 목사는 머리도 빗지 않고 실내화로 신는 슬리퍼에다 허름한 실내복 차림으로 두 사람의 결혼 주례를 맡았다. 그러다 장례식 때 인용하는 성경 구절을 읽기 시작하여 '재는 재로, 먼지는 먼지로'에 이르러서야 뭔가 잘못된 듯한 느낌을 받았다.

그는 멍하니 말했다.

"세상에, 거참 이상하군…… 정말 이상해."

신부는 긴장하고 있다가 어처구니없는 주례에 울기 시작했다. 신랑은 전혀 긴장하지 않았으므로 킥킥 웃었다.

"저기요, 목사님, 우리를 맺어주시려는 게 아니라 매장하시려는 것 같은데요."

"실례했소."

메러디스 목사는 대수로운 일이 아닌 듯한 태도로 곧 결혼 예배에 인용되는 성경 구절을 찾아내 무사히 읽었으나, 신부는 평생을 제대로 결혼했다는 만족감 없이 보내게 되었다.

메러디스 목사는 기도 모임에 참석하는 것도 또다시 깜빡했다. 그러나 별문제는 없었다. 마침 비가 내리는 밤이어서 아무도 안 왔기 때문이다.

앨릭 데이비스 부인이 방문하지 않았으면 일요일 예배도 잊었을지 모른다. 토요일 오후, 데이비스 부인이 찾아와 응접에서 기다리고 있다고 마사 이모님이 전하자 메러디스 목사는 한숨을 쉬었다. 글렌세인트메리 교회에서 메러디스 목사가 의심의 여지없이 싫어하는 오직 한 여성이 데이비스 부인이었기 때문이다.

그러나 유감스럽게도 데이비스 부인은 교회 신자 가운데 가장 부유한 사람이기도 했다. 그러므로 메러디스 목사는 교회 관리위원회로부터 부인을 결코 화나게 하지 말도록 거듭 당부를 받았다. 목사는 자기의 월급 같은 세속적인 문제에는 전혀 관심이 없었다. 하지만 관리위원들은 더 실질적이었고, 또한 빈틈이 없었다. 헌금 문제 같은 것은 전혀 언급하지 않으면서도 메러디스 목사의 마음속에 데이비스 부인의 신경을 건드리지 않도록 하는 신념을 주입시키는 데 성공했다. 그렇지 않았다면 마사 이모님이 서재에서 나간 순간 그는 데이비스 부인의 방문을 깨끗이 잊어버렸을 것이다. 그렇지만 목사는 성가신 마음이 조금 들었으면서도 읽고 있던 에발트[1]의 책을 겨우 내려놓고 복도를 지나 응접실로 들어갔다.

데이비스 부인은 응접실 소파에 앉아 영 마음에 들지 않는다는 표정으로 주위를 유심히 둘러보고 있었다. 그야말로 형편없는 방이었다. 창에는 커튼도 없었다. 전날 페이스와 우나가 놀이를 하면서 커튼을 가져다 궁정의 여인들이 입는 긴 드레스 자락으로 이용한 뒤 다시 제자리에 걸어놓는 걸 깜박 잊은 것이다. 그러나 데이비스 부인은 그 사실을 몰랐다. 만일 알았다고 한들 창문이나 커튼의 상태를 눈감아주었을지는 모를 일이다. 블라인드도 금이 가서 갈라졌고 벽에 걸린 그림 액자는 비뚤어져 있었다. 깔개도 엉망이었다. 꽃병에는 시든 꽃이 가득했다. 먼지 뭉치도—말 그대로 '뭉치'가—굴러다니고 있었다.

"대체 세상이 어떻게 되려고."

데이비스 부인은 혼잣말을 하고는 볼품없는 입을 꼭 다물었다.

데이비스 부인은 제리와 칼이 환성을 지르면서 계단의 난간을 타고 내려올 때 현관으로 들어섰다. 부인이 들어오는 것을 보지 못한 제리와 칼은 멈추지 않고 마구 소리를 지르면서 미끄러져 내려왔다. 그러나 부인은 아이들이 틀림없이 일부러 그런다고 여겼다.

---

[1] 하인리히 게오르크 아우구스트 에발트(1803~1875). 독일의 동양학자이자 복음주의 신학자.

페이스의 반려 수탉 애덤이 복도를 어슬렁대다가 응접실 문 앞에서 걸음을 멈추고 데이비스 부인을 찬찬히 바라보았다. 부인의 표정이 마음에 들지 않았던지 그는 안으로 들어오지 않았다.

데이비스 부인은 한심하다는 듯이 콧방귀를 뀌었다. 정말 훌륭한 목사관이로구나, 수탉이 으스대고 복도를 돌아다니면서 사람 얼굴을 뚫어지게 쳐다보기나 하고.

"저리 가, 이 녀석아."

데이비스 부인은 애덤을 입으로 쫓으면서 각도에 따라 빛깔이 다르게 보이는 비단 양산을 들어 수탉을 향해 쿡쿡 찌르는 동작을 해 보였다. 애덤은 달아나기로 했다. 애덤은 영리한 수탉이었으므로 50년이라는 긴 세월 동안 그 고운 손으로 셀 수 없이 많은 수탉의 목을 비틀었던 데이비스 부인에게 처형인의 분위기가 감도는 걸 느꼈다. 목사가 방으로 들어온 것과 동시에 애덤은 서둘러 복도로 달아났다.

그때도 메러디스 목사는 슬리퍼에 실내복 차림이었고 검은 머리가 흐트러진 채 넓은 이마를 뒤덮고 있었다. 그런데도 메러디스 목사는 어딘지 모르게 신사로 보였다. 앨릭 데이비스 부인으로 말하자면, 실크 드레스를 입고 깃털 장식 모자에 염소가죽 장갑을 끼고 금줄을 늘어뜨린 화려한 차림이었지만 그녀의 낮은 품격을 고스란히 드러내고 있었다.

두 사람은 서로 상대방의 인품에 대하여 반감을 품고 있었다. 메러디스 목사는 움츠러든 반면 데이비스 부인은 전쟁을 준비한 태세였다. 부인은 목사에게 제안할 일이 있어서 목사관에 찾아온 것이므로 시간을 낭비하지 말고 곧바로 말하려고 마음먹었다. 목사에게 득이 될—엄청나게 득이 될—제안이었다. 그러니까 한시바삐 목사에게 알려주어야 한다.

데이비스 부인은 여름내 이 문제를 신중히 생각한 끝에 마침내 결심했던 것이다. 중요한 것은 바로 그 점이라고 생각했다. 부인이 무엇인가 마음을 먹었다면 그것은 곧 결정이 된 일이었다. 다른 사람은 더 이상 관여할 수 없다. 이것이 이제까지 행해온 부인의 방식이었다. 그녀가 앨릭 데이비스와 결혼하기로 마음을 굳히자 그 결혼은 이루어졌고 그것으로 끝났다. 앨릭도 어떻게 해서 그렇게 됐는지 알지 못했지만 그게 무슨 대수란 말인가.

그러므로 이번 일도 데이비스 부인은 자기가 만족할 수 있도록 모든 것을 결정해놓은 상태였다. 남은 건 메러디스 목사에게 통보하는 것뿐이었다.

데이비스 부인은 꽉 다물었던 입을 조금 벌리고 퉁명스러운 투로 말했다.

"문을 꼭 닫아주시겠어요? 중요한 이야기라 복도에서 이렇게 시끄러운 소리가 들리면 곤란합니다."

메러디스 목사는 그녀의 요청대로 순순히 문을 닫았다. 그리고 데이비스 부인과 마주 앉았다. 데이비스 부인이 버젓이 눈앞에 있는데도 목사의 정신은 여전히 반쯤 딴 세상에 가 있었다. 머릿속으로는 아직도 방금까지 읽고 있던 에발트의 이론과 씨름하고 있었기 때문이다. 데이비스 부인은 목사가 멍하니 앉아 있는 것을 느끼면서 순간 짜증이 치밀었다.

부인은 날카롭게 말했다.

"메러디스 목사님, 오늘 내가 찾아온 것은 우나를 입양하기로 결정했다는 것을 알려주기 위해서입니다."

"우리 우나를…… 양녀로…… 말입니까?"

메러디스 목사는 멍하니 데이비스 부인을 쳐다보았다. 무슨 뜻인지 전혀 알 수가 없었다.

"그래요, 오랫동안 생각해왔던 일이에요. 남편이 돌아가신 뒤 종종 아이를 하나 데려와야겠다고 생각해왔어요. 다만 마땅한 아이가 없었지요. '내' 집에 들여도 될 만한 아이는 드물다 보니까요. 고아원에서 데려올 생각은 없습니다. 십중팔구 빈민굴에서 온 근본도 모르는 떠돌이일 테니까요.

지난가을, 항구에 사는 어부 하나가 아직 어린 자식들을 여섯이나 두고 죽은 일이 있었어요. 그 집에서 그 가운데 한 아이를 내게 양자로 보내려고 기를 썼는데, 나는 그런 질 나쁜 아이를 입양할 생각이 없다고 거절했죠. 옛날에 그 아이들의 할아버지가 말을 훔친 일이 있었거든요.

게다가 그 집 아이들은 모두 아들이었어요. 내가 원하는 것은 여자아이였거든요. 얌전하면서도 고분고분하고 잘 훈육시키면 귀부인으로 클 여자아이요. 내가 보기에는 우나가 안성맞춤입니다. 페이스와는 영 딴판이지요. 그러니 내가 우나를 데려다 좋은 환경에서 잘 교육시키도록 하죠, 메러디스 목사님.

그리고 우나가 내 말을 잘 들으면 내가 죽을 때 나의 모든 재산을 그 아이에게 남겨줄 생각입니다. 어떤 일이 있어도 친척들에게는 한 푼도 남겨주지 않을 거예요. 그것만은 확실하게 결심했어요. 애초에 그들의 속을 뒤집으려고 내가 아이를 입양하겠다고 마음먹은 것이기도 하니까요.

우나에게 고급 옷을 입히고 최고의 교육을 받게 하면서 예의범절을 가르칠 작정이에요. 음악과 그림도 배우도록 할 거고, 친자식처럼 키울 생각입니다."

이때쯤 메러디스 목사는 몽상에서 깨어나 있었다. 창백한 뺨은 살짝 상기되었으며 맑고 짙은 눈에서는 위험한 빛이 뿜어져 나오고 있었다. 온몸의 땀구멍 하나하나에서도 그 저속함과 돈밖에 모르는 천박함이 배어나는 이 여자가 그에게 정말로 우나를 달라고 하고 있는 것일까? 시실리아의 짙푸른 눈을 빼닮은 그의 소중하고 가여운 작은 우나를? 다른 아이들이 울면서 방에서 나간 뒤에도 제 엄마가 죽기 직전까지 가슴에 꼭 안고서 눈물짓던 그 우나를, 설마?

시실리아는 죽음의 문이 닫히며 그들 사이를 갈라놓는 마지막 순간까지 이 아이를 품에서 떼어놓으려고 하지 않았었다.

"이 아이를 잘 보살펴줘요, 존. 이 아이는 너무 작고…… 여려요. 다른 아이들은 스스로 헤쳐나갈 수 있을 테지만 세상은 이 여린 아이에게 상처를 입힐 거예요. 존, 당신과 이 아이가 나 없이 어떻게 세상을 살아갈지 모르겠어요. 당신도, 이 아이도 내가 필요한데. 그래도 당신이 늘 이 아이 곁에 있어줘요. 당신이 곁에서 돌봐주어야 해요."

이것이 시실리아의 마지막 말이라고 할 수도 있었다―그 뒤 목사 자신에 대해서도 결코 잊을 수 없는 몇 마디를 더 남겼지만. 그런데 데이비스 부인은 뻔뻔스럽게도 바로 그런 아이를 목사로부터 데려가겠다고 통보하고 있는 것이다.

메러디스 목사는 허리를 곧추세우고 데이비스 부인 쪽을 보았다. 너덜너덜해진 실내복을 입고 닳아빠진 슬리퍼를 신고 있었지만 그에게는 무언가 데이비스 부인으로 하여금 그녀가 배워온 '성직자'에 대한 공경을 느끼게 하는 분위기가 있었다. 비록 가난하고 세상사에 어두운 얼빠진 목사일지라도, 목사라는 사람은 어떤 신성함을 걸치고 있기 마련이다.

메러디스 목사는 부드럽지만 분명하게, 그리고 무서우리만큼 공손한 태도로 잘라 말했다.

"친절한 그 뜻은 고맙습니다. 하지만 나의 아이는 결코 드릴 수 없습니다, 부인."

데이비스 부인은 멍해지고 말았다. 그의 거절은 그녀의 계획에 들어 있지 않았기 때문이다.

"아니 메러디스 목사님. 설마 돌았…… 설마 진심은 아니지요? 한 번 더 잘 생각해보세요. 그 아이가 누릴 온갖 혜택을 천천히 생각해볼 필요가 있어요."

"다시 생각할 필요는 조금도 없습니다, 데이비스 부인. 전혀요. 부인께서 그 아이가 누리게 해줄 모든 세속적인 혜택을 다 합친다 해도 친아버지의 사랑과 관심이 사라진 자리는 채우지 못합니다. 다시 한번 제안은 감사드립니다. 그렇지만 두 번 다시 고려할 여지도 없습니다."

실망한 데이비스 부인은 체면상 자제력을 발휘해온 오랜 습관으로도 억누를 수 없을 만큼 화가 났다. 그녀의 넙데데한 얼굴은 벌겋다 못해 보랏빛으로 변하고 목소리가 부들부들 떨렸다.

데이비스 부인이 비웃으며 말했다.

"내가 우나를 데려가겠다고 하면 나는 당신이 고마워서 절이라도 할 거라고 생각했어요."

메러디스 목사는 조용히 물었다.

"어째서죠?"

데이비스 부인이 경멸스럽다는 듯 쏘아붙였다.

"왜냐하면 당신이 아이들을 제대로 보살피지 않는다는 것을 이 마을에 모르는 사람이 없으니까요. 아이들을 차마 눈 뜨고 볼 수 없는 지경으로 내팽개치고 있잖아요. 온 마을에 소문이 자자하죠. 제대로 먹이지도 입히지도 않고, 훈육도 전혀 안 하고 있죠. 예절도 하나도 모르니 그 애들이 원주민 무리나 다를 게 뭐예요. 그러고도 당신은 아버지로서의 의무를 다했다고 생각하시나요? 웬 떠돌이 아이가 와서 2주일 동안이나 집에 머물러 있었는데도 아예 있는 줄도 몰랐다지요. 그 아이는 입도 말도 못 하게 걸어서 욕을 엄청 해댔다더군요. 그런데 당신은 그 아이가 자식들에게 천연두를 옮겼다 한들 신경이나 썼겠어요.

게다가 페이스는 또 설교단에 올라가 그따위 연설을 하지 않나! 그것도 모자라 돼지 등에 올라타 큰길을 내달렸지요—심지어 당신이 버젓이 보는 앞에서요. 도대체 그 아이들이 하는 짓이란 도무지 당치도 않지만, 당신은 그런 짓을 못 하게 말리지도 않고, 뭐 하나 제대로 가르치지도 않죠.

그러면서도 한 아이나마 내가 맡아서 좋은 집과 앞날을 주겠다는데 당신은 그 제안을 거절하고 나를 모욕했어요. 입으로만 아이들을 사랑하고 관심을 가진다느니 하면서 참으로 대단한 아버지 노릇이로군요."

"이제 그만하시죠, 부인!"

메러디스 목사는 자리에서 일어나 데이비스 부인이 움찔할 만큼 노려보며 거듭 말했다.

"이제 그만하십시오. 더 이상 듣고 싶지 않습니다, 데이비스 부인. 이미 말씀이 도를 넘었습니다. 확실히 내가 어떤 면에서 아버지로서 해야 할 의무를 게을리했는지도 모르겠지만, 댁이 그런 식으로 가르치려들 자격은 없습니다. 그럼, 이만 돌아가시죠."

데이비스 부인은 작별 인사도 하지 않고 돌아섰다. 그녀가 옷자락을 끌며 목사 옆을 지날 때 의자 밑에 있던 칼의 커다란 두꺼비가 느닷없이 부인의 발밑으로 튀어나왔다. 놀란 부인은 비명을 지르며 징그러운 두꺼비를 밟지 않으려 허둥지둥 비키다가 균형을 잃고 들고 있던 양산도 떨어뜨렸다. 엄밀히 말해 넘어졌다고 할 수는 없지만, 발을 헛디디면서 아주 품위 없는 모양새로 비틀거리며 방을 가로질러 가다가 문에 쿵하고 부딪쳤다. 머리꼭대기에서 발끝까지 심한 충격이 갔다.

메러디스 목사는 두꺼비는 보지 못해 데이비스 부인이 발작이 일어나 중풍이나 마비를 일으켰다고 생각하며 놀라서 달려가 도우려고 했다. 그러나 똑바로 선 부인은 불같이 화를 내며 손사랫짓을 했다.

"감히 내 몸에 손대지 말아요."

데이비스 부인은 거의 고함을 지르다시피 했다.

"이것도 이 집 아이 짓일 테지요. 도대체가 점잖은 부인이 올 데가 못 되는군요. 양산을 이리 주세요! 다시는 목사관이든 교회든 찾지 않겠어요."

메러디스 목사는 화려한 양산을 매우 얌전하게 집어서 데이비스 부인에게 건넸다. 데이비스 부인은 양산을 낚아채듯 집어 들고 당당하게 집을 나섰다.

제리와 칼은 층계 난간에서 미끄럼 타기를 그만두고 페이스와 함께 베란다 끝에 앉아 있었다. 공교롭게도 그 순간 셋이서 '오늘 밤 마을에 큰 소동이 벌어질 거야'라는 노래를 목청껏 부르고 있었다. 데이비스 부인은 자기를 겨냥하여 비아냥대는 것으로 생각했다.

부인은 우뚝 서서 아이들을 향해 양산을 치켜들고 말했다.

"너희들 아버지는 바보 천치야. 너희들 버러지 셋은 다시는 말썽을 못 부리도록 회초리로 흠씬 맞아야 해!"

페이스가 아버지를 두둔하며 고개를 빳빳이 들고 소리쳤다.

"아니에요! 우리 아버지는 바보 천치가 아니에요!"

남자아이들도 뒤따라 소리쳤다.

"아니에요! 우리는 버러지가 아니에요!"

그러나 이미 데이비스 부인은 가버린 뒤였다.

메러디스 목사는 잠시 응접실 안을 서성거렸다. 그리고 서재에 가서 의자에 털썩 앉았다. 그러나 그는 독일 신학으로 돌아가지는 않았다. 그러기에는 비통하리만큼 마음이 심란했다. 데이비스 부인이 그를 뒤흔들어 깨운 것이다.

나는 정녕 데이비스 부인이 비난한 것처럼 그렇게 태만하고 무심한 아버지인가? 어머니도 없이 모든 걸 나에게 의지하고 있는 어린 네 아이들의 육체적,

정신적 건강을 하나도 돌보지 않고 내팽개쳐둔 것일까? 교회의 신도들은 정말 데이비스 부인의 말처럼 나에 대해 그렇게 생각하고 험담을 하는 것일까? 데이비스 부인이 그토록 자신만만하게 우나를 데려가겠다고 요구를 한 걸 보면 틀림없이 그럴 가능성이 있다. 부인은 내가 우나를 '네, 네.' 하면서 흔쾌히 건넬 것이라고 믿고 있었다. 마치 달갑지 않은 아기 길고양이라도 되는 듯. 만일 그것이 사실이라면, 이제 어떻게 해야 할까?

존 메러디스는 괴롭게 신음하면서 지저분한 먼지투성이 방 안을 왔다 갔다 했다. 그는 무엇을 할 수 있을까? 그는 어떤 아버지와 비교해도 손색없을 만큼 아이들을 사랑하고 있었다. 아이들 또한 그런 아버지를 마음속 깊이 사랑하고 있는 것을 그 자신도 알고 있었다. 데이비스 부인이나 그와 같은 족속의 다른 사람들이 뭐라고 하건 그 확신에는 변함이 없었다.

하지만 그가 아이들을 맡아 돌보는 데 적합할까? 자기 약점과 능력의 한계를 그 누구보다 자신이 가장 잘 알고 있었다. 필요한 것은 좋은 영향을 끼치고 상식을 가르쳐줄 착실한 여성의 존재다. 문제는 이런 여성을 어떻게 집안에 두는가 하는 것이다.

혹여 이같이 능력 있는 가정부를 찾아서 들인다 해도 마사 이모님에게 마음의 상처를 주게 될 것이다. 이모님은 지금도 필요한 집안일은 자신이 얼마든지 할 수 있다고 믿고 있다. 불쌍한 노인의 기분을 언짢게 할 수는 없다. 마사 이모님은 지금까지 자기뿐 아니라 가족들에게 최선을 다해왔다. 이모님이 시실리아를 얼마나 끔찍하게 아꼈는데! 더구나 시실리아로부터 이모님을 잘 보살펴 드리라고 부탁받지 않았던가?

이때 불현듯 메러디스 목사는 마사 이모님이 그에게 재혼을 하면 어떻겠느냐고 넌지시 물었던 일이 떠올랐다. 마사 이모님도 가정부가 새로 들어오는 것은 반대하지만 재혼하는 것은 허락할 듯한 느낌이 들었다. 그러나 그것은 안 된다. 그는 결혼할 마음이 없었다. 시실리아 아닌 다른 여성을 사랑할 마음도 없고 사랑할 수도 없다고 생각했다. 그렇다면 무엇을 할 수 있을까?

이때 문득 이 어려운 문제를 잉글사이드의 블라이드 부인과 상의해봐야겠다는 생각이 떠올랐다. 내성적이고 과묵한 그가 대화할 수 있는 여성은 겨우 몇 사람에 지나지 않았는데, 블라이드 부인은 그 가운데 한 사람이었다. 블라이드 부인은 어떤 경우에도 공감을 표하며 의욕과 원기를 북돋아준다. 이번같이 곤란한 문제에 대해서도 어떤 해결법을 제시할 수 있을는지 모른다. 그래주지 못한다 할지라도 메러디스 목사는 지금 무엇보다 품위 있고 진실된 사람과의 대화가 필요했다. 데이비스 부인이 그의 영혼에 남긴 불쾌한 뒷맛을 싹 씻어내줄 그 무언가가 간절했다.

메러디스 목사는 서둘러 옷을 갈아입고 평소보다 덜 멍한 상태로 저녁 식사를 했다. 목사는 음식들이 변변치 않다는 사실을 깨달았다. 목사는 아이들을 살펴보았다. 모두들 볼은 장밋빛이었고 건강해 보였다—우나만 빼고. 그런데 어머니가 살아 있을 때도 우나는 그리 건강한 편이 못 되었다. 아이들은 함께 웃고 떠들었다. 틀림없이 행복해 보였다. 특히 칼은 그가 잡은 멋진 거미 두 마리가 접시 둘레를 기어다니고 있었기 때문에 더 즐거웠다. 아이들의 목소리는 쾌활했고 예의범절도 나빠 보이지 않았으며 서로 배려하며 다정스럽게 대하고 있었다. 그런데 데이비스 부인은 이 아이들의 행실이 신자들의 입방아에 오르내릴 만큼 나쁜 것처럼 말했다.

메러디스 목사가 대문을 나설 때, 로브리지로 이어진 길을 블라이드 의사와 부인이 마차를 타고 지나가고 있었다. 메러디스 목사는 낙담했다. 블라이드 부인이 외출해버렸다. 더 이상 잉글사이드에 갈 필요가 없었다.

그래도 메러디스 목사는 여느 때와 달리 누군가와 만나서 대화를 나누고 싶은 마음이 간절했다. 갈 곳 잃은 마음으로 메러디스 목사가 먼 곳을 바라보았을 때, 언덕 위에 있는 고풍스러운 웨스트 저택의 창문에 석양이 비치고 있었다. 창문은 희망의 횃불처럼 장밋빛으로 타오르고 있었다. 갑자기 메러디스 목사는 로즈메리와 엘런 웨스트 자매를 떠올렸다. 그리고 엘런과 자극적인 대화를 다시 한번 갖는 것도 좋으리라 생각했다. 로즈메리의 서서히 번져가는 부드러운 미소와 평온하고 경건한 파란 눈을 바라보면 기분이 나아질 듯했다. 필립 시드니 경의 죽음을 애도한 옛 시에 뭐라고 표현했더라?—'그치지 않는 위안이 형상화된 얼굴'[2]—로즈메리에게 꼭 들어맞는 말이다. 메러디스 목사에게는 지금 위안이 필요했다. 한번 찾아가 볼까?

 메러디스 목사는 가끔 들르라던 엘런의 말이 기억났다. 그리고 로즈메리에게 돌려줘야 할 책도 있다. 잊어버리기 전에 돌려주어야 한다. 메러디스 목사는 돌려주는 일을 잊어버려 여러 사람으로부터 빌린 많은 책이 자기 서재에 있을지도 모른다는 껄끄러운 느낌이 들었다. 이번에는 그런 일이 없도록 꼭 돌려주어야 한다. 메러디스 목사는 다시 서재로 들어가서 빌린 책을 챙긴 다음 '무지개 골짜기' 쪽으로 서둘러 걸음을 옮기기 시작했다.

---

[2] 영국 시인 매슈 로이던(1564~1622)의 시 〈아스트로펠을 위한 비가, 혹은 어느 벗의 비애〉에서 따옴.

## 여러 소문

 항구 윗마을 머리 집안의 마이라 머리 부인 장례식이 끝난 날 저녁, 미스 코닐리아가 메리 밴스를 데리고 잉글사이드로 찾아왔다. 터놓고 이야기하고 싶은 일이 여러 가지 있었기 때문이다. 물론 장례식에 대한 것부터 먼저 논해야 한다. 미스 코닐리아와 수전은 둘이서 속속들이 그 이야기를 나누었다.
 앤은 그러한 음산한 화제는 즐기지 않았으므로 대화에도 끼지 않았다. 조금 떨어져 앉아서 뜰에 가을 불꽃처럼 피어오른 달리아와 저녁놀 진 9월 하늘 아래 꿈처럼 펼쳐진 풍요로운 항구를 바라보고 있었다.
 메리 밴스는 앤 옆에 앉아 고분고분하게 뜨개질을 하고 있었다. '무지개 골짜기'에서는 아이들의 즐거운 웃음소리가 희미하게 들려왔다. 메리의 마음은 '무지개 골짜기'로 달려가 있었으나, 손가락은 미스 코닐리아의 눈 아래 있었다. 양말을 몇 바퀴 더 떠야 '무지개 골짜기'로 갈 수 있었다. 메리는 뜨개질하면서 입은 다물고 있었지만 귀는 쫑긋하고 있었다.
 미스 코닐리아가 마치 판결을 내리는 재판관처럼 말했다.
 "죽은 사람의 모습이 그렇게 고운 건 처음 봤어요. 마이라 머리는 언제나 예뻤죠. 로브리지의 코리 집안 출신인데, 그 집안은 인물이 좋기로 유명해요."
 수전이 한숨을 쉬었다.

"돌아가신 분의 관에 가서 작별 인사를 할 때, 나는 '명복을 빕니다. 지금의 그 평안한 모습처럼 행복하시길 기도합니다.'라고 했지요. 살아 계셨을 때와 그리 차이가 없었어요. 검은 새틴 드레스를 입었는데, 그것은 14년 전 따님이 결혼할 때 만든 것이었어요. 그때 마이라 부인의 고모가 그 옷을 장례식 때 입도록 잘 간수하라고 했었지요. 그랬더니 부인은 웃으면서 이렇게 말했답니다.

'그때 입을지도 모르지만 그 전에 먼저 실컷 입을 생각이에요.'

그리고 그 말씀대로 하셨어요. 마이라 부인은 인생의 즐거움을 모르고 돌아가실 분이 아니었거든요. 그 뒤에도 여러 번 사람들과 어울리며 즐겁게 보내는 것을 볼 때마다 저는 남모르게 생각했죠.

'마이라 머리 부인, 참으로 아름답네요. 그 드레스가 아주 잘 어울려요. 하지만 그 옷은 끝내는 부인의 수의가 될지도 모르겠어요.'

그랬는데 바로 내 말대로 된 셈이에요. 마셜 엘리엇 부인."

수전은 다시 한 번 한숨을 깊게 쉬었다. 그녀는 대화를 매우 즐기고 있었다. 장례식은 정말 즐거운 화제였다.

미스 코닐리아가 말했다.

"마이라와는 언제 만나도 즐거웠어요. 늘 명랑하고 쾌활했으니까요! 그분하고는 악수만 해도 기분이 좋아졌죠. 아무리 힘든 상황에서도 긍정적인 면을 찾아내는 분이셨어요."

수전이 말했다.

"맞는 말씀이에요. 마이라의 동서한테 들은 이야기인데, 의사가 더 이상의 치료 방법이 없고 두 번 다시 침대에서 못 일어난다는 말을 했을 때도 마이라는 아주 명랑하게 말했대요.

'아, 그렇군요. 과일 설탕절임을 다 만들어놓은 뒤라 다행이에요. 게다가 올

가을에 대청소를 하지 않아도 된다니 감사하군요. 대청소가 봄에는 괜찮지만 가을에는 무척 하기 싫었는데 올해는 안 하고 지나가도 되겠군요. 그것참, 반가운 일이네요.'

그런 말을 했다고 사람이 좀 가볍다고 흉보는 사람도 있겠지요, 마셜 엘리엇 부인. 그 동서는 이것을 창피해했어요. 병 때문에 머리가 좀 이상해진 게 아닌지 모르겠다고 하길래, 내가 말해줬죠.

'아니에요, 걱정할 필요 없어요, 머리 부인. 그 말은 마이라 부인이 언제나 인생의 밝은 면을 보려는 방식일 뿐이니까.'"

미스 코닐리아가 말했다.

"언니 루엘라는 마이라와 정반대였어요. 루엘라에게는 밝은 면이라고는 전혀 없었어요. 인생은 오로지 검정과 여러 색조의 회색뿐이었지요. 한 몇 년 동안은 자기는 일주일 뒤면 죽게 될 거라는 말을 입에 달고 살았어요.

'오래 살아서 여러 사람에게 부담 주고 싶지 않아.'라고 가족들에게 말하고는 신음했죠. 그러다 가족 가운데 누군가가 장래의 계획 같은 것을 이야기하면 또 신음 소리를 내면서 '그때 나는 이 세상에 없을 거야.'라고 초를 치고.

내가 루엘라를 만나러 가면 나는 언제나 루엘라의 말이 맞다고 해서 루엘라를 화나게 했죠. 그러면 그 기운으로 그 뒤 며칠 동안은 여느 때보다 훨씬 상태가 좋아졌어요. 지금은 전보다 건강은 좋아졌는데도, 그렇다고 사람이 밝아진 건 아니지만요.

마이라는 전혀 달랐지요. 무슨 일을 하든, 무슨 말을 하든 늘 다른 사람을 즐겁게 해주었어요. 어쩌면 어떤 남자와 결혼했느냐 하고도 관계가 있을지 모르죠. 루엘라의 남편은 성질이 난폭하기가 타타르인[1] 못지않았지만, 짐 머리는 남자치고는 꽤 착한 사람이죠. 오늘 보니 꼭 세상이 무너진 것 같은 모습이었어요. 난 부인의 장례식에서 남편을 딱하게 생각하는 경우는 드문데, 짐 머리에게는 동정심이 느껴졌어요."

수전이 말했다.

"짐 머리가 슬퍼 보이는 것도 무리가 아니지요. 마이라 같은 부인을 찾기란 쉽지 않을 테니까요. 찾을 생각이 없을지도 몰라요. 아이들도 다 컸고 집안일은 미러벨이 할 수 있을 테니까요. 하지만 홀아비가 무슨 일을 할지는 알 수 없는 노릇이니 이번에도 그런 일에 관해서는 이러쿵저러쿵 말할 생각 없어요."

미스 코닐리아가 말했다.

"마이라가 없어서 교회에 손실이 커요. 무슨 일이든 척척 잘해냈으니까요. 어떤 일에도 쩔쩔매는 경우가 없었지요. 문제가 생기면 부딪쳐서 풀었고, 그렇게 풀 수 없는 어려움이 있으면 에둘러 갔죠. 에둘러 갈 수도 없는 문제다 싶으면 없는 일처럼 취급했고요. 그러다 보면 대개의 경우 잘 풀렸어요.

'인생의 여행이 끝날 때까지 어떤 일에도 꺾이지 않을 작정이에요.'

마이라가 나에게 그렇게 말한 적이 있어요. 이제 마이라의 여행은 마침내 끝났네요."

앤이 꿈나라에서 빠져나와 불쑥 물었다.

"그렇게 생각하세요? 나는 그분의 여행이 끝났다고 도저히 생각할 수 없어요. 마이라 머리가 아무것도 안 하면서 두 손 놓고 앉아 있는 모습을 상상할 수 있어요? 무엇이든 열심히 하고 궁금해하면서 미래에 대해 모험심을 갖고 있었던 마이라가? 아니요, 난 마이라 부인이 돌아가신 뒤에도 대문 하나를 활짝 열고, 끝없이 계속해서 새롭고 빛나는 모험을 찾아나섰다고 생각해요."

---

1) 유라시아에 걸쳐 거주하는 여러 튀르크계 민족을 가리키는 포괄적 명칭.

미스 코닐리아도 그 말에 동의했다.

"그럴지도 모르겠네요…… 그럴지도 모르겠어요. 사실은 앤, 나도 그 영원한 휴식이라는 교리를 썩 마음에 들어 하지 않아요. 이런 말을 하는 것이 이단으로 오해되지 않기를 바라지만요. 나는 천국에서도 이승에 있을 때와 마찬가지로 부지런히 다니며 이것저것 하고 싶어요.

그리고 천국에도 파이나 도넛을 대신할 음식이 있으면 좋겠어요…… 무엇인가 내 손으로 만들 거리요. 물론 누구나 피곤해질 수 있고, 나이가 들수록 피곤의 정도도 심해지겠지요. 하지만 아무리 피곤해도 영원한 휴식까지 취하지 않고도 어느 정도 기운을 차릴 수 있을 거예요—단 게으른 남자만 빼고요."

앤이 말했다.

"마이라를 다시 만나게 되면 이승에서처럼 쾌활한 모습으로 웃으면서 우리를 맞아주면 좋겠어요."

수전은 충격을 받은 것 같았다.

"그럴 리가 있나요, 사모님. 설마 마이라가 저세상에서 웃고 있다고 생각하는 건 아니겠죠?"

"어머나, 왜 안 된다는 거예요, 수전? 저세상에선 늘 울고 지낸다고 생각하는 거예요?"

"아니에요, 사모님. 오해하지 마세요. 그곳에선 우리가 울지도 않고, 웃지도 않으리라 생각하거든요."

"그러면 어떻게 하고 있는데요?"

수전은 머뭇거리며 대답했다.

"글쎄요, 내 생각으로는 사모님, 모두가 진지하고 경건한 표정을 하고 있을 거라 생각해요."

앤은 진지한 태도로 물었다.

"그러면 수전, 마이라 머리나 내가 늘, 언제나 진지하고 경건한 표정을 지을 수 있을 거라고 정말로 그렇게 생각해요? 언제나, 변함없이?"

수전도 마지못해 인정했다.

"그러게요…… 사모님이나 마이라 머리 부인이 가끔은 미소를 지을 경우가 있으리라는 건 인정해요. 하지만 천국에서 소리 내 웃는다는 것만은 도저히 받아들여지지가 않아요. 그런 생각은 하느님께 불경을 저지르는 것이라고 생각해요, 사모님."

미스 코닐리아가 말했다.

"자, 이제 지상으로 돌아올까요? 주일학교에서 마이라가 맡았던 성경 공부반 선생님을 새로 찾아야 해요. 그동안은 줄리아 클로가 마이라 대신 맡아왔는데, 올겨울 동안 샬럿타운에서 지낸다고 하니 다른 사람을 찾아야 돼요."

앤이 말했다.

"로리 제이미슨 부인이 관심 있어 한다고 들었어요. 제이미슨 가족은 로브리지에서 글렌으로 이사온 뒤 빠지지 않고 교회에 나오고 있잖아요."

미스 코닐리아가 의심스러운 듯 말했다.

"새로 온 신자요? 착실하게 교회에 나오는지 1년쯤은 살펴보아야 해요."

수전이 매우 진지하게 말했다.

"제이미슨 부인은 믿을 만한 사람이 못 돼요, 사모님. 그분은 한 번 돌아가신 일이 있어요. 깨끗한 수의를 입혀 누인 다음 관을 만들려고 키를 재고 있는데 되살아났다잖아요! 사모님, 그런 사람은 믿기 어렵지요."

미스 코닐리아가 말했다.

"언제 감리교 신자로 바뀔지 알 수도 없고요. 로브리지에서는 장로교회에 가는 만큼 자주 감리교회에도 갔다고 해요. 이곳에서는 그런 현장을 아직 잡지 못했지만, 어쨌든 제이미슨 부인에게 주일학교를 맡긴다는 것은 찬성할 수 없어요. 그렇긴 하지만 그 사람들의 심기를 건드리면 안 돼요. 발끈하거나 죽어서 교회 신도수가 차츰 줄고 있으니까요.

앨릭 데이비스 부인이 교회를 떠났는데 그 이유는 아무도 모르고 있어요. 메러디스 목사의 월급에 1센트도 더 낼 수 없다고 얼마 전에 교회 관리위원들에게 말했다더군요. 마을 사람들은 목사관 아이들이 부인을 화나게 했다고 하지만 왠지 그래서가 아닌 것 같아요.

페이스에게서 알아내려고 이것저것 물어봤지만, 데이비스 부인이 찾아와서 의기양양하게 아버지를 만난 다음, 돌아갈 때 화를 무척 내면서 아이들에게 '버러지들'이라고 호통친 일밖에 페이스는 아는 것이 없다고 했어요."

수전이 얼굴을 붉히면서 화냈다.

"아이들한테 버러지들이라니, 정말! 앨릭 데이비스 부인은 자기 어머니 쪽 삼촌이 부인을 독살했다는 혐의를 받았던 사실을 벌써 잊은 모양이죠? 증거가 나오진 않았고, 들리는 모든 소문을 믿을 수는 없지만요. 사모님, 아무리 그래도 만일 자기 삼촌의 부인이 납득할 만한 이유 없이 돌아가신 입장이라면, 아무것도 모르는 순진한 아이들에게 버러지들이라고 하지는 않을 거예요."

미스 코닐리아가 말했다.

"결국 문제는 데이비스 부인이 그동안 기부금을 많이 냈으니 그 손실을 과연 어떻게 메우냐는 거예요. 게다가 친척인 더글러스 집안사람들까지 부추겨서 메러디스 목사에게 등 돌리게 만든다면 메러디스 목사는 여기를 떠나야만 할 거예요."

수전이 말했다.

"나는 친척들도 데이비스 부인을 그리 좋게 여기지 않는 것으로 알고 있어요. 그녀에게 친척들을 움직일 만한 힘은 없을 거예요."

"그렇지만 더글러스 집안사람들은 똘똘 뭉치잖아요. 만일 한 사람을 건드리면 그 집안 전체를 건드린 게 되는 거죠.

아무튼 우리는 그 집안사람들이 없으면 교회를 꾸려 나갈 수가 없어요. 그건 확실해요. 그 집안사람들이 내놓는 돈이 목사님 봉급의 절반이나 되니까요. 이러니저러니 해도 어쨌든 더글러스 집안은 인색하지는 않아요. 노먼 더글러스 같은 사람도 예전에 아직 교회에 다니던 시절 1년에 백 달러나 내놓았었잖아요."

앤이 물었다.

"그분은 어째서 교회에 나오지 않게 되었나요?"

"교회 관리위원 한 분이 소값을 흥정하다가 그 사람을 속였기 때문이라더군요. 교회에 안 나온 지 벌써 20년은 될 거예요. 그 부인은 살아 있을 때 아픈 날 빼고는 매주 나오셨지요.

하지만 노먼 씨는 부인이 주일마다 1센트 이상 못 내게 했어요. 부인은 몹시 부끄럽게 생각했지요. 노먼 씨는 훌륭한 남편이었다고 말하기는 어려울 거예요. 부인이 불평하는 것을 들은 적은 없지만, 늘 겁먹은 듯한 표정이었죠. 노먼 씨는 30년 전에 바라던 여자를 얻지 못했는데, 더글러스 집안은 원래 어쩔 수 없이 손에 넣은 차선에 만족하지 못하는 편이었어요."

"노먼 더글러스가 바라던 여자는 누구였는데요?"

"엘런 웨스트요. 약혼까지 발전된 관계는 아니었지만 2년쯤 교제하다가 갑자기 헤어졌어요. 그 이유는 아무도 몰라요. 사소한 말다툼 때문이었겠죠. 화가 가라앉을 새도 없이 노먼은 헤스터 리스와 결혼해버렸지요. 엘런에 대한 복수심 때문이었을 거예요, 틀림없어요. 참 남자다운 일 아니에요?

헤스터는 마음씨가 곱고 예쁘장했는데, 지나치게 소극적이었어요. 원래도 별로 활기가 있는 편이 아니었는데 그나마 노먼이 완전히 기를 꺾어버렸지요. 노먼을 감당하기에는 지나치게 고분고분했어요. 노먼에게는 그와 대등하게 맞설 수 있는 여자가 필요했어요.

엘런이었다면 노먼을 잘 다룰 수 있었을 것이고 노먼도 그런 점 때문에 엘런을 더 좋아했을 거예요. 노먼은 헤스터를 경멸했어요. 헤스터가 언제나 자기 말에 군소리 한마디 없이 따랐기 때문에요.

노먼은 아주 오래전 젊었을 때 입버릇처럼 이렇게 말했답니다. '나는 깡이 있는 여자가 좋아. 깡다구 있는 여자라면 언제든 마다 안 해.' 그래 놓고는 결혼한 상대가 거위한테도 찍소리 못 할 만큼 소심한 여자였다니…… 참 남자다운 짓 아닌가요.

리스 집안은 무기력한 사람들뿐이었어요. 숨만 쉬다 뿐이지 진짜로 '살아간다'고 말할 수 있는 사람들이 아니었어요."

수전이 지난날을 떠올리며 말했다.

"러셀 리스는 재혼했을 때, 첫 번째 부인한테 줬던 결혼반지를 두 번째 부인한테 다시 줬대요! 그 정도면 절약이 '너무' 지나쳤다고 생각해요, 사모님. 그런가 하면 동생인 존은 항구 윗마을 묘지에 자기 사망일만 빼고 모든 걸 새긴 묘비를 미리 세워놓고 일요일마다 보러 간대요. 그걸 즐겁게 생각하는 사람은 드물 텐데 존은 안 그런 모양이에요. 사람에 따라 즐겁게 여기는 일도 참 제각각이죠.

노먼 더글러스는 전혀 믿음이 없는 사람이에요. 전에 있던 목사님이 노먼에게 무슨 이유로 교회에 나오지 않느냐고 하니까 이렇게 말했어요. '교회에 못

생긴 여자들만 너무 많습니다, 목사님. 하나같이 못생겼어요!'

 나는 그런 남자에게 가서 '지옥에 떨어져라!'라고 엄숙하게 말해주고 싶어요."

 미스 코닐리아가 말했다.

 "노먼은 그런 곳이 있는 것조차 믿지 않을 거예요. 어쨌든 죽기 전에 자기 잘못을 깨닫기를 바랄 뿐이죠. 자, 메리, 양말을 3인치(약 7.6센티미터) 더 떴으니 아이들에게 가서 30분만 놀다 와도 돼."

 메리에게 두 번도 말할 필요가 없었다. 메리는 얼른 뜨갯감을 내려놓고 '무지개 골짜기'로 쏜살같이 달려갔다. 그리고 페이스에게 앨릭 데이비스 부인의 일을 모조리 말해주었다.

 "그리고 엘리엇 부인이 그러더라. 데이비스 부인이 친척인 더글러스 집안사람들을 모두 너네 아버지한테 등 돌리게 만들 거라고. 그렇게 되면 봉급을 받을 수 없으니 너네 아버지는 글렌 마을을 떠나야만 할 거래.

 정말이지 나도 어떻게 하면 좋을지 모르겠어. 만일 노먼 더글러스 씨가 교회에 다시 나와 전처럼 기부해준다면 그리 곤란하지 않겠는데. 하지만 돌아올 리 없겠지. 이러다 더글러스 집안은 떨어져 나가고, 너네는 다른 곳으로 떠나게 될 테지."

 페이스는 그날 밤 무거운 마음으로 잠자리에 들었다. 글렌 마을을 떠나다니 생각만 해도 견딜 수 없었다. 이 세상 어디를 가도 블라이드네 아이들 같은 친구를 만날 수는 없었다. 지난번에 살았던 메이워터를 떠날 때에도 그녀는 얼마나 괴로웠는지 모른다. 메이워터의 다정한 친구들이며, 어머니가 함께 살다 돌아가신 그 오래된 목사관을 떠나올 때 그녀는 몹시 울었다. 이번에는 더 힘겨울 그런 마음의 아픔을 또다시 겪어야 한다고 생각하니 페이스는 가만히 있을 수가 없었다. 글렌세인트메리 마을과 정겨운 '무지개 골짜기'와 저 멋진 묘지와 '어떤 일이 있어도' 헤어질 수 없었다.

페이스는 신음했다.

"목사 가족으로 살아간다는 건 너무 힘들어. 한곳에 겨우 마음 붙이면 곧 뿌리째 뽑혀 다른 곳으로 옮겨가야 한다니. 나는 아무리 훌륭한 사람이라도 결코 목사하고는 결혼하지 않을 테야. 무슨 일이 있어도, 절대로."

페이스는 침대에 일어나 앉아 담쟁이덩굴이 내려온 작은 창문으로 밖을 내다보았다. 주위는 쥐 죽은 듯 조용했고 오직 잠든 우나의 새근거리는 숨소리가 들릴 뿐이었다. 페이스는 이 세상에 자기 혼자만 있는 것 같은 쓸쓸함에 사로잡혔다. 별이 총총히 떠 있는 가을 밤하늘 아래 글렌 마을이 펼쳐져 있었다. 골짜기 건너편에는 잉글사이드 소녀들의 방 불빛과 또 하나 월터의 방 불빛이 반짝이고 있었다.

페이스는 생각했다.

'월터의 이가 또 아픈 건가?'

그리고 낸과 다이가 부러워 깊은 한숨을 내쉬었다. 그 아이들에게는 다정한 어머니와 안정된 가정이 있다. 까닭 없이 화를 내고는 우리를 버러지라 부르며 무시하는 사람들 손에 운명을 맡기지 않아도 된다.

글렌 마을 건너편, 모두가 잠든 조용한 들판 한가운데에 아직도 불이 하나 켜진 집이 또 하나 있었다. 페이스는 그것이 노먼 더글러스 씨 집에서 내비치는 불빛임을 알고 있었다. 그는 밤새도록 책을 읽는다는 소문이 있었다. 그를 잘 설득해서 교회에 나오도록 하기만 하면 된다고 메리가 말했었다. 설득 못 할 이유가 있을까?

페이스는 감리교회 대문 옆에 서 있는 키 큰 전나무 우듬지 위에 커다란 별이 나직이 떠 있는 것을 바라보았다. 그러자 갑자기 어떤 영감이 떠올랐다. 그녀는 무엇을 해야 할지를 알았다. 그리고 나 페이스 메러디스는 그렇게 할 것이다. 그렇게 하면 모든 일이 다 잘될 것이다. 만족스러운 얼굴로 숨을 내쉬며 페이스는 쓸쓸하고 어두운 세계와 작별하고 동생 우나의 옆자리로 살그머니 기어 들어갔다.

# 앙갚음

페이스에게 결정이란 곧 실행을 뜻했다. 그녀는 생각한 대로 곧 행동에 옮겼다. 이튿날 학교에서 돌아오자마자 페이스는 목사관을 나와 글렌 마을로 내려갔다. 우체국을 지날 때 월터 블라이드를 만났다.

"난 어머니 심부름으로 엘리엇 부인 댁에 가는 길이야. 너는 어디 가는 거니, 페이스?"

페이스는 도도하게 말했다.

"교회 일로 어디 좀 가는 거야."

페이스가 더 이상 아무 말도 하지 않아서 월터는 얼마쯤 무시당한 기분이었다. 두 사람은 잠시 말없이 걸었다. 선들바람이 부는 따뜻한 저녁때 공기 중에는 달콤한 나뭇진 내음이 감돌고 있었다. 모래 언덕 너머에는 잿빛 바다가 잔잔하고 아름답게 펼쳐져 있었다. 글렌 마을을 흐르는 개울에는 울긋불긋한 나뭇잎이 떠 있어 마치 요정들이 타는 조각배 같았다.

메밀을 베어 낸 그루터기만 남은 제임스 리스 씨의 밭은 아름다운 적갈색으로 바뀌어 있었고 거기에서는 까마귀들이 국회를 열어, 까마귀 나라가 잘 살기 위한 진지한 토의를 한참 진행 중이었다. 페이스는 엄숙한 그들의 집회를 무자비하게 강제 해산시켰다. 울타리에 올라가 부러진 가로장 하나를 그쪽으로 던진 것이다. 검은 까마귀 떼가 푸드득 날아올랐다. 새카만 날개가 곧바로 하늘을 뒤덮으며 분노한 까마귀의 까악까악 소리가 주위에 울려 퍼졌다.

월터가 비난했다.

"어째서 그런 짓을 한 거야? 자기들끼리 모여서 즐거운 시간을 보내고 있었는데."

페이스는 대수롭지 않다는 듯 말했다.

"난 까마귀를 싫어하거든. 저렇게 검고 매끈한 것들은 뱃속도 시꺼멀 게 뻔해. 작은 새들 집에서 몰래 알도 훔쳐. 지난봄 우리 집 잔디밭에서 한번 봤어. 그런데 월터, 너 오늘따라 왜 그렇게 얼굴이 핼쑥하니? 어젯밤에도 치통으로 고생했어?"

월터는 몸을 부르르 떨었다.

"응, 무지무지하게 아팠지. 한잠도 못 잤어. 그래서 자는 대신 방 안을 왔다 갔다 하며 네로 황제의 명령으로 고문당하고 있는 그리스도교 순교자라고 상상했어. 얼마만큼은 그렇게 해서 견뎠는데, 그러다가 너무너무 아파져서 아무것도 상상할 수 없었어."

페이스가 걱정스레 물었다.

"울었니?"

월터는 솔직히 고백했다.

"아니. 하지만 바닥에 누워서 신음했어. 그러고 있는데 쌍둥이가 들어왔지. 낸이 아픈 데다 붉은 고추를 갖다 대니까 통증이 더 심해졌어. 다이는 찬물을 한 모금 입에 머금고 있으라고 했는데 그래도 계속 아파서 쌍둥이가 수전을 불러왔어.

수전은 어제 내가 추운 다락방에서 시같이 쓸데없는 걸 써서 생긴 일이라며,

아파도 싸다고 했어. 하지만 수전이 부엌에 내려가 곧바로 물을 끓여서 탕파를 채워서 갖다줬더니 치통이 곧 가라앉더라. 나는 통증이 멎자마자 수전에게 말했어. 시는 쓸데없는 게 아니고 수전이 그런 걸 판단할 자격도 없다고 말이야. 그랬더니 수전은 자기는 물론 그런 자격이 없고, 없어서 다행이라고 했어. 그리고 시에 대해서는 전혀 모르지만 시가 순 거짓말이라는 것만은 안다고 했어.

그런데, 페이스, 그 말은 사실이 아니야. 내가 시 쓰기를 좋아하는 이유도 보통 산문으로는 표현할 수 없는 진실도 시로는 표현할 수 있기 때문이야. 수전에게도 이렇게 말했더니, 잔소리 그만하고 탕파가 식어서 다시 아파지기 전에 얼른 자래. 아니면 기다렸다가, 운율이 과연 치통을 해결해주는지 어떤지 한번 보든가, 그러더라. 그러면 나도 교훈을 얻지 않겠느냐면서 말이지."

"어째서 로브리지에 있는 치과의사한테 가서 그 이를 뽑아버리지 않는 거니?"

월터는 또 몸을 떨었다.

"모두 그렇게 말하지만 나는 도저히 할 수가 없어. 틀림없이 무지무지 아플 테니까."

페이스는 얕보듯 물었다.

"너는 그까짓 거 조금 아픈 게 무섭다는 거니?"

월터는 얼굴이 빨개졌다.

"분명 '무지무지하게' 아플 거야. 나는 아픈 건 딱 질색이거든. 아버지도 나보고 억지로 가라고는 안 하시겠대. 내가 스스로 결정할 때까지 기다리겠다고 하셨어."

페이스가 설득했다.

"이 뽑을 때 아픈 건 치통만큼 오랫동안 아프지 않아. 넌 그 이 하나 때문에 벌써 다섯 번째 아픈 거잖아. 가서 그냥 뽑아버리면 더 이상 밤새도록 고생하지 않아도 돼. 나도 전에 한 개 뽑은 적이 있었어. '아얏' 했더니 벌써 끝났던걸. 그냥 피가 살짝 났을 뿐이야."

월터가 소리쳤다.

"나는 그 피가 나는 게 무엇보다도 싫어. 게다가 너무 보기 흉해. 지난여름에 젬이 발을 베었을 때도 속이 메슥거려서 혼났어. 수전은 젬보다도 내가 기절하는 줄 알았대. 하지만 나는 젬이 아파하는 것도 견딜 수가 없었어.

언제나 누군가가 다치고 있어, 페이스. 끔찍한 일이야. 난 도저히 참고 볼 수 없어. 그런 소리는 들리지도 않고 보이지도 않는 데로 멀리멀리, 아주 멀리 달아나고 싶어."

페이스는 곱슬머리를 뒤로 휙 넘겼다.

"누가 다쳤다고 해서 수선 떨 것 없어. 물론 무척 아플 때는 큰 소리가 나오게 되지. 또 피가 나면 물론 지저분해지고. 나도 남이 아파하는 것을 보고 싶지 않아. 하지만 나라면 달아나지 않겠어. 가서 어떻게든 도와주고 싶어. 너희 아버지께서도 환자를 치료하기 위해서는 사람들을 아프게 해야 하는 경우가 많을 거야. 만일 너희 아버지가 달아난다면 그 사람들은 어떻게 되겠니?"

"난 '달아나겠다'고 한 적 없어. '달아나고 싶은' 생각이 든다고 했지. 그 둘은 전혀 의미가 달라. 나도 사람들을 돕고 싶어. 하지만 아, 이 세상에 보기 싫은 것이나 끔찍한 것이 하나도 없으면 얼마나 좋을까. 즐겁고 아름다운 것만 있다면 좋겠어."

페이스가 말했다.

"있지도 않은 일은 생각하려고 하지 마. 어쨌든 살아 있기 때문에 즐거운 일도 얼마든지 많아. 죽어버리면 치통도 없어지겠지만, 그래도 죽은 것보다 살아 있는 편이 낫지 않니? 나라면 그편이 백 배 더 좋다고 생각해. 어, 댄 리스가 온다. 항구에서 낚시했나 봐."

월터가 말했다.

"나는 댄 리스가 몹시 싫어."

"나도 그래. 여자아이들은 모두 싫어해. 나는 못 본 체하고 댄 리스 옆으로 걸어서 지나갈 테니, 넌 보고만 있어."

페이스가 턱을 내밀고 업신여기는 듯한 얼굴로 댄 곁을 지나치자 댄은 자존심이 상했다.

그는 홱 돌아서서 페이스 뒤에 대고 고함쳤다.

"돼지 계집애! 돼지 계집애!! 돼지 계집애!!!"

한 번씩 되풀이할 때마다 목청을 점점 높이며 모욕의 강도가 세졌다.

페이스는 겉보기에는 아무렇지 않은 얼굴로 태연히 걸어갔으나 끓어오르는 분노로 입술이 희미하게 떨렸다. 모욕적인 별명을 지어내며 싸우는 데는 댄 리스를 당할 수 없음을 알고 있었다. 이럴 때는 월터 대신 젬 블라이드가 함께 있었으면 좋았을 것이라 생각하며 페이스는 아쉬워했다. 만일 젬 앞에서 댄 리스가 그녀를 보고 돼지 계집애라고 했다면 젬은 댄을 혼쭐을 내주었을 것이다.

그러나 페이스는 월터가 그렇게 해주기를 바라는 마음은 전혀 없었으며 그를 탓할 생각도 없었다. 월터는 다른 남자아이들과 싸우지 않는 것을 알고 있었기 때문이다. 북쪽 거리에 사는 찰리 클로도 싸움을 못한다. 그런데 이상하게도 찰리는 겁쟁이 취급했지만 월터에 대해서는 경멸할 마음이 들지 않았다. 월터는 지금 여기와는 전혀 다른 관습이 통용되는 자기만의 독특한 세계에 머물고 있는 것처럼 생각되기 때문이다. 월터 블라이드가 댄 리스를 혼내주기를 기대하는 것은 별처럼 빛나는 눈동자의 젊은 천사가 불결하고 주근깨투성이인 댄을 때려주기를 바라는 것이나 마찬가지였다. 천사가 내려와 도와주지 않는다고 섭섭해할 수 없듯이 월터 블라이드를 비난할 생각은 전혀 없었다. 그래도 역시 든든한 젬이나 제리가 그 자리에 있어주었더라면 좋았겠다고 여기며, 댄이 내뱉은 모욕이 페이스의 마음속을 맴돌았다.

월터의 얼굴은 더 이상 창백하지 않았다. 뺨이 붉게 달아오르고 아름다운 눈이 부끄러움과 노여움으로 흐려져 있었다. 그는 페이스 대신 보복해주었어야 했다는 것을 알고 있었다. 젬이라면 대뜸 댄에게 덤벼들어 댄이 찍소리 못하고 뱉은 말을 취소하게 했을 것이고, 리치 워런이었다면 댄이 페이스에게 말한 것보다도 더 심한 욕설을 하여 댄의 말문이 막히게 해주었으리라.

하지만 월터는 그럴 수가 없었다. 아무리 하려 해도 도무지 "심한 말"을 입에 담을 수 없었다. 그러다 몇 배 험악한 악담이 되돌아온다는 것도 잘 알고 있었다. 댄 리스라면 얼마든지 퍼부을 수 있는 상스러운 저질 단어를 그는 차마 떠올릴 수도, 도저히 입에 담을 수도 없었다. 힘으로 겨루는 것에도 흥미가 없었다. 그런 발상 자체가 혐오스러웠다. 거칠고, 아프고, 무엇보다도 보기 흉했다. 젬이 가끔 싸우면서 즐거워하는 것을 도저히 이해할 수 없었다.

그래도 월터는 댄 리스와 싸울 수 있으면 좋겠다고 생각했다. 자기 눈앞에서 페이스 메러디스가 모욕을 당했는데도, 겁먹은 양 댄을 혼내주지 못한 것이 몹시 부끄러웠다. 아마 페이스는 그를 경멸하고 있을 것이다. 돼지 계집애라는 말을 들은 뒤로 그에게 한 마디도 하지 않는다. 갈림길에 왔을 때 월터는 마음이 홀가분해졌다.

페이스도 이유는 다르지만 그와 헤어지게 되자 마음이 가벼워졌다. 자기가 해야 할 일을 생각하니 갑자기 마음이 심란해져서 혼자 있고 싶었다. 처음의 충동이 가라앉기 시작한 참에 댄 리스가 자존심까지 상하게 하여 더욱더 자신감이 없어져버린 것이다. 어떻게 해서든 목적을 이루어야 하는데 열의가 식어버렸다.

페이스는 이제부터 노먼 더글러스를 만나러 가서 다시 교회에 나와달라고 부탁할 생각이었는데, 어쩐지 노먼이 무서워졌다. 글렌 마을에서는 쉽고 간단한 일로 생각됐으나 여기까지 내려오니 전혀 달랐다. 이제까지 그에 대한 여러 가지 소문을 들었으며, 학교에서 가장 덩치 큰 남자아이들도 그를 무서워하는 것을 알고 있었다.

그는 뭔가 추잡한 말을 할지도 모른다. 그가 그런 말을 입에 담는다는 소문을 들었다. 페이스는 욕설을 듣는 게 너무 싫었다. 그런 말이 매 맞는 것보다 더 빨리 그녀를 움츠러들게 했다. 그러나 페이스 메러디스는 일단 마음먹은 일은 했다. 그리고 이번 일은 어떻게든 해내야만 한다. 그렇지 않으면 아버지가 글렌 마을을 떠나야만 할지도 모른다.

긴 오솔길 끄트머리에 열을 맞춰 늘어선 병사들처럼 키 큰 양버들을 거느린 노먼의 크고 예스러운 집이 서 있었다. 그때 노먼 더글러스는 뒤편 베란다에서 신문을 읽고 있었다. 옆에는 커다란 개가 있었다. 그의 등 뒤 부엌에서는 가정부 윌슨 부인이 그릇을 마구 덜그럭거리며 저녁 식사를 준비하고 있었다. 그 덜그럭거리는 소리에는 화가 느껴졌다. 방금 노먼과 말다툼을 한 끝이라 둘 다 기분이 몹시 나쁜 상태였다. 따라서 베란다로 올라선 순간 페이스는 신문을 내려놓고 물어뜯을 듯한 얼굴로 그녀를 바라보는, 짜증이 잔뜩 난 노먼을 마주해야 했다.

노먼 더글러스는 나름대로 꽤 잘생긴 사람이었다. 길고 붉은 수염이 넓은 앞가슴에 늘어져 있고, 그의 커다란 머리를 덮은 진한 빨강머리는 세월이 무색하리만큼 세지 않은 상태였으며, 넓은 이마에도 주름살이 없었다. 파란 눈은 원기왕성한 청년 시절과 다름없이 지금도 격렬한 불길을 뿜고 있었다. 기분이 내킬 때는 아주 정감 있는가 하면, 또 무척 사나울 때도 있었다. 무거운 임무를 수행해야 하는 부담감을 안은 페이스는 하필 노먼 더글러스가 가장 기분 나쁜 때에 그를 맞닥뜨리게 된 것이다.

노먼은 그녀가 누구인지 알지 못했으며 영 마뜩잖다는 눈초리로 페이스를 바라보았다. 노먼은 기백과 열정이 있고 잘 웃는 여자아이들을 좋아했다. 그런데 이때의 페이스는 새하얗게 질린 얼굴이었다. 페이스는 안색에 의해 인상이 좌우되는 그런 아이였다. 볼의 홍조가 사라진 그녀는 아주 온순하고, 심지어 변변찮아 보였다. 페이스가 겁먹고 굽실대는 듯한 모습을 보이자 노먼 더글러스 마음속의 약자를 괴롭히고 싶어하는 고약한 심보가 불쑥 고개를 쳐들었다.

그는 무섭게 찌푸린 얼굴로 노려보며 천둥같이 고함쳤다.

"대체 너는 누구냐? 여기는 무슨 볼일로 왔지?"

태어나서 처음으로 페이스는 말문이 막혀버렸다. 그녀는 노먼 더글러스가 이런 모습이리라고는 생각지도 못했다. 겁을 먹고 더욱 움츠러들고 말았다. 그것을 보고 노먼은 더욱 화가 치밀어 소리쳤다.

"뭐가 문제냐? 뭔가 하고 싶은 말이 있는데도 겁먹어서 할 수 없는 게냐? 대체 뭐가 문제인데? 빌어먹을, 당장 말 못 하겠어?"

페이스는 아무래도 입을 열 수가 없었다. 페이스의 입술이 파르르 떨리기 시작했다.

노먼이 으르렁거리는 개처럼 물어뜯듯 말했다.

"제발 울지는 마라. 나는 징징대며 우는 건 딱 질색이니까. 할 말이 있으면 당장 해. 맙소사, 넌 무슨 덩치 큰 새끼 고양이야, 뭐야? 말 못 하는 귀신이라도 씐 게냐? 아니, 왜 그런 얼굴로 쳐다보는 게야. 나도 사람이다. 꼬리 달린 괴물이 아니라고! 넌 누구냐? 누구냐고 내가 묻잖아?"

　노먼의 목소리는 항구에까지도 들렸을 듯싶었다. 부엌에서 달그락거리던 소리가 멎고 윌슨 부인은 눈과 귀를 크게 열었다. 노먼은 그의 그을린 커다란 손을 무릎 위에 얹고 몸을 앞으로 기울여 페이스의 주눅 들고 핏기 없는 얼굴을 노려보았다. 그는 마치 동화에 나오는 사악한 거인처럼 그녀에게 다가오는 듯했다. 다음 순간 그가 그녀를 통째로 집어삼킬 것만 같았다.

　페이스는 머뭇거리며 기어 들어가는 목소리로 말했다.

"나는…… 페이스…… 메러디스예요."

"메러디스라고? 목사 아이들 가운데 하나로군. 네 이야기는 들어봤다……들어봤어. 돼지 등에 올라타기도 하고 안식일을 깨뜨리기도 했다지! 대단한 녀석이야! 그런데 여기는 무슨 볼일이지, 엉? 이 늙은 이교도에게 무슨 볼일이 있어서 온 게야? 난 목사에게 부탁할 것도 없고, 내가 부탁을 들어줄 일도 없어. 그런데 넌 뭣 때문에 여길 온 거냐?"

　페이스는 멀리 달아나고 싶었다.

　그렇지만 하려던 말을 더듬더듬 있는 그대로 말했다.

"나, 나는 아저씨에게…… 교회에 다시 나와서…… 봉급을 줄……헌금을 내달라고…… 부탁하러 왔어요."

　노먼은 성난 눈을 번뜩이며 페이스를 노려보았다.

"이 버릇없는 말괄량이야! 누가 네게 그런 걸 시키더냐? 누가 그렇게 하라고 시켰어?"

　가엾은 페이스는 대답했다.

"아무도 시키지 않았어요."

"거짓말 마. 나한테는 거짓말해봐야 소용없어! 누가 너를 여기 보냈지? 네 아버지는 아니야. 네 아버지는 벼룩만큼의 활기도 없지만 자기가 못 하는 일을 자기 딸에게 시킬 사람이 아니지. 틀림없이 글렌 마을에 있는 어느 고약한 할멈들 짓일 게다. 그렇지, 엉?"

"아니에요. 나, 나는 스스로 온 거예요."

성난 노먼이 소리쳤다.

"나를 바보로 생각하는 거냐?"

페이스는 나직한 목소리로 조금도 빈정거릴 마음 없이 말했다.

"아니에요, 나는 아저씨가 신사라고 생각했어요."

노먼은 펄쩍 뛰었다.

"네 일이나 신경 써. 이제 네 입에서 나오는 말은 더 이상 한 마디도 듣고 싶지 않다. 만일 네가 어린아이가 아니었다면 남의 일에 참견하면 어떤 꼴을 당하게 되는지 단단히 알게 해줬을 거야.

목사든 약 팔아먹는 사람이든, 볼일이 있으면 내가 부를 거야. 그때까지는 그들과 어떤 거래도 바라지 않아. 알겠어? 자, 당장 나가, 이 어벙한 계집애야!"

페이스는 밖으로 나왔다. 거의 넘어질 뻔하면서 층계를 비틀비틀 내려와 마당의 대문을 지나 오솔길로 접어들었다. 오솔길을 절반쯤 지나가자 무서움이 사라지고 가슴속을 쿡쿡 쑤시는 듯한 분노가 그녀를 사로잡았다. 길 끄트머리에 왔을 때에는 이제까지 느껴본 적 없는 격렬한 노여움이 온몸에 부글부글 끓어올랐다. 노먼 더글러스의 모욕이 불쏘시개가 되어 페이스 마음에 활활 타올랐다.

돌아가라니! 아니, 절대 이대로는 못 돌아가! 이 길로 되돌아가 저 사람 잡아먹는 늙어빠진 거인에게 내가 어떻게 생각하는지 말해줄 테다! 단단히 혼내주겠어! 감히 누구한테 어벙한 계집애래!

페이스는 망설이지 않고 곧장 되돌아갔다. 베란다에는 아무도 없고 부엌문은 닫혀 있었다. 페이스는 노크도 하지 않고 문을 벌컥 열고 안으로 성큼성큼 들어갔다. 노먼 더글러스는 저녁 식사가 차려진 식탁 앞에 막 앉은 참이었으나 아직도 손에는 신문을 들고 있었다. 페이스는 서슴없이 방을 가로질러 가 그의 손에서 신문을 낚아채서는 바닥에 내팽개치고 발로 짓밟았다. 그리고 화난 눈과 화끈화끈 달아오르는 뺨으로 노먼과 마주 보고 섰다.

사납게 성난 페이스의 얼굴이 무척 당당하고 아름다워 노먼은 그녀를 못 알아볼 뻔했다.

"어째서 되돌아왔지?"

으르렁대듯 묻는 그는 화가 났다기보다는 당황한 듯했다.

페이스는 조금도 겁먹지 않고 대부분 사람들이라면 눈길을 피했을 노먼의 성난 눈을 똑바로 노려보았다.

그리고 아주 또랑또랑한 목소리로 말했다.

"내가 아저씨를 어떻게 생각하는지 똑똑히 말해주려고 돌아왔어요. 아저씨 같은 사람은 하나도 안 무서워요. 아저씨는 난폭하고 비뚤어지고 폭군 같은 불쾌한 늙은이예요.

수전은 아저씨가 틀림없이 지옥에 갈 거라고 했어요. 전에는 그렇게 되면 가엾다고 생각했지만 지금은 조금도 가엾지 않아요. 아저씨 부인은 10년이나 새 모자를 못 샀다면서요? 그러니 부인이 당연히 일찍 돌아가셨겠죠.

이제부터 아저씨를 볼 때마다 얼굴을 무섭게 찌푸려줄 테니 내가 뒤에 있을 때에는 조심하세요. 아버지 서재에 있는 책에 악마 그림이 있는데, 지금 집으로 돌아가면 그 그림 밑에 아저씨 이름을 써넣을 거예요. 아저씨는 흡혈귀예요. 옴이나 붙어버려라!"

페이스는 흡혈귀가 뭔지 또 옴이 붙는다는 것이 어떤 뜻인지 몰랐지만, 수전이 곧잘 이런 말을 하는 것을 들었고, 그 말투로 미루어 둘 다 끔찍한 것임에 틀림없다고 생각했다.

그러나 노먼은 적어도 옴 붙는다는 것이 무슨 뜻인지 알고 있었다. 그는 페이스의 격렬한 비난을 아무 말 없이 듣고 있었다. 페이스가 숨을 돌리기 위해 발을 한번 쾅 구르면서 말을 멈추자 노먼은 느닷없이 크게 웃음을 터뜨렸다. 그리고 무릎을 탁 치며 소리쳤다.

"아, 깡이 있군그래, 깡이 있어. 나는 깡을 아주 좋아하지. 자, 앉아라, 앉아."

"안 앉아요."

페이스의 눈은 더욱 맹렬하게 타올랐다. 그녀는 노먼이 자신을 놀린다고 생각했다. 무시당한다고 생각했다. 노먼 더글러스가 아까처럼 또 한 번 분노를 터뜨렸다면 괜찮았지만 이런 식의 모욕은 더 참기 어려웠다.

"아저씨 집에 내가 왜 앉아요? 난 우리 집으로 갈 거예요. 그렇지만 여기에 다시 돌아와서 내가 아저씨를 어떻게 생각했는지 똑똑히 말해주길 잘했다고 생각해요."

노먼은 소리 죽여 웃었다.

"나도 그렇다, 나도 그래. 나는 네가 마음에 든다. 너는 참 당차구나. 아주 대단해. 그 혈색, 그 기운! 내가 너보고 어빙한 계집애라고 했던가? 원, 천만에, 당치도 않은 말이야.

자, 앉아라. 아니, 처음부터 이랬더라면 좋았잖아! 그래, 내 이름을 악마 그림 밑에 쓰겠다고? 하지만 악마는 검잖니. 악마는 시커메. 그런데 나는 빨갛거든. 안 되지, 그건 안 돼.

그리고 나한테 옴이 붙었으면 좋겠다고? 맙소사, 옴이라면 어렸을 때 된통

올랐었지. 또다시 옴이 붙으라고 하지는 말이다오. 앉아라, 앉아. 같이 차라도 마시며 화해하자."

페이스는 의연히 말했다.

"아니, 전 됐어요."

"자, 앉으래도, 앉으라니까. 자, 자, 잘못했다. 얘야, 내가 잘못했어. 나잇값도 못 하고 바보 같은 말을 해서. 내가 한 짓은 깨끗이 잊고 용서해다오. 악수하자, 악수. 안 한다고, 안 해? 아니, 해야 해!

자, 내 말 좀 들어봐라! 만일 네가 지금 나하고 악수하고 나랑 같이 식사해 준다면 나는 전에 내가 교회 다닐 때 냈던 만큼 봉급으로 줄 헌금을 내고 매달 첫 번째 일요일에는 교회에 나가고 키티 앨릭이 찍소리 못 하게 해주마. 어떠냐? 그 여자 입을 다물게 할 수 있는 사람은 친척들 가운데 나뿐이다. 어떠냐, 이 정도면 괜찮은 흥정 아니냐?"

그것은 괜찮은 흥정인 듯했다. 페이스가 정신을 차려보니, 거인과 악수하고 그의 식탁에 앉아 있었다. 화는 가라앉았다. 페이스는 원래 화가 오래가지 않았다. 페이스의 화는 가셨으나 아직도 흥분으로 눈이 반짝거리고 뺨은 발그레했다.

노먼은 그녀를 감탄하며 바라보다가 명령했다.

"윌슨 부인, 부인이 만든 것 가운데, 가장 맛있는 설탕절임을 가져와요. 그리고 이제 그만 좀 부루퉁하고 있어요, 윌슨 부인! 아니, 한번 싸웠기로서니, 그렇게 꼭 삐져 있어야 합니까? 큰소리 한번 치고 나니까 속이 시원하고 후련하잖아요. 하지만 뒤끝이 남아서 삐지고 울고 그러면 곤란하지! 난 여자가 버럭버럭 하는 건 괜찮지만 울고 짜는 건 딱 질색이라고.

자, 얘야, 고기와 감자를 삶은 요리야. 먹어봐라. 윌슨 부인은 이 음식을 무슨 점잔 뺀 이름으로 부르지만 나는 그냥 '질퍽질퍽'이라고 불러. 음식 중에서 정체를 알 수 없는 것은 모두 '질퍽질퍽'이야. 액체 가운데에서 아무래도 모르겠는 것은 '출렁출렁'이고. 윌슨 부인이 끓인 차는 '출렁출렁'이야. 틀림없이 우엉 삶은 물일 게야. 그 지독하게 시커먼 액체는 마시지 말거라. 여기 흰 우유를 마시려무나. 그런데 아까 이름이 뭐라고 했지?"

"페이스요."

"그건 곤란한데, 그건 안 돼! 그런 이름은 못 참아! 다른 이름은 없니?"

"없어요."

"마음에 들지 않는 이름이야. 활기가 전혀 없어. 게다가 페이스라는 이름을 들으면 지니 아주머니가 생각난단 말이야. 그분에게는 딸이 셋 있었는데, 세 딸에게 페이스(믿음), 호프(소망), 채리티(자선)라는 이름을 지어주었어. 페이스는 아무것도 믿지 않았고, 호프는 날 때부터 비관론자인 데다, 채리티는 구두쇠였지.

너에게는 레드 로즈가 어울려. 화가 나면 딱 붉은 장미야. 나는 레드 로즈라고 부르겠다. 그리고 나를 꾀어서 나한테서 교회에 간다는 약속을 기어코 받아냈지! 하지만 한 달에 한 번이라고 했다. 딱 한 달에 한 번뿐이야.

어떠냐, 나를 그 약속에서 풀어줄 생각은 없니? 나는 전에 1년에 백 달러를 내고 교회에 다녔었지. 만일 1년에 2백 달러 내겠다고 약속하면 교회에 안 가도 되는 걸로 해주지 않겠니? 어떠냐?"

페이스가 악동 같은 미소를 띠자 보조개가 쏙 들어갔다.

"아니에요, 아저씨가 교회에 꼭 와주었으면 해요."

"할 수 없군. 약속은 약속이니까. 1년에 열두 번은 참을 수 있겠지. 내가 교회에 나타나는 첫 일요일에 틀림없이 큰 소동이 벌어질 거야.

그런데 수전 베이커가 나보고 지옥에 떨어지라고 말했다 이거냐. 내가 지옥에 떨어지리라 생각해? 자, 너는 어떻게 생각하니?"

"저, 그러지 않았으면 좋겠어요."

머릿속이 복잡해진 페이스는 대답을 하면서 말을 더듬었다.

"어째서 그러지 않았으면 좋겠다는 거지? 그 이유는? 그 이유를 말해봐라."

"그게…… 지옥은…… 틀림없이 기분이 언짢은 곳일 거예요."

"기분이 언짢은 곳이라고? 그것은 어떤 것을 언짢다고 느끼느냐에 따라 달라지겠지! 천사들은 금방 싫증이 날 거야. 수전 할멈 뒤에서 후광이 비치는 모습을 떠올려봐라!"

페이스는 그 모습을 떠올리자 너무 재미있어서 웃지 않을 수 없었다. 노먼은 만족한 표정으로 페이스를 보았다.

"봐, 웃기지! 나는 네가 마음에 든다. 아주 대단해. 이제 교회 문제인데, 너희 아버지는 설교를 잘하시냐?"

"훌륭한 설교가세요."

"그래? 어디 두고 보자. 내가 흠을 찾아낼 테니! 네 아버지도 내 앞에서는 설교할 때 정신 바짝 차리는 게 좋을 거야. 내가 약점을 잡든가 허점을 찾아내든가 할 거거든. 네 아버지 설교의 논거를 하나하나 따져볼 테니 말이다. 이제 교회 가는 일도 아주 재미있겠다. 아버지는 지옥에 대해서 설교할 때도 있니?"

"아아니요, 없는 것 같아요!"

"그거참, 아쉽군. 난 지옥에 대한 설교를 좋아하는데. 네 아버지한테 나를 기분 좋게 하려거든 반년에 한 번이라도 좋으니 지옥에 대해 멋있게 설교하시라고 전해라. 지옥 불이 맹렬히 타오를수록 더 좋지. 연기가 자욱한 게 좋아. 그런 설교를 들으면 할멈들은 또 얼마나 즐거워하겠어. 늙은 노먼 더글러스를 보면서 이렇게들 생각할 거야.

'지옥은 당신을 위해 있다, 천벌 받을 늙은 이교도야! 바로 당신이 갈 곳이라고!'

아버지가 지옥에 대한 설교를 할 때마다 헌금을 10달러씩 더 내마.

윌슨 부인이 잼을 가져왔군. 잼을 좋아하니? 이건 '질퍽질퍽'이 아니야. 한번 먹어봐!'

노먼이 한 숟가락 가득 떠서 준 잼을 페이스는 얌전하게 삼켰다. 운 좋게도 맛이 매우 좋았다.

"세계 제일의 자두잼이지!"

노먼은 찻잔 받침에 잼을 가득 채워 페이스 앞에 자신 있게 내놓았다.

"맛있다니 다행이야. 집에 갈 때, 두세 병 가져가도록 챙겨주마. 난 쩨쩨하지 않아. 그 점에 대해서는 악마라고 해도 날 잡아갈 수 없지.

헤스터가 10년 동안 모자를 사지 않은 것은 내 탓이 아니야. 자신이 결정한 일이었어. 중국에 사는 누런 녀석들에게 주려고 모자 살 돈을 아꼈기 때문이지.

나는 전도를 위해 1센트도 낸 적이 없어. 앞으로도 없을 거야. 나를 꾀어서 그런 데 보낼 돈 뽑아낼 생각은 마라! 우리의 계약은 1년에 100달러와 한 달에 한 번의 교회 참석이 다야. 멀쩡한 착한 이교도를 가련한 그리스도교 신자로 개종시키는 데는 관심 없어! 왜냐하면 이교도들은 천국이나 지옥 아무 데도 어울리지 않기 때문이야. 그 어느 쪽하고도 어울리지 않아.

그런데 윌슨, 아직도 웃지 않는 게요? 여자들은 어떻게 그렇게 오래 삐져 있을 수 있는지 난 도통 모르겠군. 난 살면서 한 번도 뒤끝 때문에 뚱하게 있어본 적이 없어. 내 경우는 번개가 한번 번쩍 내리치고, 쾅 하고 한번 부딪치고 나면, 툭툭 털고 싸움 끝. 다시 해가 반짝 나오고, 뒤끝 같은 건 전혀 없지."

저녁 식사 뒤 노먼은 페이스를 마차로 데려다주겠다고 고집을 부렸다. 마차에는 사과, 양배추, 감자, 호박에다 잼까지 여러 병 실었다.

노먼이 말했다.

"헛간에 귀여운 수고양이 새끼가 있는데 갖고 싶다면 주마. 말만 해라."

페이스는 딱 잘라 말했다.

"아니, 필요 없어요. 난 고양이를 좋아하지 않아요. 그리고 저한텐 수탉이 있으니까요."

"놀랍군. 수탉이라고? 고양이처럼 안고 잘 수도 없을 텐데. 수탉을 반려동물로 키운다는 소리는 처음 들어보는구나. 우리 집 톰을 데려가는 게 나을 텐데. 그놈에게 좋은 주인을 만나게 해주고 싶어서그래."

"안 돼요. 마사 할머니가 고양이를 키우고 있거든요. 본 적도 없는 새끼 고양이를 데리고 가면 죽일지도 몰라요."

노먼은 어쩔 수 없이 포기했다.

페이스는 성질이 거친 두 살짜리 말이 끄는 마차를 타고 신나는 드라이브를 하며 집에 돌아왔다. 노먼은 목사관 부엌 입구에 페이스를 내려주고 뒷베란다에 짐을 아무렇게나 내려놓은 다음 큰 소리로 외치며 돌아갔다.

"한 달에 한 번이야. 딱 한 번뿐이라고."

페이스는 자기 방으로 올라갔다. 좀 어질어질하면서 숨이 막혔다. 마치 회오리 바람에 휩쓸려 날아갔다가 가까스로 빠져나온 것 같았다. 페이스는 다행스럽기도 하고 고맙게 느껴지기도 했다. 글렌과도, 묘지와도, '무지개 골짜기'와도 작별하지 않게 된 것이다. 그 걱정은 없어졌다.

그러나 머릿속 어디엔가 불쾌한 느낌이 고스란히 남아 있었다. 댄 리스로부터 '돼지 계집애'라는 심한 험담을 듣고도 적절하게 맞서지 못했으니 마음에 딱 드는 별명을 찾아낸 댄이 기회가 있을 때마다 그렇게 부르며 계속 놀려댈 거라는 생각을 안고 잠이 들었다.

## 승리, 또 승리

　11월 첫째 일요일, 노먼 더글러스는 교회에 왔다. 그리고 그가 기대했던 대로 큰 파장을 불러일으켰다. 메러디스 목사는 교회 입구에서 멍하니 그와 악수를 하며 건성으로 부인은 건강하시냐고 물었다.
　"그 사람은 10년 전에 땅에 묻힐 때까지만 해도 그리 건강하지 못했지요. 하지만 지금은 한결 나아졌을 겁니다."
　노먼이 우렁찬 목소리로 이렇게 대답을 하자 그 자리에 있던 사람들이 질겁하기도 하고 재미있어하기도 했다. 메러디스 목사만은 그러거나 말거나 꿈쩍도 하지 않았다. 그는 오늘 아침 설교 마지막 부분이 듣는 사람들에게 똑똑히 이해되었는지, 자신의 설명이 충분했는지 하는 생각에 골몰했을 뿐이었다. 그러므로 자기가 노먼에게 무슨 말을 했고, 또 노먼이 자기에게 뭐라고 대답했는지에 대해서는 전혀 마음 쓰지 않았다.
　노먼은 페이스를 교회의 대문 앞에서 불러 세웠다.
　"나는 약속을 지켜 이렇게 나왔다. 약속을 지켰어, 레드 로즈야. 이제부터 12월 첫째 일요일까지는 자유다.
　설교가 훌륭하더구나, 아주 훌륭한 설교였어. 그런데 꼭 한 군데 모순되는 말을 했지. 너희 아버지에게 설교에서 딱 한 군데 모순되는 데가 있었다고 말씀드려라.

　너희 아버지는 얼굴에 드러내는 것보다 머리에 든 게 더 많더구나. 그리고 12월에는 '지옥의 불'에 대한 설교를 들으러 오겠다고 말해다오. 묵은해를 마무리 짓고 새해로 넘어가는 데 지옥의 맛을 보고 가면 아주 좋지 않겠니. 천당 이야기는 새해의 이야깃거리로 남겨두고? 천당 이야기는 지옥 이야기보다 절반만큼도 재미가 없겠지만.

　그런데 나는 천당에 대한 너희 아버지 생각을 듣고 싶구나. 그 사람은 생각할 줄 아는 머리를 가지고 있어. 생각할 줄 아는 사람이란 이 세상에 정말 드물지. 그렇지만 너희 아버지도 모순되는 말을 했어. 하하하! 아버지가 잠에 깨어 있을 때 이렇게 한번 물어보렴.

　'하느님은 자신이 들어올릴 수 없을 만큼 무거운 돌을 만들 수 있을까요?' 하고 말이다. 잊지 말고 꼭 물어봐. 나는 그 질문에 대한 너희 아버지의 대답을 듣고 싶구나. 이제까지 이 물음으로 수없이 많은 목사를 난처하게 만들었단다, 얘야."

　페이스는 가까스로 노먼으로부터 벗어나 집으로 갈 수 있어 마음이 놓였다. 그런데 교회 대문 앞에 다른 남자아이들 무리에 섞여 있던 댄 리스가 페이스를 발견했다. '돼지 계집애'라고 말하는 모양으로 입을 움직여 보였지만 감히 거기서 소리 내서 말하지는 않았다.

　그러나 이튿날 학교에서는 그렇지 않았다. 점심시간에 학교 뒤편 가문비나무숲에서 페이스를 만나자 댄은 또다시 소리쳤다.

　"돼지 계집애! 돼지 계집애! 꼬끼오 수탉 계집애!"

　몇 그루의 전나무 뒤에 폭신히 깔린 이끼 위에 앉아 책을 읽고 있던 월터 블라이드가 벌떡 일어났다. 얼굴은 창백하게 질렸으나 눈은 노여움에 불타오르고 있었다.

그는 말했다.

"그만둬, 댄 리스!"

조금도 기죽지 않고 댄이 대답했다.

"여, 안녕하세요, 미스 월터."

그는 가볍게 폴짝 뛰어올라 가로장 울타리 꼭대기에 올라앉아서는 노래하듯 놀려대기 시작했다.

겁쟁이, 겁쟁이 아가씨,
고쟁이 하나를 훔쳐갔지.
겁쟁이, 겁쟁이 아가씨가!

월터는 더욱 핼쑥해지며 경멸을 담아 말했다.

"너는 '동시다발'이야."

월터는 '동시다발'이 무슨 뜻인지 희미하게 알고 있을 뿐이었지만, 댄은 전혀 알지 못했으므로 그것이 특별한 욕설임에 틀림없다고 생각했다.

"야, 이 겁쟁아! 너네 엄마는 거짓말만 쓰는 거짓말쟁이야, 거짓말쟁이! 그리고 페이스 메러디스는 돼지 계집애야, 돼지 계집애, 돼지 계집애! 그리고 수탉 계집애야, 수탉 계집애, 꼬끼오 꼬끼오 수탉 계집애야! 겁쟁이, 겁쟁이, 아가……"

댄은 거기까지밖에 말하지 못했다. 왜냐하면 월터가 바람같이 홱 달려들어 한 방에 댄을 가로장 울타리 뒤로 밀어뜨렸기 때문이었다. 꼴사납게 땅바닥에 큰 대자로 자빠진 댄을 보고 페이스가 크게 웃어대며 손뼉을 쳤다. 댄은 벌떡 일어나더니 성이 나서 얼굴이 자줏빛이 되어 씩씩거리며 울타리로 기어오르기 시작했다. 마침 그때 종이 울렸다. 댄은 해저드 선생님의 수업 시간에 늦으면 어떻게 되는지 뻔히 알고 있었다.

그는 부르짖었다.

"나중에 한판 붙어서 결판내자, 이 겁쟁이!"

월터도 지지 않고 말했다.

"언제라도 좋아."

그러자 페이스가 반대하고 나섰다.

"아, 안 돼. 그러면 안 돼, 월터. 댄하고 싸우지 마. 쟤가 무슨 말을 해도 나는 괜찮아. 괜히 저런 애 신경 쓰느라 그 수준으로 내려갈 필요 없어."

월터는 무서우리만큼 침착하게 말했다.

"저 녀석은 너를 모욕하고 우리 어머니를 모욕했어. 학교가 끝난 다음 오늘 저녁에 결판내자, 댄."

댄은 못마땅한 얼굴로 말했다.

"오늘은 학교 끝나면 바로 돌아와서 감자를 캐야 한다고 아빠가 말했어. 내일 저녁에 붙자."

월터는 승낙했다.

"좋아…… 내일 저녁, 이 자리에서."

댄이 의기양양하게 말했다.

"니 그 샌님 같은 얼굴을 묵사발을 만들어줄 테니 기다려."

월터는 몸을 부르르 떨었다. 협박이 무서워서가 아니라 그 추함과 야비함이 혐오스러웠기 때문이다. 하지만 머리를 꼿꼿이 세우고 교실로 들어갔다.

페이스는 복잡한 심정으로 뒤따라 들어갔다. 페이스는 월터가 비겁한 댄과 싸울 것을 생각하니 소름이 끼치면서도 월터의 태도가 너무도 훌륭해서 감탄했다. 더욱이 그는 자기—이 페이스 메러디스—의 명예를 위해 싸우려 하고 있다. 물론 월터가 이기게 되어 있다. 그의 눈에 승리가 쓰여 있었다.

하지만 용맹한 그녀의 기사(騎士)에 대한 페이스의 믿음은 그날 저녁 무렵에 가서는 좀 희미해졌다. 월터는 그 뒤로 줄곧 학교에서 너무도 조용하고 기운이 없어 보였기 때문이다.

"월터가 젬이었으면 좋을 텐데."

묘지에서 페이스는 우나와 헤저키아 폴록의 묘비 위에 앉아 한숨을 쉬었다.

"젬은 싸움을 잘하니까 순식간에 댄을 끝장낼 수 있을 텐데. 하지만 월터는 싸움에 대해 아는 게 없잖아."

우나도 한숨 쉬었다.

"월터가 다칠까 봐 겁나."

싸움을 싫어하는 우나는 페이스가 은근히 드러내는 비밀스러운 즐거움을 이해할 수 없었다.

페이스는 애매하게 말했다.

"다치지 않을 거야. 몸집도 댄만큼 큰데."

우나가 말했다.

"그래도 댄이 나이가 더 많잖아. 거의 1년쯤 먼저 태어났을걸."

페이스가 말했다.

"잘 생각해보면 댄도 싸움을 해 본 적은 별로 없어. 걔도 사실은 알고 보면 겁쟁이야. 설마 월터가 싸우리라고는 생각 못 했겠지. 그럴 줄 알았으면, 월터가 있는 데서 심한 말을 하지 않았을걸. 댄을 노려보던 월터의 매서운 얼굴을 보았으면 너도 놀랐을 거야, 우나! 나도 벌벌 떨렸는데, 뭔가 아주 기분이 좋은 떨림이었어. 토요일에 아버지가 우리한테 읽어주신 시에 나오는 기사 갤러해드 경이랑 비슷했어."

우나가 걱정스러워 말했다.

"그 둘이 싸운다는 생각만 해도 불쾌해. 그만두게 했으면 좋겠어."

페이스가 소리쳤다.

"이제 와서 그만둘 순 없어! 명예가 걸린 문제야. 절대로 다른 사람한테 말하면 안 돼, 우나. 만일 말했다가는 너한테 다시는 비밀을 털어놓지 않을 거야."

우나가 약속했다.

"말하지 않을게. 하지만 나는 내일 남아서 싸우는 건 안 볼래. 곧바로 집에 올 거야."

"그래, 좋을 대로 해. 나는 있어야 하니까. 월터가 나 때문에 싸우는데 내가 와버리면 너무 못됐잖아. 내가 좋아하는 리본을 월터의 팔에 묶어줘야지. 자기를 지켜주는 기사에게는 그렇게 하는 거야. 내 생일에 블라이드 부인이 준 예쁜 파란 머리 리본이 있어서 잘됐어! 두 번밖에 안 썼으니까 새것이나 마찬가지야. 하지만 월터가 이길 거라고 확신할 수 있으면 좋으련만. 만일 진다면…… 너무 '치욕적일' 거야."

만일 페이스가 그 순간 자기를 위하여 싸울 기사의 모습을 보았다면 더욱 자신감을 잃었을 것이다.

월터는 집으로 돌아오는 동안, 정의감에 불타던 노여움은 점점 기세가 사그라들고 대신 그 자리를 언짢은 마음이 채웠다. 내일 저녁에 댄 리스와 싸워야만 한다. 사실 그는 싸우고 싶지 않았다. 상상조차 하기 싫었으나 그 일이 한시도 머리에서 떠나지 않았다. 맞게 되면 무척 아플까? 아플까 봐 끔찍이도 두려웠다. 그리고 지고 나서 굴욕을 당하게 될까?

저녁도 제대로 넘어가지가 않았다. 제일 좋아하는 원숭이 얼굴 모양의 쿠키를 수전이 구워주었지만, 겨우 하나를 꾸역꾸역 먹었을 뿐이었다. 젬은 네 개나 먹었다. 어떻게 그렇게 많이 먹을 수 있는지 월터는 이해할 수 없었다. 아니, 누구 하나 내 마음을 알아주지도 않고 어떻게들 무심하게 먹을 수 있지? 다들 어쩜 저리 유쾌하게 이야기할 수 있지?

어머니는 눈이 빛나고 볼은 장밋빛으로 물들어 있었다. 자기 아들이 내일 싸우지 않으면 안 된다는 사실조차 까맣게 모르는 채. 알고 있다면 저토록 유쾌할 수 있을까? 월터는 우울한 기분으로 고개를 갸웃했다. 젬이 새 카메라로 찍은 수전의 사진을 다 같이 돌려보고 있었다. 수전은 그 사진을 보고는 몹시 분개했다.

수전은 슬픈 듯 말했다.

"나는 미인이 아니에요, 사모님. 그 정도는 나도 알고 있어요. 하지만 이 사진에 찍힌 것처럼 못생겼다고는 절대로 믿을 수 없어요."

젬이 참지 못하고 웃었고 앤도 젬을 따라 웃었다. 월터는 참을 수 없어 자리를 박차고 일어나 자기 방으로 달아났다.

수전이 말했다.

"저 아이는 틀림없이 마음에 걸리는 일이 뭔가 있어요, 사모님. 저녁도 거의 먹는 둥 마는 둥 하더라고요. 또 뭔가 새로운 시를 구상하는 걸까요?"

그때 가엾은 월터의 마음은 별이 총총 빛나는 시의 왕국과는 거리가 먼 곳에 있었다. 월터는 열린 창턱에 팔꿈치를 얹고 마냥 음울한 기분으로 턱을 괴고 앉아 있었다.

젬이 불쑥 들어와 소리쳤다.

"바닷가에 가자, 월터. 남자아이들이 오늘 밤 모래 언덕의 풀을 태운대. 아버지가 우리도 가도 좋다고 하셨어. 자, 어서 가자."

　다른 때였다면 월터는 즐겁게 따라갔을 것이다. 예전부터 모래 언덕의 풀 태우는 것을 좋아했기 때문이다. 하지만 지금은 젬이 아무리 권하고 애원해도 꿈쩍도 하지 않으며 딱 잘라 거절했다.

　젬은 실망했다. 포윈즈 항구까지 먼 밤길을 혼자 걸어갈 마음은 없었다. 그래서 다락방에 있는 자기만의 박물관에 올라가 독서에 파묻혔다. 젬은 곧 낙담한 것도 잊고 오래된 무용담에 나오는 용감한 영웅들의 이야기에 빠져들었다. 가끔은 책을 내려놓고 스스로 유명한 장군이 되어 군대를 지휘하여 격전지에 뛰어들어 승리를 얻어내는 장면을 상상했다.

　월터는 잘 시간까지 창가에 오도카니 앉아 있었다. 무슨 일로 그러는지 이야기해줄 것으로 기대하며 다이가 조용히 들어왔다. 그러나 월터는 다이에게조차 말할 수 없었다. 만일 말을 한다면 그것이 그대로 현실이 되어 곧 뒷걸음치고 싶을 것만 같았다. 생각하는 것만으로도 이미 고문당하는 기분이었다.

　창밖 단풍나무에서는 시들어서 바싹 마른 잎이 바스락거리고 있었다. 장밋빛으로 물들어 불꽃처럼 타오르던 하늘이 텅 빈 은빛으로 변하고 보름달이 '무지개 골짜기' 위에 멋진 모습을 드러냈다. 아득히 먼 언덕 너머 지평선에서는 장작불이 붉게 타오르며 찬란한 광경을 그려내고 있었다.

　먼 곳의 소리도 똑똑히 들리는 쌀쌀하고 맑게 갠 저녁이었다. 연못 저쪽에서는 여우가 울고 있었다. 글렌역에서는 기차가 증기를 뿜어내고 있었다. 단풍나무숲에서는 소란스럽고 요란한 파랑어치 소리가 들려왔다. 목사관 뜰에서도 웃음소리가 울려 퍼지고 있었다. 어째서 사람들은 모두 이렇게 웃고 있는 것일까? 어떻게 여우도, 파랑어치도, 기차도 내일이 오늘과 다름없으리라는 듯이 있을 수 있는 것일까?

월터는 신음하며 내뱉었다.

"아, 빨리 끝나버리면 좋겠어."

그는 그날 밤 거의 잠을 못 잤다. 아침 식사를 할 때에는 수전이 아끼지 않고 한 그릇 가득 담아준 오트밀이 목구멍에 걸릴 것 같았다. 해저드 선생 눈에 그날만은 월터가 영 마음에 차지 않는 학생이었다. 페이스 메러디스도 정신이 딴 데 팔려 수업을 받는 둥 마는 둥 하고 있었다. 댄 리스는 자기 석판에 몰래 돼지며 수탉 머리를 한 여자아이 그림을 그려 틈만 나면 다른 아이들에게 보이도록 들어 올렸다.

결투한다는 소문이 어디서 새 나갔는지 수업이 끝나고 댄과 월터가 가문비나무숲으로 왔을 때 남자아이들 대부분과 여러 명의 여자아이들이 모여 있었다. 우나는 집으로 돌아갔지만 페이스는 남아서 월터의 팔에 자기의 파란 리본을 매주었다.

월터는 구경하는 아이들 가운데 젬이나 다이, 낸이 없는 것을 보고 마음이 좀 놓였다. 아마 이런 일이 벌어지는 줄 모르는 채 집으로 돌아간 듯했다. 마침내 월터는 용감하게 댄과 마주 섰다. 마지막 순간이 되자 그의 두려움은 깨끗이 사라졌다. 그래도 싸운다는 것은 여전히 정말 싫었다.

댄의 주근깨투성이 얼굴이 월터보다 더 핼쑥한 것을 뚜렷이 알 수 있었다. 상급반 소년의 신호가 떨어지자 댄이 월터의 얼굴을 먼저 한 대 쳤다. 월터는 조금 비틀거렸다. 맞은 순간 아픔이 온몸에 퍼졌으나 그것은 일시적이었고 곧 통증이 느껴지지 않게 되었다.

이제까지 느껴본 적 없는 무언가가 홍수처럼 그의 몸속에 밀려들었다. 그의 얼굴이 새빨갛게 달아오르더니 눈이 불길처럼 이글이글 타올랐다. '미스 월터'가 이런 모습이 될 수 있으리라고 글렌세인트메리 초등학교 학생들은 꿈에도 생각하지 못했다. 월터는 몸을 홱 돌려 들고양이처럼 댄에게 덤벼들었다.

글렌의 남자아이들 싸움에는 특별한 규칙이 없었다. 닥치는 대로 어디를 치거나 때려도 상관없었다. 월터는 야만스러운 분노에 사로잡혀 싸우면서 그것을 즐기고 있었다. 댄은 버틸 수 없었다. 승부는 금세 나고 말았다. 월터는 자기가 무엇을 하고 있는지 몰랐으나 별안간 눈앞을 가렸던 붉은 안개가 걷히자 자신이 축 늘어져버린 댄 위에 올라타고 앉아 있는 것을 깨달았다.

댄의 코에서는—오, 보기만 해도 오싹해지는—피가 흘러나오고 있지 않은가!

월터는 이를 악물고 짧게 물었다.

"졌지?"

댄은 마지못해 패배를 인정했다.

"응."

"우리 어머니는 거짓말을 쓰지 않지?"

"응."

"페이스 메러디스는 돼지 계집애가 아니지?"

"응."

"그리고 수탉 계집애도 아니지?"

"응."

"그리고 나는 겁쟁이가 아니지?"

"응."

월터는 '그리고 너는 거짓말쟁이지?'라고 물을 생각이었지만 연민이 일면서 댄에게 그 이상의 창피를 주지 않았다. 게다가 그 피가 너무나 끔찍했다.

월터는 경멸하듯 말했다.

"그럼, 가도 돼."

가로장 울타리에 올라가 구경하던 소년들은 손뼉 치며 왁자지껄 떠들어대고, 소녀들 가운데에는 울음을 터뜨린 아이도 있었다. 겁을 먹었기 때문이었다. 여자아이들도 전에 결투를 구경한 일이 있었지만 댄에게 덤벼들 때 월터가 보이던 그런 모습은 처음 보았다. 댄을 죽여버리지 않을까 생각될 정도였는데, 이제 모든 게 끝나자 흐느끼기 시작한 것이다. 페이스는 울지 않았다. 그녀는 볼이 빨개진 채 꼼짝도 하지 않고 서 있었다.

월터는 그 자리에 머물러 승자로서 받는 칭찬을 듣지 않았다. 그는 가로장 울타리를 훌쩍 뛰어넘자 가문비나무 언덕을 달려 내려가 '무지개 골짜기' 쪽으로 갔다. 그는 이겼다는 기쁨은 조금도 느끼지 못했지만 의무를 다하고 명예를 회복했다는 어떤 차분한 만족감을 맛보았다.

그러나 댄의 피투성이가 된 코가 생각나자 속이 메슥거리는 듯한 꺼림칙함이 느껴졌다. 그것은 너무나도 보기 흉했다. 더구나 월터는 흉한 것이라면 질색이었다.

월터 자신도 몸이 온통 여기저기 아프다는 것을 깨달았다. 입술은 터져서 부어 있었고 한쪽 눈이 어쩐지 이상하게 느껴졌다. 월터는 '무지개 골짜기'에서 메러디스 목사를 만났다. 목사는 오후에 웨스트 자매를 방문하고 집으로 돌아오는 길이었다. 목사는 어두운 표정으로 월터를 보았다.

"아마도 싸움을 한 것 같구나, 월터?"

월터는 꾸지람 들을 것을 각오하고 대답했다.

"네, 그랬어요."

"무엇 때문에 싸웠지?"

월터는 솔직하게 대답했다.

"댄 리스가 우리 어머니는 거짓말을 쓰는 사람이고 페이스는 돼지 계집애라고 놀려댔기 때문에요."

"아, 그런 경우라면 싸울 만한 정당한 이유가 있었구나, 월터."

월터가 신기한 듯 눈을 동그랗게 뜨고 물었다.

"싸워도 괜찮다는 말씀인가요?"

"노상 싸우거나 자주 싸우면 안 되지만, 가끔은 싸울 수도 있지, 가끔은. 예를 들면 여성이 모욕을 당했을 때—이번의 네 경우처럼. 월터, '도저히 하지 않을 수 없다는 확신이 설 때까지는 싸움을 하지 말라, 그러나 하게 되면 전력투구해 싸워라.' 이게 내 좌우명이야. 여기저기 멍은 좀 들었지만 너는 아주 잘해 낸 것 같구나."

"네, 댄이 했던 말을 모두 취소하도록 만들었어요."

"잘했어. 잘한 일이야. 네가 그렇게 잘 싸우리라고는 생각 못 했다, 월터."

"저는 이제까지 싸움을 해 본 일이 없어요. 마지막까지도 싸우지 않으려고 했고요. 그런데……"

월터는 솔직히 털어놓기로 했다.

"싸우고 있을 때는 저도 모르게 즐거운 마음이 들었어요."

메러디스 목사의 눈이 번쩍 빛났다.

"처음에는…… 좀…… 무서웠겠지?"

"너무 무서웠어요."

월터는 정직했다.

"하지만 이제는 무섭지 않아요. 고통 그 자체보다도 지레 겁부터 내는 마음이 더 큰 문제라는 걸 알았어요. 저는 아버지께 말씀드려서 내일 로브리지에 가서 이를 뺄 거예요."

"옳은 말만 하는구나. 그런데 '두려움은 두려워하는 고통보다 더 큰 고통이다.'라는 말이 있는데 누구의 이야기인지 아니, 월터? 셰익스피어[1]란다. 인간의 마음, 감정, 경험에 대해서 그 위대한 인물이 모르는 게 하나라도 있었겠니? 집에 돌아가 내가 너를 자랑스럽게 여긴다고 어머님께 전해주기 바란다."

월터는 이 마지막 말은 어머니에게 전하지 않았지만 그 밖의 내용은 모두 털어놓았다. 어머니는 월터에게 공감하며 어머니와 페이스의 명예를 지키기 위해 월터가 용기를 내주어 정말 기쁘다고 말했다. 그리고 아픈 곳에 약을 발라주고 쿡쿡 쑤시는 머리는 오드콜로뉴를 살짝 발라 문질러주었다.

월터는 어머니에게 안기며 말했다.

"어머니란 모두 엄마처럼 멋진가요? 엄마 같은 사람의 명예를 위해서라면 싸운 보람이 있어요."

미스 코닐리아와 수전은 거실에 있었는데, 앤이 2층에서 내려와 모든 이야기를 해주자 두 사람 다 아주 기뻐했다. 특히 수전은 매우 만족해했다.

"저 아이가 그토록 훌륭하게 싸워주었다니 정말로 기뻐요, 사모님. 아마 이젠 그 하찮은 시 같은 건 잊어버릴지도 몰라요. 나라도 댄 리스처럼 못돼먹은 애는 도저히 못 참았을 거예요.

좀 더 불 가까이 오세요, 마셜 엘리엇 부인. 11월쯤 되면 저녁나절에 퍽 쌀쌀하잖아요."

"고마워요, 수전. 나는 안 추워요. 여기 오기 전 목사관에 들러 몸을 좀 녹이고 왔으니까요. 하긴 어느 방에도 불이 없어 부엌에서 쬐어야 했지만요. 부엌은

---

1) 실제로는 셰익스피어(1564~1616)가 아니라 그와 같이 엘리자베스 여왕 시대에 활동한 영국의 시인·정치인 필립 시드니 경(1554~1586)의 시 〈자연법칙으로서의, 따라서 선한, 죽음〉에 나온 구절.

형편없이 어질러져 있더군요.

메러디스 목사님은 안 계셨어요. 어디에 갔는지 알아낼 수 없었지만 웨스트 자매의 집에 갔겠거니 했어요. 저, 앤, 메러디스 목사님은 올가을 내내 심심찮게 거길 가는데, 로즈메리를 만나러 가는 게 아닐까 하고 모두들 말한답니다."

"만일 로즈메리와 결혼한다면 그녀는 틀림없이 좋은 부인이 될 거예요."

앤은 말하면서 벽난로에 유목(流木) 장작을 더 넣으며 덧붙였다.

"로즈메리는 내가 만나본 가장 기분 좋은 여성 중 하나예요. 그런 사람은 틀림없이 요셉을 아는 사람이지요."

미스 코닐리아는 다소 미적지근하게 말했다.

"그……렇다고 할 수 있죠. 감독교회파 신자라는 흠은 있지만요. 물론 감리교 신자보다는 나아요. 그래도 자기 교회 신자 가운데에서도 충분히 좋은 신붓감을 찾을 수 있을 텐데 말이에요. 하지만 별 뜻 없는 방문일 수도 있어요. 겨우 한 달 전에 내가 목사님에게 재혼해야 한다고 말했을 때, 목사님은 내가 부적절한 말을 한 것처럼 깜짝 놀랐거든요.

그러고는 여느 때와 같이 부드럽게 성인군자처럼 대답하더군요.

'내 아내는 무덤 안에 있습니다, 엘리엇 부인.'

'그렇겠죠, 그렇지 않다면 제가 목사님께 재혼하라고 권유하지도 않았겠죠.' 라고 내가 말했지요.

그랬더니 그전보다도 더 놀라는 것 같았어요. 그러니까 로즈메리와 관련된 이야기는 근거 없는 소문일 수도 있어요. 원래 결혼 안 한 목사가 결혼 안 한 여성의 집을 두 번 방문하면 곧바로 목사가 구혼 중이라는 소문이 나기 마련이니까요."

수전이 진지한 표정으로 말했다.

"내가 볼 때—실례를 무릅쓰고 말한다면—메러디스 목사님은 너무 소심한 성격이어서 재혼 상대를 찾기가 쉽지 않을 거예요."

미스 코닐리아가 반박했다.

"전혀 소심한 성격이 아니에요. 진짜래도요. 사람이 멍한 건 사실이지만, 소심하지는 않아요. 그렇게 멍하고 몽상에 빠져 있는 듯해도 속으로는 꽤 자부심이 강해요. 남자란 족속이 대개 그렇지만요. 더구나 확실히 정신이 또렷할 때는 여성에게 청혼하는 일쯤 조금도 부담스럽게 생각하지 않을 거예요.

그런데 문제는 자기 심장이 부인과 함께 땅속에 묻혔다고 착각하는 것이죠. 사실은 다른 사람과 마찬가지로 가슴에서 심장이 뛰고 있는데도요.

메러디스 목사의 마음에 로즈메리 웨스트가 자리 잡았을 수도 있고 아닐 수도 있어요. 만일 있다면 우리는 그 기회를 잘 잡아야겠죠. 로즈메리는 다정한 아가씨인 데다 살림 솜씨도 야무지니까 보살펴주는 사람 없이 방치된 가엾은 아이들에게 좋은 어머니가 되어줄 거예요. 그리고……."

미스 코닐리아는 단념한 듯 결론을 맺었다.

"사실 우리 할머니도 감독교회파였어요."

## 메리 밴스, 흉한 소식을 전하다

메리 밴스는 미스 코닐리아의 심부름으로 목사관에 갔다가 돌아오는 길이었다. 기뻐서 깡충깡충 뛰어 '무지개 골짜기'를 지나 잉글사이드로 향하고 있었다. 심부름을 마치면 토요일이니 특별히 잉글사이드에서 오후 내내 낸과 다이하고 놀아도 된다는 미스 코닐리아의 허락을 받았다.

낸과 다이는 페이스와 우나와 함께 목사관 숲에서 가문비나무의 나뭇진을 모아 와, 지금 개울 언저리의 쓰러진 소나무 줄기 위에 앉아 그것을 열심히 씹는 중이었다. 잉글사이드 쌍둥이에게는 진을 씹어도 괜찮은 곳은 사람 눈에 띄지 않는 '무지개 골짜기'뿐이었다. 하지만 페이스와 우나는 그런 예의범절의 규칙에 얽매어 있지 않는 터라 집에서든 밖에서든 어떤 곳에서나 공개적으로 씹었기에 글렌 마을사람들은 얼굴을 찌푸렸다. 심지어 페이스는 교회에서 씹은 일조차 있었다. 그러나 제리가 그것이 엄청난 신성모독이라는 것을 알아차리고 오빠답게 엄하게 꾸짖은 뒤부터 페이스는 두 번 다시 그러지 않았다.

페이스가 항의했다.

"배가 너무 고파서 뭐라도 씹어야만 할 것 같아서 그랬어. 우리가 아침으로 뭘 먹었는지 잘 알잖아, 제리 메러디스. 타버린 오트밀 따위는 먹을 수 없었어. 그래서 뱃속이 헛헛하고 아주 이상한 느낌이 들었단 말야. 나뭇진을 씹고 있으니까 그나마 조금 괜찮아졌어. 그리고 요란하게 소리를 내고 씹지 않았어. 씹는 소리도 내지 않았고, 부풀려 뻥하고 터뜨리지도 않았는걸."

제리가 타일렀다.

"아무튼 교회에서 나뭇진을 씹는 일은 하면 안 돼. 내 눈에 두 번 다시 띄는 일은 없어야 할 거야."

페이스가 큰 소리로 말했다.

"자기도 지난주 기도 모임에서 씹었으면서!"

제리는 고자세로 말했다.

"그건 '엄연히' 다르지. 기도 모임은 주일날 하지 않잖아. 게다가 난 뒤쪽 어두운 구석 자리에 앉아서 아무에게도 보이지 않았어. 넌 맨 앞자리에 앉았으니 모두에게 잘 보였잖아. 게다가 난 마지막 찬송가를 부를 때 입에서 꺼내 앞자리 의자 등에 붙여두었어. 그런데 그대로 잊어버리고 돌아갔다가 이튿날 아침에 찾으러 갔더니 벌써 없어졌더라. 로드 워런이 떼어 갔을 거야. 아주 좋은 나뭇진이었는데."

메리 밴스는 머리를 꼿꼿이 들고 '무지개 골짜기'로 왔다. 메리는 리본으로 만든 새빨간 장미가 장식되어 있는 새로 맞춘 푸른 벨벳 모자에다 짙은 감색 코트를 입고 작은 다람쥐털 머프[1]까지 손에다 낀 차림새였다. 그녀는 새 옷을 대단히 의식하고 있었으며 이런 모습을 한 자기 자신이 매우 자랑스러웠다. 메리는 머리도 정성껏 곱슬곱슬하게 말았으며, 얼굴은 제법 통통하게 살이 오르고, 볼은 장밋빛을 띠었고 하얀 눈은 반짝이고 있었다. 메러디스네 아이들이 테일러의 낡은 헛간에서 발견했을 때 그 누더기 차림의 가엾은 메리와는 딴판

---

[1] 모피 뒷면에 헝겊을 대어 토시 모양으로 만들어서 양쪽으로 손을 넣게 된 방한 용구.

이었다.

우나는 메리를 부러워하지 않으려고 애썼다. 메리는 새 벨벳 모자를 쓰고 나타났는데, 우나와 페이스는 이번 겨울에도 닳아빠진 회색 탬 오섄터 모자[2]를 쓰지 않을 수 없었다. 두 아이에게 새 모자를 사주려고 하는 사람은 어디에도 없었고, 아버지한테 부탁하기엔 마음이 내키지 않았다. 괜히 이야기를 꺼냈는데 아버지에게 돈이 없으면 아버지는 미안하게 여길지도 모른다.

메리가 언젠가 목사란 늘 돈이 모자라며 겨우겨우 먹고살기도 '아주 빠듯하다'고 말했었다. 그때부터 페이스도 우나도 아버지에게 뭔가를 사달라고 부탁할 바에는 할 수 있는 형편껏 누더기를 입고 지내는 편이 낫다고 생각했다. 여느 때 두 자매는 낡은 옷을 입고 있어도 그리 신경 쓰이지 않았다. 그러나 메리 밴스가 이런 차림으로 와서 뽐내는 걸 보는 것은 좀 힘들었다. 새 다람쥐털 머프를 보고는 정말 견디기 어려웠다. 페이스도 우나도 머프를 가져본 일이 없었을 뿐만 아니라, 구멍 나지 않은 엄지장갑이라도 낄 수 있으면 다행으로 여길 정도였다. 마사 할머니는 구멍을 기워줄 정도까지 신경을 쓰지 못했고, 우나가 스스로 꿰매봤지만 그 결과는 엉망이었다.

웬일인지 메리를 다정하게 맞을 수 없었다. 그래도 메리는 조금도 신경 쓰지 않았다. 아니면 눈치채지 못했는지도 모른다. 메리는 다소 둔한 편이었다. 그녀는 소나무 의자에 폴짝 올라앉더니 우나의 부러운 눈길을 받은 그 머프를 나뭇가지에 걸쳐놓았다. 머프에는 주름을 잡은 빨간 새틴 안감이 대어져 있었고 빨간 술이 달려 있는 것이 우나에게 보였다. 우나는 추위에 벌게지고 튼 자기

---

[2] 스코틀랜드인이 즐겨 쓴, 위에 둥근 술이 달리고 챙이 없으며, 베레모 비슷한 큼지막한 울 모자. 그 이름은 스코틀랜드 시인 로버트 번스(1759~1796)가 쓴 같은 제목의 시 《탬 오섄터(섄터의 탬)》의 주인공인 농부 탬이 쓰고 있었던 데서 유래.

의 작은 손을 내려다보며, 언젠가 이 손에 저런 머프를 끼어볼 수 있을까 하고 생각했다.

메리가 친근하게 말했다.

"나도 나뭇진 좀 줘."

낸과 다이와 페이스는 똑같이 주머니에서 호박색 나뭇진 덩어리를 한두 개씩 꺼내 메리에게 주었다.

우나는 앉은 채로 움직이지 않았다. 작아져서 꼭 끼고 낡을 대로 낡은 웃옷 주머니에 엄청 큰 나뭇진 덩어리가 네 개나 들어 있었으나 메리 밴스에게는 한 개도 줄 생각이 없었다—단 한 개도. 자기가 긁어모으라지! 다람쥐털 머프를 갖고 있는 사람이 온 세계의 것을 뭐든지 다 손에 넣을 수 있다고 생각해선 안 돼.

"멋진 날이다, 그렇지?"

메리는 말하면서 다리를 덜렁덜렁 흔들었다. 그렇게 하면 윗부분에 멋진 천이 붙어 있는 새 부츠가 훨씬 잘 보이리라고 생각해서인지 모른다.

우나는 발을 오므려 감추었다. 한쪽 부츠 앞부리에는 구멍이 뚫려 있었고, 구두끈은 여러 번 끊어져 이음매투성이였다. 그래도 그것이 우나가 갖고 있는 것 가운데 가장 좋은 신발이었다. 뭐야, 메리 밴스 따위가! 우리는 왜 저 아이를 낡은 헛간에서 발견했을 때 그냥 내버려두고 오지 않았던 것일까?

우나는 잉글사이드 쌍둥이들이 자기나 페이스보다 아름다운 옷을 입고 있어도 싫은 느낌이 든 일이 단 한 번도 없었다. 낸이나 다이는 아무리 아름다운 옷을 입어도 뽐내지 않을뿐더러 옷 따위엔 전혀 신경 쓰지 않는 듯한 무심한 품위가 느껴졌다. 그들은 좋은 옷을 입었다고 해서, 그렇지 못한 다른 사람에게 초라하다는 느낌이 들게 하지 않았다.

그런데 메리가 옷을 잘 차려입고 나왔을 때는 어지간히 드러내 보이려는 것 같았다. 옷이 우쭐거리며 걸어가는 것 같았고, 모두가 부러운 눈길로 옷만 의식하고 생각하게 했다. 12월의 오후, 벌꿀빛의 자애로운 햇살이 내리쬐는 속에 앉아서, 우나는 자기가 몸에 걸치고 있는 것들을 하나하나 날카롭고 비참하게 의식하고 있었다. 빛바랜 탬 오샌터 모자는 우나가 갖고 있는 것들 가운데 가장 좋은 것이었고, 길이가 껑뚱해진 겉옷은 이번으로 벌써 세 번째 겨울을 맞았다. 치마에도 부츠에도 구멍이 나 있었고, 낡은 속옷도 변변치 않아 추위가 몸에 스며들었다. 물론 메리는 다른 집을 방문하느라 차려입었으나 자기야 그렇지 않다는 것은 알고 있었다. 하지만 남의 집에 손님으로 간다 하더라도 우나는 지금 입은 것 말고는 따로 입을 것도 없었다. 그것이 우나의 가슴을 아프게 찔렀다.

메리가 말했다.

"이 나뭇진은 대단하구나. 딱하고 소리를 내보일 테니까 들어봐. 포윈즈에는 나뭇진을 긁어모을 가문비나무가 한 그루도 없어. 그런데 때때로 나뭇진을 씹고 싶을 때가 있어. 씹고 있는 걸 엘리엇 부인에게 들키면 곧바로 뱉어 내라고 야단쳐. 숙녀답지 못하다고 말이야. 이 숙녀다운 행동이라는 걸 나는 통 모르겠어. 나에겐 아무래도 성미에 맞지 않아. 우나, 너 무슨 일 있어? 고양이가 네 혀를 물기라도 한 거야?"

"아니."

우나는 다람쥐털 머프에서 아무래도 눈을 뗄 수가 없었다. 메리는 우나 앞으로 몸을 내밀고 머프를 집어 우나의 손에 쥐여 주었다.

메리가 명령했다.

"그 속에 잠깐 손을 찔러 넣고 있어. 네 손이 좀 튼 거 같아. 정말 멋있는 머프잖니? 지난주에 생일 선물로 엘리엇 부인이 줬어. 크리스마스에는 칼라를 줄 거래. 엘리엇 부인이 엘리엇 씨에게 이야기하는 걸 들었어."

페이스가 말했다.

"엘리엇 부인이 너한테 잘해주시는구나."

메리가 대답했다.

"응. 그렇지만 나도 엘리엇 부인한테 잘해. 엘리엇 부인이 편하도록 내가 뼈 빠지게 일하고 있고, 무엇이든 부인의 마음에 들도록 하고 있으니까. 우리는 찰떡궁합 같아. 누구도 나만큼 엘리엇 부인하고 잘 지낼 수는 없을걸. 엘리엇 부인은 무척 깔끔한데 나도 그러니까, 우리는 쿵짝이 잘 맞는 거지."

"아주머니는 절대로 때리는 일이 없을 거라고 내가 말했지."

"그래. 나에게 손가락 하나 댄 적도 없으시고 나도 거짓말을 한 번도 하지 않았어, 정말이야. 때때로 입으로는 잔소리를 많이 하시지만 그런 건 그냥 오리 등에 물이 튕기듯이 나한테는 슥 스쳐 가버리거든. 우나, 왜 머프를 하지 않는 거야?"

우나는 머프를 나뭇가지에 다시 걸쳐놓았다.

그리고 퉁명스럽게 말했다.

"고마워. 하지만 손이 안 시려서 괜찮아."

"네가 괜찮다면 됐어. 그나저나 키티 앨릭 할머니가 아무 말도 없이 순순히 교회에 돌아왔는데, 무슨 까닭인지 아무도 모른대. 그런데 노먼 더글러스를 교회에 도로 나오도록 한 게 페이스라고 모두 말하던걸. 그 집 가정부 말로는, 네가 그 집에 가서 노먼 더글러스를 아주 무서운 말로 겁주었다던데, 정말 그랬어?"

페이스는 거북하게 말했다.

"나는 가서 교회에 다시 돌아와달라고 부탁했을 뿐이야."

메리는 감동했다.

"우아, 너 깡이 대단하다! 나라면 그런 일은 도저히 못 했을 거야. 난 그다지 겁쟁이도 아닌데 말이야. 더글러스 씨 가정부 윌슨 부인의 이야기로는 둘이서 차마 들을 수 없는 모진 말들을 서로 퍼부었는데 네가 이겨서 노먼 더글러스 씨가 태도가 싹 바뀌더니 너한테 완전히 넘어갔다고 하더라.

그나저나 너네 아버지는 내일 여기서 설교하시니?"

"아니, 샬럿타운에 있는 페리 목사님이랑 서로 바꿔서 설교하기로 되어 있어. 아버지는 아침 열차로 샬럿타운에 가셨고, 페리 목사님은 오늘 밤에 오셔."

"'틀림없이' 무슨 일이 있는 거라 생각했지. 마사 할머니는 제대로 가르쳐주지 않았지만. 아니, 아무 일도 없는데 마사 할머니가 수탉을 잡을 일은 절대로 없었을 거 아냐."

페이스는 얼굴이 새파래져서 다그쳐 물었다.

"수탉을 잡다니? 무슨 수탉? 그게 무슨 소리야?"

"무슨 수탉인지는 '나도' 몰라. 내가 본 게 아니니까. 엘리엇 부인이 전해 주라는 버터를 갖다드렸더니, 마사 할머니가 내일 점심거리로 쓸 수탉을 잡느라 헛간에 있었다고 했어."

페이스가 소나무에서 훌쩍 뛰어내렸다.

"분명히 애덤이야. 우리 집에 수탉이라고는 애덤밖에 없어. 마사 할머니가 애덤을 죽였어."

"자, 진정해, 다짜고짜 화부터 내지 마. 마사 할머니가 이번 주에 글렌의 정육점에는 고기가 하나도 없고, 그래도 내놓을 건 뭐라도 있어야 하는데 암탉은 모두 알을 낳고 있는 데다 여위어서 안 된다고 했어."

"만일 애덤을 죽였다면…….”

페이스는 언덕을 달려 올라갔다.

메리는 어깨를 으쓱했다.

"저걸 보니, 페이스가 펄펄 뛰게 생겼네. 애덤을 보통 아꼈어야지. 애덤은 진작에 냄비 속에 들어갔어야 했어. 아마 지금은 구두창처럼 살이 질겨졌을걸. 나 같으면 오늘 마사 할머니의 입장은 절대로 안 되고 싶어. 페이스가 화가 머리끝까지 났잖아. 우나, 얼른 가서 페이스를 달래줘.”

메리가 블라이드 집안의 쌍둥이와 함께 걸어가기 시작했을 때, 우나가 갑자기 메리 쪽으로 쫓아왔다.

"이 나뭇진 가져, 메리.”

우나는 나뭇진 네 개를 모두 메리 손에 쥐여 주었다. 우나의 목소리에는 얼마쯤 뉘우침이 담긴 듯한 미묘한 느낌이 있었다.

"그런 예쁜 머프를 선물로 받게 되어 정말 잘됐다.”

"고마워.”

메리는 내심 놀라는 듯했다.

메리는 우나가 가버린 뒤 블라이드 쌍둥이에게 말했다.

"우나는 좀 색다른 데가 있지 않아? 하지만 내가 전부터 말했지만, 애가 마음은 정말 착해.”

## 오, 가엾은 애덤이여

우나가 집에 돌아와보니 페이스는 침대에 엎드려 흐느끼고 있었다. 아무리 달래도 소용이 없었다. 마사 할머니가 애덤을 죽여버렸기 때문이다. 그 순간에도 애덤은 날개와 다리를 꽁꽁 붙들어 매인 모습으로 자기 간·심장·모래주머니 따위에 둘러싸인 채 부엌의 큰 접시 위에 놓여 있었다. 페이스의 걷잡을 수 없는 슬픔과 분노에도 마사 할머니는 눈 하나 깜짝하지 않았다.

마사 할머니가 말했다.

"멀리서 오시는 목사님에게 뭔가 대접해야만 하잖니. 너도 이제 그만큼이나 컸으면서 저깟 늙은 수탉 한 마리로 이렇게 소란을 피워서야 되겠니? 어차피 언젠가는 잡아야 할 녀석인 줄 너도 잘 알고 있었잖아."

페이스는 훌쩍이며 말했다.

"할머니가 하신 일을 아버지가 돌아오시면 다 이를 거예요."

"불쌍한 너희 아버지를 귀찮게 할 생각은 하지도 마라. 너까지 그러지 않아도 걱정거리가 많은 사람이야. 그리고 이 집안 살림은 내 소관이다."

페이스가 대들며 말했다.

"애덤은 내 거였어요. 존슨 아주머니가 나한테 준 거잖아요. 할머니가 나한테 말도 안 하고 애덤을 건드릴 권리는 없었다고요."

"이 할미한테 건방 떨지 마라. 이미 잡았는데 뭘 어쩌라는 게야. 처음 오시는 목사님에게 차디찬 삶은 양고기를 내놓을 수는 없는 일이니까. 분명히 말하지만 나는 이만큼 살아오면서 그런 것도 모를 정도로 막되지 않았다."

페이스는 그날 저녁도 먹으러 내려가지 않았고, 이튿날 아침 교회에도 가지 않았다. 그래도 점심 식사 때는 울어서 눈이 퉁퉁 부은 채 부루퉁한 얼굴로 식탁에 앉았다.

제임스 페리 목사는 살찐 불그레한 얼굴에 뻣뻣한 하얀 콧수염과 숱 많은 흰 눈썹을 하고, 머리는 번들번들 벗겨진 남자였다. 도저히 미남이라고 할 수 없었으며 아주 따분하고 잘난 척하는 부류의 사람이었다. 그러나 비록 페리 목사가 미카엘 대천사 같은 얼굴을 하고 '사람의 방언과 천사의 말을 할지라도'[1] 페이스는 페리 목사를 마음속으로부터 싫어했을 것이 틀림없었다.

페리 목사는 자기의 통통한 흰 손과 멋진 다이아몬드 반지를 자랑하듯 드러내 보이며 애덤을 조각냈다. 게다가 애덤을 조각내는 내내 쾌활하게 장난스러운 이야기까지 하고 있었다. 제리와 칼은 킬킬거렸고 우나까지도 슬며시 미소를 지어 보였다. 우나는 예의상 그렇게 하지 않으면 안 된다고 생각했기 때문이다.

그러나 페이스는 험악하게 얼굴을 찌푸리고 있을 뿐이었다. 페리 목사는 페이스가 말도 못 하게 버릇없는 아이라고 생각했다. 그가 제리에게 뭔가 번드르르한 말을 고 있을 때 페이스가 무례하게 끼어들어 그의 말을 대놓고 반박했다. 페리 목사는 페이스를 보며 숱 많은 눈썹을 찌푸렸다.

"쪼끄만 여자아이는 그렇게 아무 때나 끼어드는 거 아니야. 그리고 자기보다

---

[1] 《신약성서》〈고린도전서〉 13장 1절.

훨씬 많이 알고 있는 손윗사람 말에 반대하면 못써."

이 말을 듣자 페이스는 한층 더 화가 끓어올랐다. 마치 자기가 잉글사이드의 릴라 같은 꼬마와 똑같다는 듯 '쪼끄만 여자아이'라고 하다니! 정말 참기 힘들었다. 게다가 또 이 보기 싫은 페리 목사는 어찌나 먹성이 좋던지! 그는 가엾은 애덤의 뼈다귀까지도 쪽쪽 빨아 먹었다.

페이스와 우나는 한 입도 입에 대지 않았다. 아무렇지 않게 먹고 있는 남자아이들을 마치 식인종이라도 되는 듯한 눈초리로 바라보았다. 페이스는 이 끔찍한 식사가 빨리 끝나지 않는다면 번쩍거리는 페리 목사의 머리에 뭔가를 집어 던져서라도 결판을 낼 성싶었다.

다행히 아무리 잘 물고 뜯는 페리 목사일지라도 마사 할머니가 만든 가죽 같은 애플파이에는 끝내 항복을 하면서 식사가 끝났다. 페리 목사는 그의 목숨을 지탱해주며 도를 넘지 않는 즐거움을 맛보게 하기 위해 귀한 음식을 내려주신 자비롭고 은혜로우신 하느님께 진심으로 감사드린다는 식후 기도를 길게 했다.

페이스는 불만에 차서 나직이 중얼거렸다.

"목사님에게 애덤을 주는 데에 하느님께서는 손가락 하나 까딱하지 않으셨다고요."

남자아이들은 기뻐하며 밖으로 내뺐고, 우나는 마사 할머니의 설거지를 도우러 갔다. 비록 불퉁대는 이 노파가 투미한 우나의 도움을 내켜 한 적은 한번도 없었지만 말이다. 페이스는 난롯불이 기분 좋게 타오르는 서재로 들어갔다. 페리 목사는 오후에 자기 방에서 낮잠을 한숨 자겠다고 통보했으므로 그곳이라면 밉살스러운 페리 목사를 피해 시간을 보낼 수 있으리라고 생각했던 것이다.

그런데 페이스가 책을 집어 들고 구석에 가서 채 자리를 잡기도 전에 페리 목사가 들어와 난롯불 앞에 서서는 어질러진 서재 안을 못마땅한 눈길로 둘러보았다.

그는 엄한 목소리로 말했다.

"너희 아버지 책은 좀 한심스러울 만큼 어지럽게 널려 있구나."

페이스는 구석에서 험악한 얼굴을 한 채 한 마디도 하지 않았다. 이런…… 이런 사람하고 절대로 말 안 할 테다!

"네가 잘 정돈하려고 노력을 좀 해야지."

페리 목사는 멋진 시곗줄을 만지작거리면서 잘난 체하며 웃는 얼굴로 페이스를 내려다보고 말을 이었다.

"너는 이미 그런 일을 충분히 감당해야 할 나이야. '나의' 작은 딸아이는 아직 10살밖에 안 됐지만 이미 집안일을 훌륭하게 해내고 있지. 어머니에게는 가장 좋은 조수이자 위안을 주고 있고. 아주 상냥하고 착한 아이야.

너도 우리 아이와 가까이 지내면 여러 가지 면에서 퍽 도움을 받을 텐데 참 아쉽구나. 물론 너는 어머니를 일찍이 여의어서 아이들에게 있어서 가장 필요한 나이에 어머니의 보살핌과 훈육을 받지 못했을 테지. 슬픈…… 아주 슬픈 결핍이 아닐 수 없다.

나는 이 일과 관련해 이제까지 여러 번 네 아버지에게 아버지로서의 의무를 지적했지만 지금까지 아무 성과가 없구나. 너무 늦기 전에 아버지가 자신의 책임을 깨닫게 되리라 생각한다.

그때까지는 하늘로 가신 네 어머니를 대신해야 하는 것이 네 의무이고 권리야. 네 남동생과 어린 여동생에게 좋은 모범을 보여줘서 그들이 본받아 배우도록 해야지. 그러다 보면 그 애들에게 참다운 어머니가 될 수도 있어. 너는 이런 일을 생각하지 않으면 안 되는 처지인데, 아직 깨닫지 못한 것 같으니 내가 네 눈이 뜨이게 해주마."

페리 목사는 느끼하고 자아도취에 빠진 목소리로 끝없이 지껄여댔다. 그는 물 만난 물고기 같았다. 강압적으로 말하면서 남을 가르치려들고 잔소리를 늘어놓는 일만큼 페리 목사가 좋아하는 일은 없었다. 그는 좀처럼 하던 말을 그만둘 생각이 없었고 그만두지 않았다. 페리 목사는 난롯불 앞의 카펫 위에 꼼짝 않고 버티고 서서 진부하기 짝이 없는 이야기를 과장된 손짓발짓까지 해가면서 지치지도 않고 지껄여댔다.

페이스는 한 마디도 듣고 있지 않았다. 전혀 들을 생각도 없었다. 그러나 페이스의 갈색 눈에는 마치 꼬마 도깨비와도 같은 장난스러운 기쁜 빛이 떠오른 채, 페리 목사의 길게 늘어진 검은색 외투의 뒷자락을 지그시 지켜보고 있었다. 페리 목사는 난롯불에 '너무' 가깝게 서 있었다. 늘어진 외투 뒷자락은 처음에는 알아차릴 수 없을 만큼 아주 조금씩 눋기 시작하더니 차츰 연기를 내며 그을리기 시작했다. 그러나 페리 목사는 이야기를 그치지 않고 자신의 열변에 취해 있었다. 연기가 점점 심해졌다. 장작이 탁 튀는 바람에 작은 불티가 늘어진 옷자락에 붙었다. 불티는 늘어진 옷자락에 달라붙은 채 슬금슬금 타들어 갔다. 페이스는 더 이상 참을 수 없어 킥킥 웃음을 터뜨렸다.

페리 목사는 갑자기 이야기를 멈추었다. 버릇없는 페이스 때문에 버럭 화가 났다. 그러다 갑자기 옷감이 그을린 듯한 냄새가 방 안에 가득 차 있는 것을 깨달았다. 당황한 페리 목사는 확 돌아보았으나 아무것도 보이지 않았다. 이번에는 두 손으로 늘어진 외투 뒷자락을 확 움켜잡아 앞으로 당겨보았다. 옷자락에 벌써 꽤 크게 탄 구멍이 뻥 뚫려 있지 않은가! 더구나 이 옷은 얼마 전에 새로 맞춘 것이다. 페리 목사의 몹시 당황하고 분해하는 모습과 얼굴을 보고 페이스는 참을 수 없어 몸을 흔들며 웃고 또 웃었다.

페리 목사는 화가 머리 끝까지 나서 페이스에게 따져 물었다.

"너는 내 코트 자락이 타는 걸 알고 있었니?"

페이스는 태연자약하게 대답했다.

"네."

페리 목사는 페이스를 노려보며 따졌다.

"어째서 내게 알려주지 않았지?"

페이스는 여전히 태연하게 말했다.

"어른이 말할 때에는 끼어들면 못쓴다고 목사님이 아까 저한테 말씀하셨잖아요."

"만일…… 만일 내가 네 아버지라면 한평생 잊지 못할 만큼 네 엉덩이를 호되게 때려줬을 게다."

너무너무 화가 난 목사는 이렇게 말하고 홱 돌아서서 서재를 나갔다.

메러디스 목사의 두 번째로 좋은 웃옷은 페리 목사에게 맞지 않아서 그는 할 수 없이 옷자락이 까맣게 탄 옷을 입은 채 저녁 예배에 나가야 했다. 그리하여 페리 목사는 교회 통로를 지날 때 여느 때와 같은 만족감—자기처럼 훌륭한 사람이 일부러 왕림하셨노라는 우월감—을 맛볼 수 없었다. 페리 목사는 이제 메러디스 목사와 두 번 다시 교환 설교는 하지 않겠다고 결심하고, 다음 날 아침 역에서 메러디스 목사를 잠깐 만났을 때 인사도 제대로 하지 않았다.

그러나 페이스는 어떤 침울한 만족감을 느꼈다. 이로써 얼마쯤은 애덤의 복수를 한 셈이었다.

## 페이스, 벗을 사귀다

이튿날 페이스는 학교에서 괴로운 하루를 보내지 않을 수 없었다. 메리 밴스가 애덤의 일을 모조리 말해버렸기 때문에 블라이드네 아이들을 뺀 모든 학교 아이들이 이 일을 웃음거리로 여긴 것이다. 여자아이들은 킬킬거리며 '어머나, 가엾어라.'라는 말을 건넸고, 남자아이들은 빈정거리는 애도의 편지를 써 보냈다. 가엾은 페이스는 상처를 입어 쓰라린 마음으로 집에 돌아왔다.

"잉글사이드의 블라이드 부인한테 가봐야지. 블라이드 부인이라면 다른 사람들처럼 나를 비웃지 않을 테니까. 이 마음을 알아줄 누군가랑 이야기하지 않고는 못 견디겠어."

페이스는 흐느끼면서 '무지개 골짜기'를 지나서 뛰어 내려갔다. 간밤에 마법이 일어났다. 엷게 눈이 내려 하얀 눈가루가 살포시 뿌려진 전나무들은 다시 돌아올 봄과 그때 찾아올 기쁨을 꿈꾸고 있었다. '무지개 골짜기' 너머의 잎이 떨어진 너도밤나무들이 늘어선 길쭉한 언덕은 자줏빛으로 변해 있었다. 저녁놀의 장밋빛이 온 세계에 분홍빛 키스를 한 것처럼 사방을 덮고 있었다. 동화 속 나라와 같은 불가사의한 아름다움이 넘치는, 꿈같은 곳은 다른 데도 많이 있을지 모르지만 그 겨울 저녁 '무지개 골짜기'만큼 아름다운 곳은 어디에도 없으리라. 그런데 그 꿈같은 아름다움마저도 상처받은 가련하고 어린 페이스

눈에는 전혀 들어오지 않았다.

개울 근처까지 온 페이스는 거기서 우연히 로즈메리 웨스트를 만났다. 로즈메리는 소나무 고목에 걸터앉아 있었다. 잉글사이드에서 쌍둥이 자매에게 음악을 가르치고 돌아오는 길이었다. 로즈메리는 꽤 오랫동안 '무지개 골짜기'에 머물면서 하얀 눈에 덮인 아름다운 골짜기를 보며 마음속으로 이곳저곳을 거닐고 있었다. 로즈메리의 표정을 보니 즐거운 일을 생각하고 있었던 모양이다. 아마도 '연인 나무'에 매달려 있는 방울이 때때로 달랑달랑 울리는 소리에 저도 모르게 입가에 희미한 미소가 떠올랐는지도 모른다. 아니면 월요일 저녁이면 존 메러디스가 거센 바람이 부는 하얀 언덕 위 회색 집에 어김없이 온다는 것을 떠올리고 있었기 때문인지도 모른다.

로즈메리의 꿈속에 불만과 괴로움으로 가득 찬 페이스 메러디스가 뛰어 들어왔다. 페이스는 미스 웨스트를 보자 갑자기 멈춰 섰다. 미스 웨스트에 대해서는 잘 알지 못했다. 얼굴을 마주치면 인사만 나누는 정도였다. 그때 페이스는 블라이드 부인 말고는 아무도 만나고 싶지 않았다. 눈도 코도 빨간 데다 부어 있는 것을 스스로 알고 있었으므로, 울고 있었던 것을 아무 상관도 없는 사람에게 알리고 싶지 않았다.

페이스는 쭈뼛거리면서 인사했다.
"안녕하세요, 미스 웨스트."
로즈메리가 상냥하게 물었다.
"무슨 일이 있었니, 페이스?"
"아무것도 아니에요."
페이스의 말투는 퉁명스러웠다.
로즈메리는 빙그레 웃었다.

"아! 친하지 않은 사람에게는 할 수 없는 말이라는 뜻인가 보구나."

갑자기 페이스는 흥미를 느껴 로즈메리를 바라보았다. 여기에 자기 마음을 곧바로 알아주는 사람이 있었다. 게다가 매우 아름다웠다. 깃털 장식이 붙은 모자 밑으로 보이는 머리가 얼마나 멋진 금빛을 하고 있는가! 벨벳 외투 위 그녀의 뺨은 장밋빛이었고 게다가 눈빛은 얼마나 상냥하고 푸른가! 어쩐지 미스 웨스트라면 아주 좋은 벗이 될 수 있을 거라고 페이스는 느꼈다. 잘 알지 못하는 사람이 아니라 친구였다면 얼마나 좋았을까!

페이스는 말했다.

"저⋯⋯저는 블라이드 부인에게 할 얘기가 있어서 가는 길이에요. 부인은 내 마음을 잘 알아주시고⋯⋯ 결코 비웃지 않아요. 그래서 무슨 일이 생기면 언제나 부인한테 이야기해요. 그러고 나면 맘이 편해지거든요."

로즈메리가 안됐다는 듯이 말했다.

"페이스, 이런 소식을 전하게 되어 미안하지만 블라이드 부인은 지금 집에 안 계셔. 오늘 애번리에 가셨는데 이번 주말까지 돌아오시지 않아."

페이스는 입술이 파르르 떨렸다.

그리고 비참하게 말했다.

"그럼 집으로 돌아가야겠네요."

로즈메리가 상냥하게 말했다.

"그래야겠구나. 혹시 블라이드 부인 대신 나한테라도 이야기해보고 싶다면 또 모르겠지만. 이야기를 하고 나면 마음이 퍽 편해지잖니. 나는 그렇던데. 내가 물론 블라이드 부인처럼 잘 알아주지는 못하겠지만⋯⋯ 그래도 웃지 않는다고 약속할게."

페이스는 결심이 서지 않았다.

"겉으로는 웃지 않을지 몰라요. 하지만 웃을지도 몰라요…… 속으로는."

"아냐, 속으로도 웃지 않아. 왜 웃을 거라 생각하는 거지? 페이스는 지금 뭔가 상처를 받아 괴로운 거잖아. 어떤 일로 상처를 받았든, 나는 남이 괴로워하는 걸 보고 웃은 적은 한 번도 없었어. 페이스가 지금 괴로운 기분을 나에게 이야기하고 싶다면 나는 기꺼이 들어줄게. 하지만 그렇게 하고 싶지 않다면…… 그건 그것대로 괜찮아."

페이스는 미스 웨스트의 눈을 다시금 한참 동안 들여다보았다. 미스 웨스트의 눈은 몹시 진지했다. 웃음의 그림자조차 없었다…… 아주아주 깊숙한 곳에도. 페이스는 조그맣게 한숨을 내쉬고 새로운 벗과 나란히 낡은 소나무에 걸터앉아 애덤에 대한 것과 애덤이 맞은 처참한 운명 등을 모조리 이야기했다.

로즈메리는 웃지 않았고 웃으려고 생각지도 않았다. 페이스의 기분을 잘 알았고 안타까워했다. 블라이드 부인과 비슷했다. 그렇다, 아주 똑같다고 해도 좋을 정도였다.

페이스는 씁쓸하게 말했다.

"페리 목사님은 목사이지만 정육점 주인이 되었어야 할 분이에요. 고기 자르는 것을 그렇게 좋아하니까요. 신이 난 듯이 불쌍한 애덤을 잘랐어요. 마치 흔한 수탉이나 다름없다는 듯이 애덤을 조각냈어요."

"이건 우리 둘만의 비밀인데, 페이스, 나도 페리 목사가 몹시 싫단다."

로즈메리는 말하고 나서 웃었다. 하지만 페리 목사에 대해서 웃었고 애덤에 대해 웃은 것이 아님을 페이스도 분명히 알 수 있었다.

"전부터 싫어했어. 페리 목사하고는 학교에 같이 다녔지. 페리 목사는 어렸을 때 글렌에 살았거든. 그때도 정말 밉살스러운 거드름쟁이였어. 통통하게 살찐 손은 차갑고 축축해서 우리 여자아이들은 손잡고 춤을 추다 자리 차지하는 놀이를 할 때 그 애 손을 잡는 게 정말정말 싫었단다.

하지만 이건 기억해 두어야 해. 페리 목사는 애덤이 페이스가 귀여워한 수탉인지 미처 몰랐을 거야. 어디에나 있는 여느 수탉으로 생각했겠지. 우리는 아무리 심하게 마음이 상했더라도 공정해야 하거든."

페이스도 인정했다.

"그래요. 하지만 내가 애덤을 그처럼 귀여워한 것을 왜 모두 우습게 생각하는지 모르겠어요, 미스 웨스트. 밉상스러운 늙은 고양이였다면 아무도 이상하게 생각하지 않았을 텐데요.

로티 워런이 기르던 아기 고양이가 수확기에 끼어 다리가 잘려서 죽었을 때는 다들 불쌍하게 여겼어요. 로티는 이틀 동안 학교에서 울었지만 아무도 그 애를 보고 웃지 않았어요. 댄 리스조차 웃지 않았어요. 로티의 친한 친구들이 아기 고양이 장례식에도 가서, 함께 묻어주었어요. 다만 작은 다리만은 묻지 못했죠. 끝내 찾지 못했으니까요. 그런 일이 일어나는 것도 물론 안됐지만, 자기 반려동물이 먹히는 걸 보는 것은 그보다 훨씬 더 비참해요. 그런데도 모두 나를 보고는 비웃기만 해요."

로즈메리가 정색을 하고 말했다.

"수탉이라는 이름이 우습게 여겨져서는 아닐까? 그 발음은 어쩐지 웃음이 나올 것 같은 면이 있어. 병아리라면 다르겠지만. 병아리를 귀여워한다는 건 그리 우습지 않아."

"애덤은 정말 귀여운 병아리였어요, 미스 웨스트. 어릴 때는 금빛 털뭉치 같았죠. 나한테 뛰어와서는 손바닥의 모이를 쪼아 먹었어요. 그리고 다 큰 뒤에도 멋있었어요. 눈처럼 새하얗고 역시 멋지게 꼬부라진 새하얀 꽁지가 달려 있었어요. 메리 밴스는 그 꽁지가 너무 짧다고 했지만요.

애덤은 자기 이름을 알아들어서 내가 부르면 꼭 쫓아왔어요. 머리가 퍽 좋았어요. 게다가 마사 할머니에겐 애덤을 자기 멋대로 죽일 권리가 없어요. 그 닭은 내 것이었으니까요. 죽여서는 안 되죠. 그렇잖아요, 미스 웨스트?"

로즈메리가 단호히 말했다.

"그래. 그럴 순 없어. 나도 어렸을 때 암탉을 반려동물로 삼은 적이 있었어. 황갈색에 얼룩점이 있었는데 퍽 귀여웠지. 어떤 반려동물만큼이나 소중히 여겼어. 다행히 그 닭은 죽임을 당하지는 않았고 늙어서 죽었어. 내 반려동물인 걸 알고 어머니가 죽이지 못하게 했단다."

페이스가 말했다.

"우리 어머니도 살아 계셨다면 애덤을 죽이게 하지 않았을 거예요. 아버지도 그렇고요. 집에 계시면서 알고 있었다면 그렇게 죽도록 내버려두지 않았을 거예요. 틀림없어요, 미스 웨스트."

"그럼, 나도 그렇게 생각해."

로즈메리의 얼굴이 빨개졌다. 로즈메리 자신은 그 점을 알아차린 것 같았지만 페이스는 전혀 깨닫지 못했다.

페이스가 걱정스러운 듯 물었다.

"페리 목사님의 옷이 타고 있는데 잠자코 있었던 것은 아주 못된 짓이었을까요?"

"암, 아주 대단히 못된 행동이지."

로즈메리는 이렇게 대답했지만 눈은 이상하게 반짝반짝 빛나고 있었다.

"하지만 페이스 같은 일을 당했다면 나도 그렇게 행동했을 거라고 생각해, 페이스. 나라도 옷이 타고 있다고 가르쳐주지 않았을 거야. 그리고 그런 못된 짓을 하고도 조금도 미안하게 생각하지 않았을걸."

"우나는 페리 목사님은 목사님이니까 가르쳐줬어야 한다고 말했어요."

"아가, 목사님이 신사처럼 행동하지 않을 때는 우리도 목사님의 옷자락에까지 신경 쓸 필요는 없어. 지미 페리의 외투 뒷자락이 타오르는 걸 나도 볼 수 있었다면 정말 좋았겠어. 재미있었을 게 틀림없을 테니까."

두 사람은 소리 내어 웃었다.

그러나 페이스는 마지막에 마음이 괴로워 한숨을 쉬며 뱉었다.

"그래도 애덤은 죽어버렸어요. 난 두 번 다시 뭔가를 좋아하지 않을 거예요."

"그런 말은 하면 안 돼. 사랑하지 않으면 삶에서 너무 많은 걸 놓치고 살게 된단다. 무엇이든 사랑하면 사랑할수록 인생은 풍요로워져. 비록 그것이 털이 나 깃털이 나 있는 반려동물일지라도. 카나리아를 좋아하니, 페이스? 금빛 카나리아를 혹시 네가 좋아한다면 한 마리 줄게. 우리 집에 두 마리 있으니까."

페이스는 외쳤다.

"와, 좋아요. 난 새를 좋아해요. 그런데 마사 할머니의 고양이에게 잡아먹히지 않을까요? 반려동물이 잡아먹히는 건 참으로 슬픈 일이에요. 그런 봉변을 또 한 번 당하면 나는 견뎌내지 못할 거예요."

"새장을 벽에서 멀찍이 떨어진 곳에 매달면 고양이도 손댈 수 없을 거야. 다음에 잉글사이드에 올 때 갖고 와서 어떻게 돌봐주는지 모두 가르쳐줄게."

로즈메리는 마음속으로 혼자 생각하고 있었다.

'남의 말 하기 좋아하는 글렌의 수다쟁이들에게 화젯거리를 제공하는 일이 될 거야. 하지만 상관 안 할래. 난 이 가엾은 작은 소녀의 마음을 조금이라도 위로해주고 싶으니까.'

물론 페이스는 위로받았다. 공감과 이해를 얻는 일은 매우 달콤한 것이었다. 페이스와 로즈메리는 저녁 어스름이 하얀 골짜기에 살그머니 숨어들고 어둠이 잿빛 단풍나무숲 위에서 반짝이기 시작할 때까지 오래된 소나무에 걸터앉아 있었다. 페이스는 자기의 짧은 인생을 살아오며 겪은 일이며 앞으로의 희망을 로즈메리에게 모조리 이야기했다. 좋아하는 것도 싫어하는 것도, 목사관 안팎의 일도, 학교에서 일어나는 온갖 사소한 기쁘고 섭섭한 일도 모두 말했다. 헤어질 때 두 사람은 우정으로 굳게 맺어져 있었다.

그날 저녁을 먹기 시작했을 때 메러디스 목사는 여느 때처럼 꿈속을 헤매고 있었지만, 그러다 어떤 이름이 방심한 그의 귀를 날카롭게 관통한 순간 이내 현실로 돌아왔다. 페이스는 우나에게 로즈메리를 만난 일을 이야기하고 있었다.

페이스가 말했다.

"아주 멋진 분이야. 블라이드 부인처럼 좋은 분이었어…… 조금 다르긴 하지만. 나는 안고 싶었어. 그런데 미스 웨스트 쪽에서 먼저 나를 안아주었어. 부드럽게 꼭. 그리고 날 '아가'라고 불러주기도 했어. 왠지 설레더라. 미스 웨스트에게는 '무엇이든' 털어놓을 수 있어."

메러디스 목사가 좀 이상한 투로 말했다.

"그러니까 너는 미스 웨스트가 마음에 들었구나, 페이스?"

페이스가 외쳤다.

"난 그분이 정말 좋아요."

메러디스 목사는 말했다.

"아! 아!"

## 차마 할 수 없는 말

 차갑고 상쾌한 겨울밤의 공기를 가르며 존 메러디스는 생각에 잠겨 '무지개 골짜기'를 걸어가고 있었다. 골짜기 앞쪽에는 눈 덮인 언덕이 싸늘하고 아름다운 달빛을 받아 반짝이고 있었다. 긴 골짜기에 있는 전나무 하나하나가 바람과 서리의 하프에 맞추어 각자의 노랫소리를 내고 있었다.
 메러디스 목사의 아이들과 블라이드네 아이들이 동쪽 비탈을 썰매로 미끄러져 내려와 거울 같은 못 위를 획획 소리 내며 날아갔다. 모두 어울려 유쾌하게 놀고 있었다. 즐거워하며 왁자지껄 떠드는 큰 소리와 자지러지게 웃는 소리가 골짜기 위아래로 메아리쳐 마치 요정의 소리처럼 나무들 사이로 사라져 갔다.
 오른쪽 단풍나무숲 너머로 잉글사이드 불빛이 반짝이며 따뜻하게 사람을 유혹하고 있었다. 그것은 이 세상, 저세상 구별 없이 모든 친밀한 이들을 향한 사랑과 격려와 환대가 있는 가정의 등대 안에서 언제까지나 환히 빛나는 그런 불빛이었다. 메러디스 목사는 때때로 밤이 되면 잉글사이드를 찾아가 유목이 타오르는 난로 옆에서 블라이드 선생과 토론하는 것을 좋아했다. 난로 옆에는 그 유명한 도자기로 만든 두 마리 개가 잉글사이드의 수호신인 양 한시도 눈을 떼지 않고 방을 늘 지켜보고 있었다. 하지만 그날 밤 메러디스 목사의 눈은 잉글사이드 쪽을 보고 있지 않았다.

　멀리 서쪽 언덕 위에 빛은 약하지만 훨씬 더 마음을 끄는 별이 반짝이고 있었다. 메러디스 목사는 로즈메리 웨스트를 만나러 가는 길이었다. 아무래도 로즈메리에게 이야기하지 않으면 안 될 일이 있었다. 그것은 처음 만난 날부터 목사의 가슴속에 꽃망울을 천천히 맺기 시작하다가 페이스가 로즈메리를 열렬히 칭찬한 날 밤에 활짝 터뜨렸던 것이다.

　메러디스 목사는 로즈메리를 사랑하게 되었다는 걸 그제서야 깨달았다. 시실리아를 사랑한 방식과는 물론 달랐다. '그것은' 전혀 다른 종류의 사랑이었다. 그와 같은 낭만과 꿈, 매혹으로 가득한 사랑은 두 번 다시 돌아오지 않는다고 목사는 생각하고 있었다.

　하지만 로즈메리는 아름답고 상냥했으며 소중한 사람—매우 소중한 사람이었다. 단연 최고의 벗이었다. 같이 있으면서 그렇게 행복한 기분을 주는 사람은 다시 만나보기 힘들다고 메러디스 목사는 생각했다. 메러디스 집안을 위한 이상적인 주부이자 아이들에게는 좋은 어머니가 되어줄 것이 틀림없다.

　아내를 여읜 뒤 몇 년 동안 메러디스 목사는 재혼해야 한다는 암시를 여기저기서 몇 번이고 받아왔다. 동료 장로교 목사들로부터 듣기도 했고, 교인들에게서도 들었다. 아무 뜻 없이 가벼이 말하는 사람도 있었고 무슨 속셈이 있어서 말하는 사람도 있었다. 그러나 목사는 이러한 조언을 전혀 마음에 두지 않았다. 사람들은 메러디스 목사가 그들의 조언을 눈치채지 못했다고 생각했다. 그렇지만 목사는 뚜렷이 알아차리고 있었다. 그래서 때때로 상식적인 상태로 되돌아올 때면 재혼하는 것이 일반적인 상식에 부합하는 행동임을 알고 있었다.

　다만 존 메러디스는 이 상식의 영역에서 취약한 사람이었다. 그리고 마치 가정부나 동업자를 선택하듯 아무 감동도 없이 신중하게 '적당한' 여자를 선택하는 일은 도저히 할 수 없었다. 그는 '적당한'이라는 말을 마음속으로 몹시 싫어했다. 그 말을 들을 때마다 제임스 페리가 강하게 연상되었다. 동료 목사인 페리는 미묘한 암시와는 거리가 먼, 유들유들한 말투로 '적당한 연령의 적당한 여자'라고 말했다. 그 순간—믿을 수 없는 일이지만—메러디스 목사는 그 자리를 박차고 뛰쳐나가 나이로나 조건으로나 가장 '부적당한' 여자를 찾아내서 청혼하고 싶은 충동에 사로잡히기조차 했다.

마셜 엘리엇 부인은 메러디스 목사의 좋은 벗이며, 목사 또한 부인을 좋아했다. 그러나 엘리엇 부인이 노골적으로 재혼해야 한다는 말을 그에게 했을 때, 그는 마치 부인이 목사의 마음속 깊은 곳에 모시고 있는 신성한 성소를 가려 놓은 베일을 잡아채서 벗겨버린 듯이 느껴져 그 뒤부터 얼마쯤 부인을 두려워하며 멀리하게 되었다.

메러디스 목사는 자기 교회의 교인 가운데에도 '적당한 나이'의 여성들이 자신과 기꺼이 결혼할 마음이 있다는 걸 알고 있었다. 아무리 멍해 보이는 그였지만 그 사실만큼은 글렌세인트메리에 처음 오자마자 메러디스 목사의 머릿속에 깊이 파고들었다. 하나같이 착하고 견실하나 영 선거운 여성들로, 한두 사람은 그런대로 용모도 괜찮았으나 나머지는 그렇지도 않았다. 그런 여성 가운데 누구와 결혼할 정도라면 차라리 제 손으로 목매달아 죽는 편이 낫다.

메러디스 목사에게는 어떤 이상이 있었으므로 아무리 필요에 의해서라도 그가 거짓된 행동을 할 리가 없었다. 시실리아가 가정에서 차지하고 있었던 자리를 다른 여성이 채우려면, 그 상대는 목사가 그 옛날 그의 앳된 신부에게 바친 사랑과 존경의 일부라도 좋으니 바칠 수 있는 사람이라야만 한다. 목사가 아는 극히 제한된 여성 가운데 대체 어디에서 그런 사람을 찾을 것인가?

그 가을날 저녁, 로즈메리 웨스트가 메러디스 목사의 인생 속으로 들어왔다. 로즈메리가 풍긴 분위기 속에서 목사는 고향의 공기를 느꼈다. 낯선 사람들 사이에 가로놓인 깊은 틈을 뛰어넘어서 두 사람은 우정의 손을 맞잡았다. 사람 눈에 띄지 않는 그 숨겨진 샘터에서 만난 10분 동안에 메러디스 목사는 에멀라인 드루나 엘리자베스 커크나 에이미 애네타 더글러스를 1년 동안 안 것보다 훨씬 잘, 아니 그들을 한 세기 걸려도 알 수 있을까 말까 한 것보다도 더 깊이 로즈메리를 이해하게 되었다. 앨릭 데이비스 부인이 메러디스 목사를 몹시 분노하게 했을 때도 목사는 피난처를 찾아 로즈메리네 집으로 가서 위로를 받았다.

그 뒤부터 메러디스 목사는 가끔 언덕 위 잿빛 집으로 걸음을 옮겼다. 어둠에 싸인 밤 '무지개 골짜기'의 눈 덮인 오솔길을 통해 기민하게 찾아갔기에 글렌의 소문 퍼뜨리기 좋아하는 아낙네들도 목사가 로즈메리 웨스트를 만나러 갔다고 확실하게 단언할 수가 없었다. 메러디스 목사가 웨스트 자매의 거실에서 다른 방문객들과 맞닥뜨린 일이 한두 번 있었다. 여성 후원회에서 손에 넣을 수 있었던 증거는 그것뿐이었다.

그러나 엘리자베스 커크는 그 이야기를 듣고, 아름답다고는 할 수 없지만 상냥한 얼굴 표정을 조금도 바꾸지 않은 채, 말없이 마음속에 소중히 담아왔던 꿈을 거두었다. 에멀라인 드루는 로브리지에 살고 있는 한 노총각이 일전에 관심을 보였을 때 냉담하게 무시했지만, 이번에 만나면 그러지 않기로 결심했다. 로즈메리 웨스트가 목사님을 차지하려고 나선다면 차지하고 말 것이 틀림없다. 실제 나이보다 훨씬 젊어 보이는 데다 남자들은 로즈메리를 미인이라고 생각하고 있기 때문이다. 덤으로 웨스트 집안의 딸들에게는 돈이 있다!

"너무 멍해서 실수로 엘렌에게 청혼이나 하지 않아야 할 텐데."

에멀라인은 그녀를 위로하는 여동생을 상대로 그 정도의 심술궂은 말은 했지만 그 이상 로즈메리를 원망하는 일은 없었다. 따지고 보면, 아내를 여의고 애 넷 딸린 홀아비보다는 자유로운 홀몸의 노총각이 훨씬 나은 남편감이었다. 목사관의 매력에 끌려 다른 더 유리한 것을 일시적으로 못 보았을 뿐이다.

큰 소리로 비명을 질러대는 아이들 셋을 태운 썰매가 메러디스 목사 옆을 달려 지나가 못 쪽으로 돌진했다. 페이스의 긴 곱슬머리가 바람에 나부꼈다. 다른 아이들의 소리보다 페이스의 웃음소리가 높이 울려 퍼졌다. 메러디스 목사는 상냥한 애정이 담긴 눈길로 아이들을 애틋하게 바라보았다. 자기 아이들이 블라이드 집안의 아이들처럼 좋은 친구를 만나게 된 것을 기쁘게 생각했다. 블라이드 부인 같은 현명하고 명랑하고 상냥한 벗을 만나게 된 것도 기뻤다. 하지만 저 아이들에겐 그 이상의 무엇인가가 필요하다. 로즈메리 웨스트를 신부로 목사관에 데려온다면 중요한 무엇인가를 아이들에게 줄 수 있을 것이다. 로즈메리는 본질적으로 모성을 느끼게 하는 그 무언가를 지니고 있었다.

그날은 토요일이었다. 메러디스 목사는 토요일 밤에는 이웃집을 거의 방문하지 않았다. 오로지 주일 설교에 대해 심사숙고하는 데 시간을 쏟으려 했다. 그런데도 굳이 그 토요일 밤을 선택한 것은 엘런이 집을 비우고 없기에 로즈메리가 혼자일 것을 알고 있었기 때문이다. 언덕 위 집에서 즐거운 저녁을 여러 번 보냈지만 샘터에서 처음 만난 뒤 로즈메리와 단둘인 경우는 한 번도 없었다.

엘런과 같이 있는 게 딱히 싫은 건 아니었다. 엘런을 퍽 좋아했고 그녀는 대단히 잘 통하는 벗이었다. 엘런은 마치 남자와 같은 이해력과 유머를 갖고 있었기에 내성적이지만 그 나름대로 유머를 즐기는 메러디스 목사에게는 안성맞춤의 벗이었다. 엘런이 정치나 세계정세에 흥미를 갖고 있는 것도 마음에 들었다. 글렌에서 그런 것을 엘런만큼 잘 아는 남자는 블라이드 의사까지 포함해도 한 사람도 없었다.

엘런이 이렇게 말한 적이 있었다.

"살아 있는 한 주위의 온갖 일에 흥미를 갖고 있어야 해요. 그렇지 않으면 살아간다는 것도 죽어 있는 것과 별로 다를 바 없다고 생각하니까요."

메러디스 목사는 엘런의 나직이 울리는 듯한 기분 좋은 목소리가 좋았다. 그리고 엘런이 유쾌한 이야기를 멋지게 들려주고 나서는 언제나 이야기를 매듭지으며 웃는 명랑한 웃음소리도 좋았다. 엘런은 글렌의 다른 여자들처럼 아이들 일로 목사에게 잔소리하거나 비꼬지 않았다. 마을의 시시콜콜한 소문을 옮기며 목사를 싫증 나게 하는 일도 없었다. 심술궂지 않고 속이 좁지도 않았다. 늘 아주 진실했다. 메러디스 목사는 미스 코닐리아가 사람을 분류하는 방식을 접하고, 엘런을 요셉을 아는 사람이라고 생각하고 있었다. 어디로 보든 처형으로서는 더할 나위 없이 존경스러운 여성이었다.

그러나 아무리 존경하는 여자라 할지라도 남자가 한 여자에게 결혼을 청할 때는 다른 여자가 그 자리에 있는 것을 꺼리는 법이다. 그런데 엘런은 언제나 옆에 있었다. 자기가 메러디스 목사를 독차지해서 이야기하는 것은 아니었다. 로즈메리에게도 목사와 충분히 시간을 보낼 수 있도록 해주었다. 그뿐만 아니라 아예 자기 존재를 지워버리는 날도 제법 많았다. 세인트 조지를 무릎에 앉혀 놓고 구석 자리에 말없이 앉아 있으면서, 메러디스 목사와 로즈메리가 둘만 이야기하고 노래 부르고 책을 읽도록 해주었다. 그러다 보면 메러디스 목사와 로즈메리는 엘런이 있다는 사실조차 아예 잊어버리는 경우도 있었다.

단, 두 사람이 선택한 화제나 노래가 엘런이 생각할 때 조금이라도 남녀 사이의 연애 놀음처럼 여겨지는 쪽으로 기운다 싶으면 엘런은 대뜸 그 꽃이 피어

날 수 없게 아예 봉오리부터 꺾어버리고 그날 밤은 줄곧 로즈메리가 끼어들지도 못하게 했다. 하지만 아무리 엄중한 감시인일지라도 눈이며 미소에 은밀한 생각을 담고 침묵 속에서도 많은 이야기를 나누는 것까지 막을 수는 없는 법이다. 로즈메리에 대한 메러디스 목사의 구애는 그런 식으로 진척되어 갔다.

그러나 만일 그 관계가 클라이맥스에 이르려면 엘런이 없을 때가 아니고서는 안 된다. 그런데 엘런은 특히 겨울 동안에는 좀처럼 집을 비우지 않았다. 온 세계에서 자기 집 난롯가보다 더 기분 좋은 곳은 없다고 그녀는 못 박듯이 말했다. 그녀는 여기저기 나다니는 일에 흥미가 없었다. 사람과 교제하는 건 좋아하지만 집에서 하고 싶어했다.

메러디스 목사가 로즈메리에게 자기 마음을 전하려면 편지를 쓰는 수밖에 없다고 생각한 어느 날 밤, 엘런이 불쑥 다음 토요일 밤 친구의 은혼식에 갈 거라고 말했다. 그 두 사람이 결혼했을 때 엘런이 신부 들러리를 섰던 것이다. 초대받은 사람은 옛 손님들뿐이었으므로 로즈메리는 그 속에 들어 있지 않았다. 메러디스 목사는 찰나 동안 귀를 쫑긋 세우고 꿈꾸는 듯한 검은 눈을 번쩍 빛냈다. 그러나 엘런도 로즈메리도 그것을 알아차렸다. 그래서 엘런도 로즈메리도 다음 토요일 저녁에 메러디스 목사가 언덕을 올라올 것이 틀림없다고 생각하며 두근거리는 충격에 휩싸였다.

메러디스 목사가 돌아가고 로즈메리가 조용히 2층으로 올라간 뒤, 엘런은 검은 고양이에게 엄한 얼굴로 말했다.

"차라리 빨리 끝내버리는 게 낫겠어, 세인트 조지. 메러디스 목사는 로즈메리에게 청혼할 생각이야, 세인트 조지. 틀림없어. 어차피 그럴 거라면 그에게 그 기회를 주어서 로즈메리를 아내로 삼을 수 없다는 걸 알아두게 하는 게 낫겠어. 로즈메리도 청혼을 받아들이고 싶어해. 그건 알고 있어. 하지만 나랑 약속했으니, 그 약속은 반드시 지켜야 해.

조금은 안됐다고 생각해, 세인트 조지. 제부가 생긴다면 내 입장에서도 메러디스 목사만 한 남자는 없어. 그에겐 내가 트집 잡을 것이 없어. 뭐, 지금 독일의 카이저가 유럽의 평화를 위협한다는 사실을 모르고 또 알려고도 하지 않는다는 점만은 빼고 말이야. 그 점이 그의 단 한 가지 맹점이야.

그래도 메러디스 목사랑 있으면 즐겁고, 나는 그를 무척 좋아해. 메러디스 목사처럼 입이 무거운 남자에게라면 어떤 여자라도 하고 싶은 말을 무엇이든 해도, 자기 말이 오해될 거라는 걱정은 절대로 안 해도 될 거야. 그런 남자는 루비보다도 더 귀중해, 세인트 조지. 루비보다 훨씬 귀하지.

그렇지만 메러디스 목사는 로즈메리를 자기 것으로 만들 수 없어. 게다가 로즈메리를 가질 수 없다는 걸 알게 되면 우리와의 교제를 일절 끊어버릴 테지. 그렇게 되면 우린 퍽 쓸쓸해질 거야, 세인트 조지. 어쩌면 견디기 어려울 만큼. 하지만 로즈메리는 약속했으니까, 약속을 지켜야만 해!"

험악한 결심을 굳힌 엘런의 얼굴은 추해 보이기조차 했다. 2층에서는 로즈메리가 베개에 얼굴을 묻고 울고 있었다.

그리하여 메러디스 씨는 마침내 혼자 있는 그의 여인을 마주했으며, 그녀는 매우 아름다워 보였다. 로즈메리는 이때를 위해 특별히 치장을 하지 않았다. 하고는 싶었지만 청혼을 거절할 남자를 위해 멋을 낸다는 것은 어쩐지 터무니없는 짓 같았기 때문이다. 그래서 장식 없는 어두운색의 평상복을 입고 있었는데도 마치 여왕처럼 보였다. 흥분을 억누른 얼굴이 장밋빛으로 물들어 환히 빛나고 커다란 푸른 눈은 여느 때보다 침착성을 잃은 채 반짝거렸다.

로즈메리는 존 메러디스가 한시라도 빨리 이야기를 끝내주었으면 하고 바라고 있었다. 하루 종일 이 시간이 오기를 두려워하며 기다리고 있었던 것이다.

존 메러디스가 자기를 사랑하는 것을 그녀는 알고 있었다. 그러나 자기에 대한 사랑이 그가 첫사랑에게 바쳤던 사랑만큼 깊지 않다는 것도 알고 있었다. 청혼을 거절하면 그는 몹시 실망할 게 틀림없지만 그것으로 절망의 나락에 떨어지는 일은 없을 거라고 생각했다.

그것을 알면서도 존 메러디스의 청혼을 거절하고 싶지 않았다. 그를 위해 거절하고 싶지 않았고—로즈메리는 자기의 마음에 그 누구보다 솔직했기에—자기 자신을 위해서도 거절하고 싶지 않았다. 그녀는 만일 자신에게 그런 기회가 허락되었다면 그를 사랑할 수 있다는 걸 알고 있었다. 존 메러디스는 연인으로 받아들여지지 않으면 친구로서의 교제도 거절할 것이다. 만일 그렇게 된다면 인생이 얼마나 무미건조해질지 그것도 알 수 있었다. 그와 살게 되면 행복해지리라는 것도, 자기가 그를 행복하게 해줄 수 있다는 것도 알고 있었다. 그러나 로즈메리와 행복 사이에는 여러 해 전에 엘런과 맺었던 약속이라는 감옥의 문이 단단히 가로막고 있었다.

로즈메리는 아버지에 대한 기억이 없었다. 겨우 3살 때 아버지가 돌아가셨다. 13살이었던 엘런은 아버지를 기억하고 있었지만 특별히 그립다는 생각은 없었다. 아버지는 엄하고 무뚝뚝한 남자로 아름다운 아내보다 훨씬 연상이었다. 아버지가 돌아가신 지 5년 뒤 12살이었던 웨스트 집안의 아들도 죽어버렸다. 집안의 단 하나뿐인 아들이 죽은 뒤 두 자매는 어머니와 함께 살았다. 두 사람은 글렌이나 로브리지의 사교 생활에는 그리 활발하게 끼지 않았지만, 참석할 때면 엘런은 재치와 생기로 분위기를 활기차게 만들었으며, 로즈메리는 상냥함과 아름다움으로 주위를 밝히며 어디서나 크게 환영받는 손님이었다.

그러나 두 사람은 풋풋한 젊은 시절에 '인생의 실망'을 맛보았다. 바다는 로즈메리의 연인 마틴을 돌려주지 않았다. 아직 젊었던 노먼 더글러스는 빨강머리의 덩치 크고 잘생긴 남자로 거칠게 말을 타고 돌아다니거나 악의 없는 소동을 함부로 일으켜 난폭하게 굴기 일쑤였는데, 엘런과 다투고서 사이가 틀어졌다고 홧김에 엘런을 버리고 말았다.

마틴이며 노먼의 빈자리를 메우려고 나선 남자가 없었던 것도 아니었는데, 아무도 웨스트 집안의 두 아가씨 눈에 든 사람이 없었던 모양이다. 엘런과 로즈메리는 꽃다운 청춘의 시절로부터 서서히 멀어져갔지만, 그것을 조금도 안타깝게 여기지 않는 것 같았다. 두 사람은 병치레가 잦았던 어머니를 모시고 돌보는 데 몰두했다. 세 사람은 가정이라는 자기들만의 작은 울타리 속에서 자기들만의 즐거움—책, 반려동물, 꽃 같은 소박한 것만—을 누리며 행복하게 만족하고 있었다.

로즈메리가 25살 때 어머니가 돌아가시고, 두 자매는 깊은 슬픔에 휩싸였다. 처음 얼마 동안 두 사람은 참기 어려울 만큼 쓸쓸했다. 특히 엘런이 심했다. 언제까지나 한탄하고 슬퍼하며 우울해하고 오랫동안 말도 하지 않는 채 생각에 잠겨 있다가는 때때로 발작을 일으키듯 울음을 터뜨렸다. 로브리지의 늙은 의사는 엘런이 이대로 평생 우울증에 걸린 채 지내거나 더 심한 일이 닥칠지도 모른다고 로즈메리에게 말했다.

어느 날, 엘런이 하루 종일 아무 말 하지 않고 먹을 것도 모두 거부하며 앉아 있은 적이 있었다. 로즈메리는 몸을 내던지듯 엘런의 무릎에 매달렸다.

로즈메리는 울부짖었다.

"오, 엘런. 아직 내가 있잖아? 나는 언니한테 아무것도 아닌 거야? 여태까지 그토록 서로를 아껴왔는데."

엘런이 침묵을 깨뜨리고 냉혹한 목소리로 툭 뱉었다.

"넌 앞으로 언제까지나 같이 있어주지 않을 거잖아? 결혼해서 날 두고 가버릴 테지. 그러면 난 혼자 남게 돼. 그걸 생각하면 견딜 수 없어. 견딜 수 없단 말야. 차라리 죽어버리는 편이 낫지."

로즈메리가 말했다.

"결혼하지 않을 거야. 절대로 하지 않을게, 엘런."

엘런은 몸을 내밀고 로즈메리의 눈을 탐색하듯 깊이 들여다보았다.

엘런이 말했다.

"엄숙히 맹세해? 어머니 성경책에 대고 맹세할 수 있어?"

로즈메리는 엘런의 기분을 맞추기 위해 지체 없이 승낙했다. 어차피 무슨 상관인가? 그 누구와도 결혼하고 싶다고 생각하는 일은 결코 일어나지 않을 터였다. 로즈메리의 사랑은 마틴 크로퍼드와 함께 깊은 바다 밑바닥으로 가라앉아버렸다. 사랑 없이는 그 누구하고도 결혼할 까닭이 없었다. 그래서 기꺼이 엘런과 약속했던 것인데 엘런은 무서울 만큼 격식을 갖췄다. 이미 주인이 떠나고 없는 어머니 방에서 성경책 위에다 마주 잡은 손을 얹고 둘 다 일생 동안 결혼하지 않고 언제까지나 함께 산다는 맹세를 했던 것이다.

그때부터 엘런의 병은 차츰 회복되어갔다. 곧 여느 때의 쾌활한 평정심을 되찾았다. 10년 동안 엘런과 로즈메리는 결혼 생각에 흔들리는 일도, 또한 결혼하는 일도 없이 낡은 집에서 행복하게 살아왔다. 그 약속이 그들을 얽어맨다는 느낌도 들지 않았다. 두 사람 인생에 로즈메리의 결혼 상대가 될 만한 남자가 지나갈 때마다 엘런은 로즈메리에게 약속을 상기시키긴 했으나, 그날 저녁 존 메러디스가 로즈메리와 함께 집에 오기 전까지는 전혀 위기의식을 느끼지 않았다. 로즈메리는 엘런이 그 약속에 지독하리만치 집착하는 것을 줄곧 사소한 웃음거리로 삼아왔다—아주 최근까지. 지금은 그것에 인정사정없이 묶여 꼼짝달싹할 수 없었다. 자기가 묶었지만 자기 손으로는 결코 풀 수 없는 속박이었다. 그 약속 때문에 오늘 밤 로즈메리는 행복으로부터 얼굴을 돌리지 않을 수 없게 되었다.

아직 소년이었던 연인에게 바쳤던 수줍고 여린 장미꽃봉오리 같은 사랑은 그 누구에게도 두 번 다시 바칠 수 있는 것이 아니었다. 하지만 지금은 그때보다 훨씬 풍부하고 성숙한 사랑을 존 메러디스에게 바칠 수 있다. 존 메러디스는 마틴도 손댄 적 없는 로즈메리의 마음속 깊은 곳을 건드렸던 것이다. 아마도 17살의 소녀 시절에는 아직 피어난 적조차 없었던 마음이리라. 그런데 로즈메리는 오늘 밤, 존 메러디스를 돌려보내지 않으면 안 된다. 그를 그의 쓸쓸한 가정으로, 공허한 삶으로, 마음을 아프게 하는 문제들 속으로 쫓아보내지 않으면 안 된다. 10년 전, 어머니의 성경책에 대고 결코 결혼하지 않겠노라고 엘런과 맹세했던 그 일 때문이다.

존 메러디스는 곧바로 그 기회를 움켜쥐려는 행동은 하지 않았다. 꼬박 두 시간 가까이 전혀 연인답지 않은 화제에 대해서만 이야기를 계속했다. 심지어 정치 이야기까지 끄집어냈다. 정치는 로즈메리가 늘 따분하기 짝이 없다고 여기는 화제였는데도 말이다.

그리하여 로즈메리는 모든 것이 자기의 착각이 아니었나 생각하기 시작했다. 그녀는 두려워하며 가슴 졸인 자신이 갑자기 우스꽝스럽게 느껴졌다. 맥이 빠지고 자기 자신이 바보스럽게 여겨졌다. 그녀의 얼굴에서 발그레한 빛이 가시고 눈의 반짝거림도 사라졌다. 존 메러디스는 청혼을 할 생각이 눈곱만큼도 없어 보였다.

그런데 그때 별안간 메러디스 목사가 일어나 방을 가로질러 와서 로즈메리의 의자 옆에 서서 청혼했다. 온 방 안이 쥐 죽은 듯 조용해졌다. 세인트 조지조차도 가르랑거리는 것을 멈추었다. 로즈메리에게는 자기 심장이 쿵쾅쿵쾅

뛰는 소리가 들려왔다. 존 메러디스에게도 들릴 것이 틀림없다고 생각했다.

지금이야말로 상냥하지만 단호히 싫다고 말하지 않으면 안 된다. 요 며칠 동안, 정해진 말을 격식을 차려 제법 유감스러운 듯 말하는 준비를 해왔었다. 그런데 지금 그 말이 감쪽같이 어딘가로 모습을 감추었다. 그 말을 도저히 입에 담을 수 없었다. 그녀는 어쩌면 존 메러디스를 사랑할 수도 있는 것이 아니었다. 이미 사랑하고 있음을 그 순간 깨달았다. 그를 인생에서 영영 밀어내야 한다는 생각만으로도 극도로 고통스러웠다.

'뭔가' 말하지 않으면 안 된다. 고개를 숙이고 있던 로즈메리는 푹 수그리고 있던 금빛 머리를 들고 더듬거리며 존 메러디스에게 한 며칠 생각할 시간을 달라고 부탁했다.

존 메러디스는 좀 놀랐다. 목사는 여느 사람 이상으로 자만심이 강하지는 않았지만 로즈메리 웨스트가 좋다고 선뜻 대답할 것으로 여기고 있었다. 그녀가 자기를 사랑하고 있다고 꽤 확신하고 있었다. 그런데 이 애매한 태도…… 이 망설임은 어떻게 된 것일까? 로즈메리는 자기 마음을 똑똑히 모를 만큼 철없는 소녀는 아니었다. 메러디스 목사는 몹시 실망하고 당황했다. 그러나 여느 때처럼 부드럽고 예의 바르게 로즈메리의 대답을 받아들이고 곧 돌아갔다.

로즈메리는 화끈 달아오른 얼굴로 눈을 내리깔고 말했다.

"이삼일 안에 대답을 드릴게요."

메러디스 목사가 나가고 현관문이 닫히자 로즈메리는 방으로 돌아가 손을 쥐어짤 듯 비틀며 마주 잡았다.

# 세인트 조지는 알고 있다

 엘런 웨스트는 한밤중이 되어서야 폴록 집안의 은혼식에서 돌아왔다. 다른 손님들이 돌아간 뒤에도 남아서 백발이 된 신부를 도와 설거지를 했다. 두 집은 그리 떨어져 있지 않았으며 길도 좋았으므로 엘런은 달빛을 즐기며 걸어서 돌아왔다.
 즐거운 밤이었다. 꽤 오랫동안 파티에 나가지 않았던 엘런은 그날 밤이 무척 즐거웠다. 참석한 손님들은 예전부터 낯익은 얼굴뿐이었고, 폴록 집안의 외아들은 멀리 대학에 가 있었으므로 젊은이가 불쑥 끼어들어 분위기를 깨뜨릴 염려도 없었다.
 때마침 노먼 더글러스가 와 있었다. 그 겨울 동안 한두 번 교회에서 본 적은 있었지만 그런 사교 모임에서 만나기는 몇 해 만이었다. 노먼을 다시 보았다고 해서 엘런의 마음속에는 과거의 그 어떤 감정도 되살아나지 않았다. 이제는 옛일을 떠올리면서 왜 노먼을 좋아했던 것일까, 노먼이 별안간 결혼했을 때 왜 그렇게 가슴이 아팠던 것일까, 라며 의아하게 생각하는 날도 많았기 때문이다. 그래도 노먼을 다시 만나니 즐거웠다. 그녀는 노먼이 사람에게 기운을 북돋우고 자극을 주는 인물이라는 걸 잊고 있었던 것이다. 노먼 더글러스가 있으면 어떤 모임이라도 활기가 없는 일이 없었다. 막상 노먼이 온 것을 보고 모두들 깜짝 놀랐다. 노먼은 집 밖에는 통 나가지 않는 것으로 유명했다. 노먼은 결혼식 때 참석했던 하객 가운데 한 사람이었으므로 폴록 부부도 이번에도 물론 초대야 했지만 설마 오리라고는 기대하지 않았다.

노먼은 식사 자리에서 육촌 에이미 애네타 더글러스와 함께 있으면서 여러 모로 챙기는 듯했다. 그러나 식탁 맞은편에 앉은 엘런과 열띤 토론을 벌였다. 토론 중에 노먼은 고함을 지르거나 약을 올리기도 했지만 엘런은 그런 행동에 조금도 주눅 들지 않고 공격했다. 노먼은 어안이 벙벙해질 만큼 철저히 공격받고 10분간 입도 뻥긋하지 못했다. 마지막에는 빨간 턱수염 사이로 중얼거렸다.

"깡이 여전하네, 여전해."

그러고 나서 노먼은 애꿎은 에이미 애네타를 상대로 재치를 뽐내기 시작했다. 그가 무슨 말을 던지든 에이미 애네타는 바보처럼 킬킬 웃을 뿐이었다. 엘런이라면 날카롭게 받아쳐줬을 그런 대답이 그는 영 아쉬웠다.

엘런은 그날의 추억을 떠올리고 음미하면서 집으로 걸어갔다. 달빛을 받은 서리의 빛으로 공기가 반짝였다. 발밑에서 눈이 버석버석 소리를 냈다. 언덕 아래에 글렌이 누워 있고, 그 앞에는 하얀 항구가 펼쳐져 있었다. 목사관 서재에 불이 환히 켜져 있었다. 그렇다면 존 메러디스는 벌써 집으로 돌아간 것이다. 로즈메리에게 청혼을 했을까? 로즈메리는 어떤 식으로 청혼을 거절했을까? 엘런은 궁금했지만 일생 동안 알 수 없으리라 생각했다. 로즈메리는 그 일에 대해 결코 입 밖에 내지 않을 것이고, 엘런 쪽에서도 감히 먼저 묻지 않을 것이다. 거절했다는 사실만으로 충분히 만족해야 할 것이다. 결국 중요한 건 그것이니까.

엘런은 혼잣말을 했다.

"청혼은 거절당했어도 메러디스 목사가 가끔 이런저런 이야기를 나누러 와줄 정도의 사리 분별력은 발휘해주면 좋으련만."

엘런은 혼자 있는 것을 몹시 싫어한 탓에 반갑지 않은 고독을 회피하고 싶을 때면 생각을 입 밖으로 내는 방법을 활용하곤 했다.

"때로는 말이 좀 통하면서 편히 이야기 나눌 수 있는 남자가 있으면 좋은데. 하지만 메러디스 목사는 두 번 다시 우리 집 근처에는 얼씬도 안 하겠지. 노먼 더글러스도 있긴 한데. 그 사람하고 이야기하면 재미있으니까, 가끔 격한 토론을 하는 것도 나쁘지 않겠지만 노먼에겐 나를 찾아올 용기가 없을 테지. 나한테 또다시 구애 중이라고 소문나는 것이 두려워서 말이야. 그리고 무엇보다 '내가' 그런 생각을 할까 봐 겁이 나서라도 못 오지 않을까. 어쩌다 보니 지금은 오히려 존 메러디스보다 노먼이 훨씬 낯선 사람처럼 느껴지네. 한때 그 사람과 연인이었던 시절이 있었다는 게 꼭 꿈만 같아.

뭐, 어쨌든, 온 글렌을 찾아보아도 내가 말을 나누고 싶은 남자는 그 두 사람뿐인데, 하나는 소문이 무섭고 또 하나는 하잘것없는 연애 놀음에 휘둘려서 그 어느 쪽도 두 번 다시 만날 수 없게 되었네."

엘런은 차가운 별들을 바라보며 분하다는 듯 소리를 질렀다.

"나라면 세상을 이보다 좀 더 낫게 만들었을 텐데."

갑자기 엘런은 대문 앞에서 걸음을 멈추었다. 거실에 아직 불이 켜져 있었고 창문을 가린 커튼 너머로 방 안을 서성거리고 있는 로즈메리의 그림자가 비쳤기 때문이다. 로즈메리는 이렇게 밤늦게까지 안 자고 대체 왜 깨어 있는 것일까? 그리고 무엇 때문에 정신 나간 사람처럼 방 안을 서성이고 있는 것일까?

엘런은 조용히 집 안으로 들어갔다. 현관문을 열었을 때 로즈메리가 거실에서 나왔다. 그녀는 붉게 물든 얼굴로 숨을 몹시 가쁘게 쉬고 있었다. 긴장과 열정이 마치 옷처럼 로즈메리를 휘감고 있었다.

엘런이 물었다.

"왜 여태 안 자고 있니, 로즈메리?"

로즈메리의 목소리는 긴장되어 있었다.

"얼른 이리로 좀 들어와요, 언니. 할 얘기가 있어요."

엘런은 침착하게 외투와 방한용 덧신을 벗고 동생 뒤를 따라 난롯불이 타고 있는 따뜻한 거실로 들어갔다. 그리고 탁자에 손을 얹고 서서 기다렸다. 엘런은 짙은 눈썹에 심각한 표정을 하고 있었지만 그 나름대로 퍽 아름다웠다. 검은 벨벳 드레스는 그날 은혼식에 참석하기 위해 특별히 새로 맞춘 것으로 V넥에 뒷자락이 길었고, 체격이 크면서 당당한 엘런에게 잘 어울렸다. 목에는 웨스트 집안에 대대로 전해져 온, 호박 구슬을 여러 겹으로 엮어 만든 묵직한 목걸이를 걸고 있었다. 추위 속을 걸어왔으므로 엘런의 볼은 타는 듯이 새빨갰다. 그러나 강철같이 검푸른 색 눈은 마치 매서운 겨울 밤하늘처럼 차갑고 무엇에도 흔들리지 않으려는 듯이 보였다.

엘런이 아무런 말도 하지 않은 채 버티고 서서 기다리고 있었기에 로즈메리는 필사적인 노력 끝에 겨우 입을 열었다.

"언니, 오늘 밤 메러디스 목사님이 찾아왔었어요."

"그래서?"

"그래서…… 그래서…… 나한테 청혼을 했어요."

"그럴 거라 짐작했어. 물론 거절했겠지?"

"아니요."

엘런은 두 주먹을 쥐고 저도 모르게 한 발 내디뎠다.

"로즈메리, 설마 청혼을 받고 승낙했다는 말이야?"

"아니…… 그건 아니에요."

엘런은 자제심을 되찾았다.

"그럼 어떻게 했다는 거지?"

"난…… 이삼일 생각할 시간을 달라고 했어요."

엘런이 경멸하듯 차갑게 말했다.

"쓸데없이 그런 시간이 왜 필요한지 나로선 모르겠구나. 정해진 답은 하나밖에 없을 텐데."

로즈메리는 애원하듯이 두 손을 내밀고 필사적으로 말했다.

"언니, 난 존 메러디스를 사랑하고 있어요. 그 사람 아내가 되고 싶어요. 그 약속을 없었던 걸로 해주지 않을래요?"

엘런은 두려웠기 때문에 그것을 뿌리치듯 더 무자비하게 말했다.

"안 돼."

"언니…… 언니……."

엘런이 잽싸게 말을 가로막았다.

"잘 들어. 그 약속은 내 편에서 부탁한 게 아냐. 먼저 말을 꺼낸 사람은 바로 너야."

"알고 있어요. 잘 알고 있어요. 하지만 그때는 설마 다시 누군가를 좋아하게 되리라고 생각하지 못했어요."

그래도 엘런은 꿈쩍하지 않았다.

"네가 그러겠다고 했어. 어머니 성경책에 대고 한 약속이야. 여느 약속과 달라. 신성한 맹세야. 그런데 그것을 이제 와서 깨뜨리겠다는 말이니?"

"그 약속에서 이젠 나를 풀어달라고 부탁하는 것뿐이에요, 언니."

"그런 일은 할 수 없어. 나에게는 약속은 약속이고, 어디까지나 지켜야 해. 그럴 순 없어. 굳이 저버리고 싶으면 네 손으로 그 맹세를 깨뜨려. 그렇지만 나는 결코 승낙할 생각 없어."

"언니, 나한테 너무 가혹한 것 같아요."

"가혹하다고! 그럼 나는 어떻게 되는데? 네가 나가버리면 내가 여기서 얼마나 쓸쓸해질지 생각해본 적 있어? 나는 견디지 못해. 미쳐버릴 거야. 나는 '결단코' 혼자서 살 수 없어. 여태까지 내가 너에게 좋은 언니가 아니었니? 네가 하고 싶다는 걸 한 번이라도 못 하게 한 적이 있어? 뭐든 마음대로 하도록 해주지 않았냐고?"

"그랬어요, 언니. 맞아요."

"그렇다면 왜 그 남자 때문에 나를 두고 떠나려는 거지? 1년 전까지는 얼굴도 몰랐던 사람이잖아?"

"사랑하고 있으니까요, 언니."

"사랑하고 있다고! 넌 마치 중년 여성이 아니라 여학생 같은 말을 하고 있구나. 그 남자는 너를 사랑하고 있지 않아. 가정부이자 가정교사가 필요한 것뿐이지. 너도 사랑을 하고 있는 게 아냐. '누구누구 부인'이라는 신분을 원하는 거지. 너도 그냥 노처녀가 되는 것을 불명예스럽게 여기는 그렇고 그런 여자들 가운데 하나일 뿐이야. 그게 너의 진심이야."

로즈메리는 몸을 떨었다. 엘런은 알지도 못하고 알려고도 하지 않는다. 무슨 말을 해 본들 소용없었다.

"그러면 언니는 기어코 나를 자유롭게 놓아주지 않겠다는 거죠?"

"그래, 절대로 그럴 순 없어. 그리고 이 일에 대해선 두 번 다시 이야기할 생각도 없어. 너는 약속을 했고, 그러니까 그 말을 지켜. 그뿐이야.

그만 자. 지금 도대체 몇 시인데. 너 괜히 로맨틱한 감정에 취해서 잔뜩 흥분한 거야. 내일이 되면 조금은 냉정해지겠지. 아무튼 이런 어리석은 이야기는 두 번 다시 내 귀에 들리는 일이 없어야 할 거야. 이만 가."

로즈메리는 한 마디도 더 하지 않고 핏기 없는 얼굴로 풀이 죽어서 나갔다. 엘런은 몇 분 동안 방 안을 미친 듯이 이리저리 돌아다니다 세인트 조지가 저녁 내내 태연히 자고 있는 의자 앞에서 멈춰 섰다. 엘런의 어두운 얼굴에 내키지 않는 미소가 떠오르기 시작했다. 엘런은 여태까지 살아오면서 비극에 맞닥뜨리더라도 희극을 섞어 그 충격을 누그러뜨려 왔다. 그렇게 하지 못한 것은 단 한 번—어머니가 돌아가셨을 때—뿐이었다. 옛날 노먼 더글러스에게 버림받아 괴로웠을 때도 울기야 많이 울었지만 그만큼 자기 자신을 보며 많이 웃기도 했다.

"틀림없이 축 처져서 시무룩해할 거야, 세인트 조지. 그래, 세인트, 안개가 자욱이 낀 것처럼 불쾌한 날이 한 며칠 이어지겠지. 그래도 우리는 잘 헤쳐나갈 거야, 조지.

우리가 철없는 아이의 투정을 처음 접하는 게 아니잖아, 세인트. 로즈메리는 얼마 동안 시무룩하겠지. 하지만 결국 체념할 거야. 그러면 모든 게 다시 예전대로 돌아오겠지, 조지. 로즈메리는 약속을 했어. 그러니 그 약속을 반드시 지켜야만 해. 이 일에 대해서는 더 이상 아무 말도 안 하겠어. 너한테도, 로즈메리한테도, 다른 누구한테도."

엘런은 이렇게 말하고 잠자리에 들었지만 아침까지 한숨도 눈을 붙이지 못했다.

그러나 엘런이 예상한 시무룩한 기색은 없었다. 이튿날 로즈메리는 얼굴이 해쓱하고 조용했지만, 엘런의 눈에는 그 밖에 달라진 점이 보이지 않았다. 엘런을 원망하는 것 같지도 않았다. 비바람이 심한 날씨여서 교회에 가겠다는 이야기는 나오지 않았다.

오후가 되자 로즈메리는 자기 방에 틀어박혀 존 메러디스에게 편지를 썼다. 얼굴을 직접 대하고는 도저히 '싫다'고 말할 자신이 없었다. 만일 로즈메리가 마지못해서 '싫다'고 말하는 것을 존 메러디스가 조금이라도 눈치채면 로즈메리의 대답을 진심으로 받아들이지 않을 게 확실했다. 그녀는 존 메러디스의 간청이나 애원에 맞설 자신이 없었다. 조금도 사랑하지 않는다고 여기게 하려면 편지로 하는 수밖에 없다. 로즈메리는 존 메러디스에게 몹시 딱딱하고도 매우 냉정한 거절의 편지를 썼다. 무례하다 싶을 정도였다. 아무리 대범한 연인이라도 전혀 희망을 품을 만한 여지가 없는 편지였다. 게다가 존 메러디스는 그런 연인과는 거리가 멀었다.

이튿날, 메러디스 목사는 먼지투성이 서재에서 로즈메리의 편지를 읽었다. 목사는 상처받고 굴욕감을 느껴 움츠러들었다. 그러나 그 굴욕감 아래에서 더 무서운 진실이 뚜렷하게 떠올랐다. 그때까지 메러디스 목사는 로즈메리에게 마음이 가기는 했지만 시실리아를 사랑한 만큼 사랑하는 것은 아니라고 생각하고 있었다. 그런데 로즈메리를 잃게 된 지금 그렇지 않다는 것을 깨달았다. 로즈메리는 그에게 전부였다—전부! 그런데 그 로즈메리를 인생에서 완전히 지워버리지 않으면 안 된다. 이제는 친구로서 남는 것도 불가능했다.

목사의 눈앞에는 견디기 힘들 만큼 황량하고 쓸쓸한 인생이 어디까지나 끝없이 펼쳐져 있었다. 그런데도 살아가지 않으면 안 된다. 해야 할 일이 있고, 책임져야 할 아이들이 있다. 하지만 메러디스 목사의 마음은 텅 비어버렸다. 메러디스 목사는 어둡고 춥고 쓸쓸한 서재에서 밤새도록 혼자 머리를 감싸 쥐고 앉아 있었다.

언덕 위에서는 로즈메리가 두통이 나서 일찍 잠자리에 들었다. 엘런은 세인트 조지를 상대로 이야기를 하고 있었다. 세인트 조지는 삶에서 중요한 것은 푹신한 쿠션뿐인데 그것도 모르는 어리석은 인류가 한심하다는 듯 가르랑거리고 있었다.

"두통이 없었더라면 여자들은 어쩔 뻔했니, 세인트 조지? 하지만 걱정할 필요 없어, 세인트. 한 이삼 주 보고도 못 본 체하면 돼. 솔직히 나도 썩 기분이 좋지는 않아, 조지. 마치 아기 고양이를 물에 빠뜨려 죽인 것 같은 기분이야. 하지만 로즈메리는 약속했어, 세인트. 게다가 말을 먼저 꺼낸 사람이 로즈메리였다고, 조지. 신께 맹세코 정말이야!"

## 바른 생활 모임

이슬비가 하루 종일 부슬부슬 내렸다. 가늘고 잔다랗게 촉촉이 내리는 봄비는 머지않아 메이플라워가 꽃망울을 터뜨리고 제비꽃이 깨어나리라고 속삭이는 듯했다. 항구도, 세인트로렌스만도, 해안가에 펼쳐져 있는 목초지도, 진줏빛 감도는 잿빛 안개 속에 몽롱하게 감싸여 있었다.

그러나 저녁이 되자 비도 멎고 안개는 바다 쪽으로 날려 가버렸다. 항구 위쪽 하늘에는 새빨갛고 작은 장미 같은 구름이 흩어져 있었다. 그 앞으로는 황금빛과 진홍빛이 아낌없이 화려하게 칠해진 하늘을 배경으로 언덕들이 거무스레 이어져 있었다. 모래톱 위에서는 은빛으로 반짝이는 커다란 어둠별이 굽어보고 있었다.

갑자기 나타난 상쾌한 바람이 '무지개 골짜기'로부터 춤추며 불어와 전나무의 나뭇진이며 축축한 이끼의 향기를 날라 왔다. 바람은 묘지를 둘러싸고 있는 오래된 가문비나무들 사이에서 나지막이 노래를 부르고 페이스의 아름다운 곱슬머리를 나부끼게 했다. 페이스는 메리 밴스와 우나에게 어깨동무를 한 채 헤저키아 폴록의 묘석 위에 앉아 있었다. 칼과 제리도 건너편 묘석에 앉아 있었다. 온종일 집 안에 갇혀 있다가 나와서 다들 무엇인가 장난을 치고 싶어 견딜 수 없었다.

페이스가 즐거운 듯 말했다.

"오늘 밤에는 공기가 '반짝반짝' 빛나는 것 같지 않니? 비에 아주 깨끗이 씻겨서인가 봐."

메리 밴스는 우울한 얼굴로 페이스를 바라보았다. 메리가 알고 있는, 또는 알고 있다고 여기는 사실을 생각할 때, 지금의 페이스는 너무 들떠 보였다. 메리는 집으로 돌아가기 전에 꼭 하고 싶은 말이 있었다. 목사관으로 갓 낳은 달걀을 들려 보내며 엘리엇 부인은 메리에게 30분 넘게 있어서는 안 된다고 일렀다. 아쉽게도 그 30분이 거의 끝나가고 있었기에 메리는 쪼그려 앉아 있느라 저리기 시작한 다리를 쭉 펴면서 불쑥 말했다.

"공기 같은 건 중요하지 않아. 잠깐 내 말을 들어봐. 너네들은 목사관 아이들씩이나 되면서 어째서 행동거지가 점점 나빠져가기만 하는 거니? 나는 오늘 저녁 그 말을 하고 싶어서 일부러 왔어. 글쎄, 너네들 평판을 들으면 끔찍할 정도야."

페이스는 깜짝 놀라 메리의 어깨에 둘렀던 손을 떼었다.

"이번에는 우리가 또 뭘 어쨌다는 건데?"

우나의 입술이 바르르 떨리고 원래도 작고 여린 마음이 더 조그맣게 움츠러들었다. 메리는 언제나 잔혹하리만큼 사정없이 말하곤 했다. 제리는 아무렇지 않은 척하려고 일부러 허세를 부리며 휘파람을 불었다. 그렇게 해서 메리에게 그녀의 잔소리 따위에는 관심도 없다는 것을 보여주고 싶었던 것이다. 우리 행동거지가 자기랑 무슨 상관이라고 일일이 끼어들어 설교를 늘어놓으려는 건가?

메리가 대꾸했다.

"이번에는 뭘 어쨌느냐라니! 이번만이 아니잖아. 가까스로 한 가지 소문이 좀 수그러드는가 싶으면 또 뭔가를 저질러서 또다시 소문에 불을 지피잖아. 도대체가 너네들은 목사관 아이들이 어떻게 행동해야 하는지 전혀 모르는 것처럼 보여, 내가 보기에는.”

제리가 빈정거리며 말했다.

“그럼 '그쪽이' 가르쳐주시면 되겠네요.”

그러나 메리에게 빈정거림은 통하지 않았다.

“만일 너네가 행동거지를 제대로 하지 않으면 어떻게 되는지 '내가' 잘 가르쳐줄 수 있고말고. 교회의 장로회의에서 너네 아버지한테 목사직에서 물러나 달라고 할 거야. 이제 아시겠어요, 세상 잘난 제리 선생님? 앨릭 데이비스 부인이 엘리엇 부인에게 말하는 걸 내 두 귀로 똑똑히 들었어. 데이비스 부인이 차 마시러 오면 난 늘 귀를 쫑긋 세우고 있거든.

데이비스 부인이 그랬어.

'돌봐주는 사람이 아무도 없으니 당연한 일이지만, 목사관 아이들이 점점 그렇게 나빠지기만 하니 교회 신도들도 더는 두고 볼 수가 없어서, 무슨 수를 써야 해요.'

아무튼 감리교인들이 너희를 비웃으니 장로교인들은 자존심이 상할 대로 상한 거야. 앨릭 데이비스 부인 말로는 너희들에겐 자작나무 회초리가 약이래. 아이구, '그걸로' 누구나 좋은 사람이 된다면, '나는' 어린 성인이 되고도 남았겠네.

내가 이런 말 하는 건 결코 너네를 기분 나쁘게 하고 싶어서가 아니야. 나는 너네가 정말로 안됐어서 그래.”

이럴 때 메리는 은근한 잘난 체의 명인이었다.

“'나야' 물론 너희들 사정을 이해하지. 하지만 다른 사람들은 '나처럼' 여러 가지 사정을 헤아려 생각해주지 않거든.

 미스 드루가 말했는데, 지난주 주일학교에서 한창 수업하는 도중에 칼의 주머니에서 개구리가 튀어나왔대. 미스 드루는 이제 그 반을 안 가르치겠다고 했어. 어째서 너는 그런 벌레 같은 걸 집에 두고 가지 않는 거야?"

 칼이 발끈했다.

 "하지만 곧바로 다시 주머니에 집어넣었어. 그 불쌍한 개구리는 아무에게도 폐를 끼치지 않았다고! 그리고 그 제인 드루 부인은 제발 주일학교 우리 반 선생님을 그만둬주었으면 좋겠어. 정말 싫어. 솔직히 드루 부인 조카는 주머니에 지저분한 씹는담배를 가지고 있다가 클로 장로님이 기도드리는 동안 우리에게 씹어보라고 권했단 말이야. 그게 개구리보다 훨씬 나쁘다고 생각해."

 "그렇지 않아. 개구리는 아무도 예상치 못했던 거니까 사람들은 훨씬 놀란단 말야. 게다가 걔는 안 걸렸잖아. 그리고 너네들이 지난주에 한 기도 시합도 엄청난 비난을 받고 있어. 그 일로 온 마을이 떠들썩해."

 페이스가 분개하여 소리쳤다.

 "어머나, 블라이드네 아이들도 우리랑 같이했는데? 게다가 하자는 말을 처음 꺼낸 건 낸 블라이드였어. 그리고 월터가 가장 잘해서 상까지 탔는걸."

 "아무튼 사람들은 너네들 탓으로 돌리고 있어. 적어도 묘지에서 하지 않았었다면 괜찮았을 텐데."

 제리가 쏘아붙이듯 말했다.

 "묘지야말로 기도하기에 가장 좋은 곳 아닌가."

 "네가 기도하고 있을 때 해저드 집사님이 마차를 타고 지나가다가 네가 배 위에다 두 손을 얹고 말끝마다 끙 하는 신음 소리를 내는 걸 봤대. 해저드 씨는 네가 자기 흉내를 내면서 놀렸다고 생각하고 있어."

제리는 태연한 얼굴로 말했다.

"그러긴 했어. 하지만 해저드 씨가 옆을 지나가는 것은 물론 몰랐어. 그건 그냥 운 나쁘게 우연히 맞아떨어졌을 뿐이야. 나는 기도 같은 걸 진지하게 하고 있지는 않았어. 도저히 상을 탈 수 없다는 걸 알았으니까. 그래서 되도록 웃기기라도 하려는 생각을 했을 뿐이었어. 월터 블라이드는 기도를 끝내주게 잘한단 말야. 우리 아버지만큼 잘할걸."

페이스가 반성하듯 나직한 소리로 말했다.

"우리 중에 정말로 기도를 좋아하는 것은 우나뿐이야."

우나는 한숨을 내쉬었다.

"하지만 만일 기도가 그렇게 나쁜 평판을 불러일으킨다면 두 번 다시 해선 안 되겠어."

"바보 같은 말 하지 마. 기도를 하고 싶으면 얼마든지 해도 괜찮아. 그냥 묘지에서만 하지 않으면 돼. 그리고 기도를 놀이처럼 하지 말란 말야. 그게 나빴던 거야. 그리고…… 묘석 위에서 차 모임을 벌인 것도 나쁜 일이고."

"그런 적 없어."

"그럼 비눗방울 파티였니? 어쨌든 너네는 묘지에서 뭔가를 했어. 항구 윗마을 사람들은 모두 너네가 차 모임을 벌였다고 하지만 나는 너네 말을 믿을게. 그리고 이 묘석을 탁자로 썼다면서?"

제리가 설명했다.

"그야 마사 할머니가 집 안에서 비눗방울을 못 날리게 했으니까. 그날 할머니는 아주 기분이 안 좋았거든. 게다가 이 오래되고 평평한 묘석은 탁자로 쓰기에 딱 좋단 말이지."

페이스는 그때 일을 떠올리며 눈을 반짝였다.

"비눗방울이 정말 예뻤어. 나무랑 언덕이랑 항구가 비눗방울에 비쳐 마치 작은 요정의 세계 같았거든. 그리고 우리가 훅 불었더니 '무지개 골짜기'까지 둥실둥실 날아갔어."

칼이 말했다.

"딱 하나만 빼고. 하나는 감리교회의 뾰족탑에 찔려서 펑 하고 터졌지."

페이스가 말했다.

"그래도 비눗방울 날리는 게 나쁜 일이라는 걸 알기 전에 한 번만이라도 해봐서 다행이라고 생각해."

메리가 답답하다는 듯이 말했다.

"잔디밭에서라면 비눗방울을 아무리 많이 날려도 조금도 나쁠 게 없어. 도대체 너네는 내 말뜻을 조금도 못 알아듣는구나. 이제까지 감리교파 묘지에서 놀면 못쓴다는 말을 수도 없이 들어왔잖아. 너네가 자기네 묘지에서 떠들어대며 노는 데 대해 감리교 사람들이 신경이 곤두서 있단 말이야."

페이스가 우울한 얼굴로 말했다.

"깜빡했어. 우리 집 잔디밭은 좁은 데다 송충이투성이고, 나무니 뭐니 가득 있잖아. '무지개 골짜기'에 매번 갈 수는 없고 대체 우리더러 어디 가서 놀란 말이야?"

"너네가 묘지에서 '뭘' 하는지가 문제라는 거야. 지금처럼 이렇게 얌전히 앉아 조용조용 이야기하는 거라면 괜찮아. 나도 이번 일이 어떻게 될지 모르지만, 워런 장로님이 너네 아버지에게 이 일에 대해 이야기하러 갈 것만은 틀림없어. 그분은 해저드 집사님하고 사촌이니까."

우나가 말했다.

"사람들이 우리 일로 아버지를 신경 쓰이게 하지 않았으면 좋겠어."

"하지만 사람들은 너네 아버지가 너희들에 대해 좀 더 신경을 써야 한다고 생각해. '나는' 그렇지 않아. '나는' 너네 아버지를 잘 알고 있으니까. 너네 아버지는 어떤 점에서 자기도 어린아이 같은걸. 그러니 너네들만큼이나 누군가 보살펴줄 사람이 있어야 돼. 뭐, 어쩌면 머지않아 그런 사람이 올지도 모르지…… 만일 소문이 모두 사실이라면 말이야."

페이스가 물었다.

"소문이라니, 무슨 소리야?"

"조금도 모르니, 정말?"

"전혀 몰라. 무슨 말이야?"

"정말이지 너네는 아는 게 아무것도 없구나. 아니, '다들' 그 이야기로 수군대고 있는데 말이야. 너네 아버지는 로즈메리 웨스트를 만나러 다닌대. 그 사람이 너네 계모가 될 거래."

계모라는 말에 놀란 우나는 얼굴이 새빨개지며 소리쳤다.

"그런 말은 도저히 못 믿어."

"글쎄, 나도 잘은 몰라. 그냥 사람들이 하는 말을 그대로 이야기했을 뿐이야. 꼭 사실이라는 뜻은 아니야. 하지만 그렇게 되면 좋겠다고 생각해. 로즈메리 웨스트가 여기에 오면 너네가 해야 할 일을 죄다 시킬 테니까. 그렇게 다정하게 웃는 얼굴이지만 알고 보면 진짜 엄할걸. 원래 그런 사람일수록 무서울 땐 더 무서운 법이니까. 내 1센트를 걸어도 좋아.

어쨌든 너네는 너네를 키워줄 사람이 필요해. 너네가 자꾸 너네 아버지 망신시키는 일만 해서 나는 너네 아버지가 정말 안됐다고 생각하고 있거든. 너네 아버지가 내게 그토록 친절하게 말씀해주신 그날 밤 이후로 나는 너네 아버지 걱정을 많이 했어. 욕하거나 거짓말한 적도 없어. 그리고 너네 아버지가 행복해지는 것을 보고 싶어. 단추도 제대로 달려 있는 옷을 입고, 제대로 된 음식을 드시고, 너네들도 다른 아이들처럼 할 일을 이것저것 잘 배워서 길들여지고 말이야.

그리고 마사 할멈도 자기 분수를 좀 알고 구석에 처박혀 있어야 해. 아까 내가 달걀을 들고 갔을 때 그 눈초리라니. '이 달걀은 신선하냐?'라지 뭐야. 그 말이 너무 밉살스러워서 차라리 달걀이 몽땅 썩어 있으면 좋겠다고 생각했다니까.

하지만 마사 할멈이 그 달걀을 아침 식사 때 한 개씩 주는지 잘 감시해. 그리고 너네 아버지한테도 드리는지 잘 챙기고. 만일 안 주면 아주 소란을 떨어. 그러라고 가져왔으니까. 하지만 마사 할머니가 멋대로 하게 놔두면 틀림없이 자기 고양이에게 줘버릴지도 몰라."

너무 떠들어대서 메리의 혀도 지쳐 쉬는 사이 묘지에는 잠깐의 침묵이 흘렀다. 목사관 아이들은 어떤 말도 하고 싶은 마음이 들지 않았다. 아이들은 그리 유쾌하지만은 않은 새로운 이야기를 갑작스럽게 접하고 저마다 소화하기 바빴다. 특히 로즈메리의 일로 제리와 칼은 처음에 얼마쯤 놀랐으나 어차피 뜬소문일 뿐이고 그런 일이 정말 일어날 리 없으니 아무 상관 없다고 생각했다. 페이스는 대체로 기뻐했다. 오로지 우나만 심각하게 언짢아졌다. 혼자 어디라도 가서 울고 싶었다.

"나의 왕관에 별은 빛날 것인가?"

감리교회 성가대의 노랫소리가 흘러나왔다. 교회에서 성가 연습을 시작한 것이다.

"별이라면 난 세 개가 있으면 좋겠어. 딱 세 개…… 보석 왕관처럼 머리 바로 위쪽 한가운데에 하나 있고 작은 것이 그 양쪽에 하나씩."

엘리엇 부인과 살게 되면서부터 메리의 신학적 지식은 두드러지게 늘었다.

칼이 물었다.

"영혼에도 크기가 있어?"

"그럼. 작은 아기의 영혼은 큰 남자 어른의 것보다 당연히 작지. 벌써 어두워지기 시작했네. 난 얼른 돌아가야겠다. 엘리엇 부인은 내가 어두울 때까지 밖에 있으면 안 좋아해. 와일리 부인네에 있을 때는 어두워지든 대낮이든 모두 마찬가지였는데 말야. 그때는 어두워져도 상관없었어. 그게 벌써 백 년은 지난 옛날 일 같다.

아무튼 내가 한 말 명심하고, 말 잘 듣는 착한 아이들이 되도록 해. 아버지를 위한 일이니까. 나는 언제나 너네들 편을 들어 감싸줄 테니 그것만은 믿어도 좋아.

내가 너무 너네들 편을 드니까 엘리엇 부인이 친구들 일이라면 나처럼 물불 안 가리고 나서는 아이는 처음 본다고 했어. 너네들 일로 앨릭 데이비스 부인에게 대들었다가 데이비스 부인이 돌아간 다음에 엘리엇 부인한테 엄청 혼났어. 미스 코닐리아가 야단을 한번 쳤다 하면 또 대단하거든.

하지만 부인도 마음속으론 분명 좋아하고 있었어. 왜냐하면 키티 데이비스 할멈을 내심 싫어하고 너네들을 아주 좋아하니까. 나는 눈치가 빨라서 사람의 기분을 잘 알아."

메리는 자기가 한 일에 크게 만족하여 풀 죽은 아이들을 남겨 두고 의기양양해서 돌아갔다.

우나가 원망스럽다는 듯이 말했다.

"메리는 올 때마다 우리에게 뭔가 언짢은 말을 하고 돌아가."

그러자 제리가 심술궂게 말했다.

"쟤를 그냥 그 낡아빠진 헛간에 굶어 죽게 그대로 내버려둘걸."

우나가 걱정스러운 얼굴로 나무랐다.

"그런 심한 말을 하면 안 돼, 제리 오빠."

제리가 다시 말했다.

"어차피 소문이 났으면 차라리 그냥 소문대로 행동하지, 뭐. 다들 우리가 못 됐다고 한다면 그 기대만큼 말썽을 일으켜주면 되잖아."

페이스가 말했다.

"그래도 아버지를 망신시키면 안 돼."

제리는 멋쩍은 듯 입을 꾹 다물었다. 그는 아버지를 숭배하고 있었다. 가려지지 않은 서재 창문으로 책상 앞에 앉은 메러디스 목사의 모습이 보였다. 메러디스 목사는 아무것도 읽지도 쓰지도 않은 채 두 손으로 머리를 감싸고 왠지 몹시 지치고 낙담한 모습이었다. 아이들은 갑자기 그 모습을 눈치챘다.

페이스가 말했다.

"틀림없이 누군가가 우리 일로 아버지에게 무슨 이야기를 해서 걱정시킨 거야. 아버지가 걱정하지 않도록 행동하는 법을 좀 알면 좋을 텐데. 어머나, 젬 블라이드! 언제 왔어? 깜짝 놀랐잖아!"

젬 블라이드가 살그머니 묘지로 들어와 소녀들 곁에 앉았다. '무지개 골짜기'를 어슬렁어슬렁 돌아다니다가 어머니에게 드릴 올해 들어 처음 핀 작은 흰 별 같은 메이플라워를 발견했던 것이다. 젬이 온 뒤로 목사관 아이들은 입을 다물어버렸다. 젬은 올봄부터 친구들의 무리에서 빠져나간 듯한 느낌이 들었다. 그는 퀸즈아카데미 입학시험 준비를 위해 방과 후에도 남아서 또래의 상급반 학생들과 따로 공부했다. 저녁에도 공부할 게 많아서 요즘은 좀처럼 '무지개 골짜기' 친구들과 어울릴 틈이 없었다. 그는 어쩐지 성큼 자라서 어른 세계로 들어가고 있는 듯 보였다.

젬이 물었다.

"오늘 저녁에 너희들 무슨 일 있어? 어쩐지 기운이 없어 보이는데."

페이스가 슬픈 듯 고개를 끄덕이며 인정했다.

"응, 기운이 없어. 네가 아버지를 망신시키고 다른 사람들 입방아에 오르내리는 걸 알게 되었다면 너도 기분이 좋을 리 없을 거야."

"이번에는 또 누가 너희들을 흉봤는데?"

"모두가. 어쨌든 메리 말로는 그렇대."

페이스는 공감하며 귀담아들어주는 젬에게 모든 괴로운 사정을 서슴없이 털어놓은 뒤 결론지었다.

"우리는 아무도 키워주는 사람이 없다 보니 자꾸 난처한 잘못만 저지르고 사람들에게 나쁜 아이들이라는 말을 듣는 거야."

젬이 적극 권했다.

"너희가 스스로를 키워보는 건 어때? 어떻게 하면 되는지 가르쳐줄게. '바른 생활 모임'을 만들어. 그리고 뭔가 옳지 않은 짓을 할 때마다 자신을 벌주는 거야."

"그거 참 좋은 생각인데."

페이스는 감동했지만 곧 다시 걱정스러운 듯 덧붙였다.

"하지만 '우리한테는' 아무렇지 않게 여겨지는 일들이 다른 사람들에게는 아주 나쁜 일로 보이는데, 어떻게 하면 해도 되는 일과 해서는 안 될 일을 구별할 수 있지? 그렇다고 궁금할 때마다 아버지한테 물어보면서 귀찮게 할 수는 없고. 게다가 아버지는 집을 비워야 할 때도 많으니까."

"만일 너희가 뭔가 하기 전에 잠깐 생각해보고, 이렇게 하면 교회에 나오는 사람들이 뭐라고 할까 자기 자신에게 물어보면 대개 알 수 있어. 너희들은 무슨 일이든 생각할 새도 없이 곧 해버리는 게 문제야. 어머니가 말했는데, 너희는 모두 너무 충동적이래. 꼭 어머니가 어린 시절에 그랬던 것처럼.

'바른 생활 모임'을 하면, 너희가 한 번 더 생각해보고 행동하는 데 도움이 될 것 같아. 만일 누군가 규칙을 깨뜨렸을 때 공정하고 떳떳하게 벌한다면 말이야. 벌은 뭔가 정말로 괴로운 일이라야 할 거야. 그렇지 않으면 그다지 효과가 없어."

"서로 회초리로 때리면 될까?"

"아니, 그런 건 말고. 저마다 자기한테 맞는 다른 벌을 생각해야 해. 상대방을 벌주는 게 아니라, 자기 '스스로'를 벌주는 거지. 어떤 이야기책에서 이런 모임에 대해서 읽었어. 너희들이 한번 해 보고 효과가 있는지 시험해봐."

페이스가 의욕에 차서 말했다.

"해 보자."

젬이 돌아간 뒤 좀 더 이야기를 나누어보고 아이들은 모두 찬성했다.

페이스가 단호하게 말했다.

"만일 잘못되었다면 우리 힘으로 바로잡아야 해."

제리가 말했다.

"젬의 말대로 공정하고 떳떳하게 하자. 우리를 키워줄 사람이 달리 없으니까 이것은 우리가 스스로를 키우는 모임이야. 규칙은 많이 필요하지 않아. 하나만 정하고 그것을 깨뜨린 사람은 호되게 벌을 받기로 하자."

"하지만 '어떻게'?"

제리는 유쾌하게 말했다.

"그건 해나가면서 정하지, 뭐. 저녁마다 이 묘지에서 모임을 열고 그날 하루 동안 있었던 일에 대해 서로 이야기를 나누도록 하자. 만일 우리가 어떤 옳지 못한 일을 하거나 아버지의 명예에 먹칠하는 일을 했으면, 그런 일을 저지른 사람 또는 그 행동에 책임이 있는 사람이 벌을 받는 거야. 이게 규칙이야. 어떤 벌을 내릴지는 우리가 다 함께 정하기로 해. 플래그 씨 말처럼 벌은 그 죄에 알맞은 것이어야 해. 그리고 잘못한 사람은 잔꾀 부려서 빠져나갈 생각 말고 무조건 그 벌을 받아야 해. 왠지 이 모임 재미있게 될 것 같아."

페이스가 말했다.

"오빠가 비눗방울을 날리자고 했잖아."

그러자 제리가 얼른 말했다.

"그건 모임이 생기기 전의 일이잖아? 오늘 저녁부터 시작하는 거야."

"그런데 무엇이 옳은지, 어떤 벌을 주어야 좋을지 결정하지 못한다면 어떻게 하지? 두 사람씩 의견이 갈라질 수도 있잖아. 이런 모임에는 사람이 다섯 명이 돼야 하는데."

"젬 블라이드에게 심판이 되어 달라고 하면 돼. 글렌세인트메리에서 제일 공정하니까. 그렇지만 하다 보면 대체로 우리끼리 정할 수 있을 거야. 이 모임은 가능하면 비밀로 해두자. 특히 메리 밴스에게는 한 마디도 알려서는 안 돼. 모임에 들어오고 싶어하면서 자기가 규칙을 정해서 우리를 키우겠다고 들 게 틀림없어."

페이스가 말했다.

"날마다 벌을 생각하느라 매일매일이 재미없어지는 건 싫어. 벌받는 날을 따로 정하자."

우나가 말했다.

"토요일이 좋겠어. 학교에 가지 않는 날이니까 방해받을 일도 없고."

페이스가 놀라 외쳤다.

"난 싫어. 그것 때문에 일주일 가운데 단 하루의 휴일을 망칠 수는 없어. 금요일로 하자. 그날은 어차피 생선 먹는 날이고, 우린 생선을 싫어하니까. 하기 싫은 것들을 하루에 다 몰아서 끝내기로 하자. 그러면 다른 날들은 좋아하는 일들을 하면서 즐기면 돼."

제리가 명령조로 말했다.

"말도 안 되는 소리. 그렇게 해선 잘될 리 없어. 벌은 나쁜 일을 하면 그때그때 받아서 우린 언제나 결백한 상태가 돼야 해. 그럼 이젠 모두 이해한 거지? 이건 우리 스스로를 키우기 위한 '바른 생활 모임'이야.

만일 나쁜 짓을 하면 벌을 받을 것, 어떤 일이라도 그것을 하기 전에 잘 생각해보고 아버지의 명예에 먹칠하지는 않을까 스스로에게 물어볼 것, 그리고 책임을 게을리하는 사람은 누구든 이 모임에서 쫓겨나 다시는 다른 아이들과 '무지개 골짜기'에서 놀지 못한다는 데 다들 동의하지?

만일 의견이 모아지지 않을 때에는 젬 블라이드를 심판으로 부르기로 하고. 앞으로는 벌레 같은 걸 주일학교에 가져가서는 안 돼, 칼. 그리고 사람들이 많이 있는 데서 나뭇진을 씹지 않도록 부탁해, 미스 페이스."

그러자 페이스가 반격했다.

"이제부터는 장로님들의 기도를 놀려대거나 감리교파 기도 모임에는 가지 말아야 해."

깜짝 놀란 제리가 항의했다.

"어째서? 감리교파 기도 모임에 간다고 해서 나쁠 건 없잖아?"

"엘리엇 부인이 나쁘댔어. 목사관 아이들은 장로교파 모임에만 나가야 된대."

제리가 소리쳤다.

"빌어먹을! 나는 감리교파 기도 모임에 계속 나갈 거야. 우리 교회 기도 모임보다 몇십 배나 재미있는걸."

페이스가 큰 소리로 말했다.

"오빠 지금 나쁜 말을 썼어. 자, 벌을 받아야 해."

"모든 것을 글로 적어놓기 전까지는 괜찮아. 지금은 모임에서 앞으로 할 일을 말로 의논하고 있을 뿐이잖아. 규칙을 글로 적고 우리가 서명해야 모임이 제대로 만들어지는 거야. 회칙이랑 부칙 같은 게 다 정해져야 한다고. 게다가 기도 모임 가는 건 전혀 나쁜 일이 아니라는 걸 너도 잘 알잖아."

"하지만 벌받는 건 우리가 나쁜 짓을 했을 때만이 아니야. 아버지의 명예에 먹칠할 때에도 그래."

"아무에게도 피해를 주지 않아. 엘리엇 부인은 감리교파랑 얽힌 일이라면 뭐든지 다 싫어해서 그러는 거잖아. 부인 말고는 아무도 내가 기도 모임 가는 데 대해 이러니저러니 하는 사람이 없어. 나는 언제나 얌전히 있어. 젬이나 블라이드 부인의 의견을 물어보자. 젬이나 부인 의견도 마찬가지라면 따를게. 자, 이제 집에 가서 종이하고 초롱불 가져올 테니까 모두 서명하자."

15분 뒤 아이들은 모두 헤저키아 폴록의 묘석에서 시커멓게 그을린 목사관 초롱불을 둘러싸고 엄숙하게 서명했다. 마침 클로 장로 부인이 그곳을 지나갔는데, 이튿날 글렌 마을에는 목사관 아이들이 또 묘지에서 기도 시합을 했을 뿐 아니라 마지막에는 초롱불을 들고 술래잡기를 하며 무덤 위를 뛰어다녔다는 소문이 퍼졌다. 이 과장된 소문은 아마 서명과 봉인을 마친 뒤 칼이 개밋둑을 살펴보기 위해 초롱불로 발 밑을 비추며 조그맣게 움푹 파인 곳으로 조심스럽게 걸어간 행동 때문에 생긴 듯했다. 다른 세 아이는 조용히 목사관으로 돌아가 잠자리에 들었다.

기도를 마친 뒤 우나는 떨리는 목소리로 페이스에게 물었다.

"아버지가 미스 웨스트랑 결혼한다는 게 사실일까?"

페이스가 곰곰이 생각하며 대답했다.

"잘 모르지만, 그렇게 되면 좋겠어."

우나는 목멘 소리로 말했다.

"아아, 나는 싫어. 미스 웨스트는 지금 그대로라면 좋지만, 메리가 그러는데, 계모가 되면 누구나 달라져버린대. 항상 짜증 내고 못되게 굴고 무서워지는 데다, 아버지가 자기 아이들을 미워하게 만든대. 누구라도 그렇대. 그렇지 않은 적을 한 번도 본 일이 없다고 했어."

페이스가 외쳤다.

"미스 웨스트가 그렇게 되리라고는 결코 믿지 않아."

"하지만 누구든 그렇게 된다고 메리가 말했어. 메리는 계모에 대한 일이라면 모르는 게 없어, 페이스. 백 명도 넘게 봤대. 그런데 언니는 계모를 한 사람도 못 봤잖아? 아, 메리는 나한테 피가 얼어붙을 듯한 오싹한 이야기도 해줬어. 메리가 아는 어떤 계모는 자기 남편의 어린 딸들의 맨 어깨를 회초리로 피가 나도록 때렸대. 그러고 나서 그 아이들을 하룻밤 내내 춥고 깜깜한 석탄 창고 속에 가뒀대. 계모란 모두 그렇게 하고 싶어서 못 견딘다고 메리가 말했어."

"다시 한번 말하지만 미스 웨스트는 절대로 그럴 리 없어. 너는 나만큼 그분을 잘 알지 못하잖아. 나한테 저 귀여운 새를 보내준 걸 생각해봐. 나는 그 새를 애덤보다도 훨씬 더 사랑하게 됐어."

"계모가 되면 달라진대. 메리가 그랬는데 달라지지 않을 수 없대. 나는 회초리로 때리는 것보다도 아버지가 우리를 미워하게 만들까 봐 그게 더 걱정이야."

"어떤 일이 있어도 아버지가 우리를 미워할 리는 없어. 바보같이 굴지 마, 우

나. 그런 걱정은 안 해도 돼.

　게다가 만일 '바른 생활 모임'이 잘돼서 우리 스스로를 훌륭히 키워나가면 아버지는 결혼해야겠다는 생각을 안 하게 될 수도 있어. 또 만일 결혼한다 해도 미스 웨스트는 우리를 사랑해주리라는 걸 나는 잘 알고 있어."

　그러나 우나는 페이스와 같은 확신이 없었으므로 울다 잠이 들었다.

## 충동적 자선

두 주일 동안 '바른 생활 모임'은 순조롭게 흘러갔다. 훌륭한 성과를 거두는 듯했다. 젬 블라이드를 불러서 심판을 부탁한 일 또한 한 번도 없었다. 목사관 아이들이 글렌의 입방아에 오르내리는 일도 전혀 일어나지 않았다. 집 안에서의 가벼운 실수에 대해서는 서로 엄하게 감시하며 스스로가 느끼기에 감당키 힘든 벌을 용감하게 받았다. 이를테면 금요일 저녁, 모두들 '무지개 골짜기'에서 즐겁게 모여서 놀 때 거기에 가고 싶은 걸 꾹 참고 가지 않는다든지, 봄날 저녁 밖에서 뛰어놀고 싶어 좀이 쑤실 것 같아도 혼자만 침대 속에 있는다든지 하는 그런 벌이었다.

페이스는 주일학교에서 귓속말을 한 일에 대한 벌로, 꼭 필요한 때 말고는 온종일 한 마디도 말을 하지 않기로 스스로 결정하고 곧바로 실행했다. 다만 하필이면 그날 저녁 항구 윗마을의 베이커 씨가 목사관을 찾아왔는데 공교롭게도 문을 열어 그를 맞은 사람이 페이스였다. 베이커 씨가 상냥하게 인사하는데도 페이스는 대답 한마디 하지 않고 아버지를 부르러 갔다. 베이커 씨는 기분이 살짝 상해서 집에 돌아가자마자 아내를 붙잡고, 메러디스 목사의 큰딸이 너무 붙임성 없고 뚱해서 어른이 먼저 인사를 했는데도 아무 대답도 하지 않아 예의가 없어 보이더라고 불평했다.

그러나 그 이상 심한 일은 일어나지 않았고 대개 속죄 행위는 그들 자신이나 다른 누구에게도 그리 큰 해를 끼치지 않았다. 그들은 마침내 스스로를 키우는 일은 제법 쉬운 일이라고 자신만만하게 여기기 시작했다.

페이스가 기쁜 듯 말했다.

"우리도 다른 사람들처럼 경우에 맞게 행동할 수 있다는 걸 마을 사람들도 곧 알게 될 거야. 마음만 먹으면 별로 어려운 일도 아니네."

페이스와 우나는 폴록 씨의 묘석에 앉아 있었다. 그날은 봄 폭풍이 불어닥쳐 춥고 으스스하고 비도 내렸다. 목사관과 잉글사이드의 남자아이들은 '무지개 골짜기'에서 낚시를 하고 있었지만 여자아이들이 '무지개 골짜기'에 가는 것은 무리였다. 비가 멎었어도 거친 샛바람이 바다로부터 사정없이 불어와 뼛속까지 스며들었다. 봄은 처음에는 일찍 올 것 같더니만 멀찍이 선 채 좀처럼 다가오지 않았다. 심지어 묘지 북쪽 구석에는 겨울 동안 쌓였던 단단한 눈이 아직도 고스란히 남아 있었다.

목사관에 청어를 한 아름 갖고 온 리다 마시가 추위에 오들오들 떨면서 대문으로 들어왔다. 리다는 항구 어귀의 어촌에 살고 있는 소녀로 그녀의 아버지는 지난 30년 동안 봄이면 해마다 맨 먼저 잡은 청어를 목사관에 계속 보내오고 있었다. 그러나 그 아버지는 한 번도 교회에 나타나지 않았다. 술고래이면서 무모한 사나이였다. 그럼에도 자기 아버지를 본받아 해마다 봄에 목사관으로 처음 잡은 청어를 보내면 '세상을 다스리는 전능한 분'과의 거래에서 1년치 셈을 싹 다 끝낸 것으로 믿고 마음을 놓았다. 게다가 해마다 처음으로 잡힌 생선을 보내지 않으면 그해 고등어잡이가 잘 되지 않는다고 믿고 있었다.

리다는 10살이었지만 키가 퍽 작고 빼빼 말라서 나이보다 훨씬 어려 보였다. 그날 밤 용기를 내서 목사관 여자아이들에게 쭈뼛거리며 가까이 다가오는 리다의 모습이 어째 태어나서 단 한 번도 따뜻해져 본 일이 없는 아이 같았다. 얼굴은 자줏빛이었고 겁 없는 작은 물빛 눈은 충혈되고 눈물이 고여 있었다. 누더기 같은 날염 원피스를 입고 있었고 털실로 짠 닳아빠진 숄을 얄팍한 어깨에 걸치고 겨드랑이 밑으로 넣어서 동여매고 있었다. 아직 눈이 남아 있거나 녹아서 질퍽해진 진창길을 항구 어귀에서 여기까지 3마일(약 4.8킬로미터)이나 맨발로 걸어왔다. 발과 다리도 얼굴이나 마찬가지로 자줏빛이었다.

그러나 리다는 그런 일을 조금도 개의치 않았다. 추운 것은 해마다 있는 일이고 맨발로 걸어다닌 지도 벌써 한 달이나 되었다. 어촌에서 사는 아이들은 모두 그랬다. 리다는 자기가 불쌍하다고 여기지 않았고 묘석에 올라앉으며 페이스와 우나에게 기분 좋게 웃어 보였다.

페이스와 우나도 따라 웃었다. 리다에 대해서는 약간 알고 있었다. 지난여름 블라이드 집안의 아이들과 항구에 갔을 때 한두 번 본 일이 있었다.

리다가 말했다.

"안녕! 오늘 밤은 엄청 춥지 않아? 개들도 밖으로 나가기 싫어할 날씨야."

페이스가 다정하게 물었다.

"그런데 넌 왜 밖에 나왔어?"

"너네 집에 청어를 갖다주라고 아빠가 심부름시켰어."

리다는 대답한 다음, 부들부들 떨며 콜록콜록 기침을 한 뒤 맨발을 내밀었다. 리다는 자기 모습이 어떤지, 발이 어떤지 전혀 신경 쓰고 있지 않았다. 추운 데는 익숙해져 있었고 동정을 받으려는 마음도 없었다. 발을 올린 것은 묘석 둘레의 풀이 젖어 있었으므로 발이 젖을까 봐 저도 모르게 그랬을 뿐이었다.

그러나 페이스와 우나의 마음속에는 갑작스레 리다에 대한 동정심이 파도처럼 밀려왔다. 저렇게 추워 보이고…… 저렇게 비참한 모습을 하고 있다니.

페이스가 깜짝 놀라 외쳤다.

"오늘 밤은 이렇게 몹시 추운데 왜 맨발이야? 발이 동상에 걸렸겠다."

리다가 아무렇지 않은 듯 자랑스럽게 말했다.

"뭐, 비슷해. 항구의 큰길을 걸어오기는 쉽지 않았어."

우나가 물었다.

"왜 양말하고 구두를 안 신고 왔니?"

"없으니까. 갖고 있었던 것은 겨울이 다 가기도 전에 못쓰게 됐어."

리다는 조금도 신경 쓰지 않는 눈치였다.

너무 놀라서 페이스는 한순간 눈이 휘둥그레졌다. 이런 지독한 일이 또 있을 수 있을까. 눈앞에 있는 작은 여자아이는 이웃이라고 해도 좋을 만큼 가까운 곳에 살고 있는데 여전히 추위가 가시지 않은 이 봄날 저녁에 양말도 구두도 신지 못해 반쯤 얼어 있었다. 마음이 여린 페이스는 앞뒤를 잴 겨를도 없이 다만 너무 가혹하다는 생각밖에 머리에 떠오르지 않았다. 눈 깜짝할 사이에 페이스는 충동적으로 구두와 양말을 벗었다.

페이스는 어리벙벙한 리다의 손에 구두와 양말을 쥐여 주고는 말했다.

"자, 이걸 줄 테니 얼른 신어. 어서 빨리. 그러다 심한 감기에 걸려서 죽어버릴 거야. 나한테는 다른 게 있으니 부담 갖지 말고 신어."

제정신이 든 리다는 몽롱한 눈을 반짝이며 페이스가 내민 선물을 잽싸게 낚아챘다. 소녀는 누군가 높은 사람이 나타나 빼앗기 전에 재빨리 신으리라 결심한 듯했다. 리다는 대뜸 뼈밖에 남지 않은 앙상한 다리에 양말을 끌어올리고 부어 있는 작은 발목을 페이스 구두 속에 구겨 넣었다.

리다가 걱정스레 물었다.

"고마워. 하지만 어른들에게 야단맞지 않겠니?"

"아니. 그리고 야단맞는대도 괜찮아. 추워서 죽을 것 같은 사람을 보고 도와주지도 않고 그냥 있을 순 없잖아? 그냥 내버려두는 건 더 큰 잘못이야. 더욱이 우리 아버지는 목사님이니까."

리다가 시치미 뗀 얼굴로 말했다.

"이거 나중에 너한테 돌려줘야 할까? 항구 어귀는 엄청 추워. 여기가 따뜻해진 한참 뒤까지도."

"아니, 너 가져. 처음부터 주려고 했어. 구두는 하나 더 있고 양말은 얼마든지 많이 있어."

리다는 원래는 좀 더 앉아서 이런저런 이야기를 할 작정이었다. 그러나 돌아가는 게 좋을 것 같았다. 누군가 와서 얻은 것을 내놓으라고 하면 큰일이었다. 그래서 아까 들어왔을 때와 마찬가지로 소리도 내지 않고 추위가 심한 저녁 어스름 속으로 그림자처럼 살금살금 돌아갔다. 리다는 목사관이 보이지 않게 되자 곧 주저앉아 구두와 양말을 벗어 청어 광주리 속에 집어넣었다. 그걸 신고 더러운 항구길을 걸어갈 생각은 없었다. 특별한 때를 위해 잘 간직해 둬야지. 항구 어귀의 여자아이 가운데 이런 고급스러운 검정 캐시미어 양말이나, 새 것과 다름없는 멋진 구두를 가진 아이는 하나도 없었다. 이젠 여름까지 날 준비가 된 셈이었다.

리다는 그 일에 대해 전혀 꺼림칙하지 않았다. 리다의 눈에는 목사관 아이들이 엄청난 부자로 느껴졌기에 그 애들은 구두고 양말이고 얼마든지 갖고 있을 게 틀림없다고 생각했다. 그 뒤 리다는 글렌 마을로 달려가 플래그 씨네 가게 앞에서 녹기 시작한 눈을 던지며 한 시간쯤 남자아이들과 신나게 놀았다. 너무 요란하게 떠들었으므로 지나가던 엘리엇 부인에게 빨리 집으로 돌아가라는 꾸중을 들었다.

리다가 돌아간 뒤 우나가 나무라듯 말했다.

"그러면 안 되었잖아, 언니. 이제부터는 날마다 가장 좋은 구두를 신어야 할 텐데, 그러면 금방 닳아버릴 거야."

페이스가 당당하게 외쳤다.

"상관없어."

그리고 자선을 베푼 것이 너무나 뿌듯해서 얼굴을 빛내며 말했다.

"나는 구두를 두 켤레나 갖고 있는데 가엾은 리다 마시는 한 켤레도 없다는 건 정말 불공평하잖아. 이것으로 우리는 한 켤레씩 갖게 되었어. 지난 주일날 설교에서 아버지가 하신 말씀 기억하지? '참다운 행복이란 손에 넣고 소유하는 데 있지 않다―바로 베푸는 일에 있다'고 하셨어. 그 말씀대로야. 여태까지 이렇게 행복한 기분은 느껴본 일이 없어. 생각해봐. 지금 리다는 그 불쌍한 작은 발이 기분 좋게 따뜻해져서 집으로 걸어가고 있을 거야."

우나가 말했다.

"언니도 검정 캐시미어 양말은 그거 한 켤레밖에 없어. 다른 한 켤레는 구멍 투성이가 돼서 마사 할머니가 이제 더는 꿰맬 수 없다고 해서 발목에서 댕강 잘라 난로 닦는 걸레로 만들어버렸잖아. 남아 있는 건 언니가 그렇게나 싫어하는 줄무늬 양말 두 켤레뿐이야."

그러자 페이스의 뿌듯함과 들뜬 기분은 사라져버렸다. 기뻤던 마음이 마치 풍선을 바늘로 콕 찌른 듯 바람이 피시식 빠져버렸다. 좌절한 페이스는 말없이 얼마 동안 그 자리에 앉아서 자기가 한 성급한 행동의 결과를 되씹고 있었다.

페이스는 슬픈 듯 말했다.

"아, 우나, 그건 생각 못 했어. 차분히 잘 생각하고 나서 했어야 하는데."

이 문제의 줄무늬 양말이란 마사 할머니가 손수 뜬 파랑과 빨강 줄무늬의

겨울용 골지 양말로, 두껍고 뻣뻣하고 따가워서 신기에 몹시 거북했다. 게다가 몸서리가 날 만큼 흉했다. 페이스는 세상의 온갖 것 가운데에서도 그 양말만큼 싫은 것이 없었다. 그 볼썽사나운 것을 신으라니 말도 안 된다. 아직 한 번도 신지 않고 서랍 속에 깊이 넣어둔 채로 있었다.

우나가 안쓰러운 얼굴로 말했다.

"앞으로는 그 줄무늬 양말을 신어야 해. 학교에 가면 틀림없이 남자아이들이 놀릴 거야. 전에 메이미 워런이 줄무늬 양말을 신고 왔을 때도 이발소 간판 같다고 놀림감이 됐는데, 언니 양말이 그것보다 더 심하잖아."

페이스가 말했다.

"그런 건 신을 수 없어. 그걸 신을 바에는 아무리 추워도 차라리 맨발로 다니고 말지."

"그래도 내일 교회에 갈 때는 맨발로 갈 수 없잖아. 모두들 뭐라고 할지 생각해봐."

"그럼 교회 안 가고 집에 있을래."

"안 돼. 마사 할머니가 가라고 할 걸 잘 알면서."

그것은 페이스도 알고 있었다. 단 한 가지 마사 할머니가 기어코 양보하지 않는 것이 바로 비가 오나 눈이 오나 교회에는 꼭 가야 한다는 것이었다. 어떤 옷을 입고 가든, 또는 심지어 벗고 가든 할머니는 상관하지 않았다. 그러나 꼭 가야 했다. 마사 할머니는 70년 전에 그렇게 키워졌고 아이들도 그렇게 키울 생각이었다.

페이스가 애처롭게 물었다.

"우나, 나한테 빌려줄 양말 없니?"

우나는 고개를 절레절레 저었다.

"미안하지만 없어. 나한테도 검정 양말은 한 켤레밖에 없다는 걸 알잖아. 게다가 그건 너무 빡빡해서 나도 겨우 신을 수 있을 정도야. 언니한테는 들어가지도 않아. 회색 양말도 그래. 게다가 양쪽 모두 여기저기 기운 자국이 잔뜩 있어."

페이스가 고집스럽게 말했다.

"그 줄무늬 양말은 절대로 신지 않을 거야. 보기도 흉하지만 신었을 때 느낌은 더 기분 나빠. 내 다리가 꼭 나무로 된 술통만큼 굵어진 것 같은 데다가 얼마나 깔끄러운 줄 알아?"

"글쎄, 어떻게 하면 좋을지 나는 도저히 모르겠어."

"아버지가 있으면 가게 문 닫기 전에 새 양말을 사달라고 부탁할 텐데. 하지만 아버지는 오늘은 늦게야 돌아오실 테니까, 어쩔 수 없이 월요일에 부탁해야 해. 내일은 교회에 가지 않을래. 너무너무 아프다고 꾀병을 부리면 마사 할머니도 나한테 집에 있으라고 할 수밖에 없을 거야."

"그건 거짓말을 해서 사람을 속이는 일이야. 그런 짓 하면 안 돼. 무서운 일이라는 걸 알고 있잖아. 아버지가 알게 되면 뭐라고 하시겠어? 어머니가 돌아가셨을 때 아버지가 우리에게 하신 말씀 기억 안 나? 언제나 진실해야 한다, 다른 것은 지키지 못하더라도 그것만은 꼭 지켜야 한다고 하셨어. 절대로 거짓말 해서는 안 되고 사람을 속이는 일을 해서는 안 된다, 우리가 그런 일을 하지 않으리라 믿는다고 말씀하셨어.

그런 일을 하면 안 돼. 차라리 줄무늬 양말을 신고 가. 딱 한 번뿐이잖아. 교회에서는 아무도 눈치채지 못할 거야. 학교하고 달라. 그리고 언니의 새 갈색 원피스가 아주 기니까 양말이 그리 잘 보이지 않을 거야. 마사 할머니가 오래 입으라고 큼직하게 만들어줘서 차라리 잘된 거 아냐? 완성되었을 때는 언니가 무척 싫어했었지만."

"그 양말은 절대로 신지 않을 거야."

페이스는 똑같은 말을 되풀이했다. 페이스는 묘석 위에서 움츠리고 있던, 하얀 맨다리를 쭉 뻗더니, 젖어서 차가운 풀을 일부러 골라가며 밟으면서 아직 녹지 않은 차가운 눈더미 쪽으로 걸어갔다. 이를 악문 채 그녀는 그 위에 올라가 꼼짝 않고 우뚝 서 있었다.

놀란 우나가 외쳤다.

"뭐 하는 거야? 그러다 감기에 걸려 죽겠어, 페이스 메러디스."

페이스가 대답했다.

"그렇게 되려고 이러고 있는 거야. 심한 감기에 걸려 내일 '엄청엄청' 아프면 좋겠어. 그러면 거짓말로 속이는 게 되지 않잖아. 도저히 못 참겠다 싶을 때까지 여기에 서 있을 테야."

"하지만 정말 죽을 수도 있어. 폐렴에 걸릴지도 몰라. 부탁이야, 그만둬. 자, 집에 들어가서 다른 방법을 찾아보자. 아, 제리가 왔다. 잘 됐어. 오빠, 언니가 눈에서 내려오게 해 봐. 저 발을 좀 봐."

놀란 제리가 어이없다는 듯한 표정으로 물었다.

"맙소사! 페이스, 너 대체 뭘 하고 있는 거야? 정신 나갔어?"

"아냐. 저리 가!"

"뭔가 잘못해서 자기에게 벌주고 있는 거야? 그렇다면 방법이 틀렸어. 그러다 병에 걸릴 거야."

"병에 걸리고 싶어. 나한테 벌을 주고 있는 게 아냐. 저리 가."

제리가 우나에게 물었다.

"페이스의 구두랑 양말은 어디 있지?"

"리다 마시한테 줬어."

"리다 마시한테? 도대체 왜?"

"리다가 양말도 신발도 안 신어서 발이 꽁꽁 얼어 있어서 그랬어. 그래서 지금 언니는 내일 줄무늬 양말을 신고 교회에 가지 않아도 되도록 병에 걸리고 싶은 거야. 그렇지만 저러다 죽을지도 몰라."

"페이스, 당장 그 눈더미에서 내려와. 내려오지 않으면 내가 억지로 끌어내릴 거야."

페이스가 대들었다.

"끌어내릴 수 있으면 끌어내려봐."

제리는 페이스에게 달려들어 팔을 잡았다. 제리가 잡아당겼으나 페이스는 꿋꿋이 버텼다. 우나가 페이스 등 뒤로 돌아가서 밀었다. 페이스가 자기를 그냥 좀 내버려두라고 제리에게 소리 질렀다. 제리도 바보 같은 짓 그만하라고 맞고함을 질렀다. 우나는 울음을 터뜨렸다.

한바탕 소동이 벌어졌다. 떠들어댄 곳은 큰길에 붙어 있는 묘지 울타리 바로 옆이었다. 때마침 헨리 워런과 부인이 마차로 지나가다가 그 소동을 목격했다. 목사관 아이들이 묘지에서 심하게 싸우면서 차마 입에 담을 수도 없는 욕지거리를 했다는 소문이 온 글렌에 삽시간에 퍼졌다. 이윽고 페이스는 마지못해 끌려 내려오듯 눈더미에서 내려왔다. 발이 베이는 듯 아파와 어쨌든 내려올 생각이었다. 셋은 사이좋게 집으로 돌아가 잠자리에 들었다.

페이스가 천사처럼 곤히 잠들었다가 이튿날 아침 일어났을 때는 감기에 걸린 기미는 전혀 없었다. 옛날에 아버지와 약속했던 일이 생각나 꾀병을 부려 속일 수는 없었다. 그래도 교회에 갈 때 그 볼썽사나운 양말은 절대 신지 않으리라는 결심에는 변함이 없었다.

## 맨발과 양말

페이스는 주일학교에 일찍 가서 아무도 오기 전에 구석 자리에 조용히 앉았다. 주일학교가 끝나고 페이스가 교회 입구 가까운 주일학교 자리에서 일어나 목사 가족 지정석으로 걸어가기 전까지는 창피한 진실을 아무에게도 들키지 않았다. 그러나 주일학교가 끝났을 때 교회의 좌석은 벌써 반쯤 차 있었으므로 통로 옆에 앉아 있던 사람들 모두에게 목사의 딸이 부츠는 신었지만 양말은 신지 않았다는 게 알려지고 말았다.

마사 아주머니가 아주 낡은 옷본을 이용해 만든 페이스의 새 갈색 옷은 페이스에게는 터무니없이 길었지만 그래도 부츠의 위쪽 끝을 가려줄 만큼은 아니었다. 하얀 맨다리가 2인치(5센티미터)쯤은 족히 드러나 보였다.

목사 가족석에 앉아 있는 사람은 페이스와 칼뿐이었다. 제리는 2층 좌석에 친구와 함께 있었고, 우나는 블라이드 집안의 쌍둥이들이 데리고 갔다. 목사관 아이들은 이렇듯 '교회 안에 내키는 대로 뿔뿔이 흩어져 앉았기' 때문에 목사관 아이답지 않은 그릇된 행동이라고 생각하는 사람이 많이 있었다. 2층 좌석에 앉는 일은 특히 평판이 좋지 않았다. 그곳에는 무책임한 사내아이들이 모여 예배 도중 잡담을 하고 심지어 몰래 담배를 씹는다는 소문까지 도는 터라 목사관 아이들이 앉을 만한 자리가 못 된다고들 여겼다. 그러나 제리는 목사

가족석을 몹시 싫어했다. 교회의 맨 앞인 데다, 바로 뒤에서 클로 장로와 그 가족이 노려보기 때문이었다. 제리는 기회만 있으면 그곳에서 달아났다.

칼은 창문에 거미집을 짓고 있는 거미를 쳐다보느라 정신이 없었기 때문에 페이스의 맨다리를 눈치채지 못했다. 예배가 끝난 뒤 페이스는 아버지와 함께 집으로 돌아갔는데, 아버지도 페이스의 맨다리를 눈여겨보지 않았다. 페이스는 제리와 우나가 돌아오기 전에 몹시 싫어하는 줄무늬 양말을 꺼내 신었으므로 목사관 가족들은 아무도 페이스가 무슨 짓을 했는지 한동안 몰랐다.

하지만 글렌세인트메리에서는 그것을 모르는 사람이 없었다. 자기 눈으로 보지 못한 소수의 사람들도 곧 듣게 되었다. 교회에서 돌아가는 길에 다른 것은 화제가 되지 못했다. 앨릭 데이비스 부인은 이럴 줄 알았다고 말했다. 그리고 머지않아 발가벗고 교회에 나오는 애들도 있지 않겠냐면서 혀를 찼다. 여성 후원회 회장은 다음 모임에서 오늘의 일을 안건으로 삼아 모두 함께 목사님에게 항의하자고 말했다. 미스 코닐리아는 이제 단념했다면서, 더 이상 목사관 아이들 일로 머리를 썩여도 아무 소용 없다고 말했다. 블라이드 부인조차 무척 충격을 받았지만, 다만 페이스가 깜빡했기 때문에 그런 것으로 생각했다. 그날은 주일이었으므로 수전은 페이스를 위해 곧바로 양말을 뜨기 시작할 수는 없었지만, 이튿날 잉글사이드에 있는 어느 누구보다도 일찍 일어나 일에 착수했다.

수전은 앤에게 말했다.

"이건 순전히 마사 아주머니 탓이에요, 사모님. 그 가엾은 아이에겐 제대로 된 양말 한 켤레도 없었겠지요. 죄다 구멍투성이었을 거예요. 언제나 그랬잖아요?

게다가 여성 후원회 말인데요, 사모님, 설교단의 새 카펫을 어떤 것으로 바꿀지를 놓고 그렇게 아웅다웅할 게 아니라 차라리 목사관 아이들 양말을 몇 켤레 떠줄 생각을 하는 게 낫죠. 나는 여성 후원회 회원은 아니지만 이 고급스러운 검정 털실로 페이스에게 양말 두 켤레를 떠주겠어요. 손가락을 되도록 빨리 놀려서요.

목사님 딸이 양말도 신지 않고 우리 교회 통로를 걸어가는 걸 보고 기절할 뻔한 그 기분은 평생 잊지 못할 거예요, 사모님. 어디다 눈을 두어야 할지 모를 정도였어요."

미스 코닐리아가 신음 소리를 냈다. 그녀는 글렌에 장을 보러 온 김에 잉글사이드에 들러 페이스 사건을 이야기하는 중이었다.

"게다가 어제는 교회에 감리교 교인들이 많이 와 있었어요. 왜 번번이 그런지 모르지만, 목사관 아이들은 교회에 감리교 교인이 잔뜩 왔을 때 반드시 뭔가 큰일을 저질러요. 어제 해저드 집사 부인의 눈이 툭 튀어나오는 줄 알았다니까요. 교회에서 나오자마자 그 부인은 이렇게 말했죠.

'저런 일을 저지르다니 정말 보기에 민망하군요. 장로교 교인들이 가엾어요.'

우리는 그 말을 잠자코 듣고 있어야만 했어요. 딱히 뭐라고 대꾸할 말이 없었으니까요."

수전이 얼굴을 찌푸리며 말했다.

"내가 그 자리에 있었다면 얼마든지 대꾸해 주었을 텐데요, 사모님. 첫째로, 구멍투성이 양말에 비해 깨끗이 씻은 맨다리가 조금도 보기 흉하지 않다고 말했을 거예요. 게다가 설교를 잘하는 목사님이 계신 장로교 교인들이 그런 목사가 없는 감리교 교인들의 동정을 받을 필요는 조금도 없다고도 덧붙였을 거예요. 나 같으면 해저드 집사의 부인이 찍소리도 못 하게 해줄 수 있었어요, 사모님."

미스 코닐리아가 대답했다.

"제발 부탁이니 메러디스 목사님이 설교가 좀 서툴더라도 가족들을 좀 더 돌봤으면 좋겠어요. 적어도 교회에 가기 전 아이들의 차림새가 정돈되어 있는지 눈길이라도 한번 주면 좋잖아요. 나는 이젠 목사님을 변호하는 데에도 지쳐버렸어요. 두손 두발 다 들었어요, 정말."

한편 '무지개 골짜기'에서는 페이스의 마음이 난도질을 당하고 있었다. 메리 밴스가 와서 여느 때처럼 설교를 늘어놓고 있었던 것이다. 메리는 페이스더러 스스로에게 부끄러운 일을 했을 뿐만 아니라 아버지의 명예에도 돌이킬 수 없는 먹칠을 한 것을 아느냐고 다그쳤다. 그러면서 이젠 페이스에게 정나미가 떨어졌다고 했다. '모두가' 입방아를 찧고 있었고, '모두가' 똑같은 말을 하고 있다고 했다.

드디어 메리는 결론을 맺어 말했다.

"솔직히 말해서 너하곤 이제 어울릴 수 없어."

낸 블라이드가 벌떡 일어나 외쳤다.

"'우리는' 페이스하고 어울릴 거야."

낸도 마음속으로는 페이스가 한 행동이 너무 심했다고 여겼지만 그래도 메리 밴스가 이처럼 횡포를 부리게 놔둘 수는 없다고 생각했다.

"그러니까 페이스하고 어울리지 않으실 거면 이제 '무지개 골짜기'에 안 오셔도 돼요, '미스' 밴스."

낸과 다이는 양쪽에서 페이스의 어깨를 감싸안고 메리를 무섭게 노려보았다. 그러자 메리가 갑자기 힘없이 나무 그루터기에 주저앉아 울기 시작했다.

"나라고 어울리고 싶지 않아서 이러는 게 아냐. 하지만 내가 페이스랑 같이 있으면 사람들이 내가 충동질해서 페이스한테 나쁜 짓을 시킨다고 말해. 지금도 그렇게 말하는 사람들이 있어, 정말로. 그렇지만 나는 그런 말을 그냥 듣고 넘길 처지가 못 돼. 이제야 겨우 제대로 된 가정에 살면서 숙녀가 되려고 노력하는데 말이야.

게다가 내가 가장 힘들었던 시절에도 나는 교회에 맨발로 간 적은 없어. 그런 일은 생각조차 안 했어. 그런데 그 밉상스러운 키티 앨릭 할망구가 나한테다 내가 목사관에 나타난 다음부터 페이스가 달라졌다고 하잖아. 나를 집에 들인 날을 코닐리아 엘리엇이 두고두고 후회할 거라고도 말했어. 그런 말을 들으니 너무 마음이 상했어. 하지만 내가 가장 걱정하는 건 메러디스 목사님이야."

다이가 경멸하듯 말했다.

"목사님은 네가 걱정하지 않아도 돼. 그럴 필요가 없다고 생각해. 자, 페이스, 울지 말고 왜 그런 일을 했는지 우리에게 말해봐."

페이스는 눈물을 흘리면서 말했다. 블라이드 집안의 쌍둥이는 안타까워했고 메리 밴스조차 페이스가 난처한 입장이었음을 인정했다. 그러나 마치 벼락이라도 맞은 듯 그제야 모든 일이 납득이 간 제리는 좋은 표정을 지을 수 없었다.

'그렇구나, 오늘 학교에서 뜻 모를 빈정거림을 들었던 게 이 일 때문이었구나!'

제리는 우격다짐으로 페이스와 우나를 재촉해 집으로 데려갔다. 그러고는 페이스의 일을 재판하기 위해 즉시 묘지에서 '바른 생활 모임'의 회의를 열었다.

페이스는 억울한 마음에 반박했다.

"나는 누구에게도 피해를 주지 않았어. 맨다리가 그렇게 많이 보인 것도 아냐. '나쁜' 일을 한 것도 아니고 누구에게 폐를 끼치지도 않았어."

"아니, 아버지에게 폐를 끼쳤어. 너도 알고 있을 텐데. 우리가 뭔가 이상한 일을 하면 모두 아버지 탓으로 돌리잖아."

페이스가 입속으로 중얼거렸다.

"거기까지는 생각하지 못했어."

"바로 그 점이 문제야. 생각하지 않았다는 거. 넌 생각해야만 했어. 그래서 이 모임이 있는 거잖아. 우리 스스로를 키우고 생각을 하도록 하기 위해서. 어떤 행동을 하기에 앞서 먼저 한번 생각하기로 약속했잖아? 그런데 그렇게 하지 않았으니까 벌을 받아야만 돼, 페이스. 아주 엄한 벌을. 벌로 그 줄무늬 양말을 일주일 동안 학교에 신고 가."

"아, 오빠, 제발. 하루……나 이틀이면 안 될까? 일주일은 너무 길어!"

그러나 제리는 가차 없이 말했다.

"안 돼, 꼬박 일주일이야. 그래야 공정해. 공정한지 안 한지 젬 블라이드에게 물어봐."

페이스는 그런 일로 젬 블라이드에게 의논할 바에는 시키는 대로 하는 편이 낫다고 생각했다. 자기가 한 짓이 아무래도 몹시 부끄러운 일이었다는 사실을 겨우 깨닫기 시작한 것이다.

페이스는 볼멘소리로 웅얼거리며 대답했다.

"알았어, 그렇게 할게."

제리는 엄했다.

"그래도 죄에 비해 가벼운 벌로 끝나는 줄 알아. 게다가 우리가 너에게 아무리 벌을 준다고 해도 아버지의 입장이 난처해진 걸 되돌릴 수는 없어. 사람들은 네가 장난으로 그런 행동을 했다고 생각할 거고, 그런 짓을 못 하게 말리지 않았다고 해서 아버지를 탓할 거야. 한 사람 한 사람 모두 붙잡고 해명할 수도 없고 말이야."

이 말이 페이스의 마음을 무겁게 내리눌렀다. 자기가 비난받는 건 참을 수 있었지만 아버지가 책망받는 것은 참을 수 없었다. 왜 그런 일이 생겼는지 알게 된다면 사람들은 아버지를 나무라지 않으리라.

하지만 어떻게 하면 사람들에게 이해시킬 수 있을까? 교회에서 전에 했듯이 모든 사람 앞에 서서 설명하는 건 생각할 수 없다. 교인들이 그때 일을 어떻게 받아들였는지 메리 밴스가 이야기해주어서, 페이스도 그 같은 일을 되풀이해서는 안 된다는 걸 알고 있었다.

일주일이 절반이 지날 때까지도 페이스는 그 문제로 고민하고 있었다. 그러다가 좋은 생각이 떠올라 곧 실행에 옮기기로 했다. 페이스는 그날 밤, 다락방에 틀어박혀 등불과 연습장을 앞에 놓고 볼은 상기된 채 눈을 빛내며 열심히 뭔가를 썼다. 바로 이거야! 이런 생각을 해내다니 나 제법 똑똑하잖아! 이것으로 모든 게 해명되고 문제가 깨끗이 해결되리라. 게다가 세상을 떠들썩하게 하지도 않을 터이다. 11시가 되자 만족할 만한 것이 드디어 완성되었다. 페이스는 아주 지쳐버렸지만 그래도 흡족한 마음으로 방에 돌아가 침대에 들어갔다.

이삼일이 지나 글렌에서 발행하는 작은 주간지인 《저널》이 여느 때처럼 나오자 글렌 마을은 다시금 큰 소용돌이에 휘말렸다. '페이스 메러디스'의 서명이 든 독자 편지가 제1면에 떡하니 실려 있었다. 이런 내용의 것이었다.

관계자 여러분께,

왜 제가 양말을 신지 않고 교회에 갔는지 여러분에게 해명하려고 합니다. 그러면 모두들 이 일이 전혀 아버지 탓이 아니라는 걸 알게 되고 또한 수다쟁이 할머니들은 아버지 탓이라는 소문을 내고 다닐 필요가 없게 될 것입니다.

왜냐하면 그것은 사실이 아니기 때문입니다.

저는 단 한 켤레밖에 없었던 검정 양말을 리다 마시에게 주었습니다. 왜냐하면 리다는 양말이 한 켤레도 없었고, 나는 리다의 가엾은 맨발이 몹시 추워 보여서 불쌍한 마음이 들었기 때문입니다. 어떤 어린이든 그리스도인의 마을에 살고 있는 한, 눈이 다 녹기 전까지는 구두나 양말을 신지 않은 채 추위를 견디는 일은 없어야 합니다. 저는 장로교회 해외여선교회가 리다에게 양말을 베풀어주었어야 한다고 생각합니다.

여선교회가 이교도 어린이들에게 이것저것 보내 주고 있다는 사실을 저는 알고 있습니다. 그것은 그 나름대로 좋은 일이며 친절한 행동이라고 생각합니다. 하지만 이교도 어린이들이 살고 있는 곳은 여기보다 훨씬 따뜻한 고장이기도 하고, 우리 교회 여성 후원회 분들은 리다도 마땅히 돌보아주셨어야 합니다. 리다를 보살피는 것을 저에게만 맡기지 마시고요.

저는 리다에게 양말을 주고 나서야 저에게 구멍이 나지 않은 검정 양말은 그 한 켤레밖에 없었다는 사실이 떠올랐습니다. 하지만 그 양말을 리다에게 준 것은 잘 한 일이었다고 생각합니다. 만일 주지 않았더라면 양심의 가책 때문에 제 마음이 더더욱 불편했을 것입니다.

가엾은 리다가 흐뭇해하며 기쁘게 돌아간 뒤, 그제서야 저에게는 소름 끼치도록 볼썽사나운 파랑과 빨강 줄무늬 양말밖에 남아 있지 않다는 것이 생각났습니다. 그것은 윗(上)글렌에 사는 조지프 버 부인이 기부해주신 털실로 작년 겨울에 마사 할머니가 떠주신 양말입니다. 매듭이 잔뜩 있는 몹시 꺼칠꺼칠한 털실이었습니다. 저는 버 부인의 아이들이 그런 털실로 짠 옷을 입고 있는 걸 본 적이 없습니다. 그런데 메리 밴스 말로는, 버 부인은 자기가 쓸 수 없거나 먹을 수 없는 것을 목사에게 기부하면서 남편인 버 씨가 내기로 약속만 하고 한 번도 낸 적 없는 목사의 봉급 부담금을 지불한 셈으로 치고 있다고 합니다.

저는 그 못생긴 양말을 도무지 신을 기분이 나지 않았습니다. 보기에도 아주 흉했지만 굉장히 거칠고 깔끄럽기 때문입니다. 그런 양말을 신으면 모두의 웃음거리가 될 게 뻔했습니다. 처음에는 꾀병을 부려서 다음 날 교회에 가지 않을까도 생각했지만 그런 일을 하면 안 된다는 것을 알았습니다. 왜냐하면 남과 나를 속이는 행동이 되니까요. 어머니가 돌아가셨을 때, 그것만은 어떤 일이 있어도 절대로 해서는 안 된다고 아버지께서 말씀하셨어요.

사람을 속이는 행동은 거짓말을 하는 것만큼 나쁩니다. 그런 짓을 하는 사람이 있다는 걸 저는 알고 있습니다. 심지어 바로 이 글렌 마을에도 있습니다. 그러면서 하늘을 우러러 조금도 부끄럽다고 생각하지 않습니다. 차마 이름은 말하지 않겠습니다. 하지만 누구인지 저는 알고 있어요. 아버지도 알고 있습니다.

나는 그 뒤 감기에 걸려서 진짜 앓으려고 모질게 마음먹고 감리교도 묘지에 남아 있던 눈더미 위에 맨발로 서 있었습니다. 제리가 억지로 끌어내리기 전까지요. 그렇게 했는데도 감기에 걸리지 않았기에 예배를 빠질 수가 없었습니다. 그래서 저는 맨발에 구두만 신고 그대로 교회에 가기로 했습니다.

그것이 왜 그렇게 나쁜 일인지 나로선 알 수 없었습니다. 얼굴과 마찬가지로 발도 깨끗하게 씻었는데 말입니다. 아무튼 아버지 잘못이 전혀 아닙니다. 아버지는 서재에서 설교와 하느님의 일만 생각하셨고, 저는 아버지를 방해하지 않고 조용히 주일학교에 갔으니까요.

아버지는 교회에서 사람의 다리는 쳐다보시지도 않기 때문에 제 맨다리도 눈치채지 못하셨습니다. 하지만 수다쟁이 할머니들은 그걸 보고 이러쿵저러쿵 떠들고 소문을 냈습니다. 그래서 사정을 말하고 싶어 저는 《저널》에 이 편지를 보내게 되었습니다.

모두들 그렇게 말하니 아마도 저는 아주 나쁜 짓을 했나 봅니다. 잘못했다고 생각하고 있습니다. 그래서 월요일 아침, 플래그 씨 가게가 문을 열자마자 아버지께서 새 검정 양말을 두 켤레나 사주셨지만, 속죄하려는 마음에서 그 볼썽사나운 줄무늬 양말을 신고 있습니다.

아무튼 그 일은 모두 제 탓입니다. 이것을 읽은 뒤 아직도 아버지를 나무라는 이가 있다면 그 사람은 그리스도인이 아니므로 뭐라고 하든 나는 아무 상관 안 할 것입니다.

끝맺기 전에 하고 싶은 말이 한 가지 더 있습니다. 에번 보이드 씨가 지난가을에 자기 밭에서 감자를 훔친 것은 루 백스터네 가족이라고 말한다는 걸 메리 밴스에게서 들었습니다. 루 백스터네 가족은 에번 보이드 씨 밭의 감자에 결코 손대지 않았습니다. 백스터네는 가난하지만 모두 정직한 사람들입니다.

그 일을 한 사람은 사실 저희들이에요—제리와 칼과 저입니다. 우나는 그때 없었습니다. 우리는 그것이 도둑질이라고는 생각하지 못했습니다. 어느 날 저녁, '무지개 골짜기'에서 송어를 기름에 튀겨 먹었을 때 감자를 몇 개 함께 구워서 먹고 싶었거든요. 보이드 씨네 밭이 '무지개 골짜기'와 마을 사이에 있어서 가장 가까웠기 때문에 우리는 울타리를 넘어 감자 줄기를 두세 개 뽑았습니다. 그랬더니 보이드 씨가 비료를 충분히 주지 않아서 아주 작은 감자만 달려 있었습니다. 그래서 몇 줄기를 더 뽑아서 겨우 먹을 만큼 모았어요. 하지만 어느 것이나 다 구슬 크기밖에 되지 않았습니다.

먹을 때는 월터와 다이도 있었지만 두 사람은 먹을 준비가 다 된 다음에 왔습니다. 어디서 감자를 얻었는지 몰랐으니까 두 사람은 전혀 잘못이 없습니다. 나쁜 것은 우리 셋뿐입니다.

우리는 누구에게도 폐를 끼칠 생각은 없었어요. 하지만 그것이 도둑질이었다면 대단히 미안하게 생각하고, 반드시 변상하겠습니다. 다만 우리가 어른이 될 때까지 기다려주세요. 안타깝지만 지금은 돈이 없습니다. 아직 어려서 돈벌이를 할 수 없고 마사 할머니에게서는 얻을 수 없어요. 아버지의 봉급이 적어서 제대로 받을 때조차—그런 일조차 좀처럼 드물지만—마지막 한 푼까지 아껴 써도 살림살이가 빠듯하다고 합니다.

어쨌든 보이드 씨는 루 백스터 가족을 비난하며 나쁜 소문을 퍼뜨리는 일은 그만해주세요. 백스터네는 매우 결백하니까요.

페이스 메러디스 올림

## 발상의 전환

앤이 황홀한 듯 말했다.
"수전, 나는 죽은 뒤에도 해마다 수선화가 이 뜰에 피면 지상으로 돌아올래요. 누구의 눈에도 안 보이겠지만 그래도 여기 있을 거예요. 만일 그때 누군가 뜰에 있다가—나는 바로 지금과 같은 저녁 무렵이거나, 어쩌면 새벽에 올지도 몰라요. 연한 핑크빛으로 물든 아름다운 봄날의 새벽에—갑자기 바람이 휙 분 듯이 수선화들이 하늘거리며 고개를 끄덕거리는 걸 본다면, 실은 내가 그런 거예요."

수전이 말했다.
"웬걸요, 사모님. 죽은 뒤에는 수선화 같은 화려한 속세의 것은 생각하지 않게 될 거예요. 게다가 보이든 안 보이든, 난 유령에 대해 믿지 않아요."

"어머나, 수전. 나는 무서운 유령은 결코 되지 않아요! 유령이라니 오싹하잖아요? 나는 그냥 여전히 나일 거예요. 그리고 저녁에도 새벽에도 희미한 으스름에 둘러싸여 가장 좋아했던 장소를 여기저기 둘러보는 거예요. 정든 꿈의 집을 떠날 때 내가 얼마나 슬펐는지 기억해요, 수전? 그 집을 좋아한 것만큼 잉글사이드를 좋아할 수는 없다고 생각했어요. 하지만 이제는 정말 좋아해요. 여기에 있는 막대기 하나, 돌멩이 하나까지 모두."

"나도 여기가 그런대로 마음에 들어요."

만일 잉글사이드를 떠나라고 한다면 죽을 수도 있을 수전이 자못 태연하게 말했다.

"하지만 이 세상 것에 너무 애정을 가지면 안 돼요, 사모님. 화재라든가 지진은 언제라도 일어날 수 있으니까요. 평상시에 마음의 준비를 해둘 필요가 있어요. 항구 저편 톰 매컬리스터네 집이 사흘 전 밤에 몽땅 타버렸어요. 보험금을 타려고 톰 매컬리스터가 불을 질렀다는 소문도 있지만, 진상은 알 수 없죠. 하지만 선생님께 우리 집 굴뚝도 점검을 받는 게 좋겠다고 말씀드렸어요. 소 잃고 외양간 고치지 말고 미리미리 대비해두면 낫잖아요.

아, 마셜 엘리엇 부인이 들어오는군요. 뭔가 난처한 얼굴을 하고 있어요."

"앤, 오늘 《저널》을 보았나요?"

미스 코닐리아의 목소리는 떨리고 있었다. 흥분한 데다 가게에서 급히 오느라 숨이 찼기 때문이었다.

앤은 수선화 위로 허리를 수그리며 얼굴에 떠오르는 미소를 감췄다. 그날 앤과 길버트는 《저널》 1면을 읽고 엄청 웃었던 것이다. 하지만 미스 코닐리아에게는 비극이라고 할 만한 큰 사건임을 알고 있었으므로 들뜬 표정을 보여서 그녀를 기분 나쁘게 해서는 안 된다고 생각했다.

미스 코닐리아는 절망적이라는 듯이 물었다.

"너무 심하지 않아요? 어떻게 하면 좋을까요?"

목사관 아이들의 철없는 장난에는 더 이상 신경 쓰지 않겠노라 맹세한 미스 코닐리아였지만, 여전히 마음을 쓰고 있었다. 앤은 앞장서 베란다로 안내했다. 베란다에서는 수전이 뜨개질을 하면서 양쪽에 셜리와 릴라를 앉혀놓고 공부를 시키고 있었다. 수전은 벌써 페이스의 두 번째 양말을 뜨기 시작했다. 수전은 결코 가련한 인류의 문제를 고민하지 않았다. 자기가 할 수 있는 한 도움이 될 만한 일은 했지만 그 이상은 위대한 하느님의 힘에 맡겼다.

수전이 전에 앤에게 한 말이 있었다.

"코닐리아 엘리엇은 자기가 이 세상을 움직이기 위해 태어났다고 생각해요, 사모님. 그래서 언제나 무슨 일로든 마음을 졸이고 있지요. 난 그런 생각은 안 해요. 그래서 언제나 마음 편히 순리대로 따를 뿐이에요. 때때로 세상이 이보다 더 나아질 수도 있겠다는 생각을 안 하는 건 아니지만요. 하지만 그런 건 우리 같은 하잘것없는 인간이 할 일이 아니에요. 생각해봐야 불안하기나 하고 우리가 뭘 어떻게 할 수 있는 것도 아니잖아요."

앤은 푹신한 의자를 끌어다 미스 코닐리아에게 앉으라고 권하며 말했다.

"이제 와서 뭘 할 수 있을지 잘 떠오르지 않는데요. 그나저나 비커스 씨는 왜 그 편지를 게재하는 것을 허락했을까요? 일이 이렇게 커질 줄 충분히 아실 만한 분이."

"아, 그게, 비커스 씨는 지금 회사에 없어요, 앤. 일주일 동안 뉴브런즈윅에 가 있어요. 비커스 씨가 자리를 비운 동안 그 철딱서니 없는 아들 조 비커스가 편집을 맡고 있어요. 비커스 씨라면 물론 그런 것을 싣지 않았겠죠, 아무리 감리교도지만 말예요. 하지만 조는 그냥 재미있겠다고 생각한 거죠.

앤 말대로 이제 와서 어쩔 도리는 없어요. 그저 소문이 잠잠해지기를 기다릴 수밖에요. 하지만 조 비커스는 내 손에 붙잡히기만 하면 여간해서는 잊지 못할 만큼 혼쭐을 내줄 작정이에요. 마셜에게 당장 《저널》 구독을 중단하자고 했더니, 그이는 한바탕 웃고는 1년 동안 읽은 기사 가운데 오늘자 《저널》이 유일하게 읽을 만했다는 거예요. 뭐든 진지하게 받아들이는 법이 없어요. 남자가 다 그렇죠, 뭐."

그나마 다행인 건 에번 보이드도 그렇다는 거예요. 그 사람도 이 일이 우습다면서 마냥 웃고만 다녀요. 그런데 그 사람도 감리교도란 말이죠!

윗글렌의 버 부인은 당연히 화가 머리끝까지 나서 교회를 떠나겠대요. 어느 모로 보나 우리에게 크게 손해날 건 없지만, 감리교인들은 환영해 마지않겠죠."

"버 부인이야 자업자득이지요. 감리교 목사를 상대로 해선 봉급으로 드릴 헌금 대신이라면서 나쁜 털실로 에끼는 짓은 못 하게 생겼죠."

수전은 문제의 부인과 전부터 뜻이 맞지 않았다. 그래서 페이스의 편지 속에 버 부인의 이름이 나온 것을 보고는 은근히 기분이 좋아져 있었다.

미스 코닐리아가 우울하게 말했다.

"제일 곤란한 점은 지금의 상태가 개선될 가망이 없다는 거예요. 나는 메러디스 목사님이 로즈메리 웨스트의 집에 구혼을 하러 다니는 동안에는 그래도 목사관에 곧 제대로 된 안주인이 들어오겠다는 희망을 가지고 있었어요. 하지만 그 희망도 아예 없어져버렸어요. 아이들 때문에 로즈메리는 목사님과 결혼하지 않을 거예요. 적어도 사람들은 모두 그렇게 생각하고 있어요."

"목사님은 로즈메리에게 아직 청혼을 하지 않았을 거예요."

수전으로선 누구든 목사의 청혼을 받고도 거절한다는 것은 생각도 할 수 없는 일이었다.

"글쎄요, 그 일에 대해서는 아는 바가 없어요. 하지만 한 가지는 확실해요. 목사님은 이제 웨스트 자매의 집에 발길을 끊었어요. 로즈메리는 올봄 내내 몸이 좋지 않은 것 같았어요. 킹스포트에 간 것이 효험이 있었으면 좋겠어요. 로즈메리가 마지막으로 집을 떠나 여행을 한 게 언제였는지 기억도 안 나요. 로즈메리와 엘런은 떨어져 지낸다는 건 생각도 못 했으니까요. 그런데 이번에는 엘런 쪽에서 다녀오라고 강력히 권한 모양이에요. 그 사이 엘런과 노먼 더글러스는 옛정을 되살리고 있는 모양이더군요."

앤이 웃으며 물었다.

"정말이에요? 소문은 들었지만 도무지 믿어지지 않았어요."

"정말이에요! 믿어도 돼요, 앤. 모르는 사람이 없는 일이니까요. 노먼 더글러스는 어떤 일을 하든 자기 의도를 숨기지 않는 남자예요. 여자에게 구애하는 일도 언제나 공공연하게 했어요.

마셜을 붙잡고는, 엘런에 대해 생각도 안 하고 산 세월이 수십 년이었는데, 지난가을에 처음으로 교회에 다시 나가면서 봤을 때 새삼 반해버렸다고 말했다더라고요. 엘런이 얼마나 매력적인지 까맣게 잊고 살았다고 했대요. 믿거나 말거나 노먼은 엘런하고 안 만나고 산 지 20년이나 됐거든요. 그야 노먼은 교회에 다니지 않았고 엘런도 이 근처 어디에도 나다니지 않았으니까요. 노먼이 어쩔 셈인지는 모두가 알고 있지만 엘런의 마음은 별문제예요. 결혼할지 안 할지 나로선 예상이 안 돼요."

"노먼은 전에 엘런을 버렸어요, 사모님. 그런데 어떤 사람들에게는 그런 일이 아무 상관도 없나 봐요."

수전의 말투에는 가시가 돋쳐 있었다.

미스 코닐리아가 말했다.

"한순간의 화를 참지 못하고 버렸지만 그 뒤 평생을 후회하고 살았어요. 인정사정없이 매몰차게 차버린 것과는 달라요. 나는 다른 사람들처럼 노먼을 싫어하지는 않아요. 노먼은 절대 나를 기세로 눌러서 이길 수는 없었으니까요.

그런데 노먼이 어떻게 해서 다시 교회에 나오게 되었는지는 궁금해요. 노먼네 가정부 윌슨 부인은 페이스 메러디스가 찾아가 교회에 나오도록 그를 협박했다고 말했지만 그 이야기는 도무지 안 믿겨요. 페이스에게 직접 물어봐야지

하고 생각했지만 막상 만났을 때는 그만 잊어버려요. 아니, 그런데 페이스에게 노먼 더글러스를 움직일 만한 무슨 힘이 있었겠어요?

　내가 오늘 가게를 나설 때 노먼이 거기에 있었는데 그 화제의 편지를 가지고 몹시 웃고 있었어요. 웃음소리가 어찌나 크던지 포윈즈곶에서도 들렸을걸요.

　'정말 대단한 여자애야. 깡이 넘치다 못해 터져 나온다니까. 그런 애를 이 동네 온갖 할망구들은 길들이려고 하지. 어리석은 짓이야. 절대로 못 할걸…… 절대로! 어디 한번 물고기를 물에 빠뜨려서 죽여 보라지, 그런다고 죽나. 아이, 보이드, 자네 내년에는 감자에 비료를 더 주는 걸 잊지 말게, 헛허허!'

　이렇게 말하고는 지붕이 떠나가라 크게 웃더라니까요."

　수전이 말했다.

　"적어도 더글러스 씨는 목사님 봉급을 많이 지불해주고 있죠."

　"아, 노먼은 어떤 데서는 인색하지 않아요. 눈 하나 깜박하지도 않고 천 달러를 내면서, 다른 한편으로는 뭘 살 때 5센트를 더 내라고 했다고 고래고래 고함을 지르지요.

　그리고 노먼은 메러디스 목사의 설교가 마음에 든다고 했어요. 노먼은 자기 머리를 즐겁게 해주는 일을 위해서는 언제나 돈을 척척 내놓는 성미예요. 그렇지만 그리스도교인으로서의 신앙심이라면, 저기 아프리카의 벌거벗은 흑인 이교도하고 다르지 않아요. 앞으로도 그것은 바뀌지 않을 거예요. 하지만 머리가 좋고 책도 많이 읽어서 설교를 들으면 강의를 평가하듯 따져가며 평가해요.

　아무튼 노먼이 메러디스 목사님과 아이들 편을 들어주어서 그나마 다행이에요. 그들은 앞으로 지금 이상으로 더욱 친구가 필요할 테니까요. 나는 목사님과 가족들을 위해 변명하는 데 이젠 지쳤어요, 정말."

　앤이 진지하게 말했다.

"있잖아요, 미스 코닐리아, 우리는 너무 변명을 많이 한 것 같아요. 그런 일은 소용없는 일이고, 이제 그만둘 때가 됐어요. 내가 실은 어떻게 하고 싶었는지 이야기할게요. 물론 실제로 하지는 않겠지만."

앤은 수전의 눈에 경계의 빛이 떠오른 것을 알아차려 마지막 말을 덧붙였다.

"이건 너무 관습에서 벗어나는 일일 거예요. 웬만큼 품위를 지켜야 할 나이가 되면 우리는 관습에 따라 살든가, 그러지 못할 바엔 죽어야겠죠. 하지만 전 이렇게 해 보고 싶어요.

모임을 소집해서 여성 후원회와 해외여선교회와 소녀들의 바느질 클럽을 한데 불러모으고, 그 자리에 메러디스 집안을 비난하는 감리교인도 모두 오게 하는 거예요. 사실 우리 장로교인들이 우리 목사님 집안을 비난하거나 변명하는 일을 그만두면 다른 종파 사람들이 일부러 간섭하는 일도 없어질 거라고 생각해요. 아무튼 모인 사람들을 향해 이렇게 말하는 거예요.

'그리스도교인 여러분—이때 그리스도교인이라는 말에 특별히 힘을 주어야 해요—여러분에게 드릴 말씀이 있어요. 성심성의껏 이야기를 할 테니 여러분도 집에 가셔서 가족들에게 이 이야기를 전해주세요. 감리교인들은 우리를 동정하실 필요가 없고, 우리 장로교인들도 자신을 가엾게 여길 필요가 없어요. 우리는 이제 그런 일을 그만두기로 했어요.'

그런 다음 비판의 눈길을 보내는 사람한테도, 동정의 눈길을 보내는 사람한테도 당당하게, 진심으로 이렇게 말하는 거죠.

'우리는 목사님과 그 가족을 자랑스럽게 생각합니다. 글렌세인트메리 교회에 메러디스 목사님만큼 훌륭한 설교를 하시는 분을 맞은 일은 지금까지 없었습니다. 게다가 메러디스 목사님은 성실하고 열성적으로 진리와 사랑을 전파하는 스승입니다. 충실한 벗이자, 모든 본질적인 면에서 사려 깊고 분별이 있는 목사님이시고, 고상하고 학자다운 점잖은 분입니다.

　메러디스 목사님의 가족들 또한 더할 나위 없이 훌륭합니다. 제럴드 메러디스는 글렌 초등학교에서 가장 머리가 좋은 학생이며, 해저드 선생님도 제럴드에겐 빛나는 앞날이 약속되어 있다고 말씀하셨을 정도죠. 강인하고 고결하며 정직한 아이입니다.

　페이스 메러디스는 어여쁜 아이입니다. 얼굴이 아름다울 뿐 아니라 활력이 넘치고 독창성도 뛰어나죠. 진부함이라고는 찾아볼 수 없어요. 온 글렌의 여자아이들을 모두 합쳐도 페이스가 갖고 있는 활기, 기지, 명랑함, 그리고 '깡'에는 당해내지 못할 것입니다. 이 세상에 페이스를 미워하는 사람은 없어요. 페이스를 알고 있는 사람은 누구라도 그녀를 좋아하게 됩니다. 그런 아이가…… 아니, 어른까지 합쳐도…… 그런 사람이 몇이나 있을까요?

　우나 메러디스는 상냥함 그 자체입니다. 세상에서 가장 사랑스러운 여인으로 자라날 것이 틀림없어요.

　그리고 개미·개구리·거미 같은 것들을 무척 좋아하는 칼 메러디스는, 앞으로 온 캐나다…… 아니, 온 세계가 존경하는 생물학자가 될 거예요.

　이 글렌에, 또는 다른 어느 곳에 이렇게 자랑스럽게 말할 수 있는 가족이 있을까요? 부끄럽게 변명하고 사과하는 일은 이제 그만두겠습니다. 우리는 훌륭한 목사님과 자녀를 모시게 된 것을 기뻐하고 있습니다!"

　앤은 연설을 끝냈다. 열렬한 연설을 했기에 숨이 찬 까닭도 있지만, 미스 코닐리아의 얼굴을 보자 그 이상 말을 이어갈 수 없었다. 선량한 미스 코닐리아는 어안이 벙벙해서 앤을 빤히 바라보고 있었다. 휘몰아치는 새로운 생각의 큰 물결에 휩싸여 어리둥절해하고 있었다.

　그러나 곧 숨을 들이켜더니 용감하게 그 물결을 헤치고 뭍으로 나아가며 말하기 시작했다.

"앤 블라이드, 앤이 정말로 그런 모임을 소집해서 방금 한 말을 그대로 했으면 좋겠어요! 앤은 나 자신을 부끄럽게 만들었어요. 인정할 마음은 털끝만큼도 없었지만 인정하지 않을 수 없어요. 우리는 마땅히 처음부터 그런 태도를 취해야 했던 거예요—특히 감리교 신도들 앞에서는.

그리고 앤이 한 말은 모두 진실이에요—한 마디 한 마디 다. 우리는 여태껏 정말 크고 가치 있는 것에는 눈을 감고 도리어 실눈을 뜨고 별 대수롭지도 않은 하찮은 일들만 들여다보며 떠들었던 거예요.

아, 앤. 나는 누가 정신이 번쩍 들게 나한테 일러주기만 하면 무엇이든 제대로 볼 줄 아는 사람이에요. 이 코닐리아 마셜은 앞으로 절대로 변명하고 용서를 구하지 않겠어요! 이제부터는 고개를 꼿꼿이 들고 다니겠어요. 그래도 메러디스 집안이 또 놀랄 일을 한다면 이렇게 앤을 찾아와 이야기하면서 마음을 가라앉혀야 할지는 몰라도.

너무 심했다고 생각한 그 편지도 실은 아무것도 아닌 재미있는 농담거리잖아요…… 노먼이 말한 것처럼. 그런 것을 글로 쓰려고 생각하는 귀여운 아이는 그렇게 흔하지 않지요. 게다가 맞춤법이며 구두점도 뭐 하나 틀린 것도 전혀 없었어요.

그 편지에 대해 감리교도들이 이러쿵저러쿵하면 나도 가만히 있지 않겠어요. 그래도 조 비커스는 절대로 용서 못 해요, 정말이지! 그나저나 다른 아이들은 다 어디들 갔어요?"

"월터와 쌍둥이는 '무지개 골짜기'에 있어요. 젬은 다락방에서 공부하고 있고요."

"모두 '무지개 골짜기'를 무척이나 좋아하는군요. 메리 밴스는 이 세상에 '무지개 골짜기'밖에 없는 줄 알아요. 내가 허락만 하면 저녁마다 올걸요. 하지만 나는 메리에게 쏘다니는 버릇을 붙이게 하고 싶지 않아요.

　게다가 그 아이가 옆에 없으면 쓸쓸해요, 앤. 그 애를 이처럼 귀여워하리라고는 생각도 못 했어요. 그렇다고 잘못이 눈에 띄어도 지적하지 않는 건 아니에요. 그래도 그 아이는 우리 집에 온 뒤 나에게 건방진 말대꾸 한 마디 하지 않았고 집안일도 정말 잘 도와요. 이러니저러니 해도, 결국 나는 옛날만큼 젊지 않으니까요. 그 사실을 부정할 수는 없어요. 지난번 생일로 59살이 되었어요. 마음이야 아직도 그런 느낌이 안 들지만, 우리 집에 있는 가정용 성경[1]을 반박할 수는 없으니까요."

---

1) 가족 구성원들의 출생·사망·혼인 등을 기록할 여백 페이지가 포함된 큰 성경.

## 성가 음악회

미스 코닐리아는 생각을 바꾸었지만, 목사관 아이들이 그다음에 저지른 일 때문에 좀 당황하지 않을 수 없었다. 사람들 앞에서는 상황에 훌륭하게 대처하였다. 소문내기 좋아하는 사람들 앞에서 앤이 수선화가 피었을 무렵에 했던 연설의 골자에 따라 날카롭고 강력하게 이야기했기에 듣고 있던 사람들은 자기들이 어리석었다고 느끼고, 어린애 장난에 너무 큰 의미를 둔 게 아닌가 반성하기 시작했다.

하지만 미스 코닐리아는 다른 사람들이 없는 곳에서는 몰래 앤에게 한탄하며 기분을 풀었다.

"앤, 그 애들이 지난주 목요일 저녁에 감리교인들이 기도 모임을 하고 있을 때 묘지에서 음악회를 열었다더군요. 한 시간이나 헤저키아 폴록의 묘석에 앉아 노래를 불렀대요. 물론 거의 찬송가를 불렀으니, 거기서 끝났다면 별문제가 안 됐을 거예요. 그런데 마지막에 〈날마다 빈둥빈둥〉이라는 노래를 불렀다지 뭐예요. 그것도 마침 백스터 집사가 기도를 올릴 때에요."

수전이 말했다.

"그날 저녁은 저도 그 자리에 있었어요. 사모님에게는 아무 말씀도 드리지 않았지만, 하필이면 그날 저녁을 골라서 참 안됐다고 생각하지 않을 수 없었어요.

죽은 사람들의 안식처에 앉아서 그 경박한 노래를 목청껏 부르는 것을 듣고 있자니 소름이 끼치더라고요."

미스 코닐리아가 신랄하게 말했다.

"감리교도 기도 모임에는 도대체 무슨 볼일이 있다고 간 거죠?"

그러자 수전이 딱딱하게 대꾸했다.

"감리교에 무슨 매력을 느껴서 간 건 아니에요. 그리고 부인이 방금 말을 끊었지만, 아무리 소름이 끼쳤어도 감리교도들이 하는 말을 잠자코 듣고 있지는 않았다고 말하려던 참이었어요. 교회에서 나올 때 벡스터 집사 부인이 '저런 부끄러운 짓을 하다니!'라고 하길래 내가 그 부인의 눈을 똑바로 쳐다보고 말해주었어요.

'모두들 노래를 잘만 하는데 왜 그러시죠. 그리고 댁의 교회 성가대원들은 기도 모임에 나올 생각도 안 하는 것 같군요, 벡스터 부인. 그 성가대는 주일에만 노래가 나오는가 보네요!'

그랬더니 바로 얌전해지길래 말문을 잘 막았다고 생각했어요. 하지만 그 아이들이 〈날마다 빈둥빈둥〉을 부르지 않았더라면, 더 따끔하게 한마디 해줄 수 있었을 거예요. 그런 노래를 묘지에서 부르다니 생각만 해도 끔찍해요."

길버트가 말했다.

"거기 있는 죽은 사람 가운데에도 살아 있었을 때 〈날마다 빈둥빈둥〉을 부른 사람이 있지 않았을까요, 수전. 지금도 그 노래를 듣고 좋아할지도 몰라요."

미스 코닐리아는 나무라듯 길버트를 노려보고 결심했다. 언젠가 기회를 보아서 앤에게 의사 선생님이 그런 말을 하지 않도록 충고하라고 살짝 귀띔해 두지 않으면 안 된다. 의사로서 그의 일에 지장이 생길지도 모른다. 사람들은 길버트가 진정한 그리스도교인이 아니라고 생각할 수도 있다. 그야 물론 마셜은 더 심한 말도 숱하게 하지만 마셜은 공인이 아니다.

"메러디스 목사님은 그런 일이 벌어지는 동안 계속 창문을 열어둔 채 서재에 있었던 모양인데, 아이들이 뭘 하는지 전혀 눈치채지 못했답니다. 물론 여느 때처럼 책에 파묻혀 있었겠지요. 하지만 나는 어제 목사님이 오셨을 때 그 일에 대해 알려주었어요."

수전이 힐난조로 말했다.

"어떻게 감히 그런 짓을 할 수 있어요, 마셜 엘리엇 부인?"

"감히라니요! 누군가가 용기를 내서 말을 해줘야 할 때예요. 메러디스 목사님은 《저널》에 게재된 편지에 대해서도 모르고 있었어요. 아무도 이야기해주지 않았기 때문이죠. 물론 메러디스 목사님이야 《저널》 같은 것은 읽지 않아요. 하지만 앞으로 이런 일이 또다시 일어나지 않게 하려면 목사님에게 알려야만 된다고 생각했어요. 내 얘기를 듣고 목사님은 아이들과 이야기하겠노라고 했어요. 하지만 문을 나서는 순간 깜박 잊어버렸겠죠.

메러디스 목사님은 유머 감각이 없어요, 앤. 이번 주일에는 '자녀 교육법'이라는 제목의 설교를 했어요. 물론 훌륭한 설교였지요. 그런데 교회에 있던 사람들이 저마다 머릿속으로 '목사님께서 본인이 설교하는 대로만 실행할 수 있으면 좋으련만.'이라고 생각하고 있지 않았겠어요."

메러디스 목사가 미스 코닐리아에게 들은 이야기를 금방 잊어버릴 게 틀림없다는 그녀의 생각은 들어맞지 않았다. 메러디스 목사는 혼란스러운 마음으로 집에 돌아갔다. 그리고 아이들이 너무 늦은 시간까지 '무지개 골짜기'에서 놀다가 돌아왔을 때 서재로 불렀다.

아이들은 얼마쯤 겁을 먹고 들어갔다. 아버지가 서재로 부르는 것은 드문 일이었기 때문이다. 무슨 말씀을 하실까? 최근에 꾸중 들을 만한 나쁜 짓을 과연 했던가, 기억을 아무리 샅샅이 더듬어봐도 떠오르지 않았다.

그저께 밤, 피터 플래그 부인이 목사관에 들렀다가 마사 할머니의 권유로 저녁 식사를 함께 하던 도중에 칼이 부인의 비단 드레스에 잼을 떨어뜨렸다. 그러나 메러디스 목사는 눈치채지 못했고, 플래그 부인은 퍽 상냥한 분이었으므로 공연한 소란을 떨지 않았다. 게다가 칼은 자기에게 주는 벌로 그날 밤 내내 우나의 옷을 입고 지냈다.

우나는 불현듯 아버지가 미스 웨스트와 결혼하겠다고 식구들에게 이야기할지도 모른다고 생각하고 바짝 긴장했다. 가슴이 마구 방망이질하고 다리가 덜덜 떨렸다. 그런데 아버지는 엄하고 슬픈 표정을 하고 있었다. 아니다, 그 일은 아닌 모양이다.

아버지가 말했다.

"얘들아, 아버지가 너희들에 대한 이야기를 들었는데 마음이 많이 아프구나. 지난주 목요일 다들 묘지에 앉아서 상스러운 노래를 불렀다는데, 그게 정말이니? 그것도 감리교인들이 한창 기도 모임을 하고 있는 중이었다고 하던데?"

제리가 놀라서 외쳤다.

"있잖아요, 아버지. 저희들은 감리교인들의 기도 모임이 있는 밤이라는 걸 깜빡했었어요."

"그러면 정말이었구나…… 그런 일을 한 게?"

"하지만 아버지, 왜 상스러운 노래라고 하시죠? 우리는 찬송가를 불렀어요…… 성가 음악회였으니까요. 그게 뭐가 나쁜데요? 그리고 감리교인들의 기도 모임이라는 건 정말 몰랐어요. 전에는 화요일에 했었는데 목요일로 바뀐 뒤로 자꾸 깜박해요."

"찬송가 말고 다른 노래는 부르지 않았다는 말이니?"

제리는 얼굴이 새빨개졌다.

"아 참, 그러고 보니 마지막에 〈날마다 빈둥빈둥〉을 불렀어요. 페이스가 뭔가 즐거운 노래를 부르며 끝맺자고 했거든요. 하지만 우리는 감리교인들을 훼방 놓을 생각은 없었어요. 정말이에요."

페이스가 나직이 말했다.

"음악회를 열자고 한 건 저였어요, 아버지."

아버지가 혹시나 제리 잘못이라고만 생각할까 봐 걱정되었기 때문이다.

"감리교인들이 3주일 전 교회에서 음악회를 열었어요. 그래서 그것을 본떠서 하면 재미있을 거라고 생각했어요. 감리교인들은 음악회에서도 기도를 드렸지만 저희들은 뺐어요. 왜냐하면 사람들이 우리가 묘지에서 기도드리는 것을 형편없는 짓이라고 나무라는 말을 들었거든요. 그런데 그때 아버지는 줄곧 서재에 계셨어요."

그리고 그녀는 덧붙여 말했다.

"하지만 그때는 아무 말도 안 하셨잖아요?"

"너희들이 뭘 하고 있는지 몰랐단다. 물론 변명은 되지 않지만. 너희들 책임이라기보다 내 잘못이다. 그건 알고 있어. 그런데 마지막에 왜 그런 어리석은 노래를 불렀지?"

제리가 중얼거렸다.

"아무 생각 없이 불렀어요."

'바른 생활 모임'에서 페이스를 붙잡고, 생각이 모자랐다고 엄청나게 잔소리한 일을 떠올리며 궁색한 변명이라는 생각을 했다.

"죄송해요, 아버지. 정말 잘못했어요. 우리를 심하게 꾸짖어 주세요. 우리는 한바탕 혼쭐이 나야 마땅해요."

그러나 메러디스 목사는 한바탕 혼쭐을 내지도 않았고 꾸중도 하지 않았다. 앉은 채로 어린 죄인들을 자기 주위에 모아놓고 잘 알아듣도록 차분히, 현명하게 타일렀다. 아이들 마음속은 뉘우침과 부끄럼으로 가득 차 두 번 다시 그런 바보스럽고 경솔한 짓은 하지 않겠다고 생각했다.

고개를 떨구고 2층으로 올라가면서 제리가 작은 소리로 말했다.

"이번 일로 우리는 더 엄한 벌을 받아야 해. 내일 아침 맨 먼저 '바른 생활 모임' 회의를 열어서 어떻게 할지 결정하자. 아버지가 저렇게 마음 아파하는 건 처음 봤어. 하지만 감리교인들도 무슨 요일에 기도 모임을 할지 한번 결정하고 나면 이리저리 바꾸지 않았으면 좋겠어."

우나가 작은 소리로 혼잣말을 했다.

"그래도 내가 걱정했던 일이 아니라서 잘됐어."

아이들이 나간 뒤, 서재에서 메러디스 목사는 책상 앞에 앉아 두 손에 얼굴을 묻고 있었다.

메러디스 목사는 말했다.

"주님, 힘을 빌려주옵소서! 저는 부족한 아버지입니다. 아아, 로즈메리! 당신이 마음을 열어준다면 좋을 텐데!"

# 금식일

이튿날 아침 '바른 생활 모임'은 학교에 가기 전 임시 회의를 열었다. 여러 가지 벌을 생각했지만 결국 금식이 가장 알맞다고 결정했다.
제리가 말했다.
"우리는 꼬박 하루 동안 아무것도 먹으면 안 돼. 난 금식이 어떤 건지 전부터 한번 해 보고 싶었는데 마침 잘됐어."
우나가 물었다.
"무슨 요일로 하지?"
우나는 금식쯤은 아주 쉬운 일이라고 여겨 제리나 페이스가 어째서 좀 더 어려운 벌을 궁리해내지 않았을까, 라며 이상하게 생각했다.
페이스가 말했다.
"월요일로 하자. 일요일에는 대개 배불리 먹고, 월요일에는 원래 식사가 별로 변변치 않으니까."
제리가 소리쳤다.
"하지만 그게 핵심이야. 우리는 가장 쉬운 날이 아니라 가장 힘든 날에 금식해야 해. 그러니까 일요일에 해야 하는 거지. 페이스도 방금 말했듯 일요일에는 대개 찬 '디토' 대신 로스트비프를 먹으니까. '디토'를 안 먹는 것으로 벌을 받는다고 할 수는 없어.

다음 일요일로 정하자. 아버지가 윗(上)로브리지 목사님과 아침 예배의 설교를 서로 바꿔서 하기로 한 날이니 딱 좋아. 아침 일찍 가서서 저녁때까지 돌아오시지 않으니까. 만일 마사 할머니가 왜 그러느냐고 묻거든 우리는 영혼을 맑게 하기 위해 금식하는 거라고 말하면 돼. 금식에 대해서는 성경에도 씌어 있으니 할머니도 말리면 안 된다고 하고. 아마 말리지 않으실 거야."

물론 마사 할머니는 말리지 않았다. 다만 평소의 짜증 섞인 투로 중얼거렸다.

"저 어린 말썽쟁이 녀석들이 이번에는 무슨 꿍꿍이속인지, 원."

하지만 그게 전부였다.

메러디스 목사는 아침 일찍, 아직 아무도 깨어나기 전에 집을 나섰다. 그도 아침 식사를 하지 않았으나 그것은 흔히 있는 일이었다. 메러디스 목사는 한 달의 반쯤은 아침 식사하는 것을 잊어버렸으며, 먹으라고 말해주는 사람도 없었다. 아침 식사를—특히 마사 아주머니의 아침 식사는—못 먹는다 해도 크게 아쉽지 않았다. 메리가 경멸한 '멍울진 오트밀이며 맹맹한 우유'를 못 먹었다고 하여 배고픈 '어린 말썽쟁이 녀석들'조차 그리 괴롭지 않았다.

그러나 점심때는 그렇지 않았다. 이 시간쯤 되자 아이들은 몹시 배가 고파져서 온 목사관에 풍기는 로스트비프 냄새를 맡자, 비록 그것이 덜 구워졌음에도 먹고 싶어 참을 수 없게 되었다. 도저히 견딜 수 없을 것만 같은 나머지 아이들은 냄새가 미치지 않는 묘지로 달아났다. 하지만 우나는 아무리 그쪽을 보지 않으려 해도 식당 창문에서 눈을 뗄 수 없었다. 거기에는 유유히 앉아서 식사하고 있는 윗로브리지의 목사님 모습이 보였다.

우나는 한숨을 내쉬었다.

"하다못해 아주 작고 얇은 조각이라도 좋으니 하나만 먹었으면."

제리가 명령했다.

"자, 그만해. 물론 힘들어. 그러니까 벌이지. 나는 지금 조각한 가짜 음식을 갖다줘도 먹어치울 정도지만 아무 불평 하지 않잖아. 뭔가 다른 생각을 하자. 위장에 굴해서는 안 돼."

저녁 식사 때가 되자, 이제는 점심때처럼 배고픔이 고통스럽게 느껴지지는 않았다.

페이스가 말했다.

"우리 이제 꽤 익숙해져버렸나 봐. 속이 텅 비어버린 아주 기묘한 느낌은 들지만 아까처럼 배고파 못 견디겠는 기분은 아니야."

우나가 말했다.

"나는 머리가 좀 이상한 느낌이야. 가끔 빙글빙글 돌아."

그래도 우나는 용감하게 다른 아이들과 함께 교회에 갔다. 만일 메러디스 목사가 그토록 자기 설교에 열중해 있지 않았다면 설교단 아래 목사 가족석에 앉은, 눈이 쑥 들어간 조그맣고 파리한 얼굴을 알아차렸으리라. 그러나 메러디스 목사는 아무것도 깨닫지 못했으며 더욱이 오늘 저녁 설교는 여느 때보다 좀 길었다. 이어서 메러디스 목사가 막 마지막 찬송가 번호를 말하려 했을 때였다. 우나가 자리에서 굴러떨어져 바닥에 정신을 잃고 쓰러지고 말았다.

클로 장로 부인이 맨 먼저 달려가, 새파랗게 질린 얼굴로 두려워 벌벌 떨고 있는 페이스의 팔에서 우나의 여위고 작은 몸을 안아 올려 성구실로 옮겨갔다. 메러디스 목사는 찬송가고 뭐고 모두 잊어버리고 미친 듯이 뒤쫓아갔다. 신도들은 알아서 마무리 짓고 예배를 마쳤다.

페이스가 숨을 몰아쉬며 물었다.

"클로 부인, 우나는 죽었나요? 우리가 우나를 죽이고 만 건가요?"

얼굴에 핏기라곤 없는 아버지가 물었다.

"우리 아이가 대체 어떻게 된 건가요?"

클로 부인은 대답했다.

"제 생각에는 그냥 기절한 것 같아요. 아, 다행히 지금 의사 선생님이 오셨네요."

길버트는 온갖 방법을 다 써봤으나 우나는 좀처럼 의식을 되찾지 못했다. 한참 손을 쓴 뒤에야 우나는 가까스로 눈을 떴다. 길버트는 우나를 안고 목사관으로 갔고, 간신히 마음을 놓은 페이스가 흐느끼며 뒤따라갔다.

"우나는 배가 고팠을 뿐이에요. 오늘 하루 종일 아무것도 안 먹었거든요. 우리 모두 아무것도 먹지 않았어요. 모두 금식을 했거든요."

놀란 메러디스 목사가 외쳤다.

"금식이라니!"

길버트가 되물었다.

"금식이라고?"

페이스가 말했다.

"네, 묘지에서 〈날마다 빈둥빈둥〉을 부른 데 대해 우리 스스로가 내린 벌이에요."

메러디스 목사가 말했다.

"페이스, 그 일 때문에 스스로를 벌할 필요는 없었어. 내가 이미 너희들을 얼마쯤 꾸중했고, 너희들도 모두들 잘못했다고 뉘우치지 않았니. 그리고 나는 너희들을 용서했고."

페이스가 설명했다.

"네, 하지만 우리는 벌을 받아야만 했어요. 그것이 우리 규칙이거든요. '바른 생활 모임'에서 정한 거예요. 만일 어떤 나쁜 짓이나 신도들에게 아버지의 체면이 깎일 만한 행동을 하면 우리는 스스로를 벌해야만 해요. 우리를 돌보며 키워줄 사람이 아무도 없으니 우리끼리 스스로를 키우기로 한 거예요."

메러디스 목사는 신음했지만 길버트는 마음이 조금 놓이는 표정으로 우나 곁에서 일어났다.

길버트가 말했다.

"이 아이는 못 먹어서 기절한 것이니 뭐든 알맞은 음식만 주면 되겠습니다. 클로 부인, 죄송하지만 뭘 좀 가져다 먹여주시겠습니까? 그리고 페이스의 말을 들으니 다른 아이들에게도 뭘 좀 먹게 하는 게 좋겠군요. 그렇지 않으면 기절하는 아이가 더 나올지도 모르니까요."

페이스가 후회하며 말했다.

"우리는 우나에게 금식을 시키는 게 아니었어요. 제리와 나만 벌받았어야 했는데. 우리 둘이 음악회를 열었고, 게다가 우리가 언니, 오빠니까요."

우나가 힘없는 목소리로 말했다.

"나도 같이 〈날마다 빈둥빈둥〉을 불렀잖아. 그러니 나도 벌을 받는 게 맞아, 언니."

클로 부인이 유리잔에 우유를 담아가지고 왔다. 페이스와 제리와 칼은 몰래 빠져나가 부엌으로 갔고 메러디스 목사는 서재로 물러갔다. 그리고 그는 불도 켜지 않은 채 앉아서 오랫동안 괴로워했다.

그렇구나, 아이들은 자신의 힘으로 스스로를 키우려 했단 말인가? '돌보며 키워줄 사람이 아무도 없기' 때문에? 아무리 당혹스러워도 이끌어줄 손도, 가르침을 줄 목소리도 없이 조그마한 머리들을 맞대고 혼란 속에서 몸부림치고 있다. 페이스의 천진난만한 말이 아버지의 가슴속을 날카로운 창과 화살처럼 사정없이 뚫고 지나갔다. 아이들을 돌봐줄 사람이 '아무도 없는' 것이다―그 조그마한 마음을 어루만지고 조그마한 몸을 보살펴줄 사람이.

아까 정신을 잃고 성구실 소파에 누워 있었을 때 우나의 모습은 어쩌면 그토록 약하디약하게 보였던가! 작은 손은 너무도 가늘고 조그마한 얼굴은 너무도 창백했다! 후 하고 불면 눈 깜짝할 사이에 그의 품에서 스르르 빠져나가 멀리 떠나가버리고 말 것처럼 보이기까지 했다. 가엾은 우나, 더욱이 그 애는 아내 시실리아가 특별히 신경 써서 돌봐달라고 부탁하고 간 아이인데.

아내가 세상을 떠난 뒤 아까처럼 정신을 잃은 작은딸 옆에 있었던 때만큼 괴롭고 두려웠던 일은 없었다. 어떻게든 하지 않으면 안 된다. 하지만 어떻게 하면 좋단 말인가? 엘리자베스 커크에게 결혼해달라고 해야 할까? 그녀는 좋은 사람이다. 아이들에게 상냥하게 대해줄 것이다. 로즈메리 웨스트를 사랑하고 있지 않다면 그렇게 했을지도 모른다. 하지만 그 마음을 몰아내지 않는 이상 다른 여성에게 청혼할 수는 없다. 그는 로즈메리에 대한 마음을 몰아낼 수는 없었다. 시도해 보았지만 불가능했다.

그날 밤 로즈메리는 교회에 와 있었다. 킹스포트에서 돌아온 뒤 처음으로 예배에 참석했다. 설교를 끝냈을 때, 많은 사람으로 혼잡한 뒤쪽에 로즈메리의 얼굴이 얼핏 보였다. 그의 심장이 철렁했다. 성가대가 '헌금을 위한 노래'를 부르는 동안 그는 고개를 떨구고 가슴이 울렁거리는 채로 앉아 있었다. 청혼을 했던 그날 이후로 로즈메리를 본 적이 없었다. 마지막 찬송가를 지시하기 위해 일어섰을 때 그의 손은 부들부들 떨리고 있었으며 창백한 얼굴은 붉게 달아올라 있었다. 그러다 그 순간 우나가 정신을 잃으면서 모든 것이 그의 마음에서 사라져버렸다.

어두운 서재에 혼자 앉아 있는 지금, 그녀의 얼굴이 또다시 거센 파도처럼 밀려왔다. 그에게는 로즈메리가 세상에서 오직 한 사람의 여자였다. 다른 여자와의 결혼은 생각하는 것조차 괴로웠다. 아무리 아이들 때문이라 하더라도 하느님을 모독하는 그런 일은 할 수 없었다. 자기 혼자 무거운 짐을 짊어지고 가지 않으면 안 된다. 더 주의력 깊은 좋은 아버지가 되도록 노력해야 한다. 아이들에게 어떤 작은 고민이라도 좋으니 두려워 말고 상담해오도록 말하지 않으면 안 된다.

그렇게 결론짓고 그는 등불을 켜서 두꺼운 새 책을 펼쳤다. 종교계에 논쟁을 불러일으킨 책이었다. 마음이 가라앉도록 제1장만 읽기로 했다. 5분이 지났을 때 그는 이 세상의 일도 괴로움도 모두 잊어버렸다.

## 무시무시한 이야기

 6월 초의 저녁 무렵 '무지개 골짜기'는 매우 유쾌한 곳으로, 숲속 빈터에 앉아 있는 아이들도 그렇게 느끼고 있었다. '연인 나무'의 가지에 달린 방울이 마치 요정이 스치는 소리처럼 딸랑딸랑 울리고 있었으며 '흰옷 입은 숙녀'는 초록빛 머릿단을 찰랑찰랑 흔들고 있었다. 바람이 충실하고 다정한 친구처럼 아이들에게 웃으며 휘파람을 불고 있었다. 낮은 땅에서는 어린 풀고사리가 알싸한 향기를 흩뿌렸다. 골짜기 여기저기에 흩어진 산벚나무는 짙은 전나무 사이에서 안개처럼 하얗게 피어올랐다. 잉글사이드 뒤쪽 단풍나무숲에서 지빠귀가 지저귀고 있었다. '무지개 골짜기' 저편 글렌 마을 비탈땅에서는 꽃이 가득 핀 과수원이 황혼의 베일에 싸여 향긋한 냄새를 풍기며 신비롭고 불가사의한 모습으로 떠올랐다. 봄이었다. 봄이 되면 젊은 마음은 들뜨게 된다. 그날 저녁 '무지개 골짜기'에 모인 아이들도 들떠 있었다—메리 밴스가 헨리 워런의 유령 이야기를 해서 모두의 피가 얼어붙을 만큼 벌벌 떨게 하기 전까지는.

 젬은 그 자리에 없었다. 저녁이면 잉글사이드 다락방에서 입학시험에 대비하여 열심히 공부하고 있었다. 제리는 못에 내려가서 송어 낚시를 하고 있었다. 월터가 롱펠로의 바다에 대한 시를 읽어주어서 모두들 배의 아름다움과 불가사의함에 빠져 있었다.

그다음에는 앞으로 크면 어떻게 할 것인지를 이야기하였다. 어디를 여행하며, 어떤 머나먼 아름다운 해안에 이를 것인지에 대해 이야기했다. 낸과 다이는 유럽에 갈 작정이었다. 월터는 나일강을 보고 싶다는 열망에 사로잡혀 있었다. 힘겹게 이집트의 사막을 넘어 스핑크스를 볼 것이다. 페이스는 자기는 아마도 선교사가 되지 않으면 안 될 것이라고 울적하게 말했다. 테일러 노부인이 그렇게 해야 한다고 그녀에게 말했으며, 적어도 그러면 신비에 싸인 동양의 나라들인 인도나 중국은 볼 수 있으리라 생각했다. 칼은 아프리카 정글에 가기로 딱 마음먹고 있었다.

우나는 아무 말도 하지 않았다. 그냥 이대로 집에 머물고 싶은 마음뿐이었다. 이곳은 세상 그 어떤 곳보다 아름답다. 모두들 커서 온 세상으로 뿔뿔이 흩어져버린다는 생각을 하면 한없이 우울했다. 우나는 그런 생각만으로도 쓸쓸해져 향수병에 걸릴 듯했다. 그러나 다른 아이들은 저마다 즐거운 꿈을 꾸고 있었다. 그때 메리 밴스가 와서 행복한 시적 상상과 꿈을 한꺼번에 날려버렸다.

메리가 외쳤다.

"아아, 숨차. 전속력으로 비탈을 뛰어 내려왔어. 옛날 베일리 저택이 너무 무서워 혼났어."

다이가 물었다.

"뭣 때문에 무서웠는데?"

"모르겠어. 나는 그 저택의 오래된 뜰에 핀 라일락 밑으로 머리를 들이밀고 은방울꽃이 피었나 찾아보고 있었거든. 그 속은 캄캄하더라. 그런데 별안간 뜰 반대쪽, 바로 벚나무 숲 언저리에서 뭔가 바스락거리면서 움직이는 걸 봤어. 하얀 무언가였어. 너무 무서워서 잘 봐야겠다는 생각도 안 들었어. 그냥 돌담을 뛰어넘어 전속력으로 도망쳐 왔어. 헨리 워런의 유령이 틀림없어."

다이가 또다시 물었다.

"헨리 워런이 누군데?"

낸도 물었다.

"그 사람은 뭣 때문에 유령이 됐는데?"

"어머나, 그 이야기를 들은 적 없단 말이야? 너네는 글렌에서 자랐으면서. 내가 숨을 좀 돌릴 때까지 잠시만 기다려. 얘기해줄게."

월터는 기뻐서 몸을 떨었다. 그는 유령 이야기를 무척 좋아했다. 그 불가사의함과 극적인 클라이맥스, 무시무시함이 온몸이 오싹할 정도의 즐거움을 주었다. 그 앞에선 롱펠로마저도 금세 매력을 잃고 흥미 없는 것이 되고 말았다. 월터는 책을 내동댕이치고 엎드렸다. 턱을 고이고 이야기를 들을 만반의 준비를 갖추고 빛나는 커다란 눈을 메리의 얼굴에 고정시켰다.

메리는 월터가 그런 식으로 보지 않았으면 했다. 월터가 자기를 보고 있지 않으면 유령 이야기를 훨씬 잘할 수 있을 것만 같았다. 그녀는 무서움이 배가되도록 과장하거나 세부적인 내용을 꾸며낼 수도 있다. 그러나 이 상황에서는 사실대로—적어도 사실이라고 자신이 전해 들은 것들만을—이야기할 수밖에 없었다.

메리는 이야기를 시작했다.

"들어봐, 30년쯤 전에 저 언덕 위 집에 늙은 톰 베일리와 그의 부인이 살고 있었다는 건 알고 있지? 톰 베일리는 지독한 사람이었고 그 부인도 별로 다르지 않았대.

이 부부는 자식이 없었는데, 죽은 톰의 누이동생이 어린 사내아이를 남겼어. 그 아이가 바로 헨리 워런이야. 그 부부가 그 아이를 맡아 길렀지.

처음 왔을 때 헨리는 12살쯤으로 나이에 비해 몸집이 작고 허약했어. 소문에 의하면 톰 베일리 부부는 처음부터 조카인 헨리에게 심하게 대했다고 해. 채찍으로 때리거나 툭하면 굶겼대. 어머니가 헨리에게 남겨준 새발의 피만 한 돈을 차지하려고 그를 죽이려 했다는 거지. 헨리는 바로 죽지는 않았지만 발작을 일으키기 시작했어. 간질이었다나 봐. 그러는 동안에 정신이 좀 이상해져버렸고, 18살이 될 때까지 그랬던 모양이야.

톰 베일리는 저곳 뜰에서 헨리를 채찍으로 때렸어. 집 뒤쪽이라 아무에게도 보이지 않으니까. 그렇지만 소리는 다 들렸대. 어떤 때는 불쌍한 헨리가 외삼촌에게 제발 죽이지 말아달라고 간청하는 소리가 들려서 끔찍했다더라.

하지만 아무도 말릴 용기가 없었어. 왜냐하면 톰은 유명한 불한당이어서 무슨 방법으로든 앙갚음할 게 뻔했으니까. 항구 곳에 살던 한 사나이가 자기 기분을 상하게 했다고 그 사람의 헛간을 모조리 불태워버린 일도 있었대.

헨리 워런은 마침내 죽어버렸는데 톰 베일리는 조카가 발작을 일으켜 죽었다고 말했고, 그 이상은 알 수 없었어. 하지만 톰 베일리가 유산 때문에 끝내 죽여버렸다는 소문이 나돌았지.

그 뒤 얼마 지나지 않아 헨리가 나타난다는 소문이 났어. 저 뜰에 귀신이 씌었다고 말이야. 밤마다 신음하거나 우는 소리가 들린다는 거야. 톰 베일리 부부는 떠나버렸어―서부로 간 뒤 결코 돌아오지 않았지.

저 집은 너무 소문이 안 좋아서 아무도 사려고도 빌리려고도 하지 않는대. 저렇게 폐허가 된 채로 있는 건 그런 이유 때문이야. 이건 30년이나 지난 이야기지만 헨리 워런의 유령은 지금도 그곳에 나타나고 있어."

낸이 비웃으며 물었다.

"그런 이야기를 믿니? '나는' 안 믿어."

메리가 받아쳤다.

"'착한' 사람들도 봤다고 했어…… 목소리도 들었고. 뜰에 엎드려 기다리고 있다가 찾아온 사람의 다리를 붙잡고, 살아 있었을 때 했던 것처럼 알 수 없는 말을 지껄이거나 신음한다는 거야.

내가 수풀 속에서 그 허연 것을 본 순간 가장 먼저 그 일을 떠올리고 만일 그 유령이 내 다리를 붙잡고 신음 소리를 낸다면 난 그 자리에서 심장이 멎어 버릴 거라고 생각했어. 그래서 정신없이 도망쳐 온 거야. 어쩌면 헨리 워런의 유령이 아니었는지 모르지만, 난 괜한 모험을 할 생각은 조금도 없었으니까."

다이가 웃었다.

"스팀슨 할머니의 하얀 송아지가 아니었을까? 풀어놓으면 그 뜰에서 풀을 뜯어 먹는 걸 내가 본 적이 있어."

"그런지도 모르지. 하지만 난 집으로 돌아갈 때 이젠 절대로 베일리 저택 뜰은 지나가지 않을 거야. 어, 제리가 송어를 잔뜩 낚아왔다. 오늘은 내가 요리할 차례야. 젬이랑 제리가 나더러 글렌 마을에서 가장 요리를 잘한다고 말했지. 그리고 엘리엇 부인이 너네랑 나눠먹으라고 쿠키를 주셨는데 헨리 워런의 유령을 본 순간, 모두 떨어뜨리고 도망쳐 왔어."

제리는 유령 이야기를 듣고 콧방귀를 뀌었다. 월터가 페이스와 함께 식탁을 준비하러 가고 없었기 때문에 메리가 송어를 구우면서 여기저기 살짝 손을 봐서 다시 한번 들려준 것이다.

제리에게는 아무런 영향이 없었지만, 페이스와 우나와 칼은 비록 무섭다고 인정할 생각은 조금도 없었음에도 은근히 겁이 나서 바들바들 떨었다. 다 함께 '무지개 골짜기'에 있을 때는 그래도 괜찮았다. 그러나 만찬이 끝나고 땅거미가 깔리기 시작하자 그 이야기가 다시금 생각나 두려움에 떨었다.

제리는 젬에게 볼일이 있다며 블라이드 집안 아이들과 함께 잉글사이드로 갔고, 메리 밴스도 그들을 따라 길을 둘러 돌아갔다. 그래서 페이스와 우나와 칼은 셋이서만 목사관으로 돌아가야 했다. 셋은 서로 가까이 몸을 붙이고 베일리 저택의 옛 뜰에서 되도록 떨어져 걸어갔다. 물론 그곳에서 유령이 나온다고 믿지는 않았지만, 그래도 가까이 갈 생각은 결코 없었다.

## 돌담 위의 유령

페이스와 칼과 우나는 헨리 워런의 유령 이야기가 머리에 달라붙어 아무리 해도 쫓아버릴 수가 없었다. 세 아이들은 유령이 있다고 믿은 적이 결코 없었다. 유령 이야기라면 지금까지 숱하게 들어왔다. 헨리 워런의 이야기보다 더 무섭고 피가 얼어붙을 듯한 이야기도 메리 밴스가 해준 적이 있었다. 그러나 그런 이야기에 나오는 것은 어딘가 아득히 먼 낯선 장소나 사람이나 유령들이었다. 공포와 경이로움이 뒤섞여 무서움 반, 즐거움 반으로 오싹오싹했지만 듣고 나면 금세 잊어버렸다. 그런데 이 이야기는 집까지 줄곧 따라왔다.

베일리 저택의 오래된 뜰은 거의 목사관 바로 코앞에 있었다. 그들이 사랑하는 '무지개 골짜기'에 있는 것이나 다름없었다. 노상 왔다 갔다 하는 곳이었고, 꽃을 찾으러 들어간 적도 있었다. 마을에서 '무지개 골짜기'로 직접 가고 싶을 때는 그 뜰을 지나는 것이 지름길이 된다. 그러나 이제 다시는 그곳을 지나갈 수 없었다.

그날 밤 메리 밴스에게서 소름 끼치는 이야기를 들은 뒤부터 세 아이는 그러지 않으면 죽음에 이른다 해도 그 뜰을 지나가거나 가까이 가지 않겠다고 생각했다. 죽음 따위! 땅바닥에 엎드린 헨리 워런의 유령에게 발목을 붙잡힐 바에는 죽는 게 차라리 나았다.

따뜻한 7월의 어느 저녁 무렵, 세 아이는 '연인 나무' 밑에 앉아 있었다. 그들은 좀 쓸쓸했다. 그날 저녁에는 그들 말고는 아무도 '무지개 골짜기'에 오지 않았다. 젬 블라이드는 샬럿타운에 입학시험을 치르러 갔다. 제리와 월터 블라이드는 크로퍼드 노선장을 따라 배를 타러 항구로 나가 있었다.

낸과 다이와 릴라와 셜리는 정겹고 오래된 '꿈의 집'에 미리 연락도 없이 짧게 방문한 포드 부부와 그 아이들인 케네스와 퍼시스를 만나러 항구길에 가고 없었다. 낸이 페이스에게 같이 가자고 했으나 거절했다. 인정할 생각은 없었지만 페이스는 퍼시스 포드를 은근히 시샘하고 있었다. 무척 예쁘고 도회적 매력이 넘친다는 이야기를 많이 들었기 때문이다. 거기 가서 누구의 들러리나 한다는 것은 너무나 싫었다.

페이스와 우나는 '무지개 골짜기'로 이야기책을 가져가서 읽었고, 칼은 시냇가 주변에 기어다니는 벌레를 관찰하며 세 사람 모두 즐겁게 시간을 보내고 있었다. 문득 정신을 차려보니 이미 어둑어둑해져 있었고 낡은 베일리 저택 뜰은 기분 나쁠 만큼 가깝게 느껴졌다. 칼은 소녀들 쪽으로 와서 바짝 붙어 앉았다. 셋 다 좀 더 빨리 집으로 돌아갔더라면 좋았을 거라고 후회했지만 입 밖에 내어 말하지는 않았다.

벨벳처럼 보드라운 커다란 보랏빛 구름이 서쪽 하늘에 뭉게뭉게 솟더니 '무지개 골짜기'를 휘덮어 왔다. 바람 한 점도 없어 모든 것들이 갑자기 불길하고 무서우리만큼 정지해 있었다. 늪은 헤아릴 수 없을 만큼 많은 반딧불이로 가득했다. 그날 저녁 아마도 요정들의 회의가 열린 것 같았다. 이때만은 '무지개 골짜기'도 여느 때같이 아늑하고 기분 좋은 곳이 못 되었다.

페이스는 골짜기에서 겁먹은 눈으로 베일리 저택 뜰 쪽을 올려다보았다. 만일 사람의 피가 정말로 얼어붙을 수 있다면, 이 순간 페이스의 피는 확실히 얼어붙었다. 무언가에 넋을 빼앗긴 듯한 페이스의 눈이 물끄러미 보고 있는 쪽으로 칼과 우나도 눈길을 보냈다. 그 순간, 등줄기에 으스스 소름이 끼쳤다.

베일리 저택 뜰 안의 큰 아메리카 낙엽송 아래 이끼로 뒤덮이고 허물어진 돌담 위에 저녁 어스름을 뚫고 무언가 허연 것이—뚜렷한 형태가 없는 희끄무레한 것이—보였기 때문이다. 셋 다 돌이 된 듯 그 자리에 꼼짝 않고 서서 지켜보았다.

가까스로 우나가 나직이 말했다.

"저건……저건…… 송아지야."

"송아지……치고는 너무……너무 크잖아."

페이스가 속삭였으나 입이 바짝바짝 말라 말도 똑똑히 할 수 없었다.

갑자기 칼이 헐떡거렸다.

"이리로 온다!"

페이스와 우나는 마지막으로 다시 한번 필사적으로 눈을 부릅뜨며 쳐다보았다. 그랬다! 그것은 돌담을 넘어 슬그머니 이쪽으로 기어 오고 있었다. 송아지라면 저렇게 기지 않을 것이고 길 수도 없었다. 갑자기 압도적인 공포에 휩싸여 이성은 날아가버렸다. 그 순간 셋은 모두 자기들이 본 것이 헨리 워런의 유령이 틀림없다고 확신했다.

칼은 벌떡 일어나 무턱대고 달아나기 시작했다. 페이스와 우나가 동시에 외마디 비명을 지르며 칼의 뒤를 쫓았다. 세 아이는 미친 듯이 언덕을 뛰어올라 큰길을 지나 목사관으로 달려 들어갔다. 아까 집을 나설 때 마사 할머니는 부엌에서 바느질을 하고 있었는데, 지금 가 보니 없었다. 셋은 서재로 우르르 몰려가 보았으나 그곳도 어두울 뿐 아무도 없었다. 그 순간 세 아이는 다짜고짜 되돌아 나와 잉글사이드 쪽으로 뛰기 시작했다. 그러나 '무지개 골짜기'를 지날 수는 없었으므로 언덕을 내려가 걸음아 날 살려라 하며 미친 듯이 글렌 대로를 뛰어갔다. 칼이 앞장섰고 우나가 맨 뒤였다.

그 모습을 보고 마을 사람들은 이번에는 목사관 아이들이 또 무슨 몹쓸 장난을 시작한 것인가 하며 궁금해했으나 아무도 아이들을 멈춰 세우지는 않았다. 그러나 잉글사이드 문 앞에서 세 아이는 로즈메리를 맞닥뜨렸다. 로즈메리는 빌려 갔던 책을 돌려주려고 잠시 들른 것이었다.

그녀는 아이들의 얼굴이 죽은 사람처럼 창백하고 눈망울이 움직이지 않는 것을 보았다. 원인은 알 수 없었지만 이 작고 가여운 영혼들이 뭔가 소름 끼치도록 무서운 실질적인 공포에 떨고 있는 것을 깨달았다. 로즈메리는 한쪽 팔로 칼을 붙잡고 다른 팔로는 페이스를 안았다. 우나는 로즈메리와 부딪치자 필사적으로 그녀에게 매달렸다.

로즈메리가 물었다.

"너희들, 무슨 일이 있었니? 뭔데 이렇게 무서워하는 거니?"

칼이 이를 딱딱 부딪치면서 대답했다.

"헨리 워런의 유령이에요!"

"헨리……워런의…… 유령!"

로즈메리는 깜짝 놀랐다. 그런 이야기를 들어본 적이 없었기 때문이다.

페이스는 충격을 받아 흐느끼며 말했다.

"네, 저기 있었어요…… 베일리네 돌담에요…… 분명히 봤어요…… 우리를…… 쫓아왔어요."

로즈메리는 혼비백산이 된 아이들을 모두 잉글사이드의 베란다로 데리고 갔다. 길버트와 앤도 '꿈의 집'에 가고 없었다. 하지만 몹시 여위고 실제적이며 전혀 유령 같지 않은 모습의 수전이 문가에 나타났다.

수전이 물었다.

"대체 무슨 소동들이지?"

이번에도 아이들은 숨을 가쁘게 몰아쉬며 무서운 것을 본 이야기를 했다. 그러는 동안 로즈메리는 세 아이를 꼭 안고 말없이 달래고 있었다.

그러나 수전은 동요하지 않았다.

"올빼미였던 것 같구나."

올빼미라니! 그 말을 들은 메러디스네 아이들은 그 뒤로 수전은 그리 아는 게 없다고 생각하게 되었다.

"올빼미가 백만 마리 모인 것보다 더 컸어요. 게다가 그건 메리가 말한 대로 엎드려서…… 돌담을 기어서 타 넘고 다시 기어서 우리를 붙잡으러 왔어요. 올빼미가 길 수 있나요?"

칼은 울부짖었다. 나중에 칼은 그때 울부짖은 것이 너무나 창피해서 두고두고 후회했다.

로즈메리가 수전을 보고 말했다.

"틀림없이 뭔가를 보고 놀란 거예요."

수전이 침착하게 대답했다.

"내가 직접 가서 보고 올게요. 자, 애들아, 진정해라. 뭘 봤는지는 몰라도 유령은 아니야. 가엾은 헨리 워런은 일단 무덤 속에 들어가자 너무 기뻐서 조용히 잠들어 있을 게 분명해. 다시 나오는 짓은 절대로 하지 않을 테니 걱정 말아라.

이 아이들이 진정하도록 차분히 말해주세요, 미스 웨스트. 나는 어떻게 된 일인지 보고 올 테니까요."

수전은 '무지개 골짜기' 쪽으로 떠났는데, 손에는 뒤뜰에서 의사 선생님이 작은 건초밭에서 일할 때 쓰고는 울타리에 기대어 놓은 갈퀴를 용감하게 챙겼다.

'유령'을 상대로 갈퀴는 별로 소용이 없겠지만 마음에는 든든한 힘이 되는 무기였다.

'무지개 골짜기'에는 아무것도 보이지 않았다. 울창하고 그늘진 베일리 저택 뜰에도 하얀 괴물은 숨어 있는 것 같지 않았다. 수전은 마음을 굳게 먹고 성큼성큼 뜰을 가로질러 건너가 뜰 반대쪽에 있는 작은 집의 문을 갈퀴로 탁탁 두드렸다. 스팀슨 부인이 두 딸과 살고 있는 집이었다.

잉글사이드에서는 로즈메리가 아이들을 겨우 진정시켰다. 아이들은 아직 충격이 남아 조금씩 훌쩍이고 있었지만 자기들이 바보짓을 한 게 아닌가 하는 의심이 슬슬 고개를 들기 시작했다. 수전이 마침내 돌아오자 이 의심은 확실한 사실이 되었다.

수전은 으스스한 미소를 띠고 흔들의자에 앉더니 손으로 부채질을 하면서 말했다.

"너희들이 본 유령의 정체를 알아냈다. 스팀슨 부인이 커다란 면 홑이불 두 장을 베일리네 뜰에서 일주일 동안 말리고 있었단다. 낙엽송 밑의 풀이 비교적 짧고 깨끗해서 그 돌담 위에 그걸 널어놓았다는구나.

부인이 오늘 저녁에 그것을 거두어들이려고 갔었는데 손에 뜨갯감을 들고 있어서 홑이불을 어깨에 걸치고 날랐대. 그랬는데 뜨개바늘 한 개를 실수로 떨어뜨렸단다. 더듬더듬 찾아보았지만 결국 발견하지 못했고, 아직까지도 찾지 못했다는구나. 어쨌든 무릎을 꿇고 여기저기 기어다니며 찾으려고 한 모양이야.

그러고 있는데, 골짜기 아래쪽에서 무서운 비명이 들리고 아이들 셋이 언덕을 달려 올라가는 게 보이더래. 무엇에 물린 모양인가 보다 생각했는데, 비명에 너무 놀란 나머지 스팀슨 부인의 늙은 심장이 몹시 두근거리기 시작하고 움직일 수도 말할 수도 없게 되어버렸단다. 그래서 아이들이 사라질 때까지 그 자리에 웅크리고 앉아 있었던 거야.

그 뒤 간신히 집으로 비틀비틀 돌아가서 강심제 신세를 지고 있단다. 심장 상태가 아주 나빠서 나으려면 여름 한철이 걸릴 거 같다고 하더라."

메러디스네 아이들은 부끄러워서 얼굴이 새빨개져 로즈메리가 아무리 이해심을 발휘해 마음을 헤아리며 위로해도 소용이 없었다. 세 아이는 달아나듯 집으로 돌아왔다. 목사관 문 앞에서 제리와 마주친 그들은 뉘우침을 담은 고백을 했다. 그래서 '바른 생활 모임'의 회의를 이튿날 아침에 열기로 했다.

침대에 들어가자 페이스가 속삭였다.

"오늘 밤 미스 웨스트가 우리에게 퍽 친절하지 않았니?"

우나도 인정했다.

"그래, 계모가 되면 사람이 달라진다는 게 정말 안타까워."

"나는 그러리라고 생각지 않아."

페이스는 로즈메리에 대한 믿음을 저버리지 않았다.

## 칼의 속죄

"어째서 우리가 벌을 받아야 하는지 모르겠어. 우리는 아무 잘못도 하지 않았잖아. 무서운 걸 어떻게 해. 게다가 아버지의 평판이 나빠지는 일도 아니고. 그냥 우연히 일어난 일이잖아."

페이스는 못마땅하여 이렇게 불평했다.

제리는 재판관 같은 태도로 경멸하듯 말했다.

"너희는 겁쟁이였잖아. 두려움에 졌으니까 마땅히 벌받아야 해. 이번 일로 모두가 너희를 비웃을 테고, 그건 우리 집안의 불명예야."

페이스는 몸을 떨면서 말했다.

"만일 우리가 얼마나 겁을 먹었는지 알았다면 오빠도 우리가 이미 충분히 벌을 받았다고 여길 거야. 난 이제 다시는 그런 일 겪기 싫어."

칼이 중얼거렸다.

"형도 거기에 있었다면 틀림없이 달아났을 거야."

제리는 비웃었다.

"면 홑이불을 어깨에 걸친 할머니한테서 말이니? 하, 하, 하!"

"조금도 할머니처럼 보이지 않았단 말야. 커다랗고 허연 것이 풀 위를 기어다니는 게 꼭 메리 밴스가 말한 헨리 워런 같았다고. 얼마든지 비웃어, 제리 메러디스. 그렇지만 형도 그 자리에 있었다면 틀림없이 웃지 못했을 거야.

그래서 우리가 어떤 벌을 받아야 해? 나는 이번 일로 벌을 받는다는 건 공정하지 않다고 생각하지만, 그래도 선고를 내리시죠, 메러디스 판사님!"

제리는 얼굴을 찌푸리며 입을 뗐다.

"내가 보기엔 칼이 제일 잘못한 것 같아. 이야기를 들어보니 맨 먼저 달아났잖아. 심지어 남자아이면서. 어떤 위험이 있더라도 그 자리에 딱 버티고 서서 누나들을 지켜줘야 할 입장이었어. 그건 알고 있을 거야. 안 그래, 칼?"

칼은 부끄러운 얼굴로 신음했다.

"그렇게 생각해."

"좋아. 네 벌은 이거야. 오늘 밤 혼자서 묘지에서 헤저키아 폴록의 묘석에 12시까지 앉아 있어."

칼은 몸을 떨었다. 묘지는 베일리 저택 뜰에서 그리 멀리 떨어져 있지 않은 곳이다. 이것은 호된 시련이었으나 칼은 자신의 불명예를 씻고 겁쟁이가 아니라는 것을 떳떳하게 보여주고 싶었다.

칼은 기운차게 말했다.

"알았어. 하지만 12시가 됐는지 어떻게 알아?"

"서재 창문이 열려 있을 테니까 괘종시계 종이 치는 소리가 들릴 거야. 알겠지? 12시를 알리는 마지막 종이 다 칠 때까지 묘지에서 한 발자국도 움직이면 안 돼. 그리고 페이스와 우나는 1주일 동안 저녁 식사 때 잼을 먹지 말고 지내야 해."

페이스와 우나는 어리둥절한 표정을 지었다. 두 사람은 괴롭고 힘들지만 비교적 빨리 끝나버리는 칼의 벌이 이 길게 끄는 시련보다 훨씬 가볍다고 생각했다. 앞으로 꼬박 1주일 동안이나 잼조차 없이 꺼칠꺼칠한 빵을 먹어야 하다니!

그러나 벌을 피하는 것은 이 모임에서 용납되지 않는다. 소녀들은 가까스로 체념하고 운명을 받아들였다.

그날 밤 9시가 되자 아이들은 잠자리에 들었지만 칼만은 이미 그 전부터 묘석에서 불침번을 서고 있었다. 우나는 살그머니 칼에게 잘 자라는 인사를 하러 갔다. 상냥한 우나는 칼이 가엾어 견딜 수 없었다.

우나가 속삭였다.

"칼, 많이 무서워?"

칼은 쾌활하게 대답했다.

"조금도 안 무서워."

우나가 말했다.

"나도 12시 칠 때까지 자지 않고 있을게. 혹시 쓸쓸해지면 우리 방 창문을 봐. 내가 그 안에서 눈을 뜨고 널 지켜보고 있다는 걸 생각해. 그러면 조금은 덜 쓸쓸할 거야."

칼이 말했다.

"나는 아무렇지도 않아. 걱정하지 마."

말은 이렇게 했지만 조금 뒤 목사관의 불빛이 꺼져버리자 칼은 퍽 외로워졌다. 그는 아버지가 여느 때와 다름없이 서재에 있었으면 좋으련만 하고 생각했다. 그러면 외롭다는 마음이 들지 않을 것이다. 공교롭게도 그날 밤 아버지는 항구 어귀의 어촌에 죽어가는 사람이 있어서 임종을 지키러 갔다. 한밤중이 지나야만 돌아올 것 같았다. 칼은 이 섬뜩한 운명을 혼자서 견뎌야 했다.

한 글렌 마을 사람이 초롱불을 들고 지나갔다. 불빛이 묘지를 비추자 이상 야릇한 그림자가 어른거리며 마치 악마나 마녀가 춤추는 듯했다. 이윽고 그것도 사라지고 다시 캄캄해졌다.

글렌 마을에 있는 불빛이 하나씩 하나씩 꺼져갔다. 그날 밤은 몹시 캄캄했다. 하늘에는 구름이 가득했고 7월 날씨에 어울리지 않게 습기 찬 샛바람이 불어 추웠다. 멀리 지평선 위에 샬럿타운의 불빛이 어렴풋이 반짝이고 있었다. 바람은 해묵은 전나무 사이를 지나며 큰 소리로 흐느끼고 한숨을 쉬었다. 앨릭 데이비스의 커다란 묘비가 어둠 속에 희끄무레하게 번득였고 그 옆 버드나무가 기다란 팔을 흔들며 몸부림치는 모양은 마치 유령 같았다. 그 나뭇가지가 빙글빙글 도는 모양에 따라 때때로 묘비까지 움직이는 듯 보였다.

칼은 묘석 위에 다리를 웅크리고 가만히 앉아 있었다. 묘석 가장자리로 다리를 늘어뜨리고 있다가 만일…… 만에 하나 폴록의 무덤 속에서 뼈만 남은 손이 뻗어 나와 발목을 움켜쥐기라도 한다면 그야말로 큰일이다. 언젠가 모두 여기에 앉아 있었을 때 메리 밴스가 그런 유쾌한 상상을 했었는데, 그 말이 지금 칼에게 떠올라 쉬이 떨쳐지지 않았다. 칼은 물론 그런 일을 믿지 않았다. 헨리 워런의 유령에 대한 일도 정말로 믿지는 않았다. 폴록 씨도 벌써 60년 전에 죽었으니 누가 묘석에 앉든지 신경 쓰지 않을 것이다.

그러나 온 세상이 잠들어버린 때 혼자만 깨어 있는 것은 어쩐지 묘하게 무서운 일이었다. 강력한 어둠의 지배자에 맞서 싸울 자는 홀로 남은 미약한 자기 자신밖에 없었다. 칼은 겨우 10살이었고, 둘레에는 죽은 사람들뿐이었다. 오, 칼은 시계가 빨리 12시를 치기를 얼마나 애타게 바랐는지 모른다. 영원히 12시를 치지 않는 게 아닐까? 마사 할머니가 태엽 감는 것을 잊어버린 게 틀림없었다.

바로 그때 11시가 울렸다—겨우 11시다! 이토록 무서운 곳에 아직 한 시간이나 더 있어야만 한다. 다정한 별이 두세 개만이라도 반짝여준다면 좋을 텐데! 어둠이 깔린 하늘은 너무 무거워서 꼭 칼의 얼굴을 내리누르는 것 같았다.

살금살금 돌아다니는 발소리 같은 것이 묘지 여기저기서 들려왔다. 칼은 뜨끔뜨끔 쑤시는 공포와 심한 추위로 몸을 부르르 떨었다.

그때 비가 추적추적 내리기 시작했다. 차갑고 축축하게 젖어드는 가랑비였다. 칼의 얇고 작은 면 셔츠와 속옷이 흠뻑 젖어버려 뼛속까지 얼어붙는 듯했다. 몸의 괴로움이 너무 극심해서 무서움은 잊어버리고 말았다. 그러나 칼은 이대로 12시까지 있어야만 한다. 그는 자신을 벌하고 있었고, 이것은 자신의 명예가 걸린 일이었다. 비가 내릴 경우에는 어떻게 할지에 대해서 아무 의논도 하지 않았지만, 그렇다고 달라질 것은 없었다.

마침내 서재 시계가 12시를 쳤다. 칼은 쫄딱 젖고 추위에 굳은 작은 몸을 겨우겨우 폴록의 묘석에서 끌고 내려와 목사관 2층의 잠자리로 파고들었다. 이가 딱딱 부딪쳤다. 칼은 언제까지나 몸이 녹지 않는 게 아닐까 생각했다.

그러나 아침에는 지나치리만큼 몸이 뜨거워져 있었다. 제리는 칼의 시뻘게진 얼굴을 보자 깜짝 놀라 곧 아버지를 부르러 달려갔다. 메러디스 목사는 허둥대며 올라왔다. 밤샘하며 임종을 지키고 와서 그의 얼굴도 상아처럼 하얬다. 메러디스 목사는 새벽이 되어서야 돌아왔던 것이다.

목사는 걱정스럽게 칼 위로 몸을 굽히고 물었다.

"칼, 어디 아프니?"

칼은 말했다.

"저…… 저기…… 묘석이…… 거봐, 움직이잖아. 내 쪽으로…… 오고 있어…… 못 오게 해줘요…… 제발."

메러디스 목사는 전화로 달려갔다. 10분쯤 지나 블라이드 의사가 목사관으로 왔다. 30분 뒤에는 정규 간호사를 보내도록 샬럿타운에 전보를 쳐서 온 글렌 마을 사람들이 칼 메러디스가 폐렴에 걸렸으며, 중태여서 의사 선생님이 고개를 내젓고 있다는 것을 알게 되었다.

2주일 동안 길버트는 고개를 몇 번을 내저었다. 칼은 양쪽 폐에 모두 폐렴을 일으켰던 것이다. 어느 날 밤, 메러디스 목사는 서재 안을 왔다 갔다 했고, 페이스와 우나는 자기들 방에서 서로 붙잡고 울었으며, 후회로 미칠 듯한 마음이 된 제리는 칼의 병실 앞 복도에서 한 발자국도 움직이지 않으려고 했다. 의사 선생님과 간호사는 칼 옆에 꼭 붙어 있었다.

그러나 붉은 해가 떠오르는 새벽녘까지 모두가 용감히 죽음과 맞서 싸워 마침내 승리를 거두었다. 칼은 위기를 넘기고 회복되었다. 이 소식은 애타게 기다리고 있는 글렌 마을에 재빨리 전화로 전해져, 마을 사람들은 자신들이 목사님과 그의 아이들을 얼마나 사랑하는지 새삼 깊이 느꼈다.

미스 코닐리아가 앤에게 말했다.

"그 애가 병이 들었다고 들은 날부터 제대로 잠든 밤이 하루도 없었어요. 메리 밴스도 줄곧 울어서 그 애 눈은 지금 담요가 불에 타서 뚫린 구멍처럼 빨개요. 칼이 내기로 그 비 오는 날 밤 묘지에서 밤을 보내다 폐렴에 걸렸다고 하던데, 그게 정말이에요?"

"그게 아니에요. 칼이 묘지에 있었던 건 헨리 워런 유령 사건으로 겁쟁이처럼 굴었다는 이유로 자기에게 벌을 준 거래요. 자기들이 스스로를 키운다고 '바른 생활 모임'이라는 걸 만들어서, 잘못한 일이 있을 때면 스스로 벌받고 그랬다는 모양이에요. 제리가 목사님에게 모두 이야기했어요."

미스 코닐리아가 근심 어린 얼굴로 말했다.

"세상에, 딱하기도 해라."

교회 신도들이 영양가 있는 음식을 산더미처럼 목사관으로 날라와 칼은 빠른 속도로 회복되어갔다. 노먼 더글러스는 저녁마다 갓 낳은 달걀 한 꾸러미와 저지종 젖소의 진한 우유 한 병을 날라다 주었다. 때로는 한 시간쯤 메러디스 목사와 서재에서 예정설에 대해 큰 소리로 토론을 나누다 가기도 했다. 그리고 그보다 더 자주 글렌 마을이 내려다보이는 언덕으로 마차를 몰고 갔다.

칼이 처음으로 아래층에 내려온 날, 메러디스 목사는 아이들을 모두 서재로 불러 이제부터는 먼저 아버지에게 의논한 다음이 아니면 자신을 벌해서는 안 된다고 타일렀다.

페이스가 말했다.

"하지만 마사 할머니는 언제나 아버지를 방해해서는 안 된다고 우리에게 말하는걸요."

"그렇지 않아. 아버지 말을 잘 기억해둬라. 너희들 모임의 목적은 나쁘지 않아. 다만 어떤 벌을 받을 것인가를 결정하는 건 이 아버지가 맡으마."

다시금 칼이 '무지개 골짜기'에 가도 된다는 허락이 내려졌을 때, 아이들은 칼의 병이 다 나은 것을 축하하는 잔치를 벌이고 의사 선생님도 골짜기로 내려와 불꽃놀이를 거들었다. 메리 밴스도 왔지만 이제 유령 이야기는 일절 하지 않았다. 미스 코닐리아가 웬만해서는 잊어버리지 못할 만큼 메리를 단단히 타일렀기 때문이었다.

## 두 고집쟁이

로즈메리 웨스트는 잉글사이드에서 음악을 가르치고 돌아오는 도중, 옆길로 빠져서 '무지개 골짜기'의 사람 눈에 잘 띄지 않는 샘 쪽으로 나갔다. 로즈메리는 여름 동안 그곳에 간 적이 없었다. 아름다운 작은 샘은 로즈메리에게 더 이상 아무 매력도 없었다. 그녀의 젊은 시절 연인의 영혼은 이제 그녀를 만나러 와주지 않았고 존 메러디스에 얽힌 추억은 너무 고통스러워 가슴에 사무쳤다.

그러나 골짜기에서 뒤돌아보았을 때, 노먼 더글러스가 베일리 저택 뜰의 낡은 돌담을 젊은이처럼 가볍게 뛰어넘는 것이 얼핏 보여 그가 언덕 위 집을 찾아가는 길인가 보다 생각했다. 만약 노먼이 그녀를 따라잡게 되면 집까지 함께 걸어가지 않으면 안 된다. 로즈메리는 노먼이 그녀를 못 보고 지나치기를 바라면서 얼른 샘 옆에 있는 단풍나무숲 그늘로 들어갔다.

그런데 노먼은 로즈메리를 발견했고, 심지어 그녀를 뒤쫓아 왔다. 노먼은 언젠가 로즈메리와 이야기하고 싶었지만 그녀 쪽에서 늘 피하는 것같이 보였다. 로즈메리는 이전부터 노먼 더글러스를 썩 좋아하지 않았다. 노먼이 고함치며 말하는 것도, 벌컥 성을 내는 것도, 요란하게 농담하는 것도 로즈메리는 정말이지 질색이었다. 젊었을 때는 엘런이 왜 저런 사람에게 매력을 느끼는지 의아하기조차 했었다.

노먼 더글러스는 로즈메리가 자기를 싫어하는 것을 잘 알고 있었으며, 그것을 히죽히죽 웃어넘겼다. 노먼은 사람들이 자기를 싫어해도 전혀 신경 쓰지 않았다. 되갚아주겠다는 식으로 자기를 싫어하는 상대방을 싫어하지도 않았으며, 오히려 자기 멋대로 칭찬의 일종이라 받아들였다. 그는 로즈메리가 더할 바 없이 좋은 아가씨라고 여겼으며 자기도 훌륭하고 너그러운 형부가 될 작정이었다. 하지만 형부가 되기 위해선 먼저 로즈메리와 이야기를 해두지 않으면 안 된다. 그래서 글렌에 있는 가게 앞에 서 있을 때 로즈메리가 잉글사이드에서 나오는 것을 보고 곧 로즈메리를 따라잡기 위해 황급히 골짜기로 향한 것이었다.

로즈메리는 단풍나무 의자에 앉아 골똘히 생각에 잠겨 있었다. 벌써 거의 1년 전 그 저녁 무렵 존 메러디스가 앉아 있던 단풍나무였다. 조그만 샘은 풀고사리로 둘러싸여 일렁이며 잔물결을 일으키고 있었다. 루비색으로 새빨갛게 빛나는 저녁 해가 활처럼 휘어진 나뭇가지들 사이로 그 빛을 던지고 있었다. 로즈메리가 앉은 자리 옆에는 키 큰 과꽃이 무리를 지어 피어나 있었다. 작은 샘이 있는 그곳은 마치 고대의 숲속에 살던 요정이나 나무 요정들의 은신처처럼 꿈결 같고 마법에 걸린 듯했고, 그러다 금세 사라져버릴 것 같았다.

그런 곳에 노먼 더글러스가 뛰어들어 한순간에 그 마법을 흩트러뜨리고 깨버렸다. 노먼이 있는 것만으로 그 장소의 은밀한 마법은 자취를 감추어버린 듯했다. 그곳에 남아 있는 것은 그 무엇도 개의치 않는, 덩치가 크고 붉은 수염을 기른 노먼 더글러스뿐이었다.

"안녕하세요."

로즈메리는 쌀쌀맞게 인사하고 일어섰다.

"안녕하십니까, 로즈메리. 어서 앉아요, 좀 앉아봐요. 잠깐 할 이야기가 있소.

"저런! 뭣 때문에 나를 그런 매서운 눈으로 보는 걸까? 내가 잡아먹을 것도 아닌데……난 저녁은 벌써 먹었어요. 앉아서 내 얘기 좀 들어주지 않겠소?"

로즈메리가 차갑게 말했다.

"더글러스 씨가 하는 말은 여기서도 충분히 잘 들려요."

"그야 귀를 사용하면 되는 일이니까. 편히 있었으면 해서 앉으라는 것뿐이오. 거기 서 있는 모양새가 몹시 불편해 보여서 그래요. 어쨌든 난 앉겠소."

노먼은 전에 존 메러디스가 앉았던 그 자리에 앉았다. 그런데 그 차이가 우스꽝스러울 정도로 대조적이었으므로 로즈메리는 불쑥 웃음이 터지지 않을까 걱정이 되었다. 노먼은 모자를 벗어서 옆에 툭 던져놓고 커다란 붉은 손을 무릎 위에 올린 다음 로즈메리를 쳐다보았다. 그 눈은 유쾌한 듯 반짝이고 있었다.

"로즈메리, 너무 뻣뻣하게 굴지 말아요."

로즈메리의 비위를 맞추려는 듯한 말투였다. 노먼은 그럴 마음만 먹으면 꽤나 싹싹했다.

"자, 자, 진정하고 우리 이성적으로 담소를 좀 나누어봅시다. 사실 부탁할 일이 있소. 엘런이 자기 입으로는 말할 수 없다고 하니 내가 말할 수밖에 없군요."

로즈메리는 그저 샘을 내려다보았다. 샘은 이슬 한 방울 크기로 줄어버린 것처럼 느껴졌다. 노먼이 어쩔 도리가 없다는 얼굴로 로즈메리를 바라보았.

도저히 못 견디겠다는 듯 노먼이 갑자기 외쳤다.

"빌어먹을, 나를 좀 도와주면 안 되겠소?"

로즈메리는 멸시하는 듯한 투로 물었다.

"나더러 뭘 도와달라는 거죠?"

"벌써 알고 있을 텐데요. 비극의 주인공 같은 흉내는 내지 맙시다. 그러니까 엘런이 무서워서 당신한테 말을 못 꺼내는 겁니다.

이봐요, 로즈메리, 나는 엘런과 결혼하고 싶소. 분명 똑똑히 말했소. 알겠어요? 그런데 엘런이 당신하고 뭔가 멍텅구리 같은 약속을 하나 해서 그걸 당신이 취소해주지 않는다면 결혼할 수 없다고 하더군요. 어떻소? 취소해주겠소?"

로즈메리가 말했다.

"네."

노먼은 벌떡 일어나 내키지 않아 하는 로즈메리의 손을 덥석 쥐었다.

"고맙소! 틀림없이 그렇게 말해줄 줄 알았소. 그렇게 말해줄 게 틀림없다고 엘런에게도 이야기했어요. 1분이면 해결될 줄 알았소. 자, 집으로 돌아가 엘런에게 말해줘요.

우리는 2주 뒤에 결혼할 거고 당신도 우리 집에 와서 함께 사는 거요. 외로운 까마귀인 양 그런 언덕 꼭대기에 혼자 살게 놔두지는 않겠소. 그러니 걱정할 것 없어요. 당신이 나를 싫어하는 건 알고 있어요. 싫어하는 사람과 함께 사는 건 재미있는 일이 될 게요. 인생에 톡 쏘는 맛이 생기는 셈이지. 엘런은 나를 불로 지글지글 태울 테고, 당신은 얼음처럼 꽝꽝 얼려버리고 말이오. 지루할 틈이 없겠군."

로즈메리는 세상이 뒤집어진다 해도 노먼의 집에서 살 생각은 없었지만, 그것을 자기 입으로 굳이 노먼에게 말할 생각도 없었다. 노먼이 기쁨과 의기양양함에 취해서 성큼성큼 걸어 글렌으로 돌아가는 것을 본 뒤, 로즈메리는 천천히 언덕 위 자기 집으로 올라갔다.

킹스포트에서 돌아온 그녀는 노먼이 거의 매일 저녁 찾아오는 것을 보고 언젠가는 이렇게 되리라는 것을 알고 있었다. 자매는 노먼의 이름을 결코 입에 담지 않았다. 하지만 그것을 피한다는 사실 자체가 되레 의미심장했다. 로즈메리는 누구를 원망하는 성격이 아니었다. 그렇지 않다면 무척 원망했으리라.

로즈메리는 노먼에게 쌀쌀맞지만 정중한 태도를 취했으며 엘런에게는 조금도 달라진 태도를 보이지 않았다. 그러나 엘런은 자신의 두 번째 연애에 대해 영 마음이 편치 않았다.

로즈메리가 샘터에서 집으로 돌아왔을 때 엘런은 검은 고양이 세인트 조지를 데리고 뜰에 나와 있었다. 두 사람은 달리아 꽃밭에서 얼굴을 마주했다. 세인트 조지는 두 사람 한복판에 있는 자갈길에 앉아 반들반들한 검은 꼬리를 흰 발에 곱게 말아 붙이고 있었다. 잘 먹고 잘 길들고 잘 단장한 말쑥한 고양이답게 주변의 일에는 전혀 무관심했다.

엘런이 자랑스러운 듯 말했다.

"이런 달리아를 본 적이 있니? 이렇게 아름답게 핀 건 처음이야."

로즈메리는 달리아에 아무 관심도 없었다. 달리아가 뜰에 있는 것은 엘런의 취향을 참작하여 로즈메리가 양보한 것뿐이었다. 로즈메리는 유달리 꽃송이가 크면서 진홍과 노랑이 뒤섞인 달리아 한 송이가 다른 꽃들 위에 보란 듯이 피어 있는 것을 보고는 그 꽃을 가리켰다.

"저 달리아는 노먼 더글러스를 꼭 닮았네요. 쌍둥이라고 해도 믿겠어요."

엘런의 눈썹 짙은 얼굴이 갑자기 새빨갛게 물들었다. 엘런은 그 달리아가 멋지다고 생각했지만 로즈메리는 그렇게 생각하지 않는다는 걸 알고 있었고, 지금의 말이 칭찬의 뜻이 아니라는 것도 알았다. 그러나 엘런은 로즈메리에게 그런 말을 들어도 원망할 수 없었다. 그때의 엘런은 감히 어떤 일도 원망할 입장이 아니었다. 게다가 로즈메리가 노먼의 이름을 꺼낸 것은 그때가 처음이었다. 엘런은 그것이 어떤 일의 조짐이라 느꼈다.

로즈메리는 언니의 얼굴을 똑바로 보며 말했다.

"골짜기에서 노먼 더글러스 씨를 만났어요. 그분이 언니와 결혼하고 싶다고 말하던데요―만일 내가 허락만 한다면요."

"그랬니? 너는 뭐라고 했는데?"

엘런은 짐짓 아무렇지도 않은 듯 자연스러운 태도로 말하려 했으나 무참히 실패했다. 엘런은 로즈메리의 눈을 차마 볼 수 없었다. 눈을 내리깔고 세인트 조지의 부드러운 등을 내려다보며 두려움에 떨고 있었다. 로즈메리는 허락한다고 말했을까? 아니면 안 된다고 했을까? 만일 허락했다면 엘런은 몹시 수치스럽고 후회스러워 신부가 되는 일을 마냥 기뻐할 수는 없으리라. 그러나 만일 허락하지 않았다면…… 엘런은 이미 한번 노먼 더글러스 없이 살아가는 법을 배웠지만, 그때 배운 교훈은 벌써 잊어버렸고 두 번 다시 배울 수는 없다고 생각하고 있었다.

로즈메리가 말했다.

"나는 두 사람이 언제든 원할 때 자유로이 결혼하라고 대답해줬어요."

엘런은 여전히 세인트 조지를 내려다보며 말했다.

"고맙구나."

로즈메리의 얼굴이 부드러워졌다.

그녀는 다정히 말했다.

"언니가 행복했으면 좋겠어요."

엘런은 난처한 얼굴을 들었다.

"오, 로즈메리. 나는 몹시 부끄러워…… 난 그럴 자격이 없어…… 네게 그런 말을 해놓고……."

로즈메리는 재빨리 엘런의 말을 막았다.

"이제 그 일에 대해서는 더 이상 말하지 않기로 해요."

엘런은 그래도 말을 이었다.

"하지만…… 하지만 너도 이제 자유니까…… 아직 늦지는 않았어…… 존 메러디스는……."

"엘런 웨스트!"

로즈메리는 한없는 다정함 속에 작은 노여움의 불씨를 가지고 있었다. 그것이 지금 그녀의 파란 눈에 불꽃처럼 번쩍하고 타오르고 있었다.

"언니는 아예 분별이 없어져버렸어요? 나더러 존 메러디스에게 가서 고개를 숙이고 '저, 메러디스 목사님, 제 마음이 달라졌으니 부디 그 사이 당신 마음은 변하지 않았으면 좋겠군요.'라고 말이라도 하라는 거예요? 설마 나보고 그렇게 하란 말이냐고요?"

엘런은 로즈메리의 무서운 기세에 눌려 더듬더듬 말했다.

"아냐…… 아냐…… 다만 그 사람에게 조금…… 네가 여지를 준다는 신호만 보내면…… 그 사람은 돌아올 거야……."

"아니요. 그분은 나를 경멸하고 있어요. 그래야 마땅하고요. 이제 두 번 다시 그런 말 하지 말아요, 언니. 나는 언니에게 조금도 유감이 없으니까, 누구든 좋아하는 사람과 결혼하도록 해요. 하지만 내 일에는 참견하지 말아줘요."

"그렇다면 우리랑 같이 살자. 여기에 너를 혼자 내버려둘 수는 없어."

"내가 노먼 더글러스 집에 가서 살 수 있다고 정말로 생각해요?"

엘런은 부끄러운 와중에도 발끈해서 물었다.

"왜 안 돼?"

로즈메리는 웃기 시작했다.

"엘런, 나는 언니가 유머 감각이 있는 사람인 줄 알았는데요. 언니는 내가 그러는 모습이 상상이 돼요?"

"왜 안 된다는 건지 난 도저히 모르겠어. 노먼의 집은 크니까 충분히 여유가 있어. 네 방은 얼마든지 따로 마련할 수 있고, 노먼은 이래라저래라 간섭하지 않을 거야."

"엘런, 그런 일은 생각할 필요도 없어요. 그런 이야기는 두 번 다시 꺼내지도 말아요."

그러자 엘런이 냉정하게 딱 잘라 말했다.

"그렇다면 나는 그 사람과 결혼하지 않아. 나는 너를 혼자 여기에 내버려두고 떠날 수는 없으니까. 그것으로 이야기는 끝이야."

"바보 같은 말 하지 말아요, 언니."

"바보 같은 말이 아니야. 내 결심은 확고해. 여기서 너 혼자 산다는 건 말도 안 돼. 다른 사람들 집에서 못해도 1마일(약 1.6킬로미터)이나 떨어진 이런 외딴 곳에. 네가 나하고 같이 가지 않겠다면 나는 너랑 여기 있겠어. 자, 이제 이 일에 대해 더 이상 날 설득할 생각 마. 아무리 이야기해도 소용없으니까."

로즈메리가 말했다.

"설득은 노먼 씨에게 맡길게요."

"노먼에게는 '내가' 말하겠어. 그 사람은 내가 충분히 다룰 수 있어. 나는 너에게 한 약속을 취소해달라고 내가 먼저 부탁할 생각이 전혀 없었어. 하지만 노먼에게 내가 어째서 결혼할 수 없는지 그 이유를 말해야 했고, 그랬더니 노먼이 네게 부탁하겠다고 한 거야. 말린다고 듣지 않는 사람이라, 자기가 나서서 한 것뿐이야.

이 세상에서 너 혼자만 자존심이 있는 사람이라고 생각하지 마. 결혼해서 너만 혼자 여기에 내버려두고 가려는 생각은 결코 한 적이 없어. 나도 너만큼 결심이 확고하다는 걸 너도 알게 될 거야."

로즈메리는 돌아서서 어깨를 으쓱하고 집 안으로 들어가버렸다. 엘런은 세인트 조지를 내려다보았다. 엘런과 로즈메리가 이야기하는 동안 세인트 조지는 눈꺼풀 한 번 깜박이지 않고 수염 한 올도 움직이지도 않은 채 조용히 앉아 있었다.

"세인트 조지, 남자 없이는 이 세상이 지루할 거야. 그건 인정해. 하지만 차라리 세상에 남자가 한 사람도 없었으면 좋겠다고 바라고 싶어지는구나. 남자 때문에 얼마나 번거로운 일이 일어나고 있는지 잘 봐, 조지…… 여태까지 이어졌던 행복한 생활을 뿌리째 뽑아놔 버렸잖아, 세인트. 존 메러디스가 먼저 손댔고, 노먼 더글러스가 마무리를 했네. 그리고 이제 두 사람은 모두 망각의 늪으로 사라져가야만 하겠지.

지금껏 내가 만난 남자 가운데, 이 지구상에서 가장 위험한 인물은 독일의 카이저라는 내 의견에 동의하는 사람은 노먼뿐이었어. 그런데 그렇게 분별 있는 사람과 결혼할 수가 없어. 내 동생이 고집쟁이인 데다 나는 더 심한 고집불통이기 때문이야.

내 말 잘 들어, 세인트 조지. 로즈메리가 새끼손가락 하나만 들어 올려도 목사는 로즈메리에게 곧장 돌아올 거야. 그런데 로즈메리는 그러려고 하지 않을 거야, 조지. 그 애의 자존심이 결코 허락하지 않을 테니까. 새끼손가락을 꼬부리는 시늉조차 하지 않을걸. 그리고 나는 감히 참견할 자격이 없어, 세인트.

그렇지만 뚱해 있지 않을 거야, 조지. 로즈메리도 내가 결혼을 반대한 일로 나에게 부루퉁한 적 없으니까 나도 그러지 않겠다고 결심했어, 세인트. 노먼은 펄펄 뛰며 화를 낼 테지만, 결국 나이 먹고 어리석은 우리들은 결혼할 생각 같은 건 접어두어야 해, 세인트 조지. '절망은 자유인이요, 희망은 노예로구나'[1],

---

1) 미국의 소설가 엘런 글래스고(1873~1945)의 시 〈자유인〉에 나온 구절로, 해당 시에서는 인용된 앞뒤 구절의 순서가 바뀌어 있음.

세인트.

　자, 집으로 들어가자, 조지. 기운 나도록 크림을 접시 한가득 줄게. 그렇게 하면 이 언덕 위에 적어도 행복하고 만족한 존재가 하나는 있지 않겠니."

## 매질보다 더한 벌

"나 말이지, 너네한테 할 얘기가 있어."

메리 밴스가 비밀스럽게 말했다. 메리와 페이스와 우나는 팔짱을 끼고 마을을 걸어가고 있었다. 아까 플래그 씨네 가게에서 우연히 만났던 것이다. 메리의 말을 듣자 우나와 페이스는 서로 눈짓을 주고받았다. '저봐, 또 뭔가 언짢은 말을 꺼내려는 거야.' 하는 뜻의 눈짓이었다. 이제까지 메리 밴스가 꼭 해야 할 이야기가 있다며 꺼낸 말들치고 들어서 기분 좋았던 내용은 거의 없었다.

우나와 페이스는 자기들이 메리를 계속 좋아하는 게 이상할 정도였다. 그런데 정말 여전히 좋아는 했다. 메리는 확실히 자극적이고 유쾌한 친구였다. 다만 메리가 뭔가를 말해주는 게 자기의 의무라는 확신만 가지고 있지 않으면 참으로 좋았을 것이다.

"너네들이 너무 말썽쟁이들이라서 로즈메리 웨스트가 너네 아버지하고 결혼 안 하려고 한다는 걸 알고 있니? 그분은 너희들을 제대로 키울 수 없을까 봐 겁나서 너네 아버지의 청혼을 거절했대."

우나는 은밀한 기쁨으로 가슴이 떨렸다. 미스 웨스트가 아버지와 결혼하지 않는다는 말을 들으니 너무 기뻤다. 그러나 페이스는 오히려 실망했다.

페이스가 물었다.

"너는 그걸 어떻게 알아?"

"어머나, 다들 그렇게 말하는걸. 나는 엘리엇 부인이 의사 선생님 사모님에게 이야기하는 걸 들었어. 두 분은 내가 멀리 있으니까 못 들을 거라 생각했지만 나는 고양이만큼이나 귀가 밝다고. 엘리엇 부인은 너네들의 평판이 너무 나빠서 로즈메리가 도저히 너네 계모 노릇을 할 자신이 없다고 생각한 게 틀림없다고 했어.

너네 아버지는 요즘 언덕 위에 있는 집으로 전혀 가지 않잖아. 노먼 더글러스도 그렇고. 소문으로는 엘런이 예전에 노먼한테 버림받은 앙갚음으로 이번에는 자기 쪽에서 먼저 찬 거래. 하지만 노먼은 엘런을 반드시 손에 넣고 말겠다며 대놓고 말하고 다닌대.

그러니 너네가 아버지의 결혼을 망친 셈이라는 걸 너네들이 알아야 한다고 생각해. '나는' 정말 안타깝단 말이지. 어차피 너네 아버지는 머지않아 누군가하고 결혼할 게 틀림없는데, 아내감으로 로즈메리 웨스트만큼 좋은 사람은 다시 없을 테니까."

우나가 물었다.

"넌 계모란 모두 잔인하고 심술궂다고 했잖아."

"그야…… 대부분은 무지 짜증을 잘 내지, 그건 확실해. 하지만 로즈메리 웨스트라면 누구에게도 심하게는 안 할 거야.

만일 너네 아버지가 마음을 바꿔서 에멀라인 드루하고 결혼이라도 하는 날엔 너네는 진작에 어른 말씀을 잘 들었더라면 좋았을걸, 로즈메리가 겁먹고 달아나게 하지 말걸, 하며 후회할 거야. 너네 평판이 나쁜 탓에 너네 아버지가 괜찮은 사람이랑 결혼할 수 없다니 너무하잖아?

물론 나는 너네에 대한 소문의 절반은 사실이 아니라는 걸 알지. 하지만 한

번 나쁜 평판을 얻으면 끝장이야. 이를테면 지난번 스팀슨 부인네 창문으로 돌을 집어 던진 일만 해도, 제리랑 칼이 한 짓이라고 말하는 사람도 있으니까. 사실은 보이드 씨네 아들 둘이 한 짓인데 말이야.

하지만 카 노부인의 마차에 뱀장어를 집어 던진 건 아무래도 칼이 맞는 거 같아. 나도 처음에는 키티 앨릭 부인 입에서 나온 말보다 더 정확한 증거를 접하기 전까지는 믿지 않는다고 했지. 엘리엇 부인한테 대놓고 그렇게 말했어."

페이스가 외쳤다.

"칼이 어쨌는데?"

"자, 소문에 따르면—있잖아, 나는 단지 사람들이 하는 말을 전하는 것뿐이야. 그러니까 나한테 트집을 잡으면 안 돼—지난주 어느 날 저녁에 칼이랑 다른 남자아이들 여럿이 다리에서 뱀장어를 낚고 있었대. 마침 그때 카 부인이 포장 없는 낡은 마차를 타고 거기를 지나갔는데, 칼이 느닷없이 커다란 뱀장어를 마차 뒷좌석으로 툭 던졌다는 거야.

그러다 부인의 마차가 잉글사이드 옆 언덕을 올라가고 있을 때 그 뱀장어가 꿈틀꿈틀 부인의 발 사이로 기어 나왔대. 카 부인은 뱀인 줄 알고 정신없이 비명을 지르며 일어나 마차에서 훌쩍 뛰어내렸고. 말은 놀라서 달아났지만 그래도 별 탈 없이 집에는 돌아갔다고 해.

하지만 카 부인은 발목을 심하게 삐었고 그 뒤로는 뱀장어 생각만 해도 발작이 일어날 지경이라고 했어. 가엾은 노부인에게 그런 심한 장난을 치면 어떡해. 카 부인은 성격이 좀 특이하긴 해도 착한 사람인데."

페이스와 우나는 서로 얼굴을 마주 보았다. 이것은 '바른 생활 모임'에서 다뤄야 할 문제다. 하지만 그런 말을 메리에게 한 마디도 해서는 안 된다.

"너네 아빠 오신다."

메리가 말할 때 메러디스 목사가 세 아이들 옆을 지나갔다.

"우리들이 여기에 없는 양 전혀 못 보시네. 나는 이제 익숙해져서 아무렇지도 않아. 하지만 어떤 사람들은 신경 쓰이는 모양이야."

메러디스 목사는 세 아이가 있는 것을 눈치채지 못했지만 여느 때처럼 몽롱히 멍한 상태로 걸어가고 있는 것은 아니었다. 마음의 동요와 괴로움을 안고 언덕을 올라가는 중이었다. 그는 방금 앨릭 데이비스 부인에게 칼과 뱀장어 이야기를 들었던 것이다. 앨릭 데이비스 부인은 몹시 분개했다. 카 노부인은 그녀와 팔촌 간이었기 때문이다. 메러디스 목사가 느낀 감정은 단순한 분개 이상이었다. 그는 충격을 받았고 마음이 아팠다. 칼이 이런 짓을 할 수 있다고 생각지도 못했다. 목사는 아이들이 경솔하거나 깜빡해서 하는 장난에 대해서는 굳이 심하게 야단을 칠 생각이 없었다. 그러나 '이 일'은 그 성격이 엄연히 달랐다. '이 사건'에는 뭔가 고약한 구석이 있었다.

메러디스 목사가 집에 도착했을 때, 칼은 잔디밭에서 말벌 군집의 습성과 생태를 면밀히 관찰 중이었다. 메러디스 목사는 칼을 서재로 불러서, 아이들이 한 번도 본 적 없는 심각한 표정으로 칼을 보면서 그가 들은 이야기가 사실인지 물었다.

칼은 얼굴을 붉혔으나 용감하게 아버지의 눈을 똑바로 보며 대답했다.

"그랬어요, 아버지."

메러디스 씨는 신음했다. 적어도 그 소문이 부풀려진 것이기를 바라고 있었다.

"처음부터 끝까지 다 이야기해봐라."

칼은 털어놓기 시작했다.

"남자아이들이 다리에서 뱀장어를 낚고 있었어요. 그러다 링크 드루가 대빵 큰 놈...... 아니, 무지무지 큰 걸 낚았어요. 그렇게 큰 건 처음 보았어요. 낚시

시작한 지 얼마 안 돼서 바로 잡은 거라 어롱(魚籠) 속에 오래 들어 있었어요. 꼼짝도 하지 않아서 나는 그 녀석이 죽었다고 생각했어요. 정말이에요.

그런데 마침 카 부인이 지나가다가 우리를 보고 다짜고짜 버러지 녀석들이라며 썩 집으로 돌아가라고 하지 않겠어요. 그래도 우리는 잠자코 아무 대꾸도 안 했어요. 아버지, 정말이에요.

그런데 카 부인이 가게에서 물건을 사 가지고 다시 돌아오니까 다른 애들이 나더러 어롱 속의 뱀장어를 마차에 집어 던져보라고 내기를 걸잖아요. 난 뱀장어가 죽은 줄로만 알아서 부인을 조금도 다치게 하지 않으리라 생각하고 홱 집어 던졌어요. 그랬는데 언덕 있는 데 이르러서 뱀장어가 되살아나 부인이 크게 비명을 지르면서 마차에서 뛰어내리는 게 보였어요. 나는 무지 잘못했다고 생각했어요.

드릴 말씀은 이게 다예요, 아버지."

그것은 메러디스 목사가 처음 생각했던 것만큼 심하지는 않았지만 그래도 나쁜 일임에 틀림없었다.

메러디스 목사는 슬픈 듯 말했다.

"나는 너에게 벌을 줘야겠다, 칼."

"네, 알고 있어요, 아버지."

"나는……나는 너를 회초리로 때릴 거야."

칼은 겁이 나서 옴츠러들었다. 그는 이제까지 한 번도 회초리로 맞은 적이 없었다.

그러나 아버지가 너무나도 괴로워하는 것을 보고 부러 쾌활하게 말했다.

"괜찮아요, 아버지."

메러디스 목사는 칼이 이처럼 밝은 표정을 짓고 있는 것을 보고 아무 잘못도 느끼지 못하는 것으로 오해했다. 그는 칼에게 저녁 식사가 끝나면 서재로 오라고 했다. 아들이 밖으로 나가자 그는 의자에 털썩 몸을 던지며 다시 신음했다. 메러디스 목사는 저녁때가 다가오는 것이 칼보다 일곱 배는 더 두려워 진저리가 났다. 아들을 무엇으로 때려야 하는지조차도 이 가엾은 목사는 알 수 없었다. 아이를 때리는 회초리로는 무엇을 쓴단 말인가? 몽둥이? 지팡이? 아니, 그런 것은 너무도 무자비하다. 그럼, 얄팍한 나뭇가지는 어떨까? 그렇다면 존 메러디스는 그것을 구하러 일부러 숲으로 가야만 한다. 그것은 몸서리나는 일이었다.

그때 그의 머리에 어떤 그림이 절로 떠올랐다. 되살아난 뱀장어를 보고 기겁한 카 부인의 몹시 쪼글쪼글하고 이가 없어 입이 합죽한 작은 얼굴이 보였다. 이어서 카 부인이 이륜마차 위에서 마녀처럼 날아서 뛰쳐나가는 모습이 그려졌다. 그는 참지 못하고 큰 소리로 웃음을 터뜨렸다. 그러자 자신에게 화가 나고 짓궂은 장난을 친 칼에게는 더 화가 났다. 그는 곧장 회초리를 구하러 가리라 생각했다. 회초리도 너무 말랑해서는 안 되겠다 싶었다.

칼은 방금 집으로 돌아온 페이스와 우나에게 묘지에서 이 일을 보고했다. 칼이 회초리로 매를 맞는다는 말을 듣고 페이스와 우나는 몸서리를 쳤다. 더욱이 때리는 사람은 아버지다. 아버지는 그런 일을 한 번도 한 적이 없었다! 하지만 그들은 냉정히 돌이켜 보고 합당한 벌이라 생각했다.

페이스가 한숨을 쉬며 말했다.

"심한 짓을 했어, 칼. 그리고 어째서 '바른 생활 모임'에 제대로 보고도 하지 않았어?"

칼이 말했다.

"잊어버렸어. 게다가 누구한테 해를 끼친 일이라고 생각지 않았어. 카 부인이 발을 뻔 줄은 정말 몰랐거든. 하지만 회초리로 매를 맞으면 그걸로 에끼는 셈이 되지 않을까."

"많이…… 아플까?"

우나가 걱정스러운 얼굴로 물으며 칼의 손을 잡았다.

칼이 용감하게 말했다.

"별로 안 아플 거야. 어쨌든 아무리 아파도 난 울지 않을 테야. 내가 울면 아버지가 더더욱 괴로울 테니까. 지금까지도 퍽 슬퍼하고 계셔. 할 수만 있으면 아버지가 때리지 않고 내가 내 손으로 힘껏 매질하고 싶은 마음이야."

저녁 식사 때 칼은 밥을 거의 먹지 않았다. 그리고 메러디스 목사는 아예 음식에 입도 대지 않았다. 식사 시간이 끝나자 두 사람은 말없이 서재로 들어갔다. 탁자 위에는 작은 나뭇가지가 놓여 있었다. 메러디스 목사는 알맞은 나뭇가지를 찾느라 퍽 애를 먹었다. 처음에 자른 가지는 너무 가늘었다. 칼은 변명할 여지가 없는 짓을 했다. 그다음 가지는 너무 굵었다. 칼은 뱀장어가 죽었다고 생각했었다. 세 번째 가지가 겨우 알맞은 굵기로 여겨졌다. 그런데 지금 탁자에서 집어 들어보니 너무 굵고 무거워 회초리라기보다 지팡이처럼 느껴졌다.

그러나 메러디스 목사는 칼에게 단호히 명령했다.

"손을 내밀어라."

칼은 머리를 뒤로 젖히며 움츠러들지 않고 용감하게 손을 내밀었다. 그러나 칼은 아직 어렸고 아무래도 겁먹은 눈빛마저 감추기는 어려웠다.

메러디스 목사는 아들의 눈에서 낯익은 눈을 보았다. 아, 그것은 아내 시실리아의 눈이었다. 언젠가 시실리아가 그에게 뭔가 말하기 어려운 말을 꺼내려 했을 때 꼭 이런 눈빛을 띠었던 것이 불현듯 떠올랐다. 그는 아내의 그 눈을 칼의 조그맣고 새하얀 얼굴에서 보았다. 게다가 불과 6주 전에는 이 아이가 죽는 줄 알고 두려움에 벌벌 떨며 끝없이 긴 하룻밤을 보내지 않았던가.

존 메러디스 목사는 회초리를 내려놓았다.

"나가거라. 나는 도저히 못 때리겠구나."

칼은 아버지의 표정을 보고는 묘지로 달려가며, 차라리 매를 맞는 편이 낫겠다고 생각했다.

페이스가 물었다.

"벌써 끝났니?"

페이스와 우나는 폴록의 묘석 위에 앉아 손을 마주 잡은 채 이를 악물고 있었다.

칼이 흐느끼며 말했다.

"아버지는…… 아버지는 나를 전혀 때리지 않았어. 하지만…… 맞는 편이 차라리 나을 뻔했어…… 아버지는 서재에서 몹시 슬퍼하고 있어."

우나는 살그머니 빠져나왔다. 그녀는 아버지를 위로하고 싶어 견딜 수 없었다. 그녀는 생쥐처럼 소리 없이 서재 문을 열고 가만히 안으로 들어갔다. 어둑발이 내린 방은 컴컴했다. 아버지는 우나 쪽으로 등을 돌린 채 두 손으로 머리를 감싸고 책상 앞에 앉아 있었다. 메러디스 목사는 혼잣말을 하고 있었다. 끊어졌다 이어졌다 하며 몸부림을 치듯 중얼거리고 있었다. 그러나 우나는 분명 들었다. 그리고 어머니 없는 예민한 어린아이들이 으레 눈치껏 모든 걸 알아차리듯 알아채고 말았다. 들어왔을 때와 마찬가지로 우나는 아무 소리도 내지 않고 미끄러지듯 서재에서 나가 문을 닫았다.

존 메러디스 목사는 아무에게도 방해받지 않은 채 홀로 있다고 믿으면서 자신의 괴로움을 줄곧 중얼거리고 있었다.

## 우나, 언덕 위의 집을 방문하다

우나는 2층으로 올라갔다. 칼과 페이스는 방금 떠오른 달빛을 받으며 벌써 '무지개 골짜기'로 뛰어가고 있었다. 제리의 주즈하프 소리가 마치 요정이 튕기는 경쾌한 음악 소리처럼 들려왔다. 아마도 블라이드 집안의 아이들도 이미 와서 즐겁게 놀고 있다는 것을 짐작할 수 있었다. 우나는 가고 싶지 않았다. 우나는 우선 자기 방으로 들어가 침대에 앉아 잠시 동안 울었다.

우나는 그 어떤 사람도 자기 어머니 자리를 대신하는 것이 싫었다. 자기를 미워하고 아버지마저 자식들을 미워하게 만드는 못된 계모는 원치 않았다. 그러나 지금 아버지는 몹시 불행하다. 그러니 만일 조금이라도 아버지를 행복하게 해줄 수 있다면 그렇게 해야만 한다. 우나가 할 수 있는 일은 하나밖에 없다. 우나는 아까 서재에서 나온 순간 자신이 그 일을 해야 한다는 것을 깨달았다. 그러나 정말로 하기 어려운 일이었다.

우나는 실컷 운 뒤, 눈물을 닦고 손님방으로 갔다. 방은 어두컴컴했고 쾨쾨한 곰팡내가 났다. 오랫동안 블라인드를 올리지 않았고 창문도 열지 않았기 때문이다. 마사 할머니가 신경 써서 환기를 하는 사람은 물론 아니었다. 하지만 목사관에는 방문이 열려 있든 닫혀 있든 아무도 개의치 않았기에 여느 때는 별 상관이 없었다. 곤란한 것은 어떤 운 나쁜 목사가 하룻밤을 묵게 되어 어쩔 수 없이 손님방의 찝찝한 공기를 마시게 되는 경우뿐이었다.

 손님방에는 옷장이 있었는데 그 가장 안쪽에 잿빛 비단 드레스가 걸려 있었다. 우나는 옷장 속으로 들어가 문을 닫고 무릎을 꿇고 앉은 뒤 그 드레스의 보드라운 비단 주름에 얼굴을 갖다댔다. 그 드레스는 어머니가 입었던 웨딩드레스였다. 마치 지금도 어머니의 사랑이 그 자리에 남아 있는 것처럼 달콤한 향기가 사라지지 않은 채 은은히 풍겼다. 우나는 그곳에 오면 어머니가 바로 옆에 있는 듯한 느낌이 들었다. 그렇게 드레스에 얼굴을 묻고 있으면 어머니 발치에 꿇어앉아 어머니 무릎에 머리를 얹고 있는 것만 같았다. 아주 가끔씩 그녀는 견딜 수 없이 괴로운 일이 생기면 그곳에 오곤 했다.

 우나는 잿빛 비단 드레스에 대고 속삭였다.

 "어머니, 나는 어머니를 결코 잊지 않을 거예요. '앞으로도' 어머니를 누구보다 가장 사랑할 거예요. 하지만 전 '그 일'을 하지 않을 수 없어요, 어머니. 왜냐하면 아버지가 저렇게 불행하니까요. 어머니도 아버지를 불행하게 만들고 싶지 않으리라는 걸 나는 잘 알아요. 비록 그분도 메리 밴스가 말한 것 같은 그런 계모가 되더라도 전 그분에게 잘하고 그분을 좋아하도록 노력할 거예요."

 우나는 자기만의 비밀 성지에서 정신적 힘을 얻어서 나왔다. 상냥하고 진지한 작은 얼굴에 아직 남아 있는 눈물 자국이 반짝이고 있었지만 그날 밤 우나는 평화롭게 잠을 잤다.

 이튿날 오후, 우나는 가장 좋은 옷을 입고 그에 어울리는 모자를 썼다. 가장 좋다고 해도 너무 초라한 것이었다. 페이스와 우나 말고는 글렌 마을의 모든 여자아이들이 올여름 새 옷을 지어 입었다. 메리 밴스도 진홍색 실크 허리끈과 어깨 리본이 달려 있고, 수놓인 하얀색 고급 리넨으로 만든 멋진 드레스를 새로 맞췄다.

그러나 우나는 오늘 자신의 옷차림이 초라하든 말든 상관하지 않았다. 다만 되도록 단정하고 말쑥한 모습이고 싶었다. 그래서 얼굴을 깨끗이 씻고 머릿결이 공단처럼 매끈해 보일 때까지 검은 머리를 싹싹 빗어 넘겼다. 먼저 한 켤레 남은 좋은 양말의 올이 두 군데 풀린 곳을 손질한 다음 구두끈을 꼭 매었다. 구두에 구두약도 칠하고 싶었으나 끝내 어디 있는지 찾지 못했다. 우나는 모든 준비를 마친 뒤 목사관을 빠져나와 '무지개 골짜기'로 내려갔다. 그리고 뭔가를 연신 속살거리는 듯한 숲을 지나 언덕 위의 집으로 이어진 길까지 나왔다. 꽤 먼 거리였기에 도착했을 때는 몹시 피곤했고 더웠다.

우나는 로즈메리가 뜰의 나무 밑에 앉아 있는 것을 보고 달리아 꽃밭을 지나 살그머니 다가갔다. 로즈메리는 무릎 위에 책을 펼쳐놓고 있었으나 읽고 있지는 않았다. 그저 슬픈 표정으로 항구 너머 먼 곳을 바라다보고 있었다.

요즘 언덕 위의 집에서의 생활은 전처럼 즐겁지 못했다. 엘런이 뚱하게 구는 것은 아니었다. 늘 그랬듯 든든한 언니였다. 그러나 세상에는 말하지는 않아도 느껴지는 것이 있었다. 때로는 두 자매 사이에 감도는 침묵이 참을 수 없이 많은 것을 말해주었다. 한때는 인생을 즐겁게 해주던 집 안에 있는 온갖 낯익은 것들이 지금은 씁쓰름한 뒷맛을 남길 뿐이었다.

노먼 더글러스는 주기적으로 난입하듯 찾아와 엘런을 위협하거나 달래며 마음을 돌리려 했다. 로즈메리는 더글러스가 언젠가는 엘런을 끌어내어 데려가버릴 테지, 하고 생각하며 빨리 그런 날이 오는 편이 훨씬 더 좋겠다고 여겼다. 그렇게 되면 여기서 사는 게 몹시 쓸쓸할 테지만 언제 터질지 모를 폭탄을 안고 있지 않아도 된다.

로즈메리는 누군가가 살그머니 어깨를 건드리는 바람에 그녀의 불쾌한 공상에서 빠져나왔다. 돌아보니 뜻밖에 우나 메러디스가 서 있었다.

"어머나, 우나. 이렇게 더운데 여기까지 걸어서 올라온 거니?"

우나가 말했다.

"네. 그러니까, 저는요…… 저는요……."

그러나 여기까지 온 볼일을 막상 입 밖에 내기는 무척 어려웠다. 우나의 목소리는 목구멍 안으로 기어들고 눈에는 눈물이 그렁그렁 고였다.

"우나, 아가, 왜 그러니? 무서워하지 말고 나한테 편히 말해보렴."

로즈메리는 우나의 작고 여윈 몸에 팔을 두르고 가까이 끌어당겼다. 그녀의 눈이 아주 아름다웠고 감싸안는 손길이 무척 다정하였으므로 우나는 용기가 솟았다.

우나는 머뭇거리던 말을 단숨에 뱉었다.

"저는…… 미스 웨스트한테 부탁하러 왔어요…… 아버지랑 결혼해달라고요."

로즈메리는 너무나 놀란 나머지 한순간 아무 말도 나오지 않았다. 그녀는 망연히 우나를 바라보았다.

우나는 간청했다.

"아, 부디 화내지 마세요, 미스 웨스트. 다른 사람들이 모두 우리가 아주 버릇없고 나쁜 아이들이라서 미스 웨스트가 우리 아버지하고 결혼해주지 않는다고 말하고 있어요.

그래서 아버지는 '너무너무' 불행해요. 우리는 결코 '일부러' 나쁜 짓을 하는 게 아니라고 말하고 싶었어요. 그리고 만일 아버지하고 결혼해주시면 우리는 모두 말을 잘 듣고 뭐든지 미스 웨스트가 시키는 대로 할게요. 절대로 미스 웨스트를 힘들게 하지 않을 거예요. 그러니 부탁드려요, 미스 웨스트."

로즈메리는 머릿속으로 바쁘게 이것저것 생각해보았다. 뭔가 잘못된 뜬소문이 우나의 귀에 들어간 것이다. 이 아이에게 아주 솔직하고 진지해야 한다.

로즈메리는 상냥하게 말했다.

"우나, 내가 우나 아버지와 결혼하지 않는 것은 너희들 때문이 아니야. 그런 생각은 해 본 적도 없어. 너희는 나쁜 아이들이 아니야. 나는 단 한 번도 너희들이 나쁘다고 생각한 일이 없단다. 다른……다른 말 못 할 이유가 있어, 우나."

우나는 실망감에 책망하는 듯한 눈으로 고개를 쳐들며 물었다.

"우리 아버지를 좋아하지 않아요? 아, 미스 웨스트, 아버지가 얼마나 멋지고 훌륭한지 몰라서 그래요. 틀림없이 미스 웨스트에게 좋은 남편이 될 거예요."

로즈메리는 난처한 상황에 처해 몹시 당혹스러웠지만 저도 모르게 미소가 새어 나오지 않을 수 없었다.

우나는 정신없이 외쳤다.

"아, 웃지 마세요, 미스 웨스트. 아버지는 이 일로 너무너무 '괴로워하고' 있어요."

로즈메리가 말했다.

"우나, 네가 뭔가 잘못 알고 있는 것 같아."

"아니에요, 그럴 리 없어요. 오, 미스 웨스트. 아버지는 어제 회초리로 칼을 때리려고 했어요. 칼이 장난을 심하게 쳤거든요. 하지만 이제까지 우리를 한 번도 때려본 적이 없어서 결국 아버지는 때리지 못했어요.

칼이 서재에서 나와서 아버지가 무척 슬퍼한다기에 나는 아버지를 위로해 드려야겠다고 여겨 서재로 들어갔어요…… 아버지는 내가 위로해 드리면 언제나 아주 기뻐하셨거든요, 미스 웨스트. 그런데 내가 서재에 들어가도 아버지는 알아차리지 못했어요. 그리고 혼자 이야기하시는 걸 분명 내가 들었어요. 아버지가 뭐라고 했는지 가르쳐줄게요, 미스 웨스트, 귀 좀 빌려주시면 살짝 알려 드릴게요."

우나는 열심히 소곤거렸다.

로즈메리의 얼굴이 새빨개졌다. 그렇다면 존 메러디스는 아직 나를 사랑하고 있구나. 마음이 바뀌지 않았어. 만일 그렇게 말했다면 그녀를 깊이 사랑하고 있는 게 틀림없다—로즈메리가 생각하고 있었던 것보다 더 깊이. 로즈메리는 얼마 동안 말없이 앉은 채 우나의 머리를 쓰다듬었다.

이윽고 로즈메리는 입을 떼었다.

"아버지에게 내 편지를 갖다드리겠니, 우나?"

우나는 간절한 마음으로 물었다.

"그럼 아버지와 결혼해주시려는 건가요, 미스 웨스트?"

로즈메리는 또 뺨을 붉히며 말했다.

"아마도…… 아버지가 정말로 나를 받아주고 싶어한다면."

우나는 용감하게 말했다.

"잘됐어요, 정말 잘됐어요."

그런 뒤 로즈메리를 올려다보았을 때 우나의 입술은 파르르 떨렸다.

우나는 간절히 애원했다.

"오, 미스 웨스트, 아버지가 우리를 나쁜 아이들이라고 여기게 만들지 않으실 거죠? 제발 아버지가 우리를 미워하게 만들지 말아주세요."

로즈메리는 또다시 눈이 휘둥그레졌다.

"우나 메러디스! 너는 내가 그런 짓을 할 거라고 생각하니? 어째서 그런 생각을 했지?"

"메리 밴스가 계모란 모두 그렇다고 했어요. 전처 자식이 싫어서 아버지까지도 자기 아이들을 미워하게 만든다고요. 다 그렇게 되고 만대요. 계모가 되면 누구나 그러지 않고는 못 배긴다고 메리가 그랬어요."

"원, 가엾은 우나! 그런데도 아버지를 행복하게 해드리고 싶어서, 아버지와 결혼해달라고 나한테 부탁하러 여기까지 왔구나. 어쩜 이렇게 착할 수가 있을까. 정말 훌륭한걸. 우리 언니 엘런의 말을 빌리면 정말이지 든든하구나.

자, 내 말을 들어줘, 잘 들어줘, 우나. 메리 밴스는 철없는 아이여서 뭐든 다 아는 게 아니야. 게다가 어떤 일에 대해서는 완전히 잘못 알고 있는 것도 있단다. 나는 아버지가 너희를 미워하게 만들려는 생각은 꿈에도 하지 않을 거야. 나는 너희들 모두를 진심으로 아낄 생각이야.

그리고 너희 어머니 자리를 절대로 대신하고 싶지 않아. 어머니는 언제까지나 어머니로서 너희들 마음속에 있어야 해. 그러니 나는 계모가 될 생각은 더더욱 없어. 다만 너희의 친구, 어떤 일을 도와주거나 돌봐주는 친한 친구가 되고 싶어. 그렇게 되면 멋지지 않겠니? 우나도 페이스도 칼도 제리도 모두 나를 그냥 좋은 친구로 여겨준다면…… 큰언니, 큰누나로 생각해준다면 어떨까?"

"어머나, 멋져요."

우나는 딴사람이 된 듯한 얼굴로 외쳤다. 그리고 자기도 모르게 로즈메리의 목을 꼭 끌어안았다. 너무 기뻐서 날개가 돋아 훨훨 날아갈 것만 같았.

로즈메리가 물었다.

"다른 아이들도…… 페이스와 남자아이들도 우나와 마찬가지로 계모에 대해 그렇게 생각하고 있니?"

"아니에요, 페이스는 메리의 말을 믿은 적이 없어요. 메리의 말을 믿은 내가 너무 바보였어요. 페이스는 가엾은 애덤이 잡아먹혔던 그다음부터 미스 웨스트를 아주 좋아했어요. 그리고 제리와 칼은 기쁘게 여길 거예요.

아, 미스 웨스트, 우리와 함께 살게 되면 저……저한테…… 요리하는 방법…… 조금이랑…… 바느질이랑…… 이런저런 집안일 하는 법을 가르쳐주시지 않을래요? 나는 아무것도 모르거든요. 너무 귀찮게 하지는 않을게요…… 뭐든 빨리 배우도록 할게요."

"아가, 내가 알고 있는 것은 뭐든지 다 가르쳐주고, 도와줄 수 있는 건 다 도와주고말고. 자, 그런데 이 일은 아직 아무에게도 이야기하면 안 돼. 페이스에게도. 아버지가 직접 너희에게 말할 때까지는. 자, 그럼 나랑 같이 차를 마시고 가지 않을래?"

우나는 더듬더듬 말했다.

"네, 고맙습니다. 하지만…… 하지만…… 그보다는 빨리 돌아가서 아버지에게 편지를 전해드리는 게 좋을 것 같아요. 그러면 아버지가 '더 빨리' 기뻐할 거잖아요, 미스 웨스트."

"알겠어."

그리하여 로즈메리는 집 안으로 들어가 짤막한 편지를 써서 우나에게 건네주었다. 편지를 꼭 움켜쥔 조그만 아가씨가 행복에 겨워 두근거리는 마음으로 날듯이 달려나가자 로즈메리는 뒤쪽 포치에서 완두콩 콩깍지를 까고 있는 엘런에게로 다가갔다.

"엘런, 우나 메러디스가 자기 아버지와 결혼해달라고 말하러 지금 막 왔었어."

엘런은 얼굴을 들고 곧 로즈메리의 얼굴빛을 살폈다.

그러고는 조용히 물었다.

"그래, 너는 결혼할 생각이니?"

"아마도."

엘런은 한동안 잠자코 콩깍지를 까고 있더니 갑자기 두 손으로 얼굴을 가렸다. 짙은 눈썹 아래 그녀의 눈에 눈물이 고였다.

엘런은 울다 웃으며 말했다.
"나는…… 나는 우리 둘 다 행복해졌으면 좋겠어."

언덕 아래 목사관에서는 얼굴이 장밋빛으로 물든 우나 메러디스가 의기양양하게 아버지의 서재로 들어가 그의 앞에 놓인 책상에 편지를 올려놓았다. 메러디스 목사는 그가 너무나 잘 알고 있는 또렷하고 아름다운 글씨체를 알아본 순간 핼쑥한 얼굴이 확 붉어졌다. 그는 편지를 펼쳤다. 그것은 아주 짧은 편지였다. 그러나 그것을 읽은 순간, 그는 순식간에 스무 살은 더 젊어졌다. 로즈메리는 그날 저녁 저물녘에 '무지개 골짜기' 샘터에서 그와 만나고 싶다는 말을 써 보냈던 것이다.

### 오라, 피리 부는 사나이여!

"그런 사연으로 이달 중순 무렵 두 쌍의 합동 결혼식이 올려질 모양이더군요."

미스 코닐리아의 말이었다.

9월 초였음에도 저녁나절이면 벌써 공기가 싸늘하니 추위가 느껴졌다. 앤은 커다란 거실에 언제나 준비해 두고 있는 유목으로 불을 지피고, 춤추는 요정들처럼 하늘거리는 불길 앞에 미스 코닐리아와 함께 앉아 있었다.

앤이 말했다.

"정말 잘된 일이에요. 특히 메러디스 목사님과 로즈메리를 위해서는요. 엊저녁 언덕 위의 집에 가서 로즈메리의 혼수를 보니 마치 내가 신부가 된 것 같더라니까요."

수전은 그녀의 갈색 도련님 셜리를 꼭 끌어안고 어두컴컴한 구석에서 말했다.

"들으니까 공주님 결혼식에 비길 만큼 혼수품이며 모든 게 훌륭하다죠. 나도 보러 오라는 초대를 받았으니 틈을 봐서 언제 저녁때 한번 가볼 생각이에요. 결혼식 때 로즈메리는 새하얀 비단 드레스에 베일을 쓰는 모양이고, 엘런은 남색 드레스를 입는다면서요. 엘런이 그렇게 결정한 것은 잘한 일이라고 생각해요, 사모님. 하지만 만일 내가 결혼하는 일이 생긴다면 흰 드레스에 하얀 베일을 쓰겠어요. 그편이 훨씬 신부다우니까요."

'흰 드레스에 하얀 베일'을 쓴 모습의 수전은 앤의 상상력으로 감당하기에도 좀 버거웠다.

미스 코닐리아가 말했다.

"약혼한 뒤로 메러디스 목사님은 아예 사람이 달라져버린 것 같아요. 그전처럼 마냥 멍해 있거나 정신이 딴 세상에 가 있지도 않아요, 정말이래도요. 신혼여행을 떠나 있는 동안 목사관을 닫고 아이들은 다른 집에 맡긴다고 해서 얼마나 마음이 놓이는지 몰라요. 아이들과 마사 아주머니만 한 달 동안이나 그곳에 두고 간다면 나는 아침마다 일어나서 목사관이 불에 타서 없어지지는 않았나 걱정해야 할 테니까요."

앤이 말했다.

"마사 아주머니하고 제리는 우리 집에 와 있기로 했어요. 칼은 클로 장로님이 맡기로 했고요. 페이스와 우나가 어디로 가게 됐는지 그건 아직 못 들었어요."

미스 코닐리아가 말했다.

"아, 네, 그 아이들은 내가 맡기로 했어요. 물론 나는 기꺼이 그렇게 할 생각이었는데, 아마 그러기로 할 때까지 메리의 등쌀에 시달려서라도 안 맡고는 못 배겼을 거예요.

신랑, 신부가 신혼여행에서 돌아오기 전에 여성 후원회가 목사관을 말끔히 청소하기로 했어요. 그리고 노먼 더글러스는 지하실에 야채를 가득 채워 넣겠다고 했답니다.

요즘 같은 모습의 노먼은 여태껏 아무도 본 적도 들은 적도 없어요, 정말이래도요. 평생을 원했던 엘런 웨스트와 결혼하게 되어 하늘을 날 듯한 기분인가 봐요.

만일 '내가' 엘런이라면…… 아니, 하지만 나는 엘런이 아니니까, 본인이 좋다면 그걸로 된 거죠. 엘런은 학교 다닐 때부터도 자기는 고분고분 말 잘 듣는 얌전한 강아지 같은 남자는 남편으로 삼을 생각이 없다고 했었는데, 노먼은 그야말로 고분고분한 구석이라곤 조금도 없으니까요."

'무지개 골짜기' 너머로 저녁 해가 뉘엿뉘엿 넘어가려는 참이었다. 연못에는 보랏빛과 황금빛과 초록빛과 진홍빛으로 물들인 얇고 아름다운 천을 살포시 덮어놓은 듯했다. 푸르스름한 이내가 동쪽 언덕에 앉아 있었고, 그 위에 크고 동그란 달이 은빛 비누 방울처럼 둥실 떠 있었다.

아이들은 골짜기의 작은 빈터에 모여 있었다. 페이스와 우나, 제리와 칼, 젬과 월터, 낸과 다이, 그리고 메리 밴스가 한자리에 모였다. 그들은 특별한 축하 모임을 갖고 있었다. 젬에게는 '무지개 골짜기'에서의 마지막 저녁이었기 때문이다. 이튿날 아침이면 그는 퀸즈아카데미에 입학하기 위해 샬럿타운으로 떠난다. 그들만의 작은 세계에 처음으로 금이 가게 되었다. 그 때문에 아이들은 떠들썩하게 이 작은 축제를 즐기면서도 저마다 가슴 한구석에는 한 가닥 쓸쓸함을 느끼고 있었다.

하늘을 가리키며 월터가 말했다.

"저것 좀 봐. 저기 해가 넘어가는 곳에 크나큰 황금 궁전이 솟아 있어. 저 빛나는 탑이랑 탑에 펄럭이는 새빨간 깃발을 좀 봐. 아마도 전투를 마친 정복자가 말을 타고 싸움터에서 돌아오는 참이 아닐까. 그래서 그에게 경의를 표하기 위해 깃발을 올리고 있는 거야."

젬이 소리쳤다.

"아, 옛날로 돌아갈 수 있으면 좋겠다. 나는 멋진 군인이 되고 싶어. 승리를 거두고 돌아온 위대한 장군이 되고 싶어. 큰 전투에 나갈 수 있다면 어떤 일이라도 하겠어."

그렇다, 젬은 군인이 되어 이제까지 이 세상에서 있었던 어떤 전투보다도 더 큰 전투에 나가게 될 것이다. 하지만 그것은 아직은 먼 미래의 일이었다. 그리고 젬을 맏아들로 둔 그 어머니는 아들들을 새삼스럽게 바라보며 신에게 감사하곤 했다…… 젬이 그토록 동경하는 '그 옛날 용사의 시대'가 지나버린 것에 대해, 캐나다의 아들들이 '그들 아버지의 유해와, 신들의 신전을 지키기 위해'[1] 전쟁터로 향할 필요가 없게 된 것에 대해.

다가올 큰 전쟁의 그림자는 아직 어디에도 그 차가운 전조를 드리우고 있지 않았다. 프랑스며 플랑드르, 갈리폴리며 팔레스타인의 싸움터로 가게 될 젊은이들, 그리고 그 싸움터에서 스러져갈지도 모를 젊은이들은 아직 순풍에 돛을 단 인생이 자기 앞에 펼쳐지리라 꿈꾸는 철부지 장난꾸러기 학생들이었다. 앞으로 슬픔에 몸부림치는 나날을 견뎌낼 아가씨들은 아직 희망과 꿈으로 눈을 별처럼 빛내는 아름다운 소녀들이었다.

저녁놀이 내려앉은 도시에 펄럭이는 깃발의 진홍빛과 금빛이 아슴푸레해졌다. 정복자 행렬은 차츰 희미해져갔다. 어스름이 골짜기에 살그머니 다가왔다. 작은 모임은 말이 없어졌다.

월터는 그날도 옛 전설과 신화가 담긴, 좋아하는 책을 다시금 읽고 있었다. 그리고 언젠가 이런 저녁때 하멜른의 피리 부는 사나이가 골짜기 쪽으로 오는 것을 상상했던 기억이 났다.

월터는 꿈꾸듯 이야기를 시작했다. 한편으로는 그 자리에 함께 있는 친구들

---

[1] 영국의 정치가·역사가인 토머스 배빙턴 매콜리(1800~1859)의 시집 《고대 로마의 노래》에 실린 〈호라티우스〉에서 따옴.

을 신나게 해주고 싶은 마음도 조금은 있어서였지만, 다른 한편으로는 월터가 아닌 그 무엇이 월터의 입을 빌려 말하고 있는 것 같았다.

월터는 말했다.

"피리 부는 사나이가 가까이 오고 있어. 지난번 저녁에 내가 봤을 때보다 훨씬 더 가까이까지 왔어. 그의 어슴푸레한 긴 망토가 나부끼고 있어. 그가 피리를 불어…… 피리를 불어…… 우리는 따라가야 해…… 젬도 칼도 제리도 나도…… 우리는 정처 없이 세계를 돌아다녀. 귀를 기울여서……잘 들어 봐…… 피리 부는 사나이가 부는 피리 소리가 들리지 않니?"

소녀들은 몸을 떨었다.

메리 밴스가 불평했다.

"네가 그냥 보이고 들리는 척하는 거 알아. 하지만 그만둬. 네가 얘기하면 너무 진짜처럼 들린단 말야. 월터의 피리 부는 사나이는 정말 싫어."

그러나 젬은 쾌활하게 웃으면서 벌떡 일어섰다. 작은 둔덕에 우뚝 선 젬은 헌칠하고 당당했으며 이마는 넓고 눈에는 한 점 두려움도 없었다. 단풍의 나라 캐나다에는 젬 같은 젊은이가 수천수만 명이 있었다.

젬이 손을 흔들며 외쳤다.

"피리 부는 사나이여, 어서 오라! 환영한다. 너를 따라 기꺼이 온 세계를 돌아다니리라."